Les Expéditions

Karl Iagnemma

LES EXPÉDITIONS

ROMAN

Traduit de l'américain
par Marina Boraso

Ouvrage traduit avec le concours
du Centre National du Livre

TERRES D'AMERIQUE
Albin Michel

« **Terres d'Amérique** »

Collection dirigée par Francis Geffard

Pour Ann-Kristin

J'accorde mon respect à la Chine, aux Teu-
tons et aux Hébreux

Je veux bien adopter chaque théorie,
mythologie, divinité ou demi-dieu

Je comprends que toutes les anciennes
chroniques, bibles et généalogies sont
exactes sans exception.

J'affirme que le passé tout entier a été ce
qu'il devait être,

Et qu'il n'aurait pu se présenter autrement.

Je dis aussi que le présent est tel qu'il doit
être – et l'Amérique également.

Ni le présent ni l'Amérique ne sauraient
être meilleurs que ce qu'ils sont.

Walt Whitman,
With Antecedents

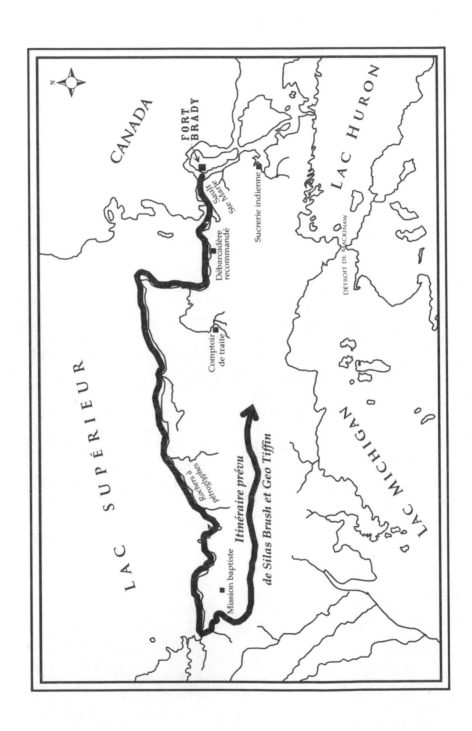

PREMIÈRE PARTIE

1

Le rendez-vous était pour dix heures sur Lafayette Street, dans la moitié ouest de la ville, et lorsque Elisha quitta la pension sur le coup de six heures, il sortit dans une brume grise et vaporeuse. Des chevaux de trait martelaient la chaussée fangeuse, tirant leurs haquets chargés de choux et de pommes de terre. Sans se presser, Elisha descendit jusqu'à Jefferson Avenue, où il but une tasse de lait en écoutant un vendeur de journaux crier les titres du jour. *Une Blanche s'enfuit à Windsor avec un serviteur noir ! Des colons de Shelby brûlés vifs par des sauvages chippewas !*

Le vacarme et l'agitation de la ville suscitèrent en lui l'habituel frisson d'anxiété. L'atmosphère exhalait une puanteur doucereuse, une odeur d'immondices en train de brûler.

De Jefferson il gagna Woodward Avenue et remonta jusque sur Military Square, où il vit un groupe d'hommes décharger des malles peintes en rouge d'une caravane de buggies fatigués. À l'entrée de la place, une affichette manuscrite clouée à un panneau annonçait :

EXPOSITION ITINÉRANTE D'ANIMAUX FABULEUX
L. GASPERI, ROI DU DRESSAGE
VENEZ VOIR NOS CHAMEAUX D'ARABIE, NOS ÉLÉPHANTS DU SIAM,
NOS LAMAS DES MONTAGNES BOLIVIENNES
ENTRÉE 10 CENTS

Pendant qu'Elisha regardait, l'un des hommes déverrouilla la porte d'une voiture-cage et fit sortir un chameau osseux et hirsute en tirant sur la corde nouée autour de son cou. L'animal avançait d'un pas précautionneux, en tordant son grand cou pour inspecter les alentours. Prenant un carnet dans une poche de sa veste, Elisha humecta un bout de crayon et ébaucha un croquis de la tête du chameau et de la drôle de bosse qu'il avait sur le dos. L'homme qui tenait la longe jeta un coup d'œil par-dessus son épaule et l'apostropha :

« Hé, le môme ! Le spectacle est pas gratis. Si t'as envie de regarder, reviens dans la soirée ! »

Elisha prit Michigan Avenue pour s'enfoncer dans les rues encombrées et affairées du quartier irlandais. Sur Sixth Street, un chœur de femmes chantait devant une sébile. Il fit une pause pour les détailler : deux sopranos brunes et maigrichonnes, une alto à la silhouette trapue et au regard somnolent. À seize ans, le garçon ne pensait guère à autre chose qu'aux femmes : leur chevelure et leur parfum de poudre, les furtives œillades qu'elles lançaient dans la rue. Jeunes femmes aperçues derrière les vitrines des magasins, dames se promenant en voiture, jeunes filles musardant sur l'avenue bras dessus, bras dessous. Elisha se détourna promptement quand l'alto accrocha son regard.

Il descendit rapidement en direction du fleuve, pressant encore le pas dès qu'il déboucha sur le port. Marchant vers le sud il longea une rangée de cabanons, puis s'arrêta devant une flaque stagnante où nageaient de la laîche et du bois flotté. Elisha ôta ses souliers et s'assit sur une pierre, au bord de l'eau, en prenant bien soin de ne pas tacher son pantalon. Penché en avant, il appuya le menton sur ses genoux. De l'endroit où il se trouvait, c'est tout juste s'il entendait claquer le sabot des chevaux sur Woodbridge Avenue, mais cette tranquillité ne suffit pas à calmer ses nerfs. Des araignées d'eau effleuraient la laîche, signalant leur passage par des rides subtiles à la surface de l'onde. Un grand harle glissa un moment vers le garçon avant de s'éloigner vers l'amont. Elisha crayonna une esquisse de la scène dans son carnet, ses pensées s'apaisant à mesure que s'estompait la rumeur de la ville. La cloche de Sainte-Anne avait depuis longtemps sonné neuf heures qu'il travaillait encore.

Il se releva avec une merveilleuse sensation de sérénité. Il s'engagea dans Seventh Street pour rejoindre Lafayette, et entra dans une boutique dont la vitrine indiquait : *0. Chocron, Confection.* Elisha acheta un col à cinq cents au boutiquier sourcilleux, puis il alla se camper face à un grand miroir pour le boutonner jusqu'en haut, le cou irrité par le tissu rêche. L'image que renvoyait la glace ne lui plaisait guère : les cheveux hérissés d'épis, le front haut et pâle, les joues grêlées et résolument imberbes. Un gamin apeuré affublé d'un costume d'homme, certainement pas quelqu'un que l'on prendrait en considération, ni à qui l'on confierait une mission d'importance.

Il souffla bien fort et essaya de se composer un sourire farouche, et l'espace d'un instant le garçon du miroir s'éclipsa.

Le 31, Lafayette Street était une maison de maître à deux étages avec doubles portes et porche à colonnades, dont le toit aux tuiles ocre était surmonté d'une coupole. Elisha s'attarda un moment dans la rue. Lui qui s'était attendu à une maisonnette de géomètre, il se trouvait devant une demeure beaucoup plus cossue, digne d'un juge ou d'un sénateur. Il rajusta ses manchettes, redressa son chapeau et se décida enfin à gravir les marches du perron et à tirer sur la sonnette.

Une grande femme noire en tablier blanc vint lui ouvrir la porte et jeta un regard à ses chaussures et à son chapeau.

« Si c'est pour l'expédition que vous venez, y vous faut attendre. Mr Brush est occupé. »

Elisha hocha la tête.

« Suivez-moi. » Elle le fit entrer dans un bureau plongé dans la pénombre et lui désigna une bergère tendue de velours. « Vous touchez à rien, d'accord ? »

Il acquiesça derechef et suivit du regard la jeune femme qui s'éloignait.

Dans la lumière matinale tamisée par les rideaux de lin bleu, la pièce semblait comme figée. Une table de travail en noyer sculpté occupait un angle, chargée de livres, de cartes roulées et de deux règles en cuivre. À côté, la bibliothèque en bois de chêne était remplie de volumes à reliure en cuir : recueils de Shakespeare, de Milton et de Gibbon dont le dos ne portait aucune trace de cassure. Des livres d'apparat, se dit Elisha, que l'on exhibe au lieu de les lire. Il flottait dans la pièce une odeur de suie et de bougie fondue.

Elisha se leva pour faire les cent pas devant la cheminée de marbre. Trois conques rosées s'alignaient près d'une pendule en palissandre et d'un instrument en cuivre rutilant, équipé d'un fouillis de boutons moletés, de pales et d'oculaires qui saillaient de la base circulaire. À côté de l'instrument, sur un présentoir incliné habillé de soie rouge, étaient exposées quatre pièces en or frappées d'un profil d'homme en relief, grossièrement tracé. Romaines, supposait Elisha, ou peut-être grecques. À cause de l'usure, on ne distinguait plus du visage que le trait de la bouche, qui semblait dessiner un sourire sarcastique.

En entendant craquer le parquet du couloir, le garçon reposa la pièce et alla s'asseoir au bord du fauteuil. Un homme pénétra dans le bureau, et le garçon bondit sur ses pieds.

Plus jeune que ne l'avait imaginé Elisha, il avait de longs cheveux châtains lissés sur les tempes, des joues rasées avec soin et des yeux d'un bleu liquide sous un front étroit. Mr Silas Brush, arpenteur et géographe, héros de la deuxième guerre d'Indépendance. La main qu'il tendit était aussi rugueuse qu'une spathe de maïs.

« Ma foi, commenta Brush, tu m'as l'air à peine assez vieux pour t'habiller tout seul !

– J'ai seize ans, monsieur. »

Brush le dévisagea en plissant les yeux, comme pour établir la véracité de ses dires. Il portait une redingote noire par-dessus son gilet en satin noir, et sa cravate empesée était noire elle aussi. À son revers, était accrochée une épingle ornée d'un saphir en forme de larme. On dirait un pasteur qui a fait un bon mariage, songea Elisha. La pierre avait exactement la même nuance que les prunelles de Brush.

« Je présume que tu ne comptes pas t'embarquer dans un roman d'aventures. Au risque de te décevoir, je précise que cette expédition est tout à fait autre chose. »

Elisha acquiesça d'un signe de tête.

« Une suite de marches harassantes à travers les marais, du porc et de la bouillie de maïs au souper dans le meilleur des cas. Des branches de pin en guise de matelas et, au-dessous, la terre la plus accueillante de la création. Des moustiques gros comme des noisettes. Et ni whisky ni femme à des miles alentour.

– Oui, monsieur. Je sais, monsieur.

– On te fera trimer comme une bête de somme. Tu te coucheras fatigué et tu te réveilleras éreinté.

– Je sais, monsieur. Je ne m'attends pas au moindre confort. »

Cette déclaration parut amuser Mr Brush.

« Dans ce cas explique-moi une chose, petit : pour quelle raison veux-tu te joindre à l'expédition ? »

Elisha aurait aimé plaisanter, lui répondre qu'il n'avait plus un sou vaillant, mais l'air sévère qui transparaissait sous le sourire de Mr Brush l'en dissuada. Il préféra lui raconter la vérité, et parla du ruisseau qui coulait derrière la maison de son père, à Newell, un filet d'eau étroit et sablonneux qui abondait en patelles, coriscs et anax de juin, parulines des prés, en roitelets et jaseurs de Bohême, en gerbes d'or, lilas et saules. Enfant, il passait ses journées sur la berge, à capturer des vairons dans le creux de ses mains pour étudier leurs écailles vernissées, leurs nageoires translucides et leurs yeux sans regard. Certains jours il restait des heures immobile, jusqu'à ce qu'une queue d'hirondelle descende en voletant vers la flaque d'eau pure qui s'étirait à ses pieds. Il aimait la secrète beauté de toutes ces choses, les petits détails qui ne se révélaient qu'à un regard patient. Sous son apparente simplicité, le ruisseau possédait la complexité d'une symphonie. Elisha dépeignit à Mr Brush le premier spécimen qu'il avait collecté, un coquillage brun tout entortillé qui rappelait une carotte de tabac. En raison de sa forme insolite, on aurait dit un canular que Dieu destinait au scientifique innocent. Il évoqua aussi les étagères vides de sa chambre, son désir de les garnir un jour des représentants de toutes les espèces du monde.

Quand il eut terminé, Mr Brush le gratifia d'un sourire matois.

« Un projet bien ambitieux, il me semble. Le dernier homme à avoir rassemblé toutes les espèces s'appelait Noé.

– Je ne prétends pas y réussir, monsieur, mais j'estime que c'est un projet louable.

– Louable, certainement pas. Une pure chimère, voilà ce que c'est. Les songe-creux n'ont rien à faire dans cette expédition. » L'expression de Brush se radoucit légèrement. « La vie est une entreprise pratique, jeune homme.

– Je le comprends tout à fait, bien entendu. » Elisha marqua une pause. « Je sais tirer, et manier une hache. Et j'ai lu les ouvrages de Say et de Nuttall une bonne dizaine de fois. Je suis capable d'identifier les espèces communes d'arbres et d'oiseaux, ainsi que les roches primaires et plusieurs minéraux et gemmes – comme le saphir que vous avez au revers. Et je peux porter autant de poids qu'un cheval. »

L'homme pouffa de rire, puis se leva avec un soupir. Déroulant une des cartes posées sur le bureau, il fit signe à Elisha d'approcher. C'était le Michigan et sa forme de mitaine, nettement divisé par un quadrillage topographique, et au-dessus le territoire du nord, étendue vierge et blanche tout juste marquée de quelques points appelés *Fort Brady* et *Sault-Sainte-Marie* à sa pointe orientale, et de quelques rivières dont les vagues sinuosités, parties du littoral nord, se perdaient à l'intérieur des terres.

« Récemment, un traité signé avec les sauvages nous a attribué une partie de la péninsule septentrionale, et notre gouvernement a bien l'intention de savoir ce qu'il possède. Le bois abonde sur ces terres – voilà au moins une chose de sûre. Je suppose que tu as entendu parler de cuivre, d'or et d'argent.

– Oui, monsieur.

– Bien ! Nous, nous ne chercherons ni cuivre, ni or ni argent. Aucun des trois ne permet de construire des rails, des locomotives et des canons. Pour cela, c'est de fer dont nous avons besoin. Tu vois, mon garçon, l'or permet de bâtir des fortunes, mais c'est avec le fer que l'on bâtit les nations. »

Le ton de Brush lui rappelait un maître d'école qu'il avait connu jadis, un vieux pédant à l'œil chassieux du nom de Wilkerson. Il n'y avait jamais moyen de donner la réponse juste à ses questions, et il prenait grand plaisir à familiariser les plus jeunes des élèves avec sa badine en noyer.

« Le deuxième objectif de cette expédition reste assez nébuleux. L'Administration des Terres publiques y a affecté le professeur George Tiffin. Le professeur Tiffin avance certaines théories à propos des sauvages – des idées sur leurs artefacts, susceptibles de nous dévoiler le mystère de nos origines. Je le soupçonne d'être un doux rêveur. »

Elisha opina sans un mot.

« Nous partirons de Sault-Sainte-Marie et nous remonterons la Chocolate River en canoë, puis nous poursuivrons à pied vers l'intérieur des terres. Là, nous procéderons à des relevés topographiques, nous examinerons les traces géologiques et nous évaluerons les ressources forestières – pas de place pour tes fadaises sur les vairons et les papillons. Le voyage durera douze semaines. La solde est de dix dollars par semaine, versée au moment du départ. Tu disais que tu savais tirer ?

– J'ai appris à me servir d'un fusil à silex quand j'étais gamin. Je pourrais transpercer une courge à cent mètres de distance.

– Un talent fort utile, si jamais des courges viennent à nous menacer. Tu sais manier une hache ? »

Elisha ne put réprimer un sourire.

« J'ai travaillé deux hivers dans un campement de bûcherons près de Manchester. J'ai l'impression qu'on a abattu la moitié des pins du New Hampshire. Ce qui fait de moi un expert de la hache et de la scie.

– Es-tu chrétien pratiquant ? »

Le sourire d'Elisha mourut sur ses lèvres. Dire la vérité lui semblait malvenu.

« Mon père est prédicateur », se borna-t-il à répondre.

19

Mr Brush se tourna vers la cheminée en grommelant, et les poumons d'Elisha se vidèrent. Quelque chose en lui avait déçu cet homme. Brush allait le remercier de sa visite et lui donner congé avec une froide poignée de main. Il ne lui resterait qu'à regagner la pension d'Orleans Street, ses fenêtres crasseuses aux stores souillés par les mouches, ses remugles de poisson pourri. Il épongea la sueur qui coulait sur son front.

Pendant ce temps, Mr Brush avait pris l'instrument en cuivre, qu'il manipulait avec autant de précautions que s'il avait été en verre. Il le présenta à Elisha avec une fierté mal dissimulée.

« Dis-moi, jeune homme. À ton avis, quelle peut être la fonction de cet appareil ? »

Elisha expira doucement et retourna l'instrument entre ses doigts. Il comprenait un oculaire tourné verticalement entre deux pales graduées, et une multitude de boutons moletés et de niveaux faits pour régler l'orientation de l'oculaire. L'instrument à hauteur de son menton, il plissa les yeux pour observer les pales.

« Je dirais que cet appareil est un outil de géomètre. Ou peut-être un instrument de navigation.

– Et d'où te vient cette hypothèse ?

– Il me semble qu'on peut viser à l'aide de ces pales et utiliser les boutons pour ajuster l'oculaire. Quant à ces niveaux, disons qu'ils garantissent l'aplomb de l'instrument, même à bord d'un bateau. On peut supposer que l'oculaire est dirigé sur une étoile – il permet peut-être de déterminer la latitude grâce à la position de l'étoile polaire.

– En réalité, il s'agit d'une boussole qui prend le soleil pour repère. Tu comprends ? Elle résout le problème posé par les minéraux ferreux contenus dans le sol, qui perturbent l'aiguille de la boussole magnétique. La présence de fer fausse les mesures.

– Et grâce à cet orifice, acheva Elisha, on peut la fixer sur un socle pour la stabiliser. Ces verniers, pour leur part, servent peut-être à effectuer des réajustements en fonction de l'heure de mesure. » Avec un large sourire, il rendit l'appareil à Brush. « C'est un mécanisme prodigieux.

– Merci. J'en suis moi-même l'inventeur. »

Un sourire contraint se dessina sur ses lèvres tandis qu'il reposait l'objet sur le dessus de la cheminée. Revenant à son bureau, il entreprit de ranger les cartes roulées et déclara sans lever les yeux :

« Ta veste est d'une saleté repoussante, et ton inexpérience dramatique. » Et, après un bref silence : « Cela dit tu feras l'affaire. Nous partons dimanche au lever du jour, de l'embarcadère principal. Emporte un grand chapeau et une solide paire de bottes. Rien d'autre. Tu peux prévenir tes petites amies que tu seras rentré au mois d'août.

– Je n'y manquerai pas ! Euh… d'être là dimanche, je voulais dire. »

Il resta là sans bouger pendant que Mr Brush examinait une carte, les sourcils froncés, comme si la présence d'Elisha lui était sortie de l'esprit.

« Juste une question, monsieur. »

Brush posa sur lui un regard absent. Le tic-tac de la pendule de cheminée emplissait la pièce.

« On m'a raconté certaines choses sur les Chippewas.

– Quel genre de choses ?

– Les histoires d'Alexander Henry et de James Smith, par exemple. Qu'ils sont capables de scalper un homme ou de lui sectionner les pouces, surtout quand on empiète sur leur territoire. L'ennui, c'est qu'on ne sait plus trop quelles terres sont les leurs. Et eux non plus, quelquefois. »

Mr Brush s'installa dans son fauteuil de bureau, les yeux fermés, et garda le silence un long moment.

« Ils peuvent aussi lui découper les paupières, pour l'obliger à regarder sa femme brûlée vive. Ou lui trancher son braquemart et le jeter aux chiens pendant qu'il est encore vivant. »

Elisha hocha la tête, coiffa son chapeau et fila vers la sortie.

« Jeune homme ? »

Il se retourna et vit Brush lui désigner le pan de mur derrière son bureau. Un écheveau de ficelle noire, au tressage lâche, était appendu près des rayonnages, pareil à un filet à perches à demi calciné. Elisha eut un choc en reconnaissant une chevelure scalpée attachée à un fragment de peau tannée.

« Les sauvages Chippewas ne nous causeront aucun souci. Je peux te le garantir. »

Sur le trottoir, à travers le crachin irisé de soleil, Elisha se mêla à la cohorte des messieurs, des marchands ambulants et des dames, parmi les cris des charbonniers et l'écho aérien des cloches d'églises, dans des odeurs de fumier, de feu de bois et de café. L'euphorie lui coupait presque le souffle. Bifurquant dans une petite rue il se mit à courir, retira son couvre-chef et le fit tournoyer en l'air. Le chapeau plana un moment au ras de la chaussée, s'éleva brièvement dans un courant d'air ascendant et redescendit lentement.

Un pochard accroupi sous un porche cracha et interpella Elisha.

« Hé, toi ! Va pas abîmer ce putain de galure ! »

Était-ce donc cela, le goût du bonheur ? Crottin et fumée, pourriture et café torréfié, tout cela mêlé ? Elisha s'élança en courant pour cueillir le chapeau entre ses mains et le planter sur sa tête. À l'angle de la rue, les accents flûtés d'un cantique à plusieurs voix s'échappaient par les portes grandes ouvertes d'une église.

Il était arrivé à Detroit après deux hivers passés dans les forêts au nord de Manchester, où il coupait des pins blancs avec une équipe de Suédois et de Polonais. Désormais, le camp de bûcherons n'existait plus dans l'esprit d'Elisha que sous la forme d'une débauche de sensations privée d'images : l'odeur pénétrante de la résine, la saveur de fumé du thé au sassafras. Le premier souffle d'air du matin, assez froid pour le faire éternuer. Pendant le premier hiver, il se réveillait une heure avant l'aube pour conduire une équipe de Belges sur les chemins d'approvisionnement enneigés, et quelques gouttes d'eau suffisaient à changer les pistes en rubans verglacés. Il lui arrivait souvent de s'assoupir malgré les secousses du chariot, s'éveillant lorsque les chevaux s'arrêtaient, ahuri et alarmé, un nuage blanc s'échappant de ses lèvres, les guides gelées relâchées entre ses mains gantées. Tout autour de lui, des pins, des bouleaux et des érables à sucre alourdis de neige se penchaient devant l'immensité d'un ciel pâle. Ses appels rendaient un faible écho avant d'être absorbés par la forêt.

Au cours du deuxième hiver, il fut promu dans l'équipe de coupe, et les pins qu'il abattait, à en croire les anneaux sur leurs souches aussi grandes que des tables, étaient vieux de deux siècles. À présent il ne se levait qu'au point du jour, et marchait jusqu'au chantier d'abattage accompagné par le concert des mésanges et des cardinaux à poitrine rose. Les cerfs de Virginie s'immobilisaient à l'approche des hommes, puis se sauvaient en bondissant. L'après-midi, on écorçait les rondins coupés, attachés ensuite en immenses pyramides que les bœufs emportaient. Un jour, une des chaînes d'arrimage se rompit avec le bruit d'une détonation d'arme à feu. Une pyramide de rondins dégringola alors avec un craquement et déboula sur Elisha et un jeune charretier polonais. Elisha plongea de côté, les jambes repliées sous le tas de bois, mais son compagnon fut frappé en pleine poitrine, sa toque arrachée par le choc. Le garçon gisait sur le dos, un filet de sang ruisselant de sa bouche, trop effrayé pour crier. Les bûcherons les hissèrent tous les deux sur un traîneau et se hâtèrent de les reconduire aux baraquements. Le jeune Polonais murmurait inlassablement le même mot. *Matka, matka, matka.* Maman. Elisha étreignit sa main pour le réconforter. Le garçon mourut à cinquante mètres du camp.

Elisha resta alité deux semaines, jusqu'à ce que son genou ait dégonflé, puis il gagna en boitillant la gare de Manchester et consulta les horaires des trains. Il voulait partir au loin, quelque part où il ferait meilleur. Et où il y aurait des femmes. Il paya dix-huit dollars sa place dans un train pour Detroit qui s'arrêtait à Syracuse, Buffalo, Cleveland et Toledo. Dans son baluchon, il emportait un pantalon propre et des sous-vêtements de rechange. Sa bourse contenait deux pièces en or éraillées. La première matinée qu'il passa en ville, il acheta le *City Examiner* et l'après-midi même, il se présentait chez Alpheus Lenz sur Woodward Avenue, lequel avait passé une annonce pour embaucher un assistant scientifique, expérience non exigée, salaire trois dollars par semaine. La chemise d'Elisha conservait les auréoles d'un ancien saignement de nez, et il avait les cheveux en broussaille.

Alpheus Lenz était un petit bonhomme replet à la chevelure blonde et ondulée, avec un pince-nez aux verres fumés. Après avoir jaugé l'allure d'Elisha, il l'introduisit non sans réticences dans un bureau encombré de caisses en bois empilées. Il lui expliqua qu'elles renfermaient des spécimens, et qu'il souhaitait les réunir dans un cabinet de curiosités qu'il ferait visiter au public. Il demanda à Elisha de s'asseoir à un bureau et de tracer les mots *Animal bipes implume* sur un morceau de papier parchemin. « Où as-tu appris à écrire si joliment ? » demanda-t-il en approchant le carton de ses yeux affaiblis. Un instant, Elisha envisagea de lui décrire le régime imposé chaque soir par son père : calligraphier sans erreur trois versets des Écritures et recopier le verset dans son entier pour chaque caractère imparfaitement formé.

« Ma mère était maîtresse d'école », expliqua-t-il.

Lenz l'engagea sur-le-champ et annonça qu'il commençait l'après-midi.

Dans la lumière oblique du soleil qui entrait par les hautes fenêtres, près du foyer protégé par une grille, Alpheus Lenz, manches retroussées comme Elisha, enseigna au garçon comment fixer un papillon sur un étaloir en bois de cèdre, en plantant l'épingle dans le thorax. Elisha consacrait les après-midi à inscrire sur des étiquettes les noms des spécimens en provenance de Géorgie et des Carolines, du Maine et du Texas – chitons semblables aux pièces d'une monnaie étrangère, chauves-souris qui semblaient pétrifiées dans un envol affolé. Pour les références, il se reportait aux volumes dorés sur tranche de Lenz : *Conchologie américaine* et *Entomologie américaine*, de Say ; *Ornithologie des États-Unis d'Amérique*, de Townsend ; *Espèces végétales d'Amérique du Nord*, de Nuttall, relié en maroquin vert. Il admirait la logique élégante de la taxinomie, qui voulait que toute chose dans la nature, si singulière ou obscure fût-elle, ait sa place réservée au sein d'un grandiose et unique dessein. Avec le temps, les callosités laissées par la scie à refendre disparurent de ses paumes, remplacées par de petits durillons à l'endroit où son pouce appuyait sur le porte-plume en métal. Excepté la douleur sourde qui ne quittait pas son genou, le camp de bûcherons lui faisait l'effet d'un rêve.

Un lundi du mois d'août, Elisha découvrit en ouvrant une caisse des coquillages réduits en miettes, brisés, sans aucun doute, pendant le transport depuis la Floride. La gorge serrée, il fit glisser entre ses doigts les esquilles pointues et iridescentes. Cette caisse était la dernière de la collection d'Alpheus Lenz. Elisha n'avait plus qu'à monter dans le cabinet de travail à l'étage, où il trouverait Lenz assoupi dans un fauteuil en cuir, ses lunettes tombées sur sa poitrine, un livre ouvert sur les genoux. Elisha lui parlerait des coquilles brisées, et il froncerait les sourcils, aussi agacé et déçu que lui. Ensuite ils sortiraient ensemble sur Woodward Avenue, Elisha clignant des yeux dans la vive lumière, ébloui par le soleil du matin. Alpheus lui serrerait la main en disant qu'il regrettait infiniment, mais qu'il n'y avait plus de spécimens à répertorier, et qu'il avait apprécié la diligence d'Elisha et lui adressait tous ses vœux de réussite pour l'avenir.

Pourquoi ne pouvait-il pas rester ? Là, dans ce bureau à la lumière bleutée et voilée de poussière, avec ses rayonnages de livres qui soutenaient le plafond et le buste d'un Linné qui paraissait toujours au bord des larmes. Les porte-plumes alignés, les encriers, les étiquettes en parchemin encore vierges, dans l'attente d'une inscription. Les insectes et les coquillages, les plantes et les oiseaux figés sur les rayonnages au-dessus des cartons qui portaient son écriture. Il existait sûrement autant de spécimens dans le monde que de cartes en parchemin. Les places restées vides sur les étagères étaient comme un pitoyable aveu d'échec.

Il y avait bien un moyen de rester pour toujours dans cette pièce, non ?

Ce jeudi soir, Elisha rentra à la pension et trouva l'escalier plongé dans le noir. Enflammant une éclisse de bois, il monta au deuxième étage en estimant chaque marche avec une prudence d'homme saoul. Il avait passé la soirée dans un saloon de Franklin Street, assis à une table près du feu, à lire et à boire du whisky à même la flasque. Il portait dans sa poche un fascicule cartonné. *Langue et Histoire des Tribus Indiennes d'Amérique du Nord*, par le professeur George D. Tiffin.

Elisha avait trouvé une dizaine de ses ouvrages chez un imprimeur de Jefferson Avenue. *De la physiognomonie et de l'égalité raciale chez le nègre d'Amérique. Quelques conseils pour faire pousser des légumes d'une taille et d'une qualité extraordinaires, Une analyse de la langue hébraïque et de son incidence sur la question de l'unité des races, Comment guérir facilement la consomption.*

Après avoir désigné le livret sur les Indiens, Elisha avait attendu impatiemment que le propriétaire aille chercher un tabouret pour attraper le volume sur une des étagères du haut.

« Un jour ce sera mon tour, avait annoncé Elisha. Mes livres seront rangés sur vos rayonnages à côté de ceux du professeur Tiffin.

– Et qu'est-ce qui te fait croire que quelqu'un voudra lire ce que tu écris ?

– Parce que j'ai l'intention de traiter des sujets scientifiques – je participe à une expédition avec Mr Silas Brush, sur la péninsule nord de l'État. Vous ne tarderez pas à lire des comptes rendus dans les journaux !

– Toutes mes félicitations, fit l'homme en poussant le volume sur le comptoir. N'oublie pas de me faire un rabais le moment venu. »

Devant la porte de sa chambre, alors qu'il introduisait la clé dans la serrure, un soupir attira son attention sur la forme d'un homme avachi dans le couloir – son voisin, un Italien nommé Vecchione. Il était venu dans le Michigan depuis une propriété agricole des Abruzzes, ayant entendu dire que le territoire contenait de l'or. Quel chanceux, se dit Elisha, il est encore plus ivre que moi. Vecchione s'était rasé, et dans la faible lumière, son visage prenait l'aspect anguleux et bronzé d'un faciès chippewa.

Il lui revint alors en mémoire un voyage à Boston qu'il avait fait enfant, en compagnie de son père, pour voir une exposition de guerriers iroquois pacifiés. Les indigènes, accroupis sur une plate-forme surélevée du *common*, le front ceint d'une coiffe en plumes de dinde défraîchie, fumaient leur pipe en argile en regardant d'un œil morne les hommes et les femmes attroupés. Leurs visages, se rappelait Elisha, offraient l'apparence de masques de cuir tout froncés. Il avait eu beau se cacher contre les pantalons de son père, ces figures avaient continué à le poursuivre tout le mois. Des années après, elles hantaient toujours ses rêves.

Une fois dans sa chambre, il alluma une bougie et s'écroula sur le plancher. D'ici trois jours il embarquerait sur un vapeur en partance pour la péninsule nord : cette seule idée lui remuait les entrailles. Il y aura des spécimens partout, se dit-il, insectes, animaux, plantes et poissons. Qui sait même s'il ne tomberait pas sur une espèce inconnue, grâce à laquelle son nom passerait à la postérité dans la taxinomie linnéenne. *Pinus stonus. Coleoptera stonus.* Cependant ses pensées retournaient sans cesse vers le visage des Iroquois.

Il arracha une page de son carnet et trempa sa plume dans l'encrier. À peine avait-il écrit *Ma chère Mère* qu'il froissa la feuille et la jeta dans un coin de la chambre. Un bruissement de souris lui répondit dans l'obscurité. Il déchira une deuxième page qu'il lissa sur le plancher, tandis qu'un nœud familier de culpabilité et d'amour se formait dans sa poitrine. Il finit par écrire :

Le 30 mai 1844

Ma très chère Mère,

Je prie pour que cette lettre vous trouve en aussi bonne santé que je le suis en la rédigeant. J'écris ces lignes depuis la ville de Detroit, où je viens tout juste de me faire engager dans une expédition scientifique sur la péninsule nord de l'État, menée par Mr Silas Brush. Ne vous faites surtout pas de souci pour ma sécurité, car Mr Brush m'a certifié que les sauvages indigènes ne présentaient pas le moindre danger. Sachez que je puise dans la prière un réconfort quotidien.

Je m'expliquerais volontiers sur mon départ de Newell et sur mon absence ces dernières années, si je ne savais déjà que les mots que je pourrais employer ne seraient que les pâles reflets de mes sentiments authentiques. Sachez simplement qu'il ne s'est pas écoulé un seul jour sans que je ne rêve de chez nous. Mère, jamais je n'aurais pensé qu'il y ait dans ce pays autant de méchanceté et de solitude. Dans mes rêves, Newell semble appartenir à un monde à part.

Est-ce que le coq bantam à la crête abîmée est encore vivant ? Et fait-il toujours la loi dans la basse-cour ? Continuez-vous à faire pousser de la vigne vierge sur le treillis, derrière les cabinets ? Chère mère, chaque fibre de mon cœur souffre de notre séparation. Seul l'espoir de vous revoir bientôt m'apporte quelque consolation.

Mon meilleur souvenir à Père et à Corletta

Avec l'éternelle affection de votre fils bien-aimé

Elisha Stone

Il sécha l'encre et contempla la page, dont les phrases sereines contrastaient étrangement avec la douleur qui lui étreignait la poitrine. D'abord tenté de raturer son mensonge à propos de la prière, il décida finalement de ne pas y toucher. Mentir pour dissiper les inquiétudes d'autrui n'était certainement pas un véritable péché. Elisha plia en quatre le mince feuillet et le porta à ses lèvres. De quand datait son dernier courrier à sa mère ? Il remontait à quinze mois, dans le train qui l'emmenait à Detroit depuis les forêts de Manchester. Dans ce compartiment glacial, il s'était senti si malheureux et si loin de chez lui qu'il avait bien failli, à la gare de Buffalo, rassembler ses affaires et repartir vers l'est, prendre un train en direction de Newell. Toutefois, le mouvement de sa main sur la page avait suffi à atténuer son désarroi. La lettre achevée, il l'avait déchirée en morceaux qu'il avait laissés se poser doucement sur le sol, comme des flocons de neige.

Aujourd'hui pourtant, la douleur dans sa poitrine persistait obstinément. Tu n'étais qu'un jeune garçon à l'époque, se dit-il, et à présent tu es un homme. Débrouille-toi donc pour te conduire comme tel. Au-dehors, l'horloge de la banque Thompson sonna neuf heures. Il imaginait son père à Newell, tassé dans son fauteuil à bascule près de la cheminée, les yeux clos, le début d'un sermon abandonné sur ses genoux. Sa mère fredonnait une douce mélodie en éteignant les lampes. Un jour, Elisha avait mesuré sur une carte la distance qui séparait Newell de Detroit, et avait compté 720 miles. Une souris fila le long de la plinthe, et il se recroquevilla dans son coin.

Sept cent vingt miles de forêts et de lacs, de ténèbres et de neige. Elisha inscrivit l'adresse de son père sur le feuillet plié, avant de le glisser dans la poche de sa veste, tout près de son cœur.

2

Le révérend William Edward Stone posa son chapeau sur la table de la salle à manger et essuya le filet de sueur qui ruisselait sur sa nuque. Il n'était pas encore onze heures, mais déjà le soleil faisait miroiter Newell et la cour humide du temple. Il avait plu au début de la matinée, et le pasteur, réveillé par le crépitement de la pluie, avait ouvert les yeux sur une aube d'un gris cendreux, veinée d'argent par les zébrures des éclairs. Maintenant que le temps s'était levé, le soleil pailletait de lumière les grandes vitres du temple. Toute cette splendeur prodiguée en pure perte, songea le révérend. Si l'on pouvait soupçonner le Seigneur de vanité, c'était bien dans ces moments-là, dans ces éclairs de beauté consolante.

L'averse s'était infiltrée par la toiture aux bardeaux vermoulus, formant une flaque sur le sol de la salle à manger. Le révérend Stone l'enjamba pour prendre place à la table en pin usée, et une minute plus tard Corletta, la femme de charge, arriva de la cuisine avec une assiette de porc frit, un ragoût de haricots verts et des biscuits à la crème de lait. Il la remercia, récita les grâces devant le déjeuner, puis se renversa sur sa chaise en regardant distraitement au-dehors. Depuis la salle à manger, la vue s'étendait au-delà du temple, du poulailler et des cabinets blanchis à la chaux, jusqu'au ruisseau et à l'église baptiste, au bas du coteau dénudé. New Hope, sa façade à colonnade, sa girouette en cuivre, ses bancs en bois de chêne et son orgue Appleton à six cents tuyaux, commandé à Boston. Pour l'heure l'église était silencieuse, mais dernièrement, les après-midi de beau temps, la chorale répétait en laissant les portes grandes ouvertes, et la basse haletante de l'orgue roulait jusqu'au pasteur éveillé dans son lit, en haut de la colline. Les mélodies qui l'avaient tout d'abord charmé avaient fini par l'irriter. Il avait l'impression qu'à travers elles, la religion faisait étalage de sa puissance et se moquait de lui. Les baptistes ne cessaient d'attirer de nouveaux fidèles, cueillis comme des fleurs sauvages sur le buisson de l'incroyance. D'ici peu, New Hope ne serait plus assez grande pour abriter toute la congrégation.

Le révérend grignota un biscuit et un bout de porc, mais décidément il n'avait pas faim. De la cuisine lui parvenait un raclement désagréable, fer contre fer : Corletta s'apprêtait à noircir le fourneau. Elle avait l'habitude de chanter en faisant son ouvrage, airs populaires sans prétention ou chants d'inspiration biblique, et le pasteur se surprit à espérer le son de sa voix guillerette. Bien qu'elle n'eût pas la foi, Corletta était une femme vertueuse. Un jour il l'avait amenée à lui exposer ses croyances, et n'avait découvert qu'un fatras décevant mélangeant Écritures et superstitions.

Le frottement de métal s'interrompit, et Corletta se présenta sur le seuil, fronçant les sourcils à la vue de la graisse figée dans l'assiette du pasteur.

« Le repas n'était pas bon, révérend Stone ? »

Il voulut lui répondre, mais une quinte de toux l'en empêcha. Un mouchoir plaqué sur la bouche, il attendit que la crise soit passée.

« Si, si, tout va bien. Je suis juste un peu fatigué après les prêches d'hier, mais je parie que mon appétit ne va pas tarder à revenir. »

Le regard de Corletta s'attarda quelques instants, puis s'abaissa avec une expression vaguement honteuse. Elle retourna à la cuisine. Jetant un coup d'œil au mouchoir, il s'aperçut que le tissu gris était constellé de petites taches cramoisies. L'absurdité de sa dissimulation lui parut brusquement flagrante. À quoi bon cacher le sang à Corletta, puisque c'était elle qui lessivait ses mouchoirs ? Une gaîté morbide l'envahit. Corletta reparut pour emporter son assiette et sa fourchette. Le révérend lui fit un sourire et suivit attentivement des yeux la silhouette qui s'éloignait.

Récemment, le révérend Stone avait acquis l'étrange conviction qu'il possédait la faculté de distinguer la couleur des âmes. Et qu'en se concentrant suffisamment, il pouvait voir l'âme d'une personne flotter autour d'elle, sous l'apparence d'un pâle nuage teinté. Deux mois plus tôt, au matin de son soixante et unième anniversaire, alors qu'il apportait au forgeron une hache ébréchée pour la faire affûter, la certitude l'avait frappé que s'il contemplait assez longtemps William Lawson, il verrait apparaître son âme sous la forme d'une brume légèrement colorée. Pendant que Lawson redressait un palan tordu, penché sur son enclume, le pasteur le fixait d'un regard subjugué. Une vapeur d'un gris poussiéreux nimbait les épaules de Lawson, telles les cendres consumant un papier enflammé. Sa gorge se serra, ses doigts lâchèrent la hache qui s'abattit bruyamment au sol. Il sortit précipitamment de l'échoppe, sans un mot d'explication, et regagna le presbytère en toute hâte pour s'allonger sur son lit, immobile, son cœur aussi emballé que s'il avait couru de toutes ses forces.

La couleur des âmes. La pureté, supposait-il, avait la blancheur d'une neige de janvier. Les teintes écarlates ou ocrées correspondaient aux violents et aux corrompus. Et ceux qui s'adonnaient au péché de chair se partageaient les infinies nuances du gris. Et son âme à lui, quelle était sa couleur ? Pour l'instant, il lui avait été épargné d'appliquer à sa personne ses propres observations, et le pasteur en remerciait le Ciel.

Il reprit son chapeau et traversa la cour humide. Le temple était un vieil édifice en bardeaux au toit pentu, avec un clocher carré et un beffroi ouvert, et une volée de marches basses, en granit, qui menaient à la porte décolorée. Le bâtiment aurait déjà besoin d'une nouvelle couche de chaux, nota le révérend Stone. Un froid diffus l'accueillit à son entrée. Il flottait à l'intérieur une légère odeur de moisissure. Il sécha ses godillots mouillés avant de gravir les marches qui conduisaient à la sacristie, sur l'arrière, où le diacre Edson, penché sur un bureau couvert de paperasses, additionnait des chiffres dans un registre. C'était un jeune homme large d'épaules et d'allure empruntée, avec une tignasse blond cendré et d'épaisses lunettes qui lui prêtaient de faux airs d'intelligence. Quatre sommes biffées figuraient au bas de la page. Avec un sourire, Edson répandit une pincée de poudre buvard sur le registre.

« La collecte a été catastrophique.

– Une semaine difficile. Il y a comme une torpeur dans l'atmosphère. Est-ce que vous la sentez ? »

Edson hocha la tête sans grande conviction.

« Je voulais vous demander : vous n'avez pas entendu du grabuge la nuit dernière ? Il y a un renard qui importune les poulets. Ce matin, je me suis aperçu qu'on avait creusé sous la clôture du poulailler. »

Le révérend Stone s'installa sur une chaise près du bureau, les mains nouées derrière la nuque.

« Tiens donc, notre vieil ami M. Renard ! Corletta sera fâchée si elle n'a plus de poulet à faire mijoter.

– J'ai réparé la palissade, j'espère que ça tiendra comme il faut. »

Le révérend Stone opina.

« Notre enveloppe charnelle est un obstacle pour notre âme, ou notre être spirituel. Pensez-vous que cette maxime soit juste, Edson ? »

Sans bouger, Edson dévisagea le pasteur. Dehors sur la route, on entendit un claquement de sabots qui décrut peu à peu.

« Je me suis souvent interrogé sur la signification de ce passage. *Obstacle.* Le terme est curieusement choisi. Qu'en dites-vous ?

– Cela signifie peut-être que l'âme doit attendre la mort pour connaître une libération véritable. Il se peut que ce soit cela, le sens du mot obstacle. »

Originaire du Maine, Edson avait été garçon de ferme sur une exploitation de pommes de terre, et il était doté d'une foi simple et profonde qui inspirait au révérend Stone autant de mépris que d'admiration. Le pasteur l'imaginait enfant, récitant les grâces avant le dîner, devant une table à tréteaux en bois brut éclairée par un bout de chandelle de suif, tandis que l'implacable vent du Maine essayait de forcer la porte. Edson avait quinze ans lorsqu'il était arrivé à Newell.

« Dites-moi, Edson. Croyez-vous que ce passage contienne une hérésie ? »

Le jeune homme s'empourpra.

« Non, non, je ne le crois pas.

– Mais c'est Dieu lui-même qui a façonné notre enveloppe charnelle ! S'il est vrai qu'elle constitue un obstacle pour l'être spirituel, il faut qu'elle soit lourdement fautive. Comment donc le corps, que Dieu a créé à son image, pourrait-il être imparfait, Edson ?

– Rien de ce qu'Il a créé n'est imparfait. »

Le regard du révérend Stone tomba sur le porte-plume posé en travers du sous-main, puis se déplaça vers les doigts tachés d'encre d'Edson. Celui-ci joignit les mains et les mit sur ses genoux.

« Peut-être l'auteur fait-il allusion aux besoins de notre enveloppe charnelle – à ses besoins coupables. Ils peuvent être considérés comme un obstacle.

– C'est possible. Les coupables besoins de l'enveloppe charnelle faisant obstacle aux aspirations sublimes de notre être spirituel. » Du bout de l'index, le révérend Stone tapota sur le bureau. « Des pensées troublantes, Edson. Intéressantes et troublantes. »

Au bord du bureau, il remarqua un volume à reliure de toile, caché à demi par des papiers, et le souleva : c'était le *Paradis perdu* de Milton.

« Excellent, Edson ! Il nous faudra reprendre nos entretiens littéraires, et débattre de vos opinions sur le sens des œuvres de Milton.

– Si vous le jugez nécessaire, concéda Edson avec stoïcisme.

– En effet. Milton déborde de pensées troublantes. »

Edson lui dit alors qu'il se levait pour partir :

« J'aurais aimé que nous ayons une discussion concernant le dimanche qui vient. »

Le révérend Stone s'arrêta.

« Il y a quelque temps, vous avez fait remarquer que vous vous sentiez fatigué. » Edson prit sa respiration et poursuivit : « Vous avez l'air en parfaite santé, bien évidemment, mais si jamais vous avez besoin…

– Vous souhaiteriez vous charger de l'office de dimanche.

– J'ai déjà ébauché un sermon. J'espère que ça ne vous contrarie pas.

– Quel en est le thème ?

– Géologie et religion. Voudriez-vous en écouter un extrait ? »

Le révérend Stone se renversa de nouveau sur son siège, tandis qu'Edson tirait de sous le registre un feuillet couvert d'une écriture lâche et penchée. Il toussota pour s'éclaircir la voix.

« Depuis quelque temps, la nature complémentaire de la géologie et de la religion suscite de nombreux débats, portant, en particulier, sur les traces minérales du grand Déluge. Tout le monde s'accorde à reconnaître que géologie et religion s'enrichissent mutuellement de leurs lumières, et que jamais l'une n'éclipsera ou n'anéantira l'autre. Cependant, c'est bien souvent le scepticisme qui se dissimule sous les oripeaux de la géologie, et des sciences en général. Et ce doute nous cause de vives inquiétudes.

– Il n'est pas besoin d'être un scientifique pour connaître le doute. »

Edson jeta un regard au pasteur.

« Allez-y, continuez, le pressa celui-ci.

– Les géologues avancent à juste titre que chaque fait se produit suivant un enchaînement de causes. Il en est même qui soutiennent que de cette manière, nous pourrons un jour expliquer tous les mécanismes de l'univers. Toutefois, l'homme n'est capable d'observer que les maillons les plus grossiers de la chaîne, les derniers, alors que l'influence de Dieu s'exerce sur une sphère beaucoup plus élevée et parfaitement invisible à nos yeux. L'écueil qui guette le géologue est de croire qu'il a compris le sens d'un phénomène dans son ensemble, quand il n'a découvert que la cause ultime dans la longue chaîne, la plus élémentaire de toutes.

– Voilà une formulation intéressante », commenta le pasteur.

En vérité, l'éloquence d'Edson l'avait impressionné. Peut-être avait-il sous-estimé le jeune homme – à moins qu'il n'ait développé ses talents à l'insu du ministre, sa lumière cachée sous le boisseau. Si je disparaissais, songea le révérend Stone, Edson continuerait de diriger la congrégation. Qui sait si ce ne serait pas mieux ainsi.

« Ce n'est pas tout à fait fini, fit Edson avec un sourire anxieux. Nous savons que c'est la force de gravité qui fait tourner la roue, mais la gravité elle-même, comment la définir ? Nous n'en savons rien. Jamais l'homme ne percera les secrets de la véritable nature des processus fondamentaux de l'univers. En ce cas, prétendre que le Seigneur a créé le monde pour le laisser fonctionner librement et sans gouvernance constitue une forme d'infidélité qui mérite la plus grande défiance.

– Je le répète, tout cela est fort bien exprimé. » Le révérend Stone se leva pour prendre congé. « Je parie que la congrégation trouvera ce discours très éclairant, même si l'on chercherait en vain le moindre scientifique parmi les messieurs de Newell.

– Il y a une lettre pour vous… un courrier adressé à Mrs Stone. »

Edson rassembla les papiers qui jonchaient le bureau, puis il feuilleta rapidement la liasse avant de la reposer pour inspecter les tiroirs. Il hésita un instant, mains écartées au-dessus de la table.

« Ah, oui, ça y est », dit-il enfin, tendant la main vers l'autre bout du bureau. Il souleva son grand chapeau, qui dissimulait la lettre. « La voici. »

Sans lui accorder un regard, le pasteur la glissa dans la poche de son pantalon. Saluant Edson d'un signe de tête, il redescendit les marches et sortit dans la tiédeur de la cour.

À son approche, le groupe de mainates réfugié dans les massifs de rhododendrons prit son envol, formant un ruban continu dont l'arabesque noire fila vers le presbytère. Leur chant haut perché et la rumeur sourde du ruisseau annonçaient la venue de l'été, et le pasteur, empli de gratitude, récita les grâces en silence. L'hiver avait été impitoyable, retranchant chacun à l'intérieur de lui-même. L'amertume imprégnait l'atmosphère comme une nappe de suie. Les mots de ses sermons résonnaient devant des rangées de faces blêmes et retombaient sur le sol dallé, prononcés dans l'indifférence. Ces dernières années, la traversée de l'hiver lui était une épreuve, et il languissait après le printemps comme le nageur espère le lointain rivage. Cette fois, pourtant, il craignait que même le changement de saison échoue à le réconforter. Une profonde lassitude l'accablait, comme si une eau lourde gorgeait son esprit. Et puis il y avait ce sang qui sourdait à sa gorge, le goût du corps qui travaille à son propre délitement. Aux premiers saignements, quelques mois plus tôt, le révérend avait été saisi de terreur, mais l'habitude avait émoussé ce sentiment.

Il descendit au bord du ruisseau, pris d'une nostalgie passagère de son arrivée à Newell. À l'époque il n'avait que trente et un ans, et l'espérance irriguait tout son être. Le péché le plus noir qu'il eût jamais commis avait été de prendre en pitié les échecs de ses ouailles. La grâce de Dieu lui semblait presque tangible, comme si l'air, entre les murs du temple, avait pris consistance. Jours de gloire et de lumière. Retroussant le bas de son pantalon, le révérend Stone s'assit sur une souche de chêne moussue et tira la lettre de sa poche. Il reconnut, stupéfait, l'écriture de son fils.

Il prit appui contre son genou pour la déplier, et en voyant les mots *Ma très chère Mère*, il fut frappé par la beauté de la calligraphie. Il relut encore les mots, puis le bout de son doigt suivit les légers creux laissés par la pression de la plume. L'humidité avait gondolé le papier, mais le révérend Stone ne décela aucune odeur quand il l'approcha de son nez.

Il se leva brusquement et longea la berge à grands pas, vers le sud, la tête baissée, l'esprit agité d'un tumulte sans résonance. Après avoir dépassé le pont de la scierie et les écuries de Spillman, il ralentit l'allure, rattrapé par un souvenir : une assiette en porcelaine brisée sur un parquet en chêne ciré ; une odeur d'hélianthèmes et de cabinets, les stridulations des criquets et, au loin, la voix d'une femme appelant sa fille. Son fils de treize ans s'était tapi au bord de ce même cours d'eau, essayant de se cacher parmi les roseaux. Dans sa chambre du presbytère, la mère du garçon était étendue sous deux couvertures, et son front avait la teinte blanc grisâtre d'un œuf bouilli. L'écho de sa toux se répercutait dans la maison vide. Le révérend Stone s'était mis à crier, debout sur la berge, les joues empourprées de colère. Son fils l'avait dévisagé un moment, puis il avait fermé les yeux.

Il déplia la lettre pour la parcourir de nouveau, avant de la ranger dans sa poche de poitrine, soigneusement refermée. Un désir impérieux de revoir le garçon s'empara de lui, une tension douloureuse dans laquelle entrait autant de remords que d'amour. Il ne l'avait pas revu depuis le dimanche de juillet où il avait disparu, près de trois ans auparavant. Le révérend Stone l'avait suivi un certain temps, jusqu'à Worcester, mais ensuite il avait perdu sa trace. Qu'avait-il pu devenir ? Était-il resté le menteur et le petit voleur d'autrefois, celui qui avait fugué un jour de Sabbat en vidant le tronc du temple ? Où était-il devenu un homme, qui portait des favoris et s'était lassé de la beauté du monde ? Le digne fils de son père. Il ne pouvait guère en être autrement.

Un souffle de brise venu du sud apporta des relents de bourbe et des piaillements aigus. Plus bas, trois enfants s'étaient accroupis au bord de l'eau. Il y en avait deux aux cheveux d'étoupe, mais le troisième était brun comme Elisha. Le révérend les regarda batifoler un long moment, puis il prit lentement le chemin du retour, gravit le coteau et pénétra dans le temple.

« Edson ? »

Des grains de poussière tourbillonnaient devant les vitres illuminées. Montant sur la galerie, il choisit pour s'asseoir la dernière rangée de bancs. Un temple désert : la sainteté du lieu était plus évidente quand il n'était pas encombré de corps et de voix, empli seulement de lumière, de silence et du parfum de mousse laissé par la pluie. Ce silence était si proche de la prière... Le révérend Stone, les yeux clos, pria pour recevoir la guidance et, faisant le vide dans son esprit, se laissa glisser dans le silence.

Un toussotement féminin et poli le réveilla en sursaut. Au bout du banc se tenait Prudence Martin, les mains nouées devant elle. Le pasteur se leva en étouffant un bâillement.

« Mrs Martin. J'espère que vous vous portez bien en ce jour magnifique.

– Je suis bien désolée de vous déranger, révérend Stone, fit-elle en s'inclinant. Je suis passée au presbytère, et Corletta m'a dit que vous étiez peut-être ici. » Elle hésita un instant. « J'espérais que vous pourriez me conseiller. Au sujet de mon mari. »

Il y avait quelque chose de la taupe chez cette femme nerveuse qui le regardait en plissant les yeux, pétrissant de ses mains menues le tissu de sa jupe. Quelque temps plus tôt, elle avait fait à la congrégation un don considérable, et en quelques jours, Newell tout entière avait connu l'ampleur de sa générosité. Elle était mariée à un charron qui somnolait immanquablement pendant le service, les yeux mi-clos.

« Matthew Martin. »

Prudence Martin opina.

« Veuillez vous asseoir. »

Elle prit place au bord du banc, jetant un regard furtif aux cheveux décoiffés du pasteur. Celui-ci se redressa et lissa son plastron. Il trouvait cette femme déplaisante, son âme avait la nuance d'un thé léger.

« Ça va faire sept semaines qu'il n'est pas venu à l'office. Vous avez dû vous en rendre compte.

– Je m'arrêterai chez vous un jour de cette semaine, afin de discuter avec lui. Chacun de nous a parfois besoin qu'on lui rappelle l'importance des rituels de la foi.

– Ce n'est pas le plus grave problème. Il a étudié les traités de William Miller. Dimanche dernier à Springfield, il a assisté à un retour à la foi et le prêche parlait justement de ce William Miller. Il n'a plus que ça à la bouche, Miller et ses prophéties, c'est tout ce qui l'intéresse. »

Le pasteur remarqua avec dégoût un filet de crasse le long de la mâchoire de Prudence Martin. Comme il est étrange, se dit-il, le plaisir que les gens prennent à reconnaître une faute. Comme si l'acte en lui-même n'était rien, comparé à la confession et à l'inéluctable pénitence.

« Je connais bien les écrits de William Miller. Il a proposé une lecture singulière du Livre de Daniel. »

Prudence Martin hocha la tête.

« Mon mari a vendu notre argenterie, et il a envoyé la somme à Miller. Et pas plus tard qu'hier, il a acheté pour trente dollars de mousseline, pour des robes d'ascension. Oui, trente dollars. » Penchée vers le révérend Stone, elle dit d'un ton crispé : « Il croit ce que raconte Miller, à propos du mois d'octobre et du Jour du Jugement. Du fond de son cœur, il le croit.

– Est-ce que votre mari évoque quelquefois le Jour du Jugement ? En fait-il la description ? »

Elle opina derechef.

« C'est ça presque tous les jours.

– Et que dit-il, alors ? »

Une rougeur monta aux joues de la femme et se répandit sur son front.

« Il dit que les Justes se rassembleront en haut de la colline, et qu'ils seront les témoins du nouveau millénaire. Et que s'élèveront les voix de la discorde, et qu'il y aura une bataille contre les saints, et un dragon.

– Un dragon.

– Oui, un dragon écarlate à sept têtes, et chacune portera une couronne. Et une bête qui ressemble au léopard, avec des pattes d'ours et la gueule d'un lion. Il dit que les Justes – le révérend Miller et ses disciples – se tiendront au milieu du chaos mais n'auront pas de mal. Et qu'il y aura une nouvelle Jérusalem, où les Justes résideront auprès de Dieu, qu'ils seront ses voisins comme les Boyers sont les nôtres. »

Le pasteur baissa les paupières et fronça les sourcils. Il connaissait par cœur les paroles de Prudence Martin, pour les avoir lues dans l'Apocalypse, mais cela le troublait de les entendre d'une autre bouche.

« Il dit encore que je serai jetée au milieu des incroyants, des meurtriers et des menteurs, et terrassée. Et que j'irai brûler en enfer. Pour toujours. »

Prudence Martin laissa échapper un sanglot, un brusque hoquet plein de surprise, puis elle enfouit son visage dans ses mains.

Le révérend Stone esquissa un geste vers elle, puis il se ravisa, imaginant son corps osseux frissonnant contre son épaule. Il effleura son coude, dont la peau était d'une étonnante tiédeur sous la toile élimée. Il chercha dans les Écritures un verset capable de la consoler, mais seule lui apparut l'image de son fils lisant les Psaumes dans la pénombre du salon, d'une voix douce et haute, cadencée comme une chanson.

« Dites-moi, Mrs Martin, votre époux redoute-t-il le Jour du Jugement ? Ou cela le réjouit-il ? »

Elle leva les yeux, la lèvre tremblante, une lueur éperdue dans le regard.

« Il dit qu'il s'en réjouit, révérend Stone, mais moi je sais qu'il a peur. Je le sens. Il a grand-peur. »

Tant mieux, pensa le pasteur. Il avait de bonnes raisons de s'inquiéter. Il se mit debout, et la femme se leva lentement à son tour.

« Je viendrai bientôt lui parler. Vous devez prier pour votre mari, Mrs Martin.

– C'est ce que je fais. Tous les jours, je fais des prières.

– C'est un défi de ne pas s'écarter du droit chemin, et même un homme aussi vertueux que votre époux risque de se laisser fourvoyer. Il a beau consacrer de longues heures à la prière et au recueillement, il peut toujours être victime d'un moment de faiblesse. Et une vie toute de pureté et de nobles intentions ne l'empêchera pas de s'éveiller un matin… en proie à confusion. »

Prudence Martin le considéra longuement, triturant de sa main droite l'ourlet de sa jupe.

« Lisez les Psaumes, Mrs Martin. "Qu'as-tu, mon âme, à défaillir et à gémir sur moi ? Espère en Dieu : à nouveau je lui rendrai grâce, le salut de ma face et mon Dieu !"

– Je vais y réfléchir, assura Prudence Martin d'un air chagrin. Je suppose qu'il y a que ça à faire. »

Lui murmurant un au revoir, le pasteur la reconduisit à la porte du temple. Dehors, le soleil disparaissait à demi derrière les collines de l'ouest, et des traînées d'orange et de pourpre ondulaient dans le ciel crayeux. Il regarda la femme descendre la route de la cidrerie, une colonne de poussière l'escortant comme un spectre. Dès qu'elle eut disparu, il rentra au presbytère, et, retirant veste et chaussures, il s'installa devant le bureau de sa chambre avec la lettre encore pliée. Il fallut que le jour ait achevé son déclin et que l'obscurité le cerne pour qu'il s'avise d'allumer une lampe.

Il s'éveilla tout tremblant dans la nuit baignée de lune. Ses vêtements lui semblaient graisseux contre sa peau, et malgré la fraîcheur nocturne, il avait le front moite de sueur. À tâtons, le révérend Stone chercha sur la table de chevet une allumette au phosphore, enflamma un bout de chandelle et regarda la pièce affirmer ses contours à sa lueur vacillante. Il quitta son lit pour fermer la fenêtre entrouverte, étouffant les stridulations des criquets, puis il alla s'asseoir à son bureau avec la missive de son fils et une boîte de pilules McTeague contre les maux de dents. Quatre cachets bruns glissés sous la langue, il posa sur sa table la boîte en fer-blanc, près de la lettre et d'une lampe à graisse de baleine. Boîte, lettre, lampe – leur disposition avait quelque chose de liturgique, comme des objets exposés sur un autel. Le médicament avait un goût d'herbes amères.

Il ôta son col, déboutonna sa chemise, et attendit que la sensation d'engourdissement prenne possession de lui. Lorsque cela se produisait, il avait l'impression qu'un masque de velours se posait sur son visage, tandis qu'un chatouillement passait sur ses lèvres et sur ses paupières, comme si le sang circulait au ralenti. Une chaleur délicieuse se diffusait en lui. Il reprit quatre autres cachets dans la boîte et les mit sous sa langue, puis il ferma les yeux, la tête renversée en arrière.

Sitôt que la vague eut reflué, le révérend Stone s'empara de la lettre et regarda la date : 30 mai 1844. Dix jours en arrière. À l'heure qu'il était, son fils avait déjà dû atteindre le grand Nord-Ouest, au milieu des étrangers et des sauvages à demi-nus. Le pasteur chercha dans sa mémoire des souvenirs d'Elisha petit enfant, avant qu'il ne devienne un garçon grave et distant, mais seuls des détails lui revenaient à l'esprit. Ses cheveux couleur de glaise. Ses yeux d'un bleu clair, qu'il tenait de sa mère. Il avait été un petit garçon exubérant, enchanté par la vie, mais avec les années ce trait de son caractère s'était atténué. Comment sonnait le timbre de sa voix ? Dans sa tête il l'entendait parler, mais avec la voix d'Edson.

Après avoir relu la lettre, le révérend Stone la rangea dans un tiroir. Une phalène s'approcha de la flamme dans un doux battement d'ailes. Au-dehors les criquets se mirent à chanter plus fort, comme si quelque chose les avait alarmés. Alors que le pasteur soulevait la bougie, une bouffée de fumée s'insinua dans sa gorge, provoquant une quinte si prolongée qu'elle lui oppressa la poitrine, et que la toux grasse se mêla de sang. Sans regarder la paume de sa main, il l'essuya sur son pantalon. D'un pas traînant, il traversa la cuisine pour sortir par la porte arrière, dans la nuit turbulente, attendant que des formes familières émergent des ténèbres : la silhouette trapue du poulailler, la pompe qui faisait penser à un vieillard voûté, le toit pointu des cabinets. À l'est, Newell sommeillait, ses hommes et ses femmes rêvant d'opulence et de contrées lointaines. D'honnêtes gens, se dit le pasteur. Nous sommes tous des honnêtes gens, à la fois grotesques et charmants. Les enfants de Dieu. Et le révérend Stone comprit tout à coup qu'il devait quitter Newell pour aller retrouver son fils, et lui annoncer que sa mère était morte. Cette idée le transperça comme une aiguille.

Il entendit alors un raclement brutal, comme une botte frottant sur du gravillon. Le bruit cessa avant de reprendre, de plus en plus rapproché. Un tumulte de battements d'ailes s'échappa du poulailler. Près de la maison, une paire d'yeux luisants lança un bref éclair. Le renard. Immobile, le pasteur écouta le caquètement inquiet des volailles. Il rentra à reculons, s'approcha doucement du débarras et décrocha au dos de la porte un antique Springfield à silex et un sac de munitions loqueteux. Il mit la poudre, la cartouche et l'amorce, puis il ressortit de la cuisine, dans l'herbe mouillée. Le grattement précipité se répéta par intermittence. Le révérend Stone, apercevant un mouvement indistinct, ajusta le mousquet contre son épaule et dirigea le canon vers l'endroit où devait se trouver le renard. Le front et les mains moites de sueur, il resserra sa prise sur le fusil et attendit.

Il resta là un long moment, jusqu'à ce que le silence ait repris ses droits, troublé seulement par le chant des criquets.

3

Sault-Sainte-Marie était une ville de garnison enchâssée entre un détroit blanchi par l'écume du côté nord, et un bosquet de cèdres marécageux au sud. Elisha et Mr Brush, débarqués à midi du *Catherine Ann*, descendirent à l'hôtel Johnston. Ils avaient prévu d'y séjourner quatre jours, d'acheter des provisions et d'attendre l'arrivée du professeur Tiffin. Le premier après-midi, le garçon s'assit sur le porche de l'hôtel avec une bière au gingembre, et croqua les métis et les indigènes qui passaient sur le chemin fangeux. La limite du monde des Blancs, se disait-il, subjugué. Il ne pouvait effacer le sourire sur son visage, et avait peine à croire qu'ils ne se trouvaient qu'à trois journées de voyage de Detroit.

Ce ne fut qu'à la tombée du jour qu'il s'enhardit suffisamment pour se risquer au-delà de l'hôtel, et qu'il passa devant un bazar, une mission baptiste, une salle de bowling, un maroquinier et un saloon aux vitres brisées. Les bâtisses étaient solides mais délabrées, avec des peintures écaillées et des carreaux crasseux. Devant une échoppe à l'enseigne des « Curiosités Indiennes », un vieux Chippewa au crâne chauve gisait assoupi à même le sol, vêtu d'un pagne et d'une chemise en toile malpropre. Un filet de salive s'écoulait de sa bouche molle. À Newell, le seul indigène, Joseph Gooden, habitait une maison en bois blanche, achetait ses vêtements dans les magasins et ne manquait jamais l'office du dimanche, si bien qu'Elisha répugnait à lui accorder le nom d'indigène. Un autochtone citadin, à la rigueur, par opposition aux véritables indigènes que l'on rencontrait ici. Deux espèces distinctes d'une même race.

Il traversa la ville en direction de Fort Brady. Le portail était fermé, et une sentinelle à l'air ennuyé se pencha à la fenêtre d'une casemate pour lui crier :

« Demain au lever du jour ! »

Elisha lui adressa un signe de la main avant de longer la partie ouest du fort, où l'on avait dressé un campement de cabanes et de huttes en écorce ; des Indiennes et des métisses surveillaient les foyers, des enfants gambadaient au bord de l'eau en lançant de grands cris, accompagnés d'un maigre chien jaune qui bondissait parmi eux. Un rire d'homme retentit puis s'éteignit. Une délicieuse odeur de fumée imprégnait l'atmosphère. Elisha ralentit le pas pour observer les femmes : grandes et élancées, brunes mais jolies, dotées d'un charme brut et exotique. Là encore, une espèce différente des citadines de Detroit.

Un peu plus loin, Elisha se trouva devant une colline basse, couronnée de minuscules abris en écorce. Qu'est-ce que ça peut bien être ? se demanda-t-il. À genoux devant l'une de ces maisonnettes, il resta pétrifié sur place, comme empoigné par des mains de glace. Il s'agissait d'un cimetière chippewa. Les abris étaient destinés à protéger les tombes des charognards. Les poings enfoncés dans ses poches de pantalon, Elisha se hâta de regagner la ville. Contre le ciel couleur d'ardoise, les palissades de Fort Brady découpaient leur silhouette de château. Au-dessus, le mât du drapeau de la garnison se dressait comme une aiguille noire. Jamais spectacle ne l'avait empli d'une telle gratitude.

Levé de bonne heure le lendemain matin, Elisha réunit quelques biscuits, du fromage, son carnet et le livret du professeur Tiffin, puis il se mit en route pour explorer les marécages situés au sud de la ville. Il fut dépité de reconnaître tous les chants d'oiseaux : surtout des fauvettes, des grimpereaux bruns, quelques jaseurs d'Amérique. À l'heure du déjeuner, il fit halte dans une clairière couverte de mousse et ouvrit au hasard l'ouvrage de Tiffin.

Ainsi, nous apprenons des légendes chippewas que le dieu du sommeil se nomme *Weeng*, et qu'il dispose d'une multitude d'émissaires minuscules et invisibles munis de *puggamaugons* (massues de guerrier). La nuit venue, ces esprits invisibles se faufilent dans les chambres, cherchant les personnes couchées dans leur lit. Dès qu'ils en découvrent une, ils montent sur son front et lui assènent un coup sur le crâne, qui provoque le sommeil.

Le lecteur, sans nul doute, reconnaîtra là une *image identique* à celle des gnomes que créa Pope dans sa *Boucle dérobée*. Chose plus intéressante, nous trouvons des références analogues dans les *hosheewa* de la mythologie mongole, comme le notait l'estimé professeur Linden, de Harvard, dans son *Études et Notes sur les Mythologies antiques*. En fait, si l'on analyse le corpus connu de mythes indigènes en prêtant attention aux similitudes d'images et d'intrigues, on découvre qu'une large proportion de ces mythes présente des ressemblances avec nos histoires les plus familières. Le plus remarquable est que nous trouvons des parallèles entre ces mythes autochtones et l'*Ancien Testament lui-même*.

Elisha continua sa lecture par le récit indigène de la Création, qui racontait comment un déluge avait englouti le monde et noyé toutes les créatures à l'exception d'une immense tortue de mer, ou *Mikenok* : les hommes s'étaient tenus sur son dos et avaient pu être sauvés. Il passa directement au dernier chapitre, où le style rhétorique du professeur Tiffin mimait le travail du maçon érigeant un bâtiment brique par brique.

J'ai démontré dans cet ouvrage, par un examen logique de la mythologie et de la langue indigènes, que PREMIÈREMENT, les races autochtones possédaient des *ressemblances indéniables* avec les ancêtres des chrétiens qui occupaient jadis la Judée. DEUXIÈMEMENT, j'ai apporté la preuve qu'une communauté de ces *anciens chrétiens* avait migré, par voie de terre ou de mer, jusqu'aux confins nord-ouest de notre pays, et engendré les « sauvages » indigènes qui sont aujourd'hui *si honteusement persécutés*.

Le lien établi entre les races blanche et peau-rouge constitue une étape significative, quoique peut-être insuffisante, dans la démonstration de l'unité de *toutes les races humaines*. Car si le Maître Artisan a jugé bon de créer, à partir d'une source commune, l'Homme Blanc et le Peau-Rouge, il est incontestable qu'il en va de même pour le Noir. On peut affirmer par conséquent qu'il est vrai et *moralement certain* que tous les hommes chrétiens, blancs, rouges ou noirs, sont *égaux devant le Seigneur*, et méritent de jouir de l'ensemble des libertés et des droits dictés par la Loi naturelle.

Le document se poursuivait sur plusieurs pages, complété par un appendice qui retraçait dans le détail le possible itinéraire des anciens chrétiens de Judée émigrés en Amérique : la Russie par la mer Caspienne, la traversée du détroit de Béring pour rejoindre le Canada et en franchir le territoire. Pourquoi pas ? se dit Elisha. Des périples plus extraordinaires avaient dû être accomplis.

Tout en mangeant un biscuit, il reconstitua son propre voyage, de la maison paternelle à Newell vers Springfield, puis le trajet en train jusqu'à Worcester et Lowell, et enfin la diligence pour Manchester. Les inconnus le regardaient avec une curiosité apitoyée. Il avait dû se faire violence pour ne pas trahir sa frayeur. Il avait achevé le voyage en traîneau, dans la forêt enneigée, jusqu'au camp de bûcherons. Submergé par la peur, il se sentait anxieux, envahi par la nostalgie. Il se demanda si les anciens chrétiens avaient ressenti la même chose.

Il était près de midi quand il revint en ville. Au moment d'ouvrir sa porte, à l'hôtel Johnston, il s'arrêta, une main sur le loquet. La porte de la chambre voisine était entrebâillée.

« Professeur Tiffin ! » appela Elisha.

Il frappa, et le battant s'ouvrit en geignant.

Une malle de voyage ouverte était posée sur le plancher, son contenu éparpillé au sol : une chemise pliée et un chapeau de feutre roulé en boule, une pile de petits sacs en toile, un marteau de géologue, une règle et une écritoire portative défraîchie. Un cahier fermé reposait sur le lit – le journal de bord scientifique du professeur Tiffin. Un frisson parcourut le garçon.

« Professeur Tiffin ! Il y a quelqu'un ? »

Elisha pénétra dans la pièce et prit le journal entre ses mains.

C'était un cahier tout simple, relié en maroquin brun clair bon marché, acheté, constata Elisha, tout exprès pour l'expédition. Ses pages étaient encore vierges d'observations et de mesures, d'hypothèses et de théories. Alors qu'il le feuilletait, il s'en échappa un feuillet de papier pelure qui se posa doucement au sol. Elisha l'éleva vers la fenêtre, afin que le soleil l'éclaire.

9 juin 1844

Mon très cher cœur,

Me voilà loin de la ville dans laquelle tu ris, marches et dors, et mille hommes n'empliraient pas ce bateau comme le fait ton absence. Même le souvenir de ton sourire ne suffit pas à égayer mon cœur. Sans toi, mon humeur est au plus bas.

N'oublie pas de livrer à Mason et Crane trente *Légumes*, et dix *Consomptions* à Benjamin Stover (Randolph Street), douze *Éducation des enfants* à L. Thacker. Pense également à régler les dettes suivantes :

13 dollars à Soward
11 dollars 20 à Pierce
20 dollars 50 à Isaac Rowland
16 dollars à Wm. Rowland
5 dollars à Jos. Rowland

S'il te plaît, évite de gaver Biddle comme à ton habitude.

Je rapporterai des nouvelles extraordinaires, qui *changeront notre vie*.

Ma chérie, mon âme – *che-baum*, comme disent les Chippewas. Ces jours passés sans toi sont longs comme l'éternité, et je ne trouve consolation que dans les rêves de mon retour – vers ta voix, vers tes lèvres, vers le lit que nous partageons.

Je reste toujours ton dévoué

G.

Elisha remit la lettre à sa place avec un vague sentiment de honte. Au moment de partir, son attention fut retenue par un petit portrait encadré posé sur le lit. Il s'agissait d'une miniature figurant une Noire dans un fauteuil en bois sculpté, un châle brodé sur les épaules, ses mains gantées de blanc jointes sur ses genoux. Derrière elle se tenait un bonhomme grassouillet au teint pâteux et aux favoris orange, vêtu d'une redingote noire, d'une chemise à jabot, d'un gilet rayé et d'un chapeau haut de forme. Un habit de mariage. Tout d'abord dérouté par la scène, Elisha finit par comprendre qu'il s'agissait du « cher cœur » de la lettre. L'homme blanc avait posé la main sur l'épaule de la femme noire, et un paisible sourire se dessinait sur ses lèvres.

Elisha se figea, alerté par un tintement de couverts venu de la salle à manger. Il s'avança sur le seuil : un brouhaha de conversations, des verres qui s'entrechoquaient, quelqu'un qui sifflait les premières mesures de « Fanny Gray ». Retournant auprès du bagage, il en retira un nécessaire de rasage, une paire de chaussettes en laine, une boussole de poche, un lexique hébreu dans un coffret noir rogné aux angles. Au-dessous se trouvait un paquet enveloppé de toile cirée et solidement fermé par une ficelle. Elisha le retourna entre ses mains. L'objet, de la taille d'une bible, était cependant plus lourd et plus arrondi, et ne présentait pas la forme strictement rectangulaire d'un livre. Il tira sur la ficelle nouée.

Un bruit de pas retentit alors sur les marches. Elisha remit dans la malle le lexique, les chaussettes et les affaires de toilette, avant de se précipiter vers la porte. Au moment où il sortait furtivement dans le couloir, un homme parut en haut de l'escalier, tenant dans sa main un verre de whisky à moitié vide. Il leva les sourcils à la vue d'Elisha.

« Bonjour.

– Bonjour. »

Le professeur Tiffin s'affala pesamment sur la banquette du palier. Il était plus costaud que ne le laissait supposer la miniature, la peau aussi soyeuse que celle d'un petit enfant, les yeux louches et un menton à la ligne douce et affaissée. D'épais favoris orange lui couvraient les joues. L'homme transpirait, et il avait épinglé les manches roulées de sa chemise, découvrant des avant-bras sans poils et des doigts pareils à des saucisses cuites. Il tira sur son col taché.

« La banalité d'une vie provinciale n'est guère pour me plaire, et je lui préfère largement la variété d'une cité comme Detroit. Pas plus tard que lundi dernier, j'y ai vu un éléphant du Siam. Une créature infiniment passionnante : de la taille d'une locomotive à vapeur, et capable, pourtant, de se dresser sur ses pattes de derrière pour happer des galettes de maïs. Un Italien montait sur son dos comme sur un cheval, et il s'y prenait à merveille. Bien moins rapide qu'un cheval, malgré tout.

– En effet.

– Oui, cela s'explique par sa stature colossale, qui exige une forte pression artérielle pour que les membres soient mis en mouvement. Il est physiologiquement impossible à cet animal de se mouvoir rapidement. »

Le professeur Tiffin retira son chapeau, révélant un crâne rose couronné de boucles rousses humides de sueur. Il étudia Elisha en se frottant le front.

« Et comment un solide jeune homme tel que toi a-t-il été conduit à rejoindre notre modeste expédition ? »

Elisha avait imaginé un vieux monsieur voûté, la veste boutonnée jusqu'au cou et les lorgnons sur le nez, le front ridé par des années de profondes réflexions. Au lieu de cela, il découvrait un homme qui ressemblait à un de ces flâneurs des salles de billard de Woodward Avenue.

« J'ai lu votre traité, lui dit Elisha, *Langue et Histoire des Tribus Indiennes d'Amérique du Nord*. C'est ce qui m'a donné envie de prendre part à l'expédition. »

Le professeur Tiffin partit d'un rire aigu en se renfonçant dans son siège.

« Tu vas me faire rougir.

– Et j'ai l'intention, cet été, d'identifier une nouvelle espèce – poisson, plante ou insecte, peu importe. Je veux devenir un scientifique, comme vous et Mr Brush.

– Ta terminologie est impropre, jeune homme ! Les scientifiques ont un mot pour désigner Mr Brush et ses pareils : des *tâcherons.* Ce sont des professionnels qualifiés, qui s'entendent à collecter des spécimens, effectuer un lever topographique ou tracer des croquis – mais ce n'est pas là le

51

travail du scientifique. Associer observations et hypothèses – synthèse, *suntithenai* – tu comprends ? Tirer des conclusions d'un ensemble de connaissances, afin de parvenir à une vérité supérieure. Telle est notre rétribution. Tu vois ce que je veux dire ?

– Oui, monsieur.

– Les faits ressemblent à des cailloux, tu comprends. Ils sont morts. Les idées, elles, sont pareilles à des arbres. Elles possèdent la faculté de croître. Les faits sont inutiles tant qu'ils n'entrent pas au service d'une idée. » Le professeur Tiffin termina son whisky et tendit le verre vide à Elisha. « Bien entendu, les tâcherons jouent un rôle indispensable. La science ne saurait se passer de ces gens, tout comme un mécanisme d'horlogerie complexe a besoin du plus infime de ses engrenages. »

Les façons de Tiffin rappelèrent à Elisha son oncle favori, Lawrence, qui venait de Boston une fois par an du temps de son enfance. En arrivant chez eux, il n'avait rien de plus pressé que de hisser Elisha sur ses genoux et de cueillir une pièce d'un penny sous chacune de ses narines. Le professeur Tiffin vacillait légèrement, comme s'il était soumis au roulis d'un bateau. Elisha comprit alors qu'il avait bu.

« Et toi, mon jeune gaillard, qu'est-ce que tu voudrais devenir ? Un scientifique, ou un tâcheron ?

– Les deux à la fois, avoua Elisha avec un sourire. Si c'est possible, j'aimerais apprendre des choses de Mr Brush et de vous-même.

– Tu n'as pas conscience de la portée de cette expédition, je me trompe ? Les découvertes que nous ferons cet été vont époustoufler tous les États-Unis. » Tiffin tapota le genou d'Elisha. « Tes petits-enfants en parleront encore. Et leurs propres enfants après eux…

– Je suis très honoré d'en faire partie, professeur Tiffin, sincèrement. J'ai une grande admiration pour vos idées. Vous êtes un véritable érudit sur le thème des indigènes. »

Le professeur eut un léger renvoi.

« Je mangerais volontiers une galette de maïs. On est près de mourir de faim dans ce drôle de patelin. »

Elisha ne répondit pas. Le mot *suntithenai* s'attardait dans son esprit, auréolé d'une douloureuse tristesse. Il y voyait le symbole de tout ce qu'il ignorait. Enfant, il avait été un élève médiocre en salle de classe, mais un véritable savant au bord du ruisseau, derrière la maison de son père. Et qu'avait-il appris, au bout du compte ? Les habitudes alimentaires du bruant fauve. Les différences entre le plécoptère, la libellule et l'éphémère. Il avait passé ses journées dans l'eau froide, enfoncé jusqu'aux genoux, l'ardent regard du soleil plaqué sur sa nuque, à rassembler des spécimens et à tracer de gracieux croquis. Un tâcheron en herbe était à l'œuvre.

Le professeur Tiffin l'observait d'un œil intrigué.

« Va donc prendre un peu l'air. Vas-y. Je me suis laissé dire que cela avait un effet roboratif. »

Elisha fila aussitôt dans le couloir, tenant toujours le verre de whisky vide. Le professeur le héla au moment où il atteignait l'escalier.

« Petit ! Tu ne m'as pas dit ton nom !

– Elisha Stone.

– Elisha Stone ! Je t'apprendrai cet été comment on devient un scientifique. À la fin de l'expédition, c'est toi qui me donneras des leçons. »

Elisha passa l'après-midi allongé sur la grève, près de la palissade du fort, à observer les pêcheurs indigènes qui naviguaient sur le détroit à bord de leurs frêles canoës en écorce. Ils filaient sur les flots écumeux, un homme pilotant l'esquif pendant que son compagnon prenait dans ses rets les corégones charnus et frétillants. Tout d'abord, le garçon resta médusé devant l'habileté des hommes, mais l'agacement finit par l'emporter. Il leur enviait en effet la simplicité de leur tâche : ni idées ni synthèse, seulement un bateau, un filet et une rivière poissonneuse. Il regrettait de ne pas avoir emporté son carnet.

À six heures, Elisha rentra à l'hôtel pour ne pas manquer le dîner, et en passant devant le salon il surprit la voix de Mr Brush. Coulant un regard par la porte ouverte, il vit Brush et le professeur Tiffin installés côte à côte sur un sofa, Brush se tenant bien droit près d'un Tiffin penché en avant, le menton dans les mains. Leur regard était dirigé vers l'autre bout de la pièce.

Près de la cheminée une femme était assise, vêtue comme les métisses d'une robe à bretelles bleue et d'un fichu en calicot. Sa chevelure était comme l'aile du corbeau, d'un noir lustré brillant de reflets bleus. Elle avait les pommettes saillantes d'une Chippewa, mais son front était haut et large, et ses joues semées de taches de son. Elle considérait les deux hommes avec attention.

« Ce ne sont pas ses connaissances qui posent problème, arguait Mr Brush, mais uniquement son sexe. Une femme de sa stature est incapable de transporter un paquetage complet. » Brush s'inclina devant elle. « Avec tout le respect que je vous dois, madame.

– Tout le monde s'accorde à reconnaître, comme l'a prouvé une sommité de la valeur du docteur Samuel Mitchell, que les femmes indigènes sont d'une constitution plus robuste que les Blanches. Edwin Colcroft rapporte avoir vu des femmes chippewas remonter des sentiers de portage chargées de ballots de pelleterie d'une quarantaine de kilos. Catlin témoigne d'exploits similaires, accomplis par des femmes enceintes.

– Mais elle n'est qu'à demi indigène.

– Je porte autant de poids qu'un homme », coupa brusquement la femme. L'accent français affleurait dans son anglais. « Et même plus que certains.

– De toute manière, nous n'avons pas d'alternative, soupira le professeur Brush. Son mari est *absent*, voyez-vous. Tous les *voyageurs*[1] en bonne santé sont déjà partis pour l'été. Il ne reste plus que les soldats et les ivrognes dans ce drôle de patelin, et nous devons absolument prendre le départ.

---

1. Terme candien-français du XVIIe s. désignant les guides qui utilisaient les voies d'eau pour se déplacer dans les étendues sauvages de l'Amérique.

– Surveillez votre langage, le reprit Mr Brush. Nous sommes en présence d'une dame. »

La femme se détourna vers la fenêtre. Au-dehors s'étirait le tracé poussiéreux d'une route, et au-delà c'étaient la grève, le détroit et les côtes du Canada parsemées de huttes minuscules et colorées. Elle observait la scène, les lèvres pincées, comme si elle brûlait de prendre la parole, mais ne connaissait pas les mots adéquats. Elisha lui donnait environ vingt-deux ans.

Il entra dans le salon, mais ni Mr Brush ni le professeur Tiffin ne le remarquèrent. Le garçon toussota pour signaler sa présence.

« Ah, dit alors Tiffin. Voici notre jeune Elisha. Permets que je te présente madame Susette Morel. Elle est l'épouse de monsieur Ignace Morel, le *voyageur* que j'avais engagé comme guide pour cet été. Il était prévu qu'il fasse avec moi la traversée depuis Detroit, mais il ne s'est pas manifesté. Apparemment, on n'a aucune trace de lui. »

Elisha adressa un sourire à la femme. Ses yeux avaient la couleur de la tourbe. Une légère cicatrice blanche épousait la courbe de sa mâchoire, pareille à une marque de craie. Susette Morel répondit par un petit salut raide, avant de se tourner à nouveau vers les deux hommes.

Installé sur un tabouret, Elisha tâcha de concentrer son attention sur une gravure suspendue au-dessus de la cheminée. La scène représentait le port de Canton fourmillant de jonques, de goélettes et de bateaux de pêche chinois. Son regard se reporta sur la cicatrice de la femme. Elle était plus âgée, pensa-t-il, que ce qu'il avait cru tout d'abord. Vingt-cinq ans, peut-être trente. Une blague à tabac était attachée à sa ceinture, près d'un fourreau de poignard décoré de perles.

« Je propose que nous nous dispensions de guide, déclara Brush. Chacun de nous se chargera de dix kilos supplémentaires, et nous nous reporterons si nécessaire aux cartes de Bayfield. Elles sont incomplètes, mais devraient néanmoins suffire. Avec tout le respect dû à madame Morel, une expédition mixte serait fort malséante. Ce n'est pas un voyage d'agrément.

– Sans guide, vous n'arriverez jamais aux pierres gravées. »

La femme s'avança légèrement sur son siège. « Elles se trouvent sur un site profondément enfoncé dans les terres, et il faut d'abord traverser un immense marécage. Quand on ne les connaît pas, on n'a aucune chance de tomber dessus. Vous avez besoin d'un guide.

– Bien, dans ce cas, nous nous enquerrons de leur emplacement dans un village indigène. Les autochtones qui vivent dans leur voisinage savent forcément où se situent ces précieuses pierres. Nous engagerons un sauvage digne de confiance, afin qu'il nous mène à notre destination finale.

– Un sauvage digne de confiance ! hoqueta le professeur Tiffin avec une feinte stupéfaction. Pensez-vous que cette mythique créature existe pour de bon ? »

La cloche du dîner retentit sur ces entrefaites. Aussitôt, des pas se firent entendre au plafond et dans les escaliers, assortis d'une rumeur étouffée de conversations et d'un éclat de rire. Un monsieur à la forte carrure jeta un coup d'œil dans le salon et lança :

« Dépêchez-vous, ou vous n'aurez plus aucune chance ! »

La porte des cuisines se referma en claquant.

« Nous pourrions poursuivre la discussion pendant le repas, s'empressa de suggérer Elisha. Nous parviendrons plus vite à un accord avec l'estomac bien rempli. Et puis madame Morel nous en dira davantage.

– Il se trouve que la décision est prise, fit Mr Brush, qui se leva pour s'incliner devant la femme. Madame, je vous remercie pour votre patience.

– Non, elle n'est pas prise du tout ! »

Le professeur Tiffin s'était dressé d'un bond, son nez frôlant le menton de Brush. Leur différence de taille parut d'ailleurs l'inquiéter.

« Écoutez-moi bien, mon ami, dit-il, nous ne trouverons jamais les pierres gravées sans un guide expérimenté. Une carte approximative et nos bonnes intentions ne suffiront certainement pas. Il se trouve que l'ordre de mission de cette expédition m'autorise à m'adjoindre un guide, et madame Morel est celui que j'ai choisi d'embaucher.

– Un ordre de mission rédigé par un gratte-papier idiot de l'Administration des Terres publiques, à Detroit. On peut y apporter les amendements que réclament des circonstances imprévues.

– Si ma décision ne vous satisfait pas, rien ne vous oblige à prendre part à cette expédition.

– Je suis l'unique bénéficiaire des crédits. Sans moi, vous ne toucherez pas un sou. » Mr Brush eut un sourire impassible. « Si vous aviez mis plus de soin dans l'organisation de vos affaires, c'est avec l'époux de cette dame que nous serions en train de négocier. Et nous ne serions pas empêtrés là-dedans. »

Les deux hommes échangèrent des regards de courtoise inimitié. Susette Morel se pencha vers eux, le poing serré sur ses genoux.

« Je suis prêt à partir d'ici deux jours. Moi, cette aimable dame en qualité de guide, et le jeune Elisha qui me servira d'assistant. » Tiffin se tourna vers le garçon. « N'est-ce pas ? »

Elisha opina, le rouge aux joues.

Mr Brush, lui, secouait la tête, tandis que le sourire s'évanouissait sur ses lèvres. Pendant un bref moment il parut vieilli et accablé de lassitude, les paupières lourdes et flétries.

« Il aurait mieux valu que vous restiez à Detroit, dit-il à Tiffin, à attendre l'apparition de votre guide imaginaire. Vous n'avez pas l'air taillé pour les entreprises pratiques. »

Au-dehors, retentit la détonation d'un mousquet, saluée par de lointaines acclamations. Le dîner au fort. Susette Morel promenait son regard entre Mr Brush, le professeur Tiffin et Elisha. On se demandait si elle allait injurier les deux hommes, ou bien fondre en larmes.

« *Merci beaucoup*[1] », dit-elle avant de quitter précipitamment la pièce.

---

1. Les mots en italiques suivis d'un astérisque sont en français dans le texte. *(N.d.T.)*

Il passa la matinée du lendemain à arpenter les bords du détroit, à l'ouest de la ville, puis il prit un chemin détourné pour regagner l'hôtel ; là, il ôta ses vêtements et s'allongea sur le lit, laissant vaguer ses pensées parmi des images de Susette Morel. Le flot noir de sa chevelure, la surface lisse des pommettes... Les taches de rousseur sur la peau brune trahissaient l'union de l'indigène et du Français, mais quand elle se mettait à parler elle n'était ni l'un ni l'autre, pas même américaine.

Elisha n'aurait su dire s'il la trouvait belle. C'était son caractère étranger qui le troublait, son accent et sa mise singulière, comme si on venait de lui donner une nouvelle définition de la beauté. Effleurant sa poitrine du bout des doigts, le garçon s'efforçait de trouver le sommeil. Au bout d'un moment, toutefois, il se releva et se passa le visage à l'eau froide avant de se rhabiller et de prendre son chapeau.

Il s'arrêta au bazar, au comptoir de la Hudson Bay Company et dans la boutique d'artisanat indien, passant en revue les rares visages féminins, puis il prit vers l'est, en direction du fort. Le portail de la palissade était ouvert, et quelques soldats jouaient au jacquet près de la casemate. À l'intérieur, un groupe d'indigènes était assis en cercle devant le Bureau des Affaires indiennes et conversait à voix basse. Elisha parcourut le terrain, puis entra dans le magasin du fort et dans l'hôpital. Susette Morel demeurait introuvable.

Il regarda à tout hasard dans l'église catholique, où une messe avait lieu. Un prêtre séduisant, à l'épaisse chevelure noire, se tenait devant une assemblée de femmes blanches et de soldats, où se détachait le teint sombre d'un unique Chippewa.

« *Je suis le pain vivant, descendu du ciel. Qui mangera ce pain vivra à jamais.* » Son anglais se teintait d'un accent allemand. « *Si vous ne mangez la chair du Fils de l'homme et ne buvez son sang, vous n'aurez pas la vie en vous.* »

Le prêtre répéta les mots des Écritures dans un chippewa hésitant, et l'indigène hocha la tête en silence. Elisha se demanda ce que cet homme pourrait retirer d'un tel enseignement.

Il aperçut la femme en bordure du campement indien. Assise devant une petite cabane en rondins, elle était en train de raccommoder une seine de pêcheur drapée autour d'elle comme une jupe de dentelle. La fenêtre de la cabane était protégée par du papier huilé, et la porte ouverte, bloquée par une cale, laissait voir une table, deux chaises, et une paillasse tachée étendue au sol. Une chemise grise était suspendue au mur, pareille à un fantôme, près d'un crucifix taillé dans le bois.

Ce spectacle ne laissa pas de surprendre Elisha. La cabane ne valait guère mieux qu'une de ces loges indigènes aux parois d'écorce et au sol de terre battue, avec leur trou pratiqué dans le toit pour l'évacuation de la fumée. Le sang chippewa dominait le sang blanc, songea-t-il. Il s'approcha de quelques pas, sortit son carnet et son crayon et traça une esquisse du profil de la femme – le front, les lèvres serrées, le nez long et rectiligne. Elle était belle, il n'y avait aucun doute là-dessus. Une belle femme qui habitait une cabane sombre et sans confort, aux confins du pays. Relevant les yeux, il vit qu'elle posait sur lui un regard impatienté.

Elisha referma le carnet d'un geste sec.

« On m'a envoyé vous chercher ! Je vous présente toutes mes excuses pour l'imbroglio d'hier soir, à l'hôtel. Et pour ne pas vous avoir offert, tout au moins, un dîner digne de ce nom. »

La femme retourna à son ravaudage.

« Je ne demande pas d'excuses. Je suis capable de me préparer à dîner.

– Tout de même, je vous prie de les accepter. Nous nous sommes fort mal conduits, pour dire la vérité. »

Susette Morel ne répondit pas. Elisha la regarda travailler sur les cordes effilochées, passant une navette entre les fragments qu'elle liait ensuite étroitement avec de la ficelle. Ses doigts fendillés et brunis faisaient penser à des feuilles de tabac. Il ébaucha un sourire, puis se gratta le menton, bien en peine d'énoncer la moindre réplique pertinente.

« Je suis également venu vous demander si vous seriez prête à partir dès demain matin – en tant que guide de l'expédition, bien évidemment. »

Le mouvement de ses doigts s'interrompit.

« Il a changé d'avis ? »

Elisha comprit qu'elle faisait allusion à Silas Brush.

« Ne vous tracassez pas au sujet de Mr Brush – je compte avoir une discussion avec lui ce soir même. Sinon, le professeur Tiffin, vous, et moi, partirons de notre côté, tous les trois. Voyez-vous, j'ai sur ces hommes une certaine influence. Je suis assistant scientifique et arpenteur. »

Déposant la seine à terre, Susette le considéra d'un œil circonspect.

« Il a dit que je n'avais pas la force de transporter un paquetage dans la forêt. C'était seulement mon mari qui l'intéressait.

– Pour autant que je puisse en juger, votre mari est absent. Et nous avons un besoin vital d'un guide. Voilà ! »

La gaîté forcée de son propre ton le mit mal à l'aise. D'un geste distrait, Susette Morel lissait ses jupes, dont le lainage portait autant de reprises et de rapiéçages que la seine. Un frisson d'enthousiasme parut la traverser.

« Et le paiement ?

– Pour cela, il vous faudra parlementer avec Mr Brush, ce n'est pas moi qui décide des questions financières. Ma fonction est d'identifier les spécimens animaux, végétaux et minéraux, de forger des idées et des hypothèses. »

Brusquement, Elisha prit conscience de son chapeau défraîchi, de son pantalon et de sa chemise élimés, et se demanda si une femme s'attachait à ces choses-là.

« À propos, où est votre mari en ce moment ?

– Montréal, ou Rainy Lake. Ou peut-être Detroit.

– Pourquoi n'est-il pas allé retrouver le professeur Tiffin, comme il l'avait promis ? »

La question était impolie, mais la femme se borna à secouer la tête.

« Mon mari prend tout seul ses décisions. Je ne pourrais pas les expliquer. »

Elle reposa la seine pour se lever et continua de brosser ses jupes, comme si ce geste l'apaisait. Elisha n'arrivait pas à déchiffrer son expression : à la fois enthousiaste et sur la réserve, courtoise et distante. Elle était quasiment aussi grande que lui. Quand elle se rapprocha, il ne put s'empêcher de s'incliner vers elle.

« Que dois-je dire à Mr Brush ? Si vous jugez que les conditions ne sont pas acceptables, je peux essayer de négocier, de parler à Mr Brush en votre nom. »

Susette Morel fit un sourire qui révéla de petites dents blanches, semblables à des grains de maïs.

« Dites-lui que je peux partir demain. »

Elisha opina.

« Je demande à être payée dès que nous serons arrivés aux pierres gravées. En totalité.

– Ça me paraît envisageable… je suis certain que ce sera accepté. J'en ferai part dès ce soir à Mr Brush.

– Vous aurez besoin de porc, de graisse, de riz et de farine. De barils de poudre et de cartouches. De sel, de sucre et de café en grande quantité. Vous avez tout ça ?

– Mr Brush a pris toutes les dispositions, n'ayez pas d'inquiétude, assura Elisha en souriant. Le professeur Tiffin a l'intention d'étudier les artefacts chippewas ; il est persuadé que les indigènes sont les descendants des ancêtres des chrétiens. C'est pour cette raison qu'il tient à examiner les pierres gravées, afin de démontrer leurs liens avec eux. Il croit que les indigènes, les Blancs et les Noirs sont les membres égaux d'une seule et même race. Il a écrit des essais sur ce sujet. »

Susette Morel contemplait Elisha comme s'il s'était agi de quelque spécimen exposé dans un cabinet de curiosités. Un léger sourire se dessina sur ses lèvres.

« Je connais quelques mots de français, que j'ai appris en classe. *Bonjour, bonsoir, je vous prie, madame**.

– *Je vous* en *prie**, corrigea la femme en riant.

– *Je vous en prie**. Évidemment. *Parlez-vous français ? Qu'est-ce qui se passe ?** »

Elle fit un pas de plus vers le garçon, et son sourire pâlit.

« Vous êtes agité, fit-elle. Comment ça se fait ? »

Il se détourna, fit quelques pas maladroits en direction du fort, puis s'arrêta.

« Tenez-vous prête à partir demain au point du jour ! Les années prouveront qu'il s'agit là d'une des expéditions majeures de notre époque – vos petits-enfants en parleront encore ! »

Le garçon pesta contre lui-même tout en s'éloignant d'un bon pas. Et puis tant pis, mince. Une chose qui ne vous rendait pas nerveux ne valait même pas la peine qu'on lui accorde une pensée.

La salle à manger de l'hôtel Johnston était une pièce étroite et basse de plafond, aux chaises dépareillées et à la vaisselle ébréchée. Un vase d'iris flétris était posé au centre de la table. Le papier peint fané figurait la capitulation de Cornwallis devant Washington, à Yorktown. Elisha s'était attablé en face de Mr Brush, tandis que l'hôtelière maussade servait du corégone rôti, du gibier et du potiron frit, des pommes de terre et un ragoût de légumes verts. Le professeur Tiffin ne s'était pas montré.

Un individu corpulent, au teint congestionné et à la barbe en éventail, occupait le bout de la table. Il portait un gilet en velours bleu et une cravate en satin, et son épingle en nacre était constellée de diamants. La chaîne d'une montre en or lui barrait le ventre. Il expliqua à la logeuse qu'il était un homme d'affaires de Boston, venu prospecter les ressources en minéraux de la région. Il ne fit cas ni de Mr Brush ni d'Elisha.

« Je me rends compte que les plus riches gisements sont en fait les plus faciles à localiser, fit-il observer. Je suis doté pour ces choses-là d'un talent particulier, si bien que mes associés ravis me qualifient de "devin sans égal". Vous voyez cette chaîne ? J'ai personnellement repéré la concession minière de Géorgie d'où cet or a été extrait. » Avec sa fourchette, l'homme se servit deux steaks de gibier et une bonne portion de légumes, qu'il déposa dans son assiette. « Il s'agit d'un phénomène magnétique, vous comprenez. Je sens *littéralement* la présence des minerais sous mes pieds. Il se peut que j'écrive un jour un traité à ce sujet. »

Elisha regarda Mr Brush vider son verre de whisky et s'en verser un autre. Il semblait se faire violence pour ne pas intervenir.

« Du cuivre, de l'or, du fer et de l'argent qui ne demandent qu'à être emportés. Et pourtant j'ai observé aujourd'hui une dizaine de ces nègres sauvages à la peau rouge, qui se prélassaient au soleil sur le rivage, sans un souci en tête. » L'homme d'affaires gloussa de rire. « Il n'est pas étonnant qu'ils vivent dans une telle misère. Je me demande si on pourrait seulement les employer comme mineurs. Il nous faudra peut-être importer cette bonne race de Cornouaillais. »

Brush se leva de table à l'instant où l'hôtelière lui servait une part de tarte aux cerises. Il salua l'assemblée d'un « Messieurs » et quitta la pièce. Elisha attendit quelques instants, puis s'excusa et rejoignit Mr Brush au salon, où il le trouva assis sur une bergère près de la cheminée, un journal sur les genoux, le regard perdu au-dehors. Remarquant la présence d'Elisha, il attrapa son journal d'un geste brusque.

« Pardonne ma sortie impromptue, mais cette pièce empestait la sottise.

– Monsieur, je…

– Tu peux cesser de me donner du "monsieur", la flagornerie n'est pas de mise. »

Elisha hocha la tête.

« Je voulais discuter avec vous de la femme que nous avons vue hier, madame Morel. Je crois que nous devrions la prendre comme guide.

– C'est une métisse, et mariée, qui plus est. J'ose espérer que tu ne comptes pas attenter à sa vertu. »

L'espace d'un instant, Elisha crut entendre la voix de son père, le ton cassant de mise en garde et de réprobation. Puis il vit un sourire moqueur relever les lèvres de Mr Brush.

« Bien sûr que non ! Le fait est que l'idée de patauger sans guide dans un bois de cèdres marécageux ne m'enchante pas beaucoup. Cela nous fera perdre énormément de temps.

Peut-être même que nous ne trouverons jamais les pierres gravées.

– Vous prêtez trop d'attention au professeur Rouquin. Ses précieuses pierres ne sont pas l'objectif premier de cette expédition. » D'un mouvement de tête, Brush désigna la salle à manger. « Les imbéciles de son acabit constituent un souci plus pressant – des spéculateurs qui arpentent le territoire avant même que le gouvernement n'ait découvert ce que recelaient ces terres. Ce gros butor ne ferait pas la différence entre une veine d'or et un filet de pisse sur son pantalon.

– Mais la présence de Susette Morel nous aiderait sûrement à traiter avec les Chippewas.

– Nous aiderait. »

Quelque chose dans ses intonations dissuada Elisha de poursuivre. Mr Brush replia le journal et se carra dans son fauteuil.

« Jeune homme, permets que je t'instruise sur les manières de traiter avec les indigènes. Dans le temps, j'ai été chargé de faire des levers topographiques sur l'ensemble de l'État d'Indiana. On était alors en 1818, tu étais encore loin d'être né. L'Indiana est un terrain plat, avec quelques rivières et lacs, quelques étendues de forêts, mais pas de marécages inextricables. Une tâche aisée, si l'on fait exception des Miamis. Ils avaient vendu leurs terres au cours de l'été, mais les tribus les plus éloignées n'en avaient pas vraiment été informées. Elles nourrissaient une profonde suspicion à l'égard des Blancs munis de chaînes, de télescopes et de boussoles qui sillonnaient leur territoire. À leurs yeux, tous ces calculs et ces mesures relevaient d'une espèce de sorcellerie.

Le guide qui nous accompagnait se nommait Little Frog, Petite Grenouille. Pas plus grand qu'une crotte, jovial pour un sauvage, et réputé pour sa vaillance à l'ouvrage. Quand nous l'avons engagé, il s'est prétendu métis, mais il nous mentait. C'était un Potawatomi sans mélange. À la cinquième semaine de voyage, au cours d'un relevé au bord de la Kankakee, nous avons aperçu la fumée d'un foyer, que Little Frog a pris pour celui d'un parti de guerriers miamis. Il est devenu aussi nerveux qu'une femme, et n'a cessé de nous harceler pour que nous rebroussions chemin. Nous avons donc posté des sentinelles pendant la nuit, en partie pour le tranquilliser, en partie pour lui tirer dessus s'il essayait de fuir. Le lendemain, le pauvre bougre n'a pas été capable de porter son paquetage. On aurait dit qu'il était prêt à fondre de terreur. Dans l'après-midi nous avons décidé de traverser la Kankakee, et quand nous avons atteint son milieu, dix Miamis ont surgi dans leurs pirogues, la figure grimée comme celle du diable en personne. Nous n'étions que quatre, et ils nous auraient abattus si nous avions poussé un seul cri. Ils ont traîné Little Frog dans un de leurs canoës, et ils ont disparu vers l'amont. »

Mr Brush laissa passer un bref silence.

« Nous avons retrouvé Little Frog trois jours plus tard, six bonnes lieues en amont. On lui avait ouvert le ventre, et il était attaché à un arbre par ses propres entrailles. Sa chevelure avait été scalpée. Sa figure et sa poitrine étaient aussi noires que celles d'un nègre, comme si on l'avait frotté avec de la poudre à fusil. Les corbeaux lui avaient arraché les yeux, et le visage du malheureux n'avait plus rien d'humain, réduit à un masque creusé de trous. Nous l'avons enseveli là-bas, au bord de la Kankakee. »

Le silence se prolongea. L'homme d'affaires fit alors son entrée, en se suçotant les dents. Il gagna la fenêtre à grands pas et déclara après une longue inspiration théâtrale, comme s'il monologuait :

« Du cuivre et de l'or, du fer et de l'argent. Je veux bien être fouetté si je me trompe.

– Revenons-en à cette femme. Nous allons l'engager, sur le principe qu'il vaut mieux un guide métis que pas de guide du tout. » Mr Brush regarda l'homme d'affaires, qui avait le dos tourné. « Si nous nous retardons davantage, nous serons devancés par tous les gros butors de cette terre.

– Je vais la retrouver, et lui demander de se tenir prête dès demain matin. »

Mr Brush le rappela alors qu'il se levait pour partir.

« Depuis quand est-ce que tu boites comme ça ? »

Le garçon se figea sur place.

« Un assistant estropié, une mauviette d'associé, et une catholique à moitié sauvage pour guide. » Il ferma les yeux. « Je suppose que c'est une épreuve qu'Il m'envoie.

– Il y en a de plus pénibles. »

Brush eut un rire désabusé.

« L'avenir nous l'apprendra. »

4

L'homme dormait déjà lorsque le convoi quitta Albany, et au bout de quelques miles, sa tête dodelina de côté et vint s'appuyer contre l'épaule du révérend Stone. Il avait une physionomie d'étranger, avec quelque chose de vaguement allemand, ou hollandais, dans la ligne du front ; sa veste de costume, quoique maculée de boue, semblait de bonne coupe, ses chaussures étaient en cuir fin de Cordoue. Un commis-voyageur étalant sans vergogne sa prospérité. À moins qu'il n'affrontât vaillamment quelque revers de fortune. Son haleine exhalait une forte odeur de pastille à la menthe. Le révérend Stone se demanda distraitement ce qu'il pouvait vendre.

Le train avait fait de nombreux arrêts entre Springfield et Albany : à peine avait-il couvert poussivement quelques miles que le sifflet retentissait, et que la locomotive s'immobilisait dans un grincement strident. Alors on ouvrait les portes à la volée, une rafale d'air frais balayait la voiture pendant que des hommes descendaient, chargés de sacs à dos et de malles, et que d'autres se frayaient un chemin pour monter. À chaque halte, le révérend Stone posait son bagage sur son siège et descendait sur le quai, observant les bourgades tranquilles tout en frottant ses manches tachées de suie : Westbridge, Carroll, Fall Valley, Humberton. Il avait déjà lu ces noms sur la carte, mais n'avait jamais imaginé les lieux qu'ils désignaient. La vue des temples et des banques, des salons de barbiers et des prés communaux fit naître en lui des frissons de joie puérile. Il bâillait, affectant un air absorbé.

En remontant à Garton, il n'avait plus retrouvé son bagage, et un inconnu corpulent était vautré à sa place, plongé dans la lecture d'un journal. Le révérend Stone toussota, puis voyant que l'homme ne levait même pas les yeux, il s'adressa à lui :

« Excusez-moi, mais je crois que ce siège est occupé. »

L'inconnu le regarda avec une expression solennelle.

« Qu'est-ce qui vous fait dire ça ?

– Mon sac était dessus. Je l'avais posé là pour sortir prendre l'air. »

L'homme soutint son regard assez longtemps pour éveiller chez lui une pointe d'agacement. Il parcourut des yeux la voiture à moitié vide : quelques personnes observaient la scène d'un œil ennuyé. Un jeune marchand ambulant venait d'apparaître dans l'allée centrale, proposant dans son panier journaux, cigares et cacahuètes. Le révérend Stone déclina d'un signe de tête, mais le garçon ne bougea pas.

« Même un imbécile ne laisserait pas son bagage en évidence. Surtout pas dans une gare.

– Je voulais marquer ma place pendant que j'allais respirer l'air frais. Je vous l'ai déjà dit.

– Tout ce que j'ai vu, moi, c'était une banquette libre. S'il y avait eu un bagage dessus, je m'en serais aperçu.

– Vous l'avez forcément vu. Un sac en peau de mouton, marron. »

L'homme posa bruyamment le journal sur ses genoux.

« Je vous dis que j'en ai pas vu, de bagage ! C'est pas moi qui l'ai pris, si c'est ce que vous voulez dire.

– Bien sûr que non, veuillez m'excuser. »

Le révérend Stone se précipita vers la porte et descendit sur le quai. De l'autre côté de la rue, un homme nu-tête gravissait les marches de la Pierce Bank, chargé d'un sac en peau de mouton. Le pasteur courut jusqu'à la banque et gravit les marches deux à deux. Il s'arrêta, le souffle court, puis ouvrit la porte et posa une main sur l'épaule de l'homme.

Mais ce fut une femme à l'air stupide, vêtue d'un pantalon, qui fit volte-face en braillant :

« Enlevez vos sales pattes de là ! »

Et elle le frappa à l'épaule avec le sac. Ce n'était qu'une sacoche en toile miteuse, qui ne ressemblait pas du tout à son bagage.

« Pardonnez-moi, dit-il, j'ai fait erreur. Je croyais... »

Le sifflet du train retentit à cet instant. Le révérend Stone ressortit à reculons, renouvelant ses excuses, puis il s'élança vers la gare. Le chef de train lança un « Ho ! », et la locomotive se mit à souffler. Le convoi s'ébranla en tressautant. Sans cesser de courir vers le compartiment messieurs, le révérend Stone héla l'employé. Celui-ci agita la main en souriant et bloqua la porte avec sa botte. La locomotive prenait de la vitesse. À l'extrémité du quai, le pasteur se cramponna à la barre, prit son élan et passa la porte en frôlant le chef de train, qui poussa une acclamation.

« Un sacré rythme pour votre âge ! »

Il se faufila vers un siège vide et regarda à travers la vitre d'un œil furieux. Quelqu'un lui avait dérobé son bagage et s'était tranquillement éloigné en le camouflant sous sa veste. À ce moment même, un escroc était en train de toucher ses cravates et ses mouchoirs, de secouer les boîtes de cachets pour les maux de dents. Et il lisait la lettre d'Elisha. La sueur ruissela sur ses joues. Tout cela ne lui paraissait que trop clair.

Il ferma les yeux pour calmer le tourbillon de ses pensées, mais elles revenaient obstinément sur les trop rares occasions où il avait pu utiliser le sac. Le trajet entre la maison de son père, à Chicopee, et le séminaire de Cambridge, quarante ans auparavant ; celui qui l'avait mené de Cambridge à Newell cinq ans plus tard, le cœur débordant d'un joyeux optimisme. Le voyage de noces à Saratoga Springs, Ellen installée près de lui dans la diligence, les lèvres pincées par l'excitation et la nervosité, le poing appuyé contre sa cuisse. Des événements heureux. Des commencements et des fins. Il se demanda si l'événement présent serait l'un ou l'autre.

Il glissa la main dans la poche de son pantalon et en retira une boîte de cachets à moitié vide et une liasse de billets, faisant des gestes rapides pour ne pas déranger le bonhomme assoupi contre son épaule. Il compta trente-trois dollars : assez peut-être pour l'emmener au-delà de Detroit, s'il se montrait suffisamment économe. Il évalua mentalement le coût d'un bagage neuf, d'un col et d'un pantalon de rechange, et comprit bientôt qu'il lui faudrait s'en passer. Il n'y a que trois jours que je suis parti, se dit-il, et j'ai déjà perdu tout ce que je possédais. Tout le monde, lui semblait-il, voyait bien qu'il n'était qu'un benêt de la campagne.

Son voisin marmonna dans son sommeil, puis se redressa brusquement.

« Toutes mes excuses, fit-il.

– Je vous en prie, répondit le révérend en rangeant les billets dans sa poche.

– Bon sang ! » L'homme se frotta le visage en clignant des paupières. « Je suis moulu. Je crois bien que je dormirais jusqu'à San Francisco si on allait aussi loin. Vous savez où on est ?

– On vient de dépasser Albany.

– De toute façon, le contrôleur m'aurait réveillé. Le terminus est à Buffalo. »

L'homme lui tendit la main et se présenta sous le nom de Jonah Crawley. Sa voix traînante révélait peut-être un accent étranger, peut-être une simple fatigue.

« Vous n'auriez pas un peu de tabac à chiquer, par hasard ?

– Même si j'en avais eu, c'est trop tard. On m'a volé mon sac à Garton. »

Le visage las de l'homme ne manifesta qu'un vague intérêt.

« Vraiment ? »

Le révérend hocha la tête, mû par un désir impérieux de parler.

« C'est moi le fautif – en partie. J'avais laissé mon bagage sur le siège pendant que je sortais prendre l'air. J'aurais dû le garder avec moi. Vous comprenez, je n'ai pas l'habitude de ce genre de voyage. J'arrive de Newell, dans le Massachusetts, et je dois me rendre à Detroit. Je vais rejoindre mon fils. »

Jonah Crawley se mit à bâiller. Ses dents étaient d'un jaune foncé et marbré.

« Ah, oui ?

– Il ignore que je suis en route, cela fait trois ans qu'on ne s'est pas vus. Je pense qu'il sera très surpris de me voir.

– Je présume que vous avez préparé un joli petit discours. »

Le pasteur opina. En réalité, il n'avait pas encore réfléchi à ce qu'il allait dire quand il retrouverait son fils. Il lui dirait la vérité sur sa mère. Et ensuite ? Un sévère interrogatoire sur sa disparition, sur l'endroit où il avait passé les dernières années ? Ou bien des bavardages désinvoltes sur Newell, des nouvelles de Corletta, de la congrégation et des amis d'enfance d'Elisha ? Toutes les possibilités qui s'offraient à lui semblaient maladroites, déplacées. Dans son esprit, Elisha restait le garçon de treize ans aux cheveux ébouriffés, aux ongles bordés de boue de rivière et aux manches trop courtes. Le révérend Stone ne pouvait l'imaginer sous les traits d'un jeune homme de seize ans.

« Je suis bien navré de votre déveine, fit l'homme. La population itinérante ne semble guère se soucier du bien-être d'autrui.

– Qu'est-ce qui vous fait supposer cela ? »

Jonah Crawley cligna des yeux, visiblement dérouté par la question.

« À mon avis, il y en a parmi eux qui cherchent à fuir les ennuis. Des ennuis bien mérités, quelquefois. Ils partent vers une destination qu'ils espèrent meilleure. Ce qui n'est pas vrai, en général.

– Je ne pense pas que les itinérants soient plus endurcis que les autres. Le manque d'égards me semble être un trait assez répandu.

– Vous devez être dans la police, dit l'homme en souriant. C'est là un jugement qui manque de charité.

– Sûrement pas. Tout ce que je voulais dire, c'est que les gens se montrent parfois négligents – ils oublient d'obéir à leur conscience.

– Personnellement, je préfère ignorer la mienne, plaisanta l'homme. Ça me donne l'impression d'être quelqu'un de respectable.

– Et cela vous importe beaucoup ? D'avoir le sentiment d'être respectable ? »

Crawley le regarda avec insistance.

« Bien sûr, que ça m'importe. »

L'homme se détourna et massa sa nuque endolorie, sous le regard oblique du révérend Stone. Celui-ci chercha à se rappeler la dernière fois où il avait discuté avec un inconnu. Un colporteur bourru mais curieux, qui avait frappé à la porte du presbytère huit mois ou un an auparavant. L'homme avait fini par admettre sa croyance en l'Immaculée Conception, d'un air solennel et plein de regrets. Par pitié pour lui, le pasteur avait fait l'acquisition de deux lanternes sourdes.

« Milton a bien voulu que Satan soit affecté par sa conscience. "À présent la conscience éveille le désespoir assoupi, tire du sommeil l'amer souvenir de ce qu'il fut." N'est-ce pas ? Bien entendu, Satan ignorait les conseils de sa propre conscience. Les gens respectables sont guidés par la raison et gouvernés par la conscience – ils ne peuvent s'empêcher d'aspirer au bien. Certains soutiennent même que c'est la conscience morale qui fait de nous des êtres civilisés, et nous distingue des nègres et des sauvages indiens. Cet argument me paraît fondé.

– Vous devriez rédiger un sermon à partir de vos idées. On m'a dit que les prêches itinérants pouvaient rapporter de l'argent. »

Jonah Crawley ferma les yeux, avachi sur son siège.

Le révérend Stone se tourna vers la vitre, bizarrement froissé que l'homme mette abruptement fin à la discussion. Dehors, le crépuscule s'était coulé sur une prairie hérissée de souches d'arbres. Où se trouvaient-ils, maintenant ? Quelque part dans l'État de New York, entre Albany et Buffalo. Des terres dépouillées de leurs arbres. Le pasteur imaginait une horde d'hommes ahanant sur la scie à tronçonner, la barbe poudrée de sciure. Aplanissant le paysage, supprimant tous les refuges. À tâtons, il chercha dans sa poche la boîte de cachets et en glissa trois sous sa langue, les yeux clos.

Il était lâche, sans aucun doute. Il abandonnait son foyer, fuyait vers l'ouest après un petit geste d'adieu. Le dimanche précédent, quand il avait averti les fidèles de son départ prochain, le temple s'était empli d'un silence tendu, comme si personne ne croyait qu'il s'en irait pour de bon. À moins qu'ils aient plutôt douté de son retour.

Tandis que ses pensées se déroulaient plus paisiblement, le pasteur se demanda s'il parviendrait jamais à retrouver son fils sur cet immense territoire désert. Il vit l'image d'un Elisha en prière, les traits contractés par la frayeur, l'éclat de ses yeux bleus terni par le désespoir. La foi du garçon était fragile, et son cœur était celui d'un lâche. Comme il tient de moi ! s'émerveilla le révérend Stone, il me ressemble tellement !

Il abandonna son front contre la vitre froide, gagné soudain par une affection désespérée pour la ville qu'il avait quittée. Newell prenait déjà le caractère imprécis et lointain d'un beau rêve, dont le souvenir confus s'attarde après le réveil.

Il était minuit passé quand le train arriva à Buffalo. La gare était un bâtiment en brique caverneux, désolé et funèbre dans l'avare lumière de l'éclairage au gaz. Des rabatteurs d'hôtels à l'œil hagard se déplaçaient parmi les voyageurs, exhibant des pancartes aux noms bucoliques : *Cascade House, River View Inn, Verdant Falls Hotel.* Les porteurs soulevaient malles, valises et sacs, et leurs appels se répercutaient à travers l'édifice élevé. Quelques annonces décolorées voletaient sur un panneau d'affichage.

Le révérend Stone observait la scène, les mains vides. Il aborda un rabatteur qui fumait un cigare à l'odeur âcre, et dont l'écriteau annonçait : *Elysium House, les plus belles vues sur les Chutes.* La gorge irritée, il respira bien fort pour réprimer une quinte de toux.

« Combien coûte une chambre pour une nuit ? demanda-t-il.

– Ça dépend de la chambre. Celles que j'ai de libres donnent toutes sur les chutes. Ça fait un dollar de supplément.

– Mais c'est la nuit, je ne risque pas de les voir.

– Vous les verrez demain matin. À moins qu'il pleuve, bien sûr. »

Le révérend, sentant qu'on le tirait par la manche, découvrit derrière lui Jonah Crawley en compagnie d'une jeune femme drapée dans une vilaine étole jaune.

« Je connais tous les bons hôtels de Buffalo, intervint Crawley. Permettez que je vous conseille.

– Mr Crawley ! Quel plaisir de vous revoir.

– Voici ma fille Adele, dit l'homme en souriant. Elle voyageait dans le compartiment des dames. »

La jeune fille s'inclina pour le saluer. Elle était pâle et menue, et ses yeux verts avaient une expression vague et distante, comme si elle était préoccupée par une grave décision. On n'aurait su dire si elle avait douze ans ou plutôt seize. Le pasteur lui sourit aimablement.

« Ces crétins n'hésiteront pas à vous extorquer un dollar en faisant croire que leurs bicoques sont à deux pas des chutes. Un beau mensonge, je vous en donne ma parole. Je connais un endroit qui en est assez proche pour qu'on entende l'eau caresser les rochers, et on où ne vous dévalisera pas.

– Je vous serais très obligé », fit le révérend Stone avec gratitude.

Il traversa la gare à la suite de Jonah Crawley et sortit sur l'avenue. Crawley tambourina sur le flanc d'un buggy pour réveiller le cocher, puis aida sa fille à s'installer. Le pasteur prit place sur la banquette d'en face, et l'attelage s'ébranla. Les rues de Buffalo étaient désertes, les auvents tirés et les devantures des magasins obscures, sinon quelques rares lumières dans les saloons. Ils passèrent devant un théâtre et une faculté de médecine, un opéra aux colonnades blanches et à la coupole grandiose. Quelques clochers se découpaient derrière les rangées de maisons, mais le pasteur ne put deviner à quelle confession appartenaient ces églises.

S'écartant de la vitre, il vit que Jonah Crawley plongeait son regard dans les yeux vides d'Adele, comme s'ils menaient une conversation silencieuse. Crawley tapota la main de sa fille, qui tourna un regard méfiant vers le révérend Stone. L'expression de son visage le mit mal à l'aise.

« Inutile de m'offrir une récompense, révérend, fit Crawley. Je cherche juste à aider un compagnon de voyage. »

Le pasteur fouilla dans sa poche et en tira une pièce de vingt-cinq cents.

« Je vous en prie, avec tous mes remerciements. »

Crawley fourra la pièce dans son gilet.

« Certains de ces hôtels sont tenus par des juifs, d'autres par des catholiques. Faites attention où vous mettez les pieds.

– Et le propriétaire de l'hôtel de ce soir ?

– Un baptiste bien comme il faut. »

La voiture bifurqua dans une ruelle éclairée par les vitres des saloons. Le révérend fit un léger sourire à Jonah Crawley, mais ne dit plus rien. Un besoin sourd et indicible le rongeait. Dès le lendemain matin, il achèterait une boîte de cachets. Il dut chasser cette pensée opiniâtre.

Le buggy s'arrêta devant un hôtel à deux étages au porche branlant, dont la porte n'était même pas peinte. Des volets manquaient aux fenêtres, l'enseigne s'était patinée au point de devenir illisible.

« Nous y voilà », annonça Crawley.

Le révérend Stone étudia la bâtisse avant d'ouvrir la portière.

« Il faut apprendre à être modeste dans ses attentes, lui dit Crawley. Telle est la vie du voyageur. »

Sans répliquer, le révérend Stone gravit les marches et se retourna vers le buggy qui attendait.

« Vous ne déchargez pas vos malles ?

– Nous logeons un peu plus près des chutes. Cet hôtel vous apportera satisfaction, mais je le trouve un peu trop haut en couleurs pour ma fille. »

Le pasteur leur adressa un signe d'adieu tandis que l'attelage s'éloignait bruyamment. Il frappa doucement à la porte, qui finit par s'ouvrir sur un homme dont la lampe ne servait qu'à plonger ses yeux dans l'ombre. Il précéda le révérend Stone dans un escalier de service, poussa une porte et introduisit une tige de roseau dans la lanterne qu'il lui remit sans un mot.

Le pasteur le remercia en fermant la porte, jeta son chapeau au sol et se débarrassa de sa veste et de son gilet. Le sommier en corde s'affaissa quand il se glissa sous la couverture.

À travers la fenêtre mal jointe, le vent qui balayait la rue hurlait avec des modulations vaguement humaines. Comme il prêtait l'oreille, le hurlement se confondit avec une plainte provenant de la chambre voisine. Le gémissement se répéta, une note doucement descendante, une aria de deuil. Il se demanda ce qu'il signifiait.

Pendant quelques mois, après la disparition de sa femme, le pasteur s'était surpris à méditer sur les chagrins de ses semblables. L'affliction, lui sembla-t-il alors, étendait son empire tout autour de lui : dans sa chambre, sur le pré communal de Newell, dans les champs de tabac en jachère, les ombres du deuil enveloppant chaque pierre, chaque arbuste. Il cherchait à sonder la profondeur du malheur d'autrui, et ses pensées s'accompagnaient d'élans d'affection envers ses compagnons d'infortune. Il eût trouvé naturel que la souffrance unisse les êtres dans une tristesse partagée, mais au lieu de cela, il se sentait retranché dans un terrible isolement.

Elle était tombée malade le troisième dimanche de mars : ses premières quintes de toux avaient résonné dans le temple pendant le sermon, et il avait jeté depuis la chaire un bref coup d'œil agacé. Le soir au dîner, le mal était descendu de la gorge aux poumons, provoquant une toux grasse mêlée de fins filaments de sang rouge vif. À cette vue, les pensées du révérend Stone s'étaient comme désintégrées ; le souvenir de son regard courroucé, au temple, l'avait frappé au cœur. Le visage d'Ellen exprimait la honte, et une horreur qu'elle avait peine à cacher.

Il apprêta sa chambre comme pour une lune de miel, dressa près du lit une pyramide de recueils de mélodies, de romans et de revues littéraires, une assiette de biscuits d'avoine posée sur sa table de chevet. Près de l'assiette, était roulé un mouchoir souillé de salive rougeâtre. Le révérend Stone ne pouvait se résoudre à y poser les yeux. Un fauteuil à bascule tiré près du lit, il lui lisait des passages des Écritures qu'il faisait alterner avec des extraits de Charles Dickens et de Washington Irving. L'atmosphère de la chambre lui paraissait fétide, empoisonnée. Il se sentait aussi confus, aussi désamarré qu'un homme plongé dans un rêve.

Afin de se distraire, ils confrontèrent leurs souvenirs du premier dimanche où elle était apparue à Newell, assise bien droite sur le banc de Lemuel Butler, sa robe à col de dentelle attirant les regards furtifs des femmes de la congrégation. Personne à Newell n'ignorait qu'il s'agissait d'une jeune fille de Boston, en visite dans la famille de son père. Ce matin-là, le sermon du pasteur ne sembla s'adresser qu'à elle, tant il lui jeta de regards. Elle se souvenait qu'il avait parlé de Luc, de son évocation de la tentation de Jésus au désert, et de l'immense vigueur de la tentation dans la vie de tous les jours ; ce souvenir les fit sourire tous les deux, Ellen posant une main sur sa bouche pour réprimer son envie de rire.

La tentation. Après l'office, dans la cour détrempée du temple, il avait fait le tour de la congrégation en évitant le clan de Lemuel Butler. Ils étaient demeurés patiemment sous la pluie froide, attendant pour lui faire connaître la jeune femme, Ellen Butler. Elle n'avait que dix-neuf ans, tandis qu'il en avait quarante-deux. Au bout d'un moment, il ne resta plus que lui-même et les Butler, et deux porcs égarés qui reniflaient le bord de la route.

Le révérend Stone lui dit lorsqu'ils furent présentés :

« Dimanche prochain, je vous ferai monter en chaire près de moi, afin que les gens n'aient plus à se tordre le cou. »

Elle lui fit un sourire excédé.

« J'espère bien que d'ici dimanche, l'effet de nouveauté se sera atténué.

– Vous sous-évaluez la monotonie de la vie d'une petite ville.

– On m'a dit à Boston que ce n'était pas possible. »

Lemuel Butler se mêla maladroitement à la conversation, commentant la robustesse des porcs égarés, la qualité de sa récolte précoce de maïs doux, un encadré de l'*Intelligencer* de Springfield à propos d'un nouveau guide de morale disponible chez l'imprimeur, puis il demanda au pasteur s'il préconisait la lecture de ce texte aux enfants, ou s'il valait mieux s'en tenir à l'ancien. Le révérend Stone se tut un instant, les pensées en tumulte.

« Les deux sont bons », dit-il enfin.

Qu'en savait-il ? Le révérend Stone, dans un demi-sommeil, se posait maintenant la question. La vue, depuis le beffroi, des cumulonimbus annonçant l'orage. Le goût des mûres en conserve, passant des lèvres d'Ellen aux siennes. Les mots adressés à « La jeune fille en robe de toile ». Il murmura quelques bribes de paroles à demi oubliées : *Sur les galets glissants de la rivière, une fille aux yeux bleus et aux cheveux cuivrés.* Ses yeux étaient d'un bleu de myosotis, et ses cheveux auburn avaient la couleur du bois de chêne. Il baissa les paupières, grisé par ce souvenir. Elle portait de l'eau de lilas sur le cou et sur la gorge, et une fine cicatrice marquait son nez, blanche et oblique. Quand elle marchait, ses pieds se tournaient vers l'extérieur et lui donnaient une démarche ample et garçonnière. Pendant qu'il lui faisait la cour, elle lui avait avoué que cela comptait parmi ses nombreuses qualités viriles.

Un matin, sept mois après leur mariage, le crépitement d'un orage de grêle sur le toit l'avait tiré du sommeil, et il l'avait vue apparaître sur le seuil de la chambre, sa chemise de nuit roulée autour de la taille, les lèvres alourdies. La lumière douce et argentée lui prêtait une apparence éthérée. Le recouvrant de sa chaleur, elle avait murmuré à son oreille :

« Réveille-toi, réveille-toi, mon cher époux, réveille-toi. »

Il avait feint de dormir encore, savourant cet instant.

« Quand tu seras réveillé, je vais t'épuiser. »

Il y avait eu trop d'amour, songeait à présent le révérend Stone. Non pas l'amour conjugal, ni l'amour chaste : c'était le désir qu'ils avaient aimé, la sensualité et la volupté, au-delà de toute pudeur. Un amour si passionné était certainement un péché. Aux instants de paroxysme il se réduisait à un simple contour de lui-même, son esprit envahi par un flux de sensations, d'odeurs et d'images. Le lendemain au réveil, il sentait la culpabilité lui étreindre la poitrine, offusqué et gêné par le souvenir de sa propre ardeur. Adam avait dû éprouver la même chose, le jour qui avait suivi la chute.

Son esprit s'attardait sur ces souvenirs, comme les doigts reviennent sans cesse vers la meurtrissure. Son front farouche, le violent froncement de ses sourcils dans les moments de plaisir intense. Le rire soupirant rompant le silence de la chambre. L'odeur poivrée de ses mains, ses longs doigts. Le sourire indulgent avec lequel elle le regardait ôter son pantalon.

Le dernier soir, en rentrant d'une course chez l'apothicaire, il avait trouvé le lit d'Ellen vide, ses vêtements abandonnés sur le plancher. Elle était à la cuisine, en tablier et bonnet, frottant le sol avec un chiffon savonneux. Il lui sourit, s'efforçant de camoufler sa surprise.

« Je croyais que tu gardais tes forces pour la saison des conserves. Tu as deux semaines d'avance.

– Encore une heure à rester allongée, et j'allais mourir d'ennui. »

Il eut envie de lancer une boutade, mais il se ravisa et lui prit le chiffon des mains en disant :

« Assieds-toi, Corletta s'en occupera. »

Ce soir-là, elle s'assit à table en face de lui et picora des pommes de terre et du porc pendant qu'il lui parlait de l'assèchement du ruisseau, de la nouvelle modiste qui avait ouvert en ville, d'un avis signalant la fuite d'un nègre ayant six orteils à chaque pied. Il mangea avec un entrain forcé, cognant sa fourchette contre l'assiette pour ne plus entendre le souffle court d'Ellen. Elle se redressa brusquement, une croûte de pain à la bouche. Elle fit quelques pas vers la chambre, puis avec une expression de souffrance et d'égarement, elle s'assit lourdement à terre.

Il l'étendit sur le lit et lui couvrit les pieds de la courtepointe. Sa mâchoire s'était relâchée, et la peau adhérait à ses pommettes comme une pièce de coton mouillé tendue sur des rochers. Un filet de salive coula sur son menton. Elle fut prise d'une quinte de toux sèche et hachée, et quand le pire de la crise fut passé, il lui donna un baiser, insinuant sa langue entre ses lèvres gercées. Sa bouche avait un goût âcre de sang. De mort. La panique souleva le cœur du révérend Stone. L'amour est aussi fort que la mort – combien de fois avait-il prononcé ces paroles pour guider un membre de la congrégation ! Et chaque fois, se rendait-il compte à présent, il avait raconté un mensonge. Il se précipita dans les quartiers de Corletta et l'envoya chercher le docteur Powell. Quand il revint dans la chambre, Ellen avait les yeux fixés sur la fenêtre ouverte.

Il demeurait immobile dans le silence pesant de la pièce. Un petit vent faisait onduler la bordure des rideaux. Il s'aperçut bientôt qu'il retenait sa respiration, avant de comprendre qu'il refusait tout simplement d'emplir ses poumons – comme s'il risquait sinon de précipiter le cours du temps, et que suspendre son souffle l'eût empêché de s'écouler.

Une plainte venue de la chambre voisine éveilla le pasteur en sursaut. Il ferma les yeux, se raccrochant aux images fugitives. Quelle place occupait Elisha dans ses souvenirs ? Le garçon avait disparu depuis trois mois, mais Ellen continuait à mettre un couvert pour lui chaque soir, comme si elle espérait le voir s'engouffrer dans la maison les cheveux embaumés de pollens, les replis de ses doigts incrustés de terre. Le révérend Stone se rappelait avoir prié pour son fils, les idées embrumées par la colère. Il se demandait si le garçon, de l'endroit où il était, pressentait que sa mère n'était plus. Les gens sentaient sûrement ces choses-là. Il était certainement inutile de le prévenir.

Le gémissement s'éleva de nouveau, et il comprit en frissonnant qu'il n'était pas dû à la tristesse. Un homme et une femme étaient là, ensemble. Des voix étouffées se firent entendre, puis se fondirent en une harmonie de rires. Bientôt le pas pesant d'un homme résonna sur le plancher. Le pasteur ne bougeait plus, l'oreille aux aguets. Une malle qui se refermait avec un claquement sourd, les grincements d'un sommier. Le cœur du révérend fut soulevé par un élan de tendresse envers ces bienheureux étrangers. Poursuivez votre chemin dans l'ignorance, pensa-t-il. Je vous donne ma bénédiction.

Le lendemain, il avait déjà enfilé son pantalon et lacé ses godillots quand il remarqua les taches jaunes sur la courtepointe. Son regard fit le tour de la petite chambre d'hôtel : entre les lattes éraflées du plancher, les rainures étaient garnies d'argile et de gravillons ; des trous et des fissures s'ouvraient dans le plafond. Des traces de doigts graisseuses maculaient la vitre, si bien que la lumière du soleil paraissait brumeuse et liquide. Le révérend Stone gratta les boutons sur son poignet, souvenir des puces qui infestaient le matelas crasseux.

Descendant au salon, il trouva l'hôtelier allongé sur le divan, en chemise de lin tachée, en train de lire un almanach. Il lança sans accorder un regard au pasteur :

« Quatre-vingt dix cents. En liquide, s'il vous plaît. Toutes mes excuses pour l'absence de cuvette d'eau.

– Votre établissement est malpropre. »

L'homme leva les yeux avec une expression incrédule et circonspecte, et posa le livre sur son genou.

« Je fais de mon mieux pour nettoyer régulièrement. Y a que moi, ici.

– Dans ce cas, vous devriez songer à embaucher de l'aide. Vos chambres sont sales. Et vos clients sont d'une parfaite indélicatesse – leurs ébats m'ont empêché de dormir toute la nuit. »

L'hôtelier l'observait, comme s'il cherchait confirmation que l'autre plaisantait.

« Je peux pas toujours répondre de la correction des autres. Et je peux pas me permettre de refuser les gens parce qu'ils ont pas assez d'égards. Ce serait la misère.

– Vous ne devriez pas vous attacher ainsi à l'argent, s'il doit entamer votre respectabilité.

– Malheureusement, la respectabilité ne suffit pas à nourrir son homme.

– Une telle logique risque de vous coûter cher, un jour ou l'autre. »

L'homme lui fit un pâle sourire.

« J'attends encore le jour où j'aurai les moyens de changer ma logique. Ça me plairait rudement, allez. »

La porte s'ouvrit en grinçant, et une femme en mante rouge et capote rose fit son entrée, suivie d'un homme en vareuse de charretier poussiéreuse. Haussant un sourcil interrogateur, elle regarda le propriétaire en traversant la salle. Le révérend Stone écouta le claquement de leurs pas dans l'escalier, la fille qui gloussait de rire en réponse aux marmonnements de l'homme. Avec un sursaut mortifié, le pasteur comprit qu'il était tombé dans un mauvais lieu.

« Avec toute la concurrence qu'il y a, l'hôtel est pas si bien placé. Je peux quand même pas renvoyer le client qui paie. Je compte sur votre compréhension. »

Fouillant dans sa poche de pantalon, le révérend Stone réunit quatre-vingt dix cents et les posa sur le plateau du lampadaire. Il se dit qu'il devait prêter à rire. Un prédicateur dans le salon d'un bouge sordide, en train de se plaindre de la piètre qualité de son repos.

« Je vous laisse à votre lecture », dit-il.

Le tenancier reprit son almanach et fixa les pages d'un œil malheureux.

« Je vous remercie. Profitez bien de Buffalo. »

Le *Lake Zephyr* était un élégant vapeur à roues latérales ; il avait une proue longue et basse et une mince cheminée, et le logement des roues était orné d'étoiles jaunes. Des guirlandes d'un bordeaux fané pavoisaient le bastingage, un drapeau américain pendait mollement au beaupré. Pour quatre dollars, le révérend Stone acheta un billet d'entrepont pour Detroit, via Ashtabula et Cleveland, puis il marcha jusqu'au bout de la jetée, observant les goélands argentés qui voltigeaient autour du pont-promenade. Il était neuf heures, et le bateau ne partirait pas avant quinze heures quinze. La perspective de ces heures de liberté dans une ville inconnue l'emplissait d'une agréable perplexité. Le *Lake Zephyr*, nota le pasteur, sentait légèrement le levain.

Gagnant sans se presser le chemin de berge, il monta dans une voiture de louage et commanda au cocher de faire halte chez un apothicaire et de lui montrer une vue panoramique des chutes. Le buggy se lança dans une course tressautante. À la pharmacie, le révérend Stone se procura cinq boîtes de cachets, puis, se hâtant de remonter en voiture, il en mit deux sous sa langue et s'abandonna contre le siège au cuir craquelé. L'idée lui vint alors de s'arrêter dans un temple pour s'enquérir des progrès des baptistes à Buffalo, mais il décida finalement qu'il préférait n'en rien savoir. Devant ses yeux, c'était un fourmillement de boutiques, de haquets et d'omnibus peints d'un jaune gai.

Au bout d'un moment, il eut l'impression qu'un ronronnement prenait naissance sous les sabots des chevaux. L'attelage s'immobilisa, et la rumeur l'enveloppa comme le roulement du tonnerre. Descendant de voiture, il se sentit nimbé d'un souffle de brise humide, et se dirigea vers le point de vue encombré de spectateurs. Il se souvint d'une description des chutes qu'il avait lue dans le journal, récit d'un voyage de noces à Buffalo : l'infini de l'eau, le plus noble témoignage terrestre de la puissance de Son ouvrage. Le révérend Stone allongea le pas tandis que le ronronnement s'amplifiait jusqu'au rugissement.

Observées sous cet angle, les chutes se courbaient en un arc gigantesque d'où fusaient les volutes d'embruns comme si une force les aspirait vers le haut ; l'eau avait la couleur de la chevelure d'une vieille femme. Loin en contrebas, des tourbillons de brume flottaient sur de noirs rochers noyés d'ombres. À cette distance, l'onde semblait à peine bouger, comme des tentures ondoyant au gré du vent. Le pasteur se pencha par-dessus le parapet en bois. Sur le cours d'eau qui coulait en contrebas, un steamer miniature se dirigea en ahanant vers le pied des chutes avant de s'évanouir dans la brume.

Le révérend Stone se détourna du panorama avec un sentiment diffus de déception. C'est là une des plus remarquables merveilles de la Création, songea-t-il, et je me lamente de ne pas la trouver plus splendide. Il chassa cette réflexion, mais il subsista en lui comme une ombre d'insatisfaction. Autour de lui, de jeunes couples se promenaient en se donnant le bras, admirant les chutes en souriant, se susurrant des mots à l'oreille ou gloussant de rire d'un air ravi. Le révérend Stone souhaita brièvement pouvoir suivre le joyeux conseil de Jonah Crawley, et savoir modérer ses espérances. Il voyait là un moyen assez simple de trouver le bonheur.

De retour sur la jetée, il monta à bord du *Lake Zephyr* et trouva une place où voyager, debout contre le garde-corps de l'entrepont. Le bateau était bondé de colporteurs, de soldats et d'immigrants à la figure lasse, de familles charriant des sacoches, des sacs de jute et des malles entourées de cordes, et de marins ivres étendus contre la paroi de la chaufferie. Un enfant aux boucles blondes et emmêlées tournait en tapant des pieds autour d'un bureau bancal, comme une sentinelle. Un prédicateur méthodiste vociférait pour dominer le vacarme. Je fais désormais partie de la population itinérante, se dit le révérend Stone. Cette idée possédait un attrait piquant et illicite. À ce moment-là, Jonah Crawley passa près de lui, chargé d'une malle qu'il transportait avec l'aide de la jeune Adele ; lui marchait devant et la fille le suivait, un bâton de menthe coincé entre les dents. Le pasteur l'interpella et le salua de la main.

Crawley laissa tomber la malle avec un sourire étonné.

« Révérend Stone ! Vous quittez déjà Buffalo ? Vous venez tout juste d'arriver ! »

Le ministre adressa un sourire à Adele, qui retira la friandise de sa bouche pour lui faire une révérence, le visage dénué d'expression.

« Je me dirige vers Detroit, expliqua-t-il. Je pense que je ne me serais même pas arrêté à Buffalo si j'avais pu l'éviter, mais j'aurais manqué le spectacle des chutes. »

Un sourire plus franc s'épanouit sur le visage de Jonah Crawley. C'était difficile de se faire une idée de lui, pensait le révérend Stone. Il pouvait s'agir d'un aigrefin, aussi bien que d'un nigaud inoffensif.

« J'espère que vous avez trouvé le confort nécessaire dans votre logement. »

Le révérend Stone répondit par un hochement de tête réservé.

« Fréquentez-vous personnellement cet établissement ?

– Vous disiez être à la recherche d'un gîte bon marché, révérend. Avouez que la chambre coûtait une misère. Si vous le souhaitez, je peux vous arranger quelque chose de semblable à Detroit. Il y a plusieurs hôtels que je peux vous recommander chaudement.

– Je préfère m'en remettre à la Providence, une fois arrivé à Detroit. »

Crawley parut légèrement vexé par sa réplique.

« Tant que vous serez en ville, vous devriez assister à une des prestations de ma fille. Nous nous installerons dans le quartier irlandais. Je vous ferai moitié prix.

– Quel genre de prestation ?

– Adele est médium spirite. » Il posa une main sur l'épaule osseuse de la jeune fille. « Elle possède la faculté de s'entretenir avec les défunts. »

Le révérend Stone se pencha vers elle. Il y avait dans ses yeux l'expression lasse d'une femme plus mûre, et son front et ses joues étaient constellés de petites marques, telles des graines minuscules projetées par le vent.

« Dites-moi, jeune dame. Quelle est l'humeur des disparus ? Sont-ils heureux que l'on trouble leur repos ?

– Cela dépend des gens, répliqua Adele en haussant les épaules. La plupart semblent se réjouir de l'occasion – j'ai dans l'idée que le purgatoire n'est pas l'endroit le plus accueillant. Mais il y en a d'autres qui se montrent grossiers comme tout.

– Et ceux qui ne séjournent pas au purgatoire ? Êtes-vous en mesure de communiquer avec eux ?

– Oui, en effet. Je peux entrer en relation avec tous les défunts. »

Le révérend Stone hocha la tête, tandis qu'une démangeaison cuisante s'étendait sur sa peau.

« Dites-moi, révérend, intervint Jonah Crawley, vous n'en voulez pas à Adele d'avoir dit que le purgatoire n'était pas un lieu accueillant ? Elle ne pensait pas à mal.

– Sans vouloir vous fâcher, je serais fort surpris qu'il puisse s'agir d'une authentique communication.

– Révérend Stone ! Vous ne croyez donc pas que les disparus cherchent à se faire entendre ? »

Le regard du pasteur se perdit au-delà du couple, et un noyau de colère se forma dans sa poitrine.

« Les morts s'en sont allés vers un lieu qui reste inaccessible aux vivants, Mr Crawley. Ils ne convoitent rien que ce monde soit à même de leur offrir. Absolument rien. »

Crawley fronça les sourcils d'un air bonhomme.

« J'admets que certaines filles ne sont que de vulgaires simulatrices, qui font passer le cuivre pour de l'or. Mais pas ma fille, révérend Stone, je vous en donne ma parole. Elle possède un véritable don. »

Le sifflet à vapeur retentit, suivi d'un chœur d'acclamations lorsque le moteur se mit en marche. Un soupir s'échappa de la cheminée du *Lake Zephyr*. Le moteur tournait de plus en plus vite tandis que la foule agitait des mouchoirs, et comme le vapeur débordait doucement le quai, un gamin pieds nus accourut en sanglotant au bout de la jetée. Il brandit son canotier d'un geste rageur, puis le lança en direction du bateau qui s'éloignait. Il tournoya un moment, bande jaune sur fond de ciel, avant de se poser sur la crête d'une vague.

Adele se tourna vers le pasteur, et le regard de ses grands yeux verts parut le traverser.

« C'est un don, révérend Stone. Je converse avec les morts. »

5

Dès le lever du jour ils entreprirent de charger le canoë : barils de poudre, viande de porc et pois secs, sacs de farine, de café, de riz et de maïs blanc, sacs de sel, de sucre et de bicarbonate, des fusils empaquetés dans de la toile cirée, un pain de savon, des allumettes, des pointes et des ustensiles de cuisine, des tentes, des hachettes et des limes. Après un moment de confusion, les instruments scientifiques furent retrouvés et rangés à bord, tandis que Mr Brush s'esclaffait de sa propre étourderie, imité par le professeur Tiffin, Elisha et Susette Morel. Une sorte d'ivresse se diffusait dans le groupe à la façon d'une vapeur. Le détroit ressemblait à une grand-route brillante et déserte qui s'étirait vers l'ouest.

Enfin, Mr Brush se plaça à la poupe. Le canoë était une embarcation longue et étroite, à la coque frappée d'un motif de lune jaune, qui donna de la gîte lorsque le professeur Tiffin monta à la proue. Il rétablit son aplomb en poussant un léger cri, puis empoigna une rame qu'il mania bizarrement pendant que Susette et Elisha prenaient place. Le bateau dansait sur la houle du détroit.

« À mon signal, on y va ! » s'écria Mr Brush, et d'un même mouvement, tous les membres de l'équipage plongèrent leur rame dans l'eau.

Le professeur Tiffin éclata de rire tandis qu'ils filaient vers l'horizon. Je ne mérite pas une telle chance, se dit Elisha. Je ne suis pas digne de cette vie. Le sentiment de gratitude qui dilata sa poitrine faillit lui amener les larmes aux yeux.

Un banc criard de goélands à bec cerclé s'approcha du bateau, puis s'éloigna avec ensemble. La plage de sable jaune était parsemée de chardons et bordée de cèdres rouges, d'érables à sucre et de sorbiers. Tout en ramant, Elisha attachait ses regards à la rive qui défilait. Au bout d'une heure le détroit commença à s'élargir, et ils pénétrèrent bientôt sur les eaux dégagées d'un lac dont les rouleaux déferlaient vers le trait noir de l'horizon, sous le vaste dais d'un ciel bleu piqué d'étoiles. Un moutonnement de nuages pansus flottait au-dessus de la plaine liquide.

Le groupe posa ses rames et laissa le bateau tanguer sur la houle.

« C'est sûrement une malédiction que d'avoir vu le jour dans une si belle contrée, commenta Mr Brush. Le reste de la Création doit sembler bien terne en comparaison.

– La baie de Tahquamenon ! s'exclama le professeur Tiffin. J'ai entendu dire que les *voyageurs* avaient coutume de s'y arrêter pour faire à leurs esprits une offrande de tabac, afin de se garantir une heureuse traversée. C'est un mythe indigène, ou peut-être catholique. Est-ce bien exact, madame Morel ? »

Comme le canoë oscillait, il pivota vers elle pour lui faire face.

– *Est-ce vrai ?**

Susette portait encore sa tenue de la veille, ainsi qu'une écharpe gansée de peau de lapin. Un talisman porte-bonheur, supposa Elisha, ou bien le seul article de qualité qu'elle possédât. Sa chevelure, qu'elle venait de laver, lui tombait dans le dos, nouée en une épaisse natte. Le garçon avait envie de la presser contre sa joue comme un bandeau de soie.

« Ce n'est pas nécessaire, répondit-elle. Poursuivons notre route.

– Fadaises. Nous allons faire une halte, pour que vous puissiez déposer votre offrande.

– S'il vous plaît, intervint doucement Mr Brush. Cette dame est capable de décider toute seule. Il est inutile de tourner ses croyances en dérision. Rien ne nous oblige...

– Loin de moi cette idée ! se récria Tiffin. J'étais seulement curieux de savoir si cette pratique avait son origine chez les indigènes, et non dans la tradition française. C'est une offrande que l'on fait brûler, vous comprenez, dans le but d'apaiser les grands esprits et de fêter le départ. Il s'agit probablement d'une coutume fort ancienne – en fait, les tribus autochtones font offrande d'animaux qu'elles sacrifient par le feu, comme les anciens Hébreux en avaient l'habitude. J'ai pu observer personnellement des foyers contenant des éclats d'os calcinés. Chose intéressante, il est assez rare que ces ossements soient brisés, en accord avec la loi hébraïque qui veut que pas un os de l'agneau pascal... »

Il se tut en voyant Susette détacher la bourse de sa ceinture et en extraire une carotte de tabac, du silex, un briquet et un tampon d'étoupe. Le dos tourné au vent, elle déposa l'étoupe au creux de sa paume, y alluma une étincelle sur laquelle elle souffla doucement jusqu'à ce que jaillisse une flamme, puis émietta la carotte de tabac et l'enflamma. Élevant le tabac fumant au-dessus du plat-bord, elle murmura rapidement quelques formules, et se signa en le jetant dans le lac. Les fragments flottèrent sur la houle peu profonde.

« Nous voici protégés ! » s'écria le professeur Tiffin.

DEUXIÈME PARTIE

1

Ils ramèrent tout au long des matinées de chaleur moite, sous les hauts nuages vaporeux. Ils ne naviguaient jamais très loin du rivage, fait tour à tour de buttes caillouteuses, de parois de grès piqueté, et de bandes de sable blanc et lisse comme du sucre. Les roseaux des sables ondoyaient sous le vent tels des moutons d'écume. Des sternes et des chevaliers sifflaient au bord de l'eau.

À midi, le groupe accosta pour le déjeuner, et Elisha ramassa du bois flotté pour allumer le feu, cependant que Susette mélangeait dans la marmite du riz, des petits pois et de la viande de porc. La brûlure du soleil avait cloqué la nuque d'Elisha, et ses paumes étaient écorchées par le frottement de la rame. Une nuée de moustiques planait le long de la plage.

Malgré l'inconfort physique, Elisha se sentait transporté par une félicité proche de la grâce. Il éprouvait, se dit-il, la même impression que dans le bureau d'Alpheus Lenz, la même sérénité radieuse, à ceci près que les grands pins blancs remplaçaient la bibliothèque, et que les créatures elles-mêmes prenaient la place des spécimens.

Le repas achevé, Elisha aida Mr Brush à mesurer la latitude, la température et la pression atmosphérique, puis il effectua en sa compagnie un repérage géologique sommaire. Il apprit qu'à cet endroit, le sol se composait de sable siliceux mêlé de glaise. Les roches étaient du trapp basaltique, du hornblende, du grès et du schiste grauwacke. Il griffonna des notes dans son carnet, étiqueta des échantillons de minéraux et d'arbres et marqua des repères de nivellement, s'efforçant de suivre l'ample foulée de Brush qui marchait en tête. Celui-ci sifflotait une entraînante chanson de randonnée qui permettait à Elisha de ne pas perdre sa trace quand il disparaissait entre les arbres. Il se sentait aussi détendu, aussi satisfait qu'un visiteur dans une foire de village.

Une fois le relevé terminé Elisha retourna au camp, où le professeur Tiffin lisait un roman de Walter Scott, allongé près du feu. Il se releva en geignant et fit signe à Elisha de le suivre vers la rive, où il entama un discours sur la surrection glaciaire et la dispersion des fossiles qui tourna rapidement à la litanie de doléances. À force de ramer il avait fatigué ses muscles trapèzes. Ses fesses étaient couvertes de durillons et le faisaient souffrir. Susette préparait d'excellents petits-déjeuners, mais ses dîners étaient trop violemment relevés pour son palais. Il aurait volontiers échangé une dent de sagesse de sa grand-mère contre une escalope de veau et un gallon de whisky. Elisha hocha la tête en signe de sympathie, mais d'une certaine manière, entendre cela ne faisait que rehausser son propre plaisir.

Le troisième après-midi après le départ de Sault-Sainte-Marie, Elisha, envoyé à la chasse, traversait un hallier d'amélanchiers lorsqu'un grand raffut s'éleva des fourrés. À moins de cinquante mètres de lui, un grand ours aux épaules puissantes se dressait sur ses pattes de derrière. Il avait une fourrure d'un noir soyeux, et sa petite tête était poudrée de copeaux de bois. Elisha déchira une cartouche, et il tâtonnait pour arracher l'amorce lorsque l'ours porta les pattes à sa tête. Le voyant brandir son arme, l'animal se détourna et s'éloigna lourdement. Le tir d'Elisha ne fit que fendre en éclats l'écorce d'un pin éloigné. Il resta assis par terre jusqu'à ce que ses jambes aient cessé de trembler, puis il frissonna en riant de soulagement.

Le quatrième après-midi suivant le départ de la Sault, alors qu'Elisha se promenait en compagnie de Tiffin, celui-ci avisa un corniaud famélique étendu en lisière de la forêt. Le chien leva la tête à leur approche, un effort qui parut épuiser toutes ses forces. Il avait le museau hérissé d'aiguilles de porc-épic, et la tête aussi gonflée qu'un melon. Son regard plombé poursuivait Elisha.

« L'inflammation est sérieuse, déclara le professeur Tiffin en lui palpant le cou. Il faut achever la pauvre bête sans tarder. »

Elisha chargea le fusil et Tiffin colla le canon contre l'oreille de l'animal, avant de baisser le chien avec un soupir. Il envoya Elisha chercher un peu de ragoût de porc au campement et déposa un bout de viande tendre sur la langue du corniaud.

Elisha ne tarda pas à comprendre qu'il s'agissait là de l'ordinaire de l'expédition. Le matin, on ramait le long des berges du lac, tandis que les après-midi se passaient en arpentages avec Mr Brush, en excursions avec le professeur Tiffin ou en promenades solitaires dans la forêt, le fusil prêt à servir. Le soir, ils se délassaient auprès du feu, où Susette leur servait des bols de ragoût épicé. Brush et Tiffin avaient fini par trouver un domaine sur lequel ils s'accordaient : la politique. Ils étaient l'un et l'autre partisans de l'annexion du Texas, et tenaient tous les deux son « Accidence » le président pour un vaurien et un déshonneur. Ils estimaient de la même façon que le gouvernement du Michigan abritait plus de rats en son sein que la Detroit River dans ses eaux. Le professeur Tiffin s'esclaffait, et son grand rire résonnait dans la nuit opaque. Des lucioles scintillaient à l'orée des bois.

Elisha souriait de leurs discussions sans quitter des yeux Susette Morel. À quoi passait-elle ses après-midi ? Pêcher des truites dans le lac, colmater de résine les fissures du bateau, préparer le dîner. Des corvées fastidieuses, songeait Elisha, et pourtant elle se déplaçait prestement parmi les hommes, économe de ses mots, un léger sourire sur les lèvres. Elisha brûlait d'engager la conversation, mais il ne savait que dire.

Le cinquième matin après le départ, Elisha découvrit au réveil un ciel gris et les bourrasques d'un vent de nord-ouest. Il fouettait les eaux du lac, dont les vagues d'un vert trouble se dressaient en crêtes pointues. Sa torpeur matinale dégénéra en déception à l'idée d'attendre une éclaircie. Mr Brush s'était assis sur une pierre au bord de l'eau, penché sur son carnet de notes, interrompant de temps à autre sa rédaction pour observer le lac en fronçant les sourcils.

Elisha, prenant son propre carnet avec lui, s'éloigna de quelques centaines de mètres sur la berge. Il trempa sa plume dans l'encre et écrivit :

« 16 juin 1844

Ici le rivage se compose fort joliment de sable siliceux mêlé de diverses pierres multicolores, telles que hornblende, jaspe et agate, alternant avec d'épaisses touffes de roseaux des sables. On peut voir le crave à bec rouge, le chevalier ou le pluvier fouir le sable au bord de l'eau, en quête de nourriture, ou nicher dans les replis de la plage de sable jaune. À 1 600 mètres vers l'intérieur des terres c'est la forêt qui commence, d'abord sous la forme d'un bois de hêtres verdoyants, d'érables à sucre et d'érables de Pennsylvanie, bientôt ponctué de quelques bouquets de pruches, et formant une couvert si dense que la lumière du soleil y pénètre à peine. Tournant le regard à la forêt, le lac Supérieur rejoint l'horizon comme une immense coupe bleue, ses vagues déferlant contre les berges avec une remarquable vigueur, comme s'il s'agissait non d'un lac mais d'un océan qui s'étendrait jusqu'au fin fond de la Chine, ou même au-delà. »

Il souffla sur l'encre pour la sécher, satisfait de sa première tentative de description : il lui semblait avoir capté dans son essence la nature des lieux. Il commença l'ébauche d'une vue de la plage, des oiseaux lacustres et des remous du lac. Bientôt, il devina une présence à ses côtés. C'était Mr Brush, qui étudiait son carnet en plissant les yeux.

« Un billet doux pour ton amoureuse ?

– Non, je notais simplement une description de la région, répondit-il en refermant le cahier. Pour tout garder en mémoire une fois l'expédition terminée.

– À cet égard, une peinture à l'huile serait plus efficace.

– Je ne sais pas peindre. Et d'ailleurs, je ne maîtrise pas les termes justes pour décrire le paysage.

– Les termes justes, on peut toujours les apprendre », répliqua Mr Brush en regardant le lac, hochant la tête comme pour confirmer quelque vérité.

Le chapeau qu'il portait avait été brossé avec soin, et ses bottes noires reluisaient, cirées et frottées.

« Eh bien, je suis curieux de lire ce que tu as écrit. »

Elisha lui tendit le carnet, qu'il feuilleta pour trouver l'entrée la plus récente. Le garçon fixait le lac d'un œil anxieux. Un plongeon lança un cri qui évoquait la plainte d'un jeune enfant. Des oiseaux de mauvais augure, se dit-il, un funeste présage pour le temps de ce soir.

Mr Brush finit par émettre un grognement.

« Tu as l'œil aiguisé pour déceler la singularité d'un lieu. C'est un bon point. Toutefois, tu t'attaches beaucoup trop à saisir la beauté de la région. »

Elisha fit un signe hésitant de la tête.

« Il existe mille façons différentes de décrire la beauté de quelque chose, jeune homme – aussi est-il délicat de donner de la beauté une description précise. Et pourtant, la précision est notre objectif. C'est vers elle que doivent tendre tes efforts, et vers une vision exhaustive. Notre scribe à qui rien n'échappe, et qui enregistre les détails les plus intéressants de la Création divine.

– Mais la beauté de la scène n'est-elle pas digne d'intérêt du point de vue de…

– La beauté est le royaume des poètes et des peintres. Des poètes et des peintres *sans le sou*, ajouta Mr Brush en riant. Qui sait je ne suis pas moi-même un poète !

– J'aimerais lire votre propre article. Si vous le permettez. »

Brush hésita, puis lui tendit son carnet de notes. C'était un journal à la reliure de cuir vert, frappé d'un monogramme doré sur la couverture. SB. Avec un frisson d'enthousiasme, Elisha l'ouvrit à la deuxième page.

« 16 juin 1844

Site sit. approx. 3,5 m N Pt au Foin (Bayfield). 46° 33'. Gros rochers granit sur rivage, dir. N 10 E. Ormes, 14 p diam., dir. N 57 O. Hêtres, 24 p diam., dir. N 42 W.

Roche métamorph., surtout quartz (0), grès, hornblende schisteux (1), schiste imparf. talqueux (2), ou argileux. Veines de schiste alumineux, comme dans E de Penn. Cailloux sil., cornaline (3), calcédoine (4). Pas écarts bous.

Sol sable sil. à sableux avec glaise argilo-limoneuse. Pauvre. Terrain plat, sec, convient chem. fer.

Bois, surtout hêtre et érable sucre, quelques pins bl. (approx. 9 500 sp/acre. 90-120 p de haut., 3 p diam. env.) Moyen. »

Elisha passa à la page suivante et constata qu'elle était blanche.

« Mais enfin, c'est tout juste si vous décrivez la région ! »

Brush lui répondit par un sourire indulgent. Un début de barbe d'un noir bleuté ombrait ses joues.

« J'ai fait un descriptif des formations rocheuses qui voisinent habituellement avec les minéraux ferreux – c'est à ce titre qu'elles présentent un intérêt. Elles comptent parmi les détails intéressants de la Création divine. »

Elisha referma le carnet, dépité par la logique de Brush. Ce dernier avait décrit un spécimen minéral important, mais n'avait pas mentionné les plongeons et les truites, les amélanchiers ou les ours noirs. Et s'il avait sûrement raison à propos du détail et de l'exactitude, il semblait inhumain de passer sous silence la beauté de la région.

« Et le reste du paysage, alors ? » demanda-t-il.

Mr Brush lui donna une tape dans le dos et se dirigea vers le camp.

« Laissons tout cela aux peintres ! » lança-t-il par-dessus son épaule.

Ce soir-là, l'orage approcha sous l'aspect d'une couche de nuages bas et zébrés, jetée au-dessus de la forêt comme une courtepointe tachée d'encre. Des gouttes de pluie se mirent à crépiter sur les cimes, et bientôt ce fut un déluge qui s'abattit, piquant la peau, répandant une vapeur qui montait du sol de la forêt. Mr Brush, Tiffin, Elisha et Susette se précipitèrent vers leurs tentes et plongèrent sous la portière de toile cirée. Ils échangèrent des regards à travers les braises du foyer.

« Pensez-vous que »... commença Elisha, mais une lueur livide s'alluma dans le ciel et le tonnerre se déchaîna au-dessus de leurs têtes. On aurait dit le craquement du bois de pin fendu par la hache.

Elisha mesura à quel point il s'était trompé : ce n'était pas comme dans le bureau d'Alpheus Lenz. Pas le moins du monde. Le cabinet de travail de Lenz était tiède et silencieux, autel dédié à la méditation. Ici, en revanche, ce n'étaient que roulements de tonnerre et nuées d'orage, faim et fatigue. Une entreprise pratique, par opposition à l'étude théorique. Il n'y avait rien d'étonnant à ce que les spécimens de Lenz aient été naturalisés et dépourvus de vie. Un éclair vacilla encore dans le ciel, puis une flamme clignota dans le lointain.

« Je propose un toast ! s'écria Tiffin. Il se pencha en avant et tendit une flasque sous l'averse. Aux membres intrépides de cette expédition ! Et à la connaissance, ma morose amoureuse – puisse-t-elle me livrer ses plus intimes secrets, sans honte ni retenue !

– Surveillez votre langage », le reprit doucement Mr Brush, qui inclina sa propre flasque en pouffant de rire.

Susette avait allumé un petit feu sous le couvert de sa tente, et elle était en train de remplir les bols d'un ragoût de corégone au riz et aux oignons sauvages. La pluie tambourinait contre la toile cirée de leurs abris. Tout en mangeant, les hommes discutèrent des possibles origines du lac Supérieur, telles que les dépeignaient les Écritures. Pour finir, Mr Brush suggéra que Tiffin lise quelques versets. Le groupe reposa les bols vides et se blottit plus étroitement sous les couvertures de voyage. Comme une famille réunie autour du foyer après une journée de moissons, pensa Elisha.

« Le sujet de l'exode me semble adapté à cette soirée. De longues pérégrinations dans un pays obscur, n'est-ce pas ? »

Il but une gorgée d'eau et s'éclaircit la voix. Le passage qu'il lut parlait du désert de Sin et de la manne descendue des Cieux, des murmures contre Moïse et de l'eau jaillie du rocher. Du repos le jour du Sabbat et de la guerre contre les Amalécites. De Jethro, Aaaron et Séphora, de Guerschom et Eliezer. Elisha ferma les yeux, submergé par une agréable fatigue, apaisé par la familiarité de l'histoire.

Cependant son humeur s'assombrit à mesure que Tiffin progressait dans sa lecture. Il en éprouva de la contrariété ; pourquoi donc fallait-il qu'il se sente triste, alors qu'il se trouvait aux confins du pays avec un scientifique, un arpenteur et une femme étrange et belle ? Il était environné par la beauté et par les mystères les plus rares de la nature. Il s'attendait presque à se réveiller pour découvrir que tout cela n'était qu'un songe. Elisha reconnut alors le goût amer de la nostalgie.

Il avait vécu beaucoup de soirées semblables, avant la maladie de sa mère : la lumière du foyer, les Évangiles lus à mi-voix, la pluie qui tapotait le carreau. Mais quand elle tomba malade, le silence prit possession de la maison. Les soirées s'écoulaient, silencieuses, Elisha et son père erraient dans les pièces vides tels des spectres, sursautant chaque fois qu'ils s'apercevaient. Sa mère était confinée dans sa chambre, trop affaiblie pour seulement recevoir son fils. Ses quintes de toux scandaient le cours du temps de leurs secousses malsaines.

Elisha passait ses journées au bord du ruisseau, derrière le presbytère, à hauteur d'une courbe ombragée de saules qui foisonnait de pollens et d'umbres de vase. L'après-midi, il se rendait au magasin de nouveautés que tenait Joseph Eliot, et achetait pour un penny de bonbons au sucre bouilli. Il s'attardait devant le présentoir des friandises jusqu'à ce que le marchand s'en aille dans la réserve, et là, il fourrait dans son pantalon une carotte de tabac et se dépêchait de sortir. Une fois rentré chez lui, il allait se tapir derrière le poulailler, et émiettait le tabac avant d'enflammer les brins et de les regarder se consumer. Il se sentait vide et hébété, hors de la vie, pareil à un somnambule traversant une ville déserte.

Un après-midi, il attendit qu'Eliot ait le dos tourné pour se pencher et se saisir d'un canif au manche en os. Comme il s'apprêtait à partir, une voix d'homme le héla.

« Petit ? »

Jospeh Eliot se tenait à l'entrée de la réserve, un sac à café vide dans une main. Il rejoignit le garçon sur le pas de la porte et écarta de force son poing fermé, puis il regarda le couteau d'un œil mécontent.

« Je suis vraiment désolé. Il est pour ma mère. »

L'homme ouvrit la bouche comme pour parler, puis il la referma brusquement.

« Elle est très souffrante.

– Oui, je le sais. » Joseph Eliot l'agrippa par l'épaule et lui fit franchir la porte. « Dépêche-toi de rentrer, maintenant. Allez, va. »

Trois jours plus tard, Elisha retourna au magasin. Eliot l'observait avec une irritation teintée de tristesse. Elisha traîna un moment devant le baril de confiseries. Il demanda un demi-penny de réglisse, puis éparpilla une poignée de petite monnaie sur le plancher. Profitant de ce que l'homme s'agenouillait en soupirant, Elisha s'empara d'un bandeau de chapeau en soie jaune qu'il enfouit dans sa poche de pantalon. Joseph Eliot se redressa et dénoua posément son tablier. Prenant Elisha par le coude, il l'entraîna au-dehors et lui fit traverser le pré communal. Le garçon avait les membres engourdis, il n'arrivait pas à rassembler ses pensées.

Le révérend Stone mit un certain temps à répondre au coup frappé par Eliot. Il vint ouvrir les cheveux hirsutes et le col déboutonné, le pouce glissé entre les pages d'un épais volume : *Le Magasin d'antiquités*. Il était en train de faire la lecture à Ellen.

« Je vous présente mes plus sincères excuses, révérend Stone, lui dit Joseph Eliot, mais il y a une chose dont je dois discuter avec vous. »

101

Marmonnant d'un ton nerveux, Eliot rapporta ce dont il avait été le témoin : le canif, le bandeau en soie jaune, les carottes de tabac qui se volatilisaient après chaque passage d'Elisha. Le révérend Stone opinait, son regard impassible se promenant entre Eliot et son fils.

« Je vous remercie, Mr Eliot, dit-il enfin. Vraiment. »

Il fit entrer Elisha et referma la porte.

La main posée sur le loquet, ses yeux rougis empreints d'anxiété et de lassitude, il voulut fixer le visage de son fils, mais son regard se perdit bientôt dans le vide. On aurait cru qu'il ne reconnaissait plus son enfant unique. Enfin, il le serra mollement dans ses bras. Le pasteur dégageait une odeur de vieille sueur rance. Il embrassa son fils sur le dessus de la tête, puis sans un mot, entra dans la chambre de la malade et referma doucement la porte. Elisha entendit sa voix murmurante qui reprenait le récit.

Ce fut au cours de cette nuit que le garçon enveloppa dans un balluchon une chemise de rechange et une timbale en fer-blanc, et prit dans le garde-manger une miche de pain, un morceau de porc salé et du fromage. La maison était silencieuse. Debout à la fenêtre de sa chambre, il regarda le temple dont les murs blancs miroitaient sous la lune, la forme incertaine des cabinets, les poiriers dont les branches se tendaient vers le poulailler. Son père était endormi dans la chambre voisine. Elisha se demandait s'il remarquerait seulement l'absence de son fils. Il réprima un sanglot amer. Il avait envie d'abattre la porte de la chambre à coups de pieds, de se jeter sur son père et de le secouer pour l'arracher au sommeil. Mais il se contenta d'ouvrir la fenêtre, d'enjamber le rebord et de s'en aller par la route de Springfield.

Où était-elle, alors ? Elisha se posait à présent la question. C'était comme si sa mère avait été mise au secret, en châtiment d'un mystérieux péché. Il n'arrivait pas à le comprendre. Elle a besoin de repos, lui avait répété son père un nombre infini de fois, écartant Elisha de la porte close de la chambre. Ta mère est épuisée. Ne reste pas là, il ne faut pas la déranger. Jamais, sous aucun prétexte.

Si son père s'absentait, Elisha s'approchait de la chambre à pas feutrés, l'oreille collée contre le panneau de la porte, et essayait de tourner le bouton. Elle était fermée à clé. Il filait alors chez Corletta, la suivait dans le couloir, et observait en silence lorsqu'elle ouvrait la porte. Sa mère était couchée sous une épaisse courtepointe, et sa peau était pâle et moite. Elle ébauchait un faible sourire. Elisha tirait un siège auprès du lit, afin de lui montrer ses dernières esquisses ; prenant un crayon, elle lui expliquait comment ombrer les contours pour donner une impression de profondeur, comment attirer l'attention du spectateur sur les détails les plus subtils. Enfin, elle observait les croquis de plus près, et retrouvait dans les grives, les crapauds et les bourdons les traits des citoyens de Newell. Les pattes anguleuses d'une mante lui rappelaient Aeneas Witherspoon, tandis que le front bas d'un bousier lui évoquait Edson. Un écureuil roux, mince et vif, lui faisait penser à Elisha. Elle baissait les paupières, une main posée sur le genou de son fils. Son souffle avait une odeur de lait suri. Des mouchoirs raidis de sang séché étaient roulés en boule sur la table de chevet. Enfin, Elisha posait un baiser sur la joue de sa mère et allait chercher Corletta pour qu'elle referme à clé. Blotti sur son lit, il restait des heures étendu là, à contempler le plafond vide, jusqu'à ce que le sommeil l'emporte.

Une punition, alors. Elisha était conscient que la fragilité de sa foi avait déçu son père : celui-ci ne cessait de le comparer à certains garçons de Newell qui avaient reçu l'appel. L'un d'eux, en particulier, James Davidson, avait stupéfié la congrégation en descendant l'allée d'une démarche raide, en plein sermon, avant de s'effondrer à genoux avec un cri enfiévré. Pendant des semaines, on avait parlé de l'envoyer au séminaire de Cambridge. Le révérend Stone était resté trois jours sans adresser un mot à son fils, et lui avait dit finalement qu'il devait se sentir humilié ; lui, le propre fils d'un pasteur, ne portait pas la moindre trace de la volonté de Dieu.

Cet après-midi là, Elisha avait eu une confrontation avec Davidson sur le pré communal. Il avait demandé au garçon pendant qu'il mangeait une poire, assis contre un chêne :

« Qu'est-ce que ça t'a fait ?

– Quoi donc ?

– La vision. Ou ce qui t'est arrivé. L'histoire que tu as faite pendant l'office. »

Davidson s'esclaffa, le jus de poire coulant sur son menton. « Comme ça. »

Il s'agenouilla en glapissant, imitant à la perfection les accents aigus et chevrotants qu'il avait fait entendre au temple. Elisha le regarda bouche bée, atterré. Davidson se releva et lui posa dans la main la poire juteuse avant de détaler.

Un bruissement proche, venu des bois, fit sursauter Elisha. Il attendit, immobile, mais le bruit ne se répéta pas. Il se peut que je n'aie pas du tout la nostalgie de chez moi, pensa-t-il, et que mon humeur sombre ne soit due qu'au mauvais temps. Il comprit aussitôt que son hypothèse était fausse et s'enfonça un peu plus sous sa couverture. Au-dehors, la pluie chuchotait entre les branches d'épicéas. Voilà donc la vie du scientifique, se dit-il : des heures de solitude passées au cœur d'une forêt obscure, dans une bibliothèque aux odeurs de renfermé ou sur un lac sans limites. Et nulle autre compagnie que sa propre voix, ses instruments, la pluie et les ténèbres. Il n'y avait personne pour expliquer le monde au scientifique. Les réponses, il les découvrait dans la nature, ou en lui-même.

C'est un peu fort, songea Elisha.

Le lendemain matin, ils se mirent en route malgré le ciel pommelé et les bourrasques froides et humides qui souflaient du lac. Elisha se courbait sur sa rame, serrant les lèvres pour les empêcher de trembler. Afin de distraire son attention il compta les coups de rames jusqu'au centième, et recommença. Nous nous sommes rapprochés de cent coups de rames, se disait-il à chaque fois. Mais se rapprocher de quoi, il n'aurait su le dire.

Susette se mit à chanter. Sa voix, qui avait flanché sur les premières notes, se posa sur une tonalité basse et pure, comme celle des filles qui chantaient dans les chorales. La

chanson tenait plus de la psalmodie que de la véritable mélodie, et une phrase tenait sur quatre coups de rames ; l'équipage, l'entendant fredonner, s'accorda à son rythme.

Mon canoë est fait d'écorces fines
Qu'on plume sur les bouleaux blancs
Les coutures sont faites de racines,
Les avirons, de bois blanc.

La chanson parlait d'un canoë, et de la couleur blanche.
Elisha sentit un pincement de regret en pensant qu'il connaissait si mal le français.

Je prends mon canoë, je le lance
À travers les rapides, les bouillons.
Là, à grands pas il s'avance.
Il ne laisse jamais le courant.

Une bruine s'était mise à tomber, et entre le chant de
Susette et le voile d'embruns sur le lac, leur voyage se parait
d'une étrange beauté, comme s'ils naviguaient à travers un
nuage. Au bout d'un moment, la pluie cessa et Susette se tut.
« Madame Morel, ne vous arrêtez pas sous prétexte que la
pluie a cessé. »
Elle jeta un coup d'œil au garçon, mais ne répondit pas.
« Vous avez une voix délicieuse.
– Vous prétendez parler le français, mais je ne vous ai pas
entendu chanter. »
Elisha pouffa de rire, embarrassé. En présence de
Mr Brush et du professeur Tiffin, il se sentait toujours gauche
et furtif.
« C'est vrai. Mais je chante encore plus mal que je ne parle
français.
– On m'a raconté qu'il y avait beaucoup de Français à
Detroit. C'est mon mari qui me l'a dit. D'après lui, les *voya-*
geurs sont nombreux à y habiter. On peut entendre parler
français dans la rue tous les jours.

– En effet. Il y a des barbiers français et aussi des tailleurs, un dénommé Chocron, par exemple. Le propriétaire du marché Berthelet est également un Français. Je suppose que je n'ai pas passé assez de temps à Detroit pour pratiquer cette langue. Je viens de Newell, dans la Massachusetts. C'est là-bas que j'ai grandi.

– Je ne suis jamais allée à Detroit. J'aimerais bien, un jour.

– Vous devriez venir. Je vous montrerais le marché Berthelet et le tailleur français – même si votre mari connaît sans doute leur emplacement. Mais si ce n'est pas le cas, je pourrais vous y conduire tous les deux. On ferait un tour de ville, tous les trois... »

Susette s'était arrêtée de ramer. Elisha suivit son regard tourné vers l'horizon, où une forme grise glissait à travers la brume. La silhouette d'un canoë se précisa sous ses yeux.

« Devant nous. »

La rame du professeur Tiffin s'immobilisa, ruisselante. Le canoë se trouvait à trois cents mètres de distance, assez proche pour qu'ils distinguent trois formes courbées à bord d'une embarcation trop petite pour un « bateau » ou un « canot du nord », et dont la taille rappelait plutôt le canoë en écorce des indigènes. Elisha se pencha vers l'avant. Une mélopée s'élevait du lointain esquif.

« S'agit-il de *voyageurs* ou d'indigènes ? demanda Elisha. Est-ce que ce sont des Sioux ?

– Des Chippewas qui se rendent à La Sault, lui apprit Tiffin. Espérons qu'ils transportent une quelconque viande fraîche, nous pourrons troquer notre repas de ce soir.

– Rapprochons-nous du rivage, dit Brush. Nous allons les laisser passer. S'ils souhaitent commercer, ils nous aborderont. »

Tiffin déclara après un moment de silence :

« Il n'y a pas matière à s'inquiéter. Nous sommes trop loin en territoire chippewa pour croiser des Sioux. Et même dans le cas contraire, je doute qu'ils cherchent querelle à un équipage de Blancs. »

Brush rama vigoureusement, et le canoë piqua vers la rive. Il ramassa au fond du bateau un des fusils enveloppés de toile cirée et le cala entre ses jambes.

« Elisha, demanda-t-il calmement, prépare un fusil.

– Vous n'avez pas de souci à vous faire, intervint Susette d'un ton légèrement tendu. Ils ne nous veulent aucun mal. »

Brush maugréa quand le bateau se rapprocha d'une étroite berge peuplée de pluviers. Ce n'était qu'une bande rocheuse sous une falaise en grès, le plus médiocre débarcadère qu'ils eussent rencontré.

« Il vaut mieux se tenir sur nos gardes, quoi qu'il advienne. Nous sommes vulnérables dans ce foutu canoë. Veuillez pardonner mon langage, madame Morel.

– Comment sait-on s'ils ont ou pas de mauvaises intentions ? » s'enquit Elisha, en s'emparant d'un fusil qu'il tira de la toile cirée. Il prit une cartouche dans sa sacoche de munitions, mais n'alla pas jusqu'à charger son arme.

« Range-moi ce fichu fusil, commanda Tiffin. Ça ne sert qu'à les provoquer. Il y a trente mille Chippewas sur ce territoire. À quoi comptez-vous arriver, au juste ? »

Après avoir contourné un rocher massif, ils remirent le cap sur le rivage, et quand ils raclèrent le fond, le canoë fit une embardée dans un bruit de porte que l'on tire. Des pluviers affolés prirent leur envol.

« Descendez ! » cria Mr Brush, bloquant sa rame contre un rocher immergé, tandis que le canoë oscillait violemment, l'eau jaillissant entre les planches fendues.

L'équipage bascula par-dessus le plat-bord, et le froid glacial du ressac frappa Elisha en pleine poitrine. Ils conjuguèrent leurs forces pour tirer le bateau au sec, le professeur Tiffin trébuchant sur le fond glissant du lac, Susette ahanant sous l'effort.

« Tirez-le sur la berge. Doucement ! »

Tiffin gravit d'un pas incertain la pente abrupte du rivage, ses favoris emperlés de gouttes d'eau. Mr Brush coucha l'esquif sur le flanc et défit rapidement son paquetage pour en sortir un rouleau de tissu qu'il déploya aussitôt, révélant les couleurs fanées d'un drapeau américain. Il étala la bannière sur la proue du bateau, juste au-dessus des planches éventrées.

Ils regardèrent les indigènes approcher. L'embarcation n'était plus qu'à cinquante mètres de la berge, assez proche pour que l'on distingue les contours anguleux du chapeau du rameur placé à l'avant. Ses compagnons étaient nu-tête. Elisha attrapa un fusil pour en frotter le chien, et dans sa nervosité il laissa tomber la cartouche. Il sursauta lorsque Susette lui toucha le bras.

« Vous n'avez pas besoin d'avoir peur.

– Mais je n'ai pas peur. »

La femme soutint son regard un moment, puis se tourna vers le canoë prêt à accoster.

Pataugeant dans les hauts-fonds, les indigènes hissèrent leur bateau hors de l'eau et le déposèrent sur une petite étendue de pierres, à une trentaine de mètres de distance. Puis ils s'engagèrent sur la pente étroite de la berge. Celui qui marchait en tête était un brave à la peau claire, de haute taille, coiffé d'un tricorne en lambeaux et enveloppé d'une cape attachée par un médaillon. Il devait avoir le même âge que Mr Brush. Les deux guerriers qui le suivaient se ressemblaient beaucoup, vêtus de pagnes, de jambières et de chemises en calicot loqueteuses, les cheveux enduits de graisse, le teint couleur de sable. Le bras gauche du plus grand saillait vers l'avant, comme si l'os était brisé. Le plus petit avait les paupières ourlées de peinture noire. Il dévisagea Elisha.

« *Bojou* », fit le premier. Son médaillon était orné d'une effigie de John Quincy Adams.

« *Bojou* », répondit Susette.

Elle se lança ensuite dans un discours dont les sonorités rappelèrent à Elisha l'allemand entendu dans les cantines de Detroit, mais avec quelque chose de mal articulé, des consonnes adoucies et brouillées.

« Qu'est-ce que vous racontez ? coupa brusquement Mr Brush. Vous devez vous contenter de traduire les propos de Mr Brush ou les miens.

– Je ne faisais que les saluer. Je leur ai expliqué que vous étiez américains, et que c'était votre Grand-Père le Président qui vous envoyait de l'autre côté du lac. Je leur ai dit que vous veniez en amis. »

Le premier répondit d'une voix rugueuse, le visage si impassible qu'il en devenait languissant. Son regard s'attarda sur Mr Brush.

« Ce sont des Chippewas, de la tribu de Dead River. Il voudrait échanger du poisson et de la viande de cerf contre de la farine et du tabac. »

Elisha expira, parcouru par un frisson de soulagement. Bien sûr, ils souhaitaient uniquement faire du commerce. Farine et tabac. Bien sûr.

« Dites-lui que nous serions très honorés qu'ils acceptent un modeste présent. »

Fouillant dans son paquetage, Tiffin en extirpa une carotte de tabac qu'il leva en l'air avec un sourire onctueux, avant de la déposer aux pieds du premier indigène.

« Dites-lui que nous serions ravis de troquer leur viande contre un supplément de tabac. Malheureusement, il nous est impossible de leur céder de la farine. Assurez-les que nous les considérons comme des frères ! »

Les Chippewas, ayant écouté la traduction de Susette, se concertèrent silencieusement du regard. Ils retournèrent alors vers leur canoë, traînant les pieds sur la plage de galets. Mr Brush prit un fusil dans le bateau et le plaça à ses pieds.

« Ils n'ont pas de mauvaises intentions, siffla Susette. Dépêchez-vous de ranger ce fusil. »

Les braves revinrent avec deux corégones bien gras qu'ils tenaient par les nageoires. Du sang rosé s'épanchait sur les écailles verdâtres.

« Pour la viande... dites-leur que nous préférerions du gibier. » Le professeur Tiffin poussa un soupir. « Peu importe. » Il sortit une deuxième carotte de tabac qu'il déposa près de l'autre. Le premier indigène contempla le présent.

« Ce n'est pas suffisant, intervint Susette. L'échange ne lui paraît pas équitable.

– Nous n'offrirons pas davantage, protesta Mr Brush. Dites-le au colosse. Tout de suite. »

Le chef s'exprima longuement, sans se départir de son ton neutre et de son expression figée. Pendant ce temps, Elisha observait ses deux compagnons : ils avaient le même front bas, le même nez large et busqué. Des frères, peut-être, ou des cousins. Il se demanda si le premier était leur père.

« Il dit que nous ferions mieux de rentrer à La Sault. Depuis quelques jours, il y a des partis de guerriers sioux tout le long du rivage. Il dit qu'ils ont tué trois Chippewas ces derniers jours, et qu'ils ont fait deux prisonniers. Il dit aussi que si nous lui offrons du whisky et de la poudre, ils peuvent nous accompagner pendant quelques jours, pour nous protéger des Sioux.

– Dites-leur que nous n'avons pas besoin d'eux pour assurer notre protection. »

Mr Brush s'empara du fusil et le coucha entre ses bras.

Avant que Susette n'ait pu prononcer un mot, les braves bandèrent leurs muscles comme pour bondir, et leur chef s'avança vers Mr Brush. Susette proféra un long chapelet de syllabes tandis que le professeur Tiffin s'écriait en levant les mains en l'air :

« *Ahnowatan !* Arrêtez ! *Ahnowatan !*

– Cessez de brandir ce fusil ! » Elisha tâcha d'atténuer le tremblement de sa voix. « Ils se sentent menacés !

– Pauvre imbécile ! Vous nous ferez tous tuer ! »

Le professeur Tiffin tira du canoë un baril de viande de porc et fit sauter le couvercle avec la lame de son canif. Il y prit un gros morceau de travers qu'il agita devant les indigènes, avec un sourire suppliant.

« Un cadeau, je vous en prie ! Du porc d'excellente qualité !

– Mais c'est beaucoup trop », protesta Mr Brush.

Tiffin sortit une nouvelle carotte de tabac, qu'il ajouta au porc pour les aligner devant le chef.

« Madame Morel, dites-lui que nous leur saurions gré de bien vouloir nous guider pendant les prochains jours. Dites-le-lui tout de suite. »

Mais l'homme marmonna quelques mots rapides avant que Susette n'ait pu parler.

« Ils veulent du whisky et de la poudre. Pas de la viande.

– Écoutez-moi, maintenant, fit Mr Brush. Dites-lui que les négociations sont terminées. Prévenez-le que s'ils persistent à nous importuner, des Blancs du fort ne tarderont pas à arriver, avec autant de fusils qu'il y a d'arbres dans la forêt. Dites-lui qu'on l'expulsera de ses territoires de chasse et de pêche, et que sa famille sera réduite à la famine.

– N'allez surtout pas dire une chose pareille !

– Vous ne m'en empêcherez pas ! » La colère lui faisait avaler ses syllabes.

Il rectifia la position du fusil, et à ce geste les braves se ruèrent vers leur canoë, le premier perdant son chapeau dans la course. Susette cria, le professeur Tiffin fit quelques pas en tendant les bras en avant, tout en appelant *Ahnowatan ! Frères !* Les Chippewas plongèrent derrière l'embarcation et réapparurent armés de mousquets. Alors Elisha, prenant appui sur un genou, braqua son fusil vers le plus petit des braves. Il sentait en lui une telle faiblesse qu'il craignait de laisser choir son arme. Les mousquets des Chippewas ressemblaient à d'antiques carabines, mais il savait qu'avec un tir à bout portant, leur âge ne ferait guère de différence. S'ils se décidaient à envoyer une salve, ce serait un véritable carnage.

Susette prit alors la parole. Sa voix était calme et mesurée, le ton celui d'une mère qui lit les Évangiles à un enfant. Elisha planta son regard dans les yeux du plus petit des guerriers : bordés de noirs comme ceux d'un raton-laveur, ils trahissaient une tension qui frôlait la panique. Son mousquet était dirigé sur le ventre d'Elsiha. Près de lui, le plus grand se tenait debout, un mousquet reposant sur son bras déformé comme sur une branche torse. Susette parlait toujours, et Elisha comprit avec un vif soulagement qu'elle ne se bornait pas à obéir aux consignes de Brush.

Susette finit par s'interrompre. Le cri d'une mouette vint briser le silence qui s'était installé, et le chef marmotta une brève phrase.

« Ils acceptent de s'en aller. Ils ne nous feront pas de mal. Écartez vos fusils. »

111

Dans l'esprit d'Elisha se dessina une vision du groupe gisant sur la plage comme des billots de bois, un flot de sang s'écoulant sur les cailloux gris. Il lutta contre la nausée. Susette vint à lui et abaissa brutalement le canon de son arme.

« Allons, laissez-les partir.

– Je vais m'adresser à eux, décréta le professeur Tiffin. Et vous ne vous en mêlerez pas.

– Faites bien attention à ce que vous direz. »

Mr Brush n'avait toujours pas baissé son arme.

La sueur perlait au visage de Tiffin. Le mousquet du chef le visait à la poitrine.

« Dites-leur que je cherche des informations concernant leurs ancêtres, ou les aïeux de leurs aïeux. Dites-leur que je veux découvrir leurs grands actes de bravoure, et que je les ferai connaître à travers tout le pays, que leur Grand-Père le Président en sera ébloui, et que les hommes blancs leur témoigneront du respect. Dites-leur qu'il leur sera offert de bonnes terres et de la poudre, du whisky et du tabac, et que la nourriture ne leur fera jamais défaut. Dites-leur tout cela. »

Susette parla longtemps. Le chef prononça quelques mots en réponse, puis d'un même mouvement les trois hommes abaissèrent leurs mousquets et les reléguèrent à l'intérieur du canoë. Sans détacher les yeux de Mr Brush, le chef franchit la plage, ramassa le tabac et le porc, et alla reprendre son chapeau, dont il frotta la poussière avant de le reposer sur sa tête. À pas lents, il regagna son bateau. Les indigènes traînèrent l'esquif vers les hauts-fonds et prirent place d'un bond gracieux, empoignant aussitôt les rames. Bientôt, l'embarcation s'évanouit dans la brume pâle.

« Il vous souhaite bonne chance », dit Susette.

2

Arrivé à Detroit, le révérend Stone prit une chambre sans fenêtre sur Miami Avenue et s'écroula sur le lit ; sa gorge à vif n'était plus qu'une plaie suintante, le plafond se brouillait devant ses yeux, des tampons d'étoupe lui obstruaient les oreilles. Le sommeil l'engloutissait, ses heures de veille obscurcies par des rêveries fiévreuses. Le samedi il réussit à se lever et descendit lentement dans la rue. La lumière du soleil lui transperça les yeux. Il titubait le long du trottoir, comme si des chevaux essayaient de l'entraîner.

Le chirurgien était un Anglais barbu et débonnaire, à la blouse de lin noir raidie de sang séché. Il introduisit le pasteur dans la salle d'opération de fortune qu'il avait installée dans son salon, et le fit asseoir dans un fauteuil à dossier haut, équipé de sangles de cuir. Le sol était tapissé de sciure. Le médecin appuya deux doigts sur son cou et grogna.

« Vous êtes prêt à éclater.

– J'ai été pris d'une quinte de toux à bord du vapeur. J'ai eu l'impression... » Le révérend Stone hésita. « ... que je m'élevais vers les cieux. »

Le médecin pouffa de rire.

« Je crois que vous garderez les pieds sur terre pendant encore quelques heures. Est-ce que cela se produit fréquemment ? »

Le pasteur envisagea de lui rapporter ses visions, les nimbes colorés et spectraux.

113

« Non, c'est très rare. »

Le docteur plissa les yeux pour inspecter l'intérieur des oreilles, puis il en pinça les lobes.

« Outre la consomption, je m'avancerais à dire que vous souffrez d'une légère intoxication au trémétol. C'est une affection qui touche les capacités nerveuses, et se caractérise par des malaises, une pâleur anormale, et une excitation artérielle pathologique. Elle peut provoquer un état de faiblesse, des visions étranges – elle peut mener dans certains cas à la désagrégation des facultés mentales. » Il acheva en se redressant : « Bien entendu, si vous souhaitez un diagnostic de professionnel, je peux vous en fournir un pour la somme de deux dollars.

– Je pense que ce ne sera pas nécessaire.

– Bien. »

Retroussant la manche du révérend Stone, il tira une lanière en caoutchouc d'une poche de sa blouse et lui garrotta le bras. Tapotant la saignée du coude, il fit saillir une veine bleue, qui se bomba sous la peau comme un lombric. Le médecin se tourna vers un dressoir et une cuvette en étain terni garnie d'instruments. Un instant plus tard, le révérend Stone entendit le frottement rapide d'une lame passée sur le cuir.

Derrière la vitre, un indigène nu-tête discutait avec un policier irlandais au teint fleuri, et leurs accents singuliers pénétraient dans la pièce silencieuse. Toutes les nations du monde, songea le pasteur, réunies ici aux confins du pays. Cette idée le troublait inexplicablement. Alors qu'il jetait un regard vers le docteur, une sensation de légèreté souleva son corps, et une brume rose auréola les contours de l'homme. Sa respiration se bloqua.

« Voilà », fit le médecin en tapotant le bras du révérend.

Il appliqua contre la veine un bistouri en acier, et l'on aperçut brièvement la chair incisée. Aussitôt un trait écarlate se gonfla et s'épaissit, le sang ruissela le long de l'avant-bras pour s'égoutter dans la sciure. Le révérend Stone le regarda quelques instants, puis détourna les yeux.

« Je prélève seulement de quoi calmer votre pouls. » Le médecin retourna à ses instruments en sifflotant la mélodie rythmée d'une comptine pour enfants.

Tandis que les secondes s'égrenaient, le révérend se demanda quelle quantité de sang devrait s'écouler pour que s'apaisent les battements de son cœur. Il imaginait ses lèvres devenues grises, ses doigts qui se raidissaient tandis que la sciure poissée s'agglutinait autour de lui, et pendant tout ce temps, le médecin continuait de siffler. Une étrange euphorie s'empara de lui. *Notre enveloppe charnelle fait obstacle à notre âme, ou à notre être spirituel.* Il regretta un instant de ne pas avoir de cachets, avant de se rendre compte qu'ils étaient superflus.

Alors que le sang s'épanchait de son bras, le pasteur eut l'impression que son corps s'élevait au-dessus du fauteuil jusqu'à toucher le plafond, et qu'il passait au travers pour se fondre dans le bleu d'un ciel sans nuages.

Le mardi suivant, il se sentit assez fort pour se risquer sur Miami Avenue aux trottoirs glissants de pluie, où les buggies martelaient la large chaussée d'argile. Le ciel n'était qu'une plaque de métal gris. Une odeur douceâtre de glaise flottait dans l'air.

Il marcha jusqu'à Grand Circus, et observa la boucle que faisait la circulation autour de la fontaine, puis il ferma les yeux et prêta l'oreille au chaos, aux claquements et aux grincements des chariots, au cinglement des fouets, aux cris des cochers qui parlaient le français, l'allemand ou un anglais campagnard. Le tohu-bohu du commerce. Un tonnerre de bruits de bottes résonnait sur les trottoirs en planches. Detroit se révélait cent fois plus bruyante que ce qu'il imaginait. Il prit ensuite par Macomb Avenue, passa devant un orfèvre, une pharmacie et un tripot bondé, une épicerie, une église presbytérienne en brique dont les portes étaient ouvertes. Les trottoirs grouillaient de vendeurs de journaux, d'ouvriers et de dames en robes à crinoline, abritées sous des ombrelles en soie. Sur State Street, l'orphelinat catholique avait pour plus proche voisin l'orphelinat protestant. Ce spectacle tira un sourire au révérend Stone. L'énergie de la ville, son rythme effréné le remplissaient d'émerveillement.

Des crampes tiraillaient son estomac vide. Il acheta à un marchand ambulant noir un épi de maïs enveloppé de papier journal, déplia le feuillet du *City Examiner* et parcourut les nouvelles de la veille. Le Congrès allouait la somme de deux mille dollars pour l'acquisition de chausse-pieds. Le vapeur *Atlantic Star*, mouillé dans le port de Baltimore, avait pris feu avant d'exploser, tuant plusieurs dizaines de têtes de bétail. Des tempêtes de neige estivales semaient le chaos dans la ville de Londres. Z. Chandler venait de recevoir cinquante caisses de raisins de Corinthe, qu'il proposait à la vente. Le révérend Stone essuya ses doigts graisseux sur les bords de la page. Ces histoires lui semblaient aussi extravagantes, aussi incongrues qu'une fiction.

Au verso, il étudia les horaires de départ des vapeurs, et un entrefilet intitulé « Illusions » attira son attention.

> Il semblerait qu'au jour d'aujourd'hui, notre pays soit malheureusement la proie d'un certain nombre d'illusions, dont les conséquences sont redoutables. À quoi devons-nous imputer cela ? Nous ne nous risquerons pas à proposer une explication. Un fait demeure toutefois avéré. Des aigrefins calculateurs et immoraux profitent trop souvent de ces illusions pour s'enrichir, et inculquent des doctrines mensongères, à l'instar de la nouvelle coterie adepte du millérisme. Récemment, cette secte a attiré une multitude de convertis issus d'autres confessions, notamment lors du retour à la foi qui s'est tenu dernièrement à Monroe.

Même là, pensa le révérend Stone, aux limites de la civilisation. Si perturbante qu'elle fût, cette notion lui apportait un semblant de réconfort. Nous sommes tous identiques, même les indigènes, et les Irlandais, les Juifs et les Chinois. Il froissa le feuillet et le jeta non loin d'un porc qui fouinait dans le caniveau.

Sur Military Square, il demanda à un cocher le chemin de l'Administration des Terres publiques et, suivant ses instructions, se rendit sur Woodward Avenue, à hauteur d'un bâtiment en pierre de deux étages dont les portes monumentales étaient flanquées de colonnes blanches. Sitôt entré, il fit une pause pour contempler la fresque du plafond, une ascension baroque et nébuleuse. L'artiste avait doté Jésus d'un sourire crispé au moment où il tendait les mains vers un soleil éclatant, hérissé de rayons aigus. On aurait dit que le Christ redoutait de s'empaler sur ces traits de lumière. L'effet d'ensemble tirait vers le comique bouffon.

Le bureau du chef topographe se trouvait au deuxième étage, au bout d'un long couloir dallé de marbre. Sur la porte était peint le nom de *Charles A. Noble.* Le révérend Stone tira sur ses manchettes et rajusta son chapeau tandis qu'à l'intérieur une voix murmurait : « Trente ouest, canton 45 nord, section 15, Joseph T. Smithfield. Brigade 30 ouest, canton... »

Il entra, et la voix se tut aussitôt. Derrière un bureau un homme en chemise empesée leva les yeux, le nez chaussé de lunettes vertes. Au fond de la pièce, un monsieur à la mine rassise était installé, les pieds calés sur une bibliothèque basse, une main glissée sous son gilet, le plastron de sa chemise moucheté de jus de chique. Une couche de graisse enrobait son menton. Il régnait dans le bureau une puissante odeur de vinaigre.

« Mr Charles Noble ? »

L'homme dévisagea le révérend en plissant les yeux, ses sourcils se rejoignant en une capote broussailleuse au-dessus des orbites profondes.

« Je souhaiterais vous entretenir d'une expédition scientifique mandatée, je crois, sous votre autorité.

– Et de quelle expédition peut-il s'agir ?

– Elle est menée par Mr Silas Brush, et sa destination est la péninsule nord. Je pense qu'elle est partie de Detroit il y a environ trois semaines. »

Charles Noble mâchonnait sa chique sans répondre.

« Mon fils fait partie de l'expédition. Elisha Stone. »

Noble reposa alors les pieds par terre et pivota vers un bureau à cylindre. Il ouvrit un gros registre et, humectant le bout de son pouce, tourna les pages sans se presser. Le révérend Stone esquissa un pas vers lui, et l'expression de l'homme aux lunettes devint plus tendue.

« C'est ça, fit Charles Noble. Elisha Stone. Porteur et assistant scientifique. Il est exact que votre fils participe à une expédition dirigée par Mr Silas Brush et le professeur George Tiffin. Quelqu'un de bien, Silas Brush. Un remarquable philanthrope.

– J'aimerais connaître l'itinéraire prévu. Je cherche de toute urgence à retrouver mon fils. »

Les accents mélodieux d'un cornet à pistons montèrent de la rue, suivis du roulement d'un tambour à timbre et d'un rire aigu d'enfant. Un cortège était en train de s'assembler pour la parade. Le révérend Stone lança un regard vers l'homme aux lunettes. Son expression s'était radoucie, attentive et curieuse, ses yeux tout juste visibles derrière les verres teintés.

« Bien. Ce que vous demandez là est loin d'être facile.

– Qu'est-ce qui n'est pas facile ? »

Noble fit claquer la couverture du registre.

« Bien de gens attendent après les découvertes de Mr Brush sur le territoire du nord. Les possibilités sont illimitées : bois, riches terres arables, minerais. Déjà la rumeur annonce la présence de cuivre et d'or. Toute publicité sur son itinéraire risquerait fort de favoriser la spéculation foncière.

– Je me moque éperdument des découvertes éventuelles de cette expédition. Mon seul but est de localiser mon fils. En dehors de moi, personne n'aura besoin de connaître cette information. »

Charles Noble pouffa de rire, comme il l'eût fait pour ménager un enfant.

« Vous ne seriez pas le premier père à tirer profit du nom de son fils, Mr Stone.

– Révérend Stone.

– Pardon ?

– Révérend. C'est le titre qu'on me donne habituellement. »

Noble expulsa un jet de salive brune dans un crachoir en cuivre terni et jeta un bref regard à l'homme aux lunettes. Celui-ci eut un léger sourire, puis se pencha sur le livre de comptes ouvert sur son bureau et griffa la marge avec la pointe d'une plume sèche.

Le révérend Stone avait le sentiment de participer à un jeu dont il ignorait les règles. Passant outre cette impression, il adressa un sourire affable aux deux hommes. Charles Noble, imperturbable, pianotait sur son registre.

« Mes plus sincères excuses, finit-il par dire. Je faillirais à mes obligations en divulguant l'itinéraire d'une expédition qui n'est pas encore achevée. J'espère que vous comprendrez.

– Je peux jurer devant Dieu que cette discussion resterait entre nous. »

L'homme aux lunettes s'exprima alors, d'une voix douce et flûtée.

« Qu'est-ce qui nous garantit que vous êtes bien celui que vous prétendez être ? Sauf votre respect, révérend, les spéculateurs nous ont habitués à des comportements abjects. »

Le pasteur tira de sa poche de poitrine un livre usé qu'il tendit à l'homme. Il déglutit bien fort pour prévenir une quinte de toux.

« Le nom est écrit de ma main. William Edward Stone. »

L'homme aux lunettes ne parut guère troublé.

« Soit. »

Dehors, une fanfare attaqua une marche militaire qui s'éleva au-dessus d'un concert de clameurs enfantines et des appels rocailleux d'un marchand de charbon. L'homme secouait la tête, faisant trembloter les replis de son cou.

« Nous ne sommes pas en mesure de dévoiler des précisions sur le parcours d'une expédition, quelles que soient les circonstances. La cupidité est un trait inhérent à la nature humaine, il est sûrement inutile de vous le rappeler. J'ai vu des hommes renoncer à leur honneur sitôt qu'ils flairaient l'odeur de l'argent.

– Vraiment ? »

Noble fronça les sourcils, mécontent.

« Je l'ai vu de mes propres yeux. Pas plus tard que le mois dernier, l'un de nos arpenteurs a été pris en train de falsifier son rapport sur les ressources de bois, afin qu'un de ses acolytes puisse acquérir les lots les plus avantageux. L'associé en question était un monsieur fortuné, mais le pauvre arpenteur avait tout juste de quoi s'offrir du tabac. À présent ils sont ensemble derrière les barreaux. Je suppose qu'ils ont des discussions très édifiantes sur l'appât du gain. »

Les échos de la marche s'estompèrent tandis que la fanfare se dirigeait vers le fleuve. Charles Noble fourra une main sous son gilet.

« Bien. Il nous est quasiment impossible de vous procurer le détail des déplacements de votre fils. Quasiment impossible. »

L'homme se détourna vers la fenêtre pour lui dérober ses traits.

« Comme je vous le disais, l'argent a sur les hommes des effets ahurissants. »

Le pasteur hocha la tête, interdit. L'homme aux lunettes regarda ailleurs en tripotant un encrier. Le révérend Stone comprit, stupéfait, que les deux autres attendaient qu'il leur propose de l'argent. Un pot-de-vin. Une vague de chaleur afflua à ses joues et se fondit au nœud qui lui serrait la gorge. Enfonçant son chapeau sur sa tête, il leur lança :

« Merci à tous les deux pour cette remarquable discussion.

– Passez quand vous voulez, vous serez le bienvenu, répondit Noble. N'importe quand. »

Au moment de sortir, le pasteur fit une pause, la main sur le bouton de la porte. Il s'adressa à l'individu aux lunettes.

« Vous devriez avoir honte de vos pratiques. »

L'employé gardait les yeux sur son livre de comptes.

« Vous devriez avoir honte tous les deux de vos pratiques si peu chrétiennes. C'est un scandale. Un outrage envers cette ville, et un péché contre Dieu.

– Allons, révérend ! fit Noble d'une voix que la colère rendait caverneuse. Feriez-vous allusion à quelque forme d'irrégularité ? Dans ce cas, je peux vous affirmer qu'elle existe seulement et exclusivement dans votre imagination !

– Vous savez parfaitement où je veux en venir.

– Alors je vous plains beaucoup, révérend, d'être doté d'une imagination si malveillante. Et chez un homme de Dieu, qui plus est ! »

D'abord tenté de répliquer, le pasteur mesura bientôt la vanité d'un tel geste. Il porterait des accusations contre Charles Noble, qui répondrait par des sarcasmes de plus en plus fielleux et de plus en plus méprisants, la figure cramoisie de colère. Il gagnerait la porte à grands pas et sommerait le révérend Stone de quitter les lieux ; le pasteur se retrouverait isolé dans une ville inconnue, déraciné, en train d'attendre un fils qui ne reviendrait peut-être pas. Cette seule pensée lui ôta toutes ses forces.

Il tourna les talons et reprit en hâte le long couloir, où ses semelles résonnaient sur le marbre poli. Jamais aucun bruit n'avait exprimé tant de solitude.

La Detroit crépusculaire était plus calme, plus belle, que son double diurne. Des nappes de lumière dorée drapaient les clochers, les panneaux et les imposantes vitrines. Les ombres des vendeurs de journaux et des débardeurs s'allongeaient comme des silhouettes découpées. La rivière gagna en éclat, puis explosa en un ruban de paillettes chatoyantes. Après avoir flâné un moment entre Woodward et Michigan Avenue, le révérend s'enfonça dans le quartier irlandais, avec ses salles de billard, ses fragiles constructions et ses saloons surpeuplés ; partout, des voix se déversaient par les fenêtres ouvertes, et des enfants s'amusaient en piaillant au bord des caniveaux. Son fils aussi avait dû emprunter ces rues encombrées. Cette pensée s'accompagna d'une douleur profonde et familière.

Il n'avait jamais compris ce qui avait poussé Elisha à quitter Newell. Les mois précédant son départ, il avait été d'humeur mélancolique, mais sans plus, supposait le pasteur, qu'un autre garçon dont la mère eût été alitée. Dès l'enfance, cependant, Elisha avait été difficile à cerner. Il chantait, le regard candide, pendant les services du matin, mais on le cherchait en vain quand les cloches appelaient à l'office de l'après-midi. À la tombée du soir, il se glissait par la porte arrière du presbytère, les poches bourrées de cailloux terreux, et se faisait tancer par le révérend Stone avant de s'éloigner dans le couloir, les épaules basses. Si le pasteur pouvait comprendre le goût de son fils pour la solitude, la faiblesse de sa foi lui semblait en revanche inconcevable.

Des garçons de son âge avaient déjà entendu l'appel. Ainsi, un dimanche, James Davidson avait descendu l'allée du temple en titubant, et la semaine suivante, il avait prononcé une profession de foi devant la congrégation. Lors d'une manifestation religieuse à Springfield, Oscar Phelps avait rampé à genoux jusqu'à l'estrade illuminée de bougies, accompagné par le lamento de l'assistance. George Lowrie, pour sa part, s'était mis à gémir au milieu de Mill Street, les traits contractés par l'effroi et la vénération. Des pommes rutilantes s'étaient dispersées à ses pieds. Plus tard, le garçon avait expliqué qu'un souffle divin lui avait dérobé la conscience.

Depuis toujours, le révérend Stone présumait que son fils suivrait son exemple et entrerait au séminaire de Cambridge, avant de diriger une congrégation semblable à celle de Newell, assumant à son tour les soucis liés aux collectes, aux baptistes et aux incroyants, aux prêches laissés en souffrance. Mais lorsqu'il était en prière, Elisha semblait rempli de frayeur. Le pasteur observait le garçon qui remuait les lèvres sans bruit dans la pénombre, la balafre noire que son ombre dessinait sur le mur de sa chambre. À ce spectacle, il éprouvait un trouble teinté de culpabilité. Il ne parvenait pas à saisir quel manquement il avait commis envers son fils. Et il ne comprenait pas davantage comment son fils l'avait trahi.

Les jours qui suivirent, il s'employa à faire le tour des pensions, conservant un mince espoir de tomber par hasard sur le dernier domicile d'Elisha. Il prenait son déjeuner dans une modeste cantine, au milieu des ouvriers allemands. La viande, quoique trop grasse et mal cuisinée, y était délicieuse. L'après-midi, il achetait une tasse de café amer et se promenait le long des quais, touchant les pièces de monnaie au fond de sa poche. Dix-neuf dollars. De quoi payer un billet de steamer pour Sault-Sainte-Marie, et ensuite ? Il n'avait ni carte ni guide, et ignorait totalement où se trouvait le garçon.

Il acceptait maintenant de réfléchir à la possibilité de soudoyer Charles Noble.

Celui-ci lui réclamerait quarante dollars, peut-être même cinquante. Le révérend pourrait se faire embaucher à la journée, ou bien emprunter la somme à la congrégation locale. Il dut faire un effort de volonté pour éloigner ces pensées opiniâtres.

Le premier samedi après son arrivée à Detroit, alors que le pasteur sortait de sa cantine sur un trottoir grouillant, l'ombre d'une silhouette avançant dans sa direction lui parut vaguement familière. Quand la personne passa à sa hauteur, il reconnut Jonah Crawley et s'empressa de le rattraper.

« Il faut croire que je ne manque jamais de vous retrouver au milieu de la foule. Sûrement une forme particulière de magnétisme. »

Jonah Crawley sembla se réjouir sincèrement de la rencontre.

« Révérend Stone ! Encore une agréable surprise ! Je suppose que vous avez trouvé un logement correct en ville ? »

Avec un sourire, le pasteur songea à la pièce nue et aveugle.

« Plutôt convenable, oui, si je le compare au précédent.

– Detroit va vous sembler un peu plus rude que Buffalo. Naturellement, le problème vient des étrangers – Allemands et Irlandais, pour l'essentiel. C'est un miracle que ma fille et moi puissions travailler de manière civilisée.

– C'est bien le cas ? »

Crawley se rembrunit fugacement.

« Il plane sur cette ville une pesante atmosphère de deuil. Et le deuil a tendance à faire prospérer nos affaires.

– Tout comme les miennes.

– Si c'est ça, nous nous ressemblons. Je m'en doutais depuis le début. »

Comme il tendait la main pour prendre congé, le révérend Stone proposa :

« Je me demandais si un petit verre vous ferait plaisir ? »

Une expression de surprise passa sur le visage de Crawley.

« Eh bien, je ne vois pas ce qui m'empêcherait d'accepter. »

Jonah Crawley entraîna le pasteur à l'intérieur d'un petit saloon désert, et ils s'installèrent devant le comptoir en chêne tapissé de sable, face à un miroir tellement piqué qu'il en devenait opaque. Crawley déblatéra sur les problèmes de l'immigration pendant que le révérend Stone buvait un verre de cidre. À ce qu'il comprenait, ce n'était pas un excédent de population étrangère qui causait les troubles en question, mais une législation trop souple quant aux pratiques religieuses tolérées. L'assimilation s'avérait à peu près impossible pour les catholiques d'Irlande, alors que leurs frères protestants anglais y parvenaient aisément. De la même manière, Crawley n'avait jamais croisé un Norvégien qui ne fût pas intelligent, vaillant, jovial et industrieux, et tous étaient de bons protestants réfractaires à toute espèce de papisme. Tambourinant du poing sur le comptoir pour bien souligner son propos, Jonah Crawley avala une rasade de whisky. De toute évidence, il faisait partie de ces gens qui se dispensent fort bien d'un interlocuteur pour profiter des joies de la conversation. Le révérend, toutefois, finit par l'interrompre pour s'enquérir de sa fille Adele. L'homme eut une hésitation.

« Que voulez-vous savoir sur Adele ? »

En guise de réponse, le révérend Stone se retrouva en train de parler d'Elisha. Sa vigilance silencieuse. Les jours qu'il passait à vagabonder au bord de l'eau au lieu de gambader avec les enfants de son âge. Les mensonges qu'il racontait à propos de l'école, les larcins commis dans le tronc du temple et au magasin général, et, un matin de mai, la découverte du lit vide et défait. La lettre reçue au bout de trois années, le ton de regret qu'il n'aurait jamais escompté. En conclusion, il rapporta à Crawley sa visite à l'Administration des Terres publiques et sa conversation avec Charles Noble. Crawley essaya vainement d'étouffer un bâillement et se frotta les mains.

« Je comprends votre dilemme. Par chance, il est facile à résoudre.

– Je ne suis guère disposé à le régler de la manière suggérée par Noble. Aucun individu convenable ne l'accepterait. »

Le révérend Stone se repentit aussitôt de ce ton vertueux.

« Que comptez-vous faire, sinon ? Attendre indéfiniment que votre fils revienne à Detroit ?

– Je n'ai même pas la certitude qu'il reviendra un jour. J'ai l'intention de me rendre moi-même sur le territoire du nord, et de me renseigner là-bas sur l'expédition. Quelqu'un doit forcément connaître l'itinéraire. »

Jonah Crawley scruta le révérend Stone comme s'il cherchait des traces de contrefaçon sur un billet de banque, incapable d'effacer le sourire qui flottait sur ses lèvres.

« Je pourrais peut-être aller parler à Charles Noble à votre place.

– Jamais je ne vous proposerais une chose pareille.

– Je peux le faire, cependant, par pure curiosité. Et vous m'offririez en retour toute votre considération, en gage de gratitude. »

Le cœur du révérend frémit d'émotion.

« Je loge chez Mrs Barbeau, sur Beaubien Street. Je ne pense pas passer plus de quelques jours en ville. »

Crawley vida son verre et en fixa le fond, les sourcils froncés.

« Bien. Peut-être aurons-nous l'occasion de nous reparler. »

Les deux hommes ressortirent du saloon sous un léger crachin, mais le soleil brillait malgré la pluie. Il n'y avait personne dans la rue, sinon un porteur noir qui somnolait, debout, devant le Commander Hotel. Crawley demanda au pasteur, enfonçant son chapeau sur ses yeux :

« Dites-moi, vous avez des engagements pour ce soir ?

– Pas le moindre », assura le révérend Stone, près de se mettre à rire.

L'homme remonta son col et recula de quelques pas sur le trottoir.

« Venez donc au numéro 23 de Sixth Street. Au deuxième étage, au-dessus de la confiserie. Vous verrez quelque chose de proprement stupéfiant. Je vous en fais la promesse. »

Le pasteur fit un geste d'au revoir à l'homme qui s'éloignait dans la rue. Il s'achemina ensuite vers sa pension, et à mesure que l'euphorie se dissipait, elle se transformait en un sentiment plus sombre, un mélange confus de culpabilité et de mélancolie. Il préféra attribuer cette impression à l'influence du climat.

Il arpenta sa chambre jusqu'au déclin du jour, puis demeura un moment immobile dans l'obscurité, à écouter la pluie qui frappait les vitres. Sur son matelas reposait une édition bon marché de George Catlin, *Lettres et Notes sur les Mœurs, les Coutumes et la Condition des Indiens d'Amérique du Nord*. Le révérend Stone avait lu un passage concernant un rituel de semaison du maïs, au cours duquel une squaw dénudée et hurlante courait à minuit à travers les champs nouvellement plantés, traînant sa tunique dans la terre. Cette description l'avait perturbé. Il avait feuilleté rapidement le livre, puis l'avait laissé de côté.

Le pasteur se leva, retrouva dans le noir ses godillots, sa veste et son chapeau et descendit dans l'obscurité de la rue. Il prit Miami Avenue jusqu'à Grand River, et s'engagea dans une allée qui débouchait sur une cour aux remugles d'excréments et de chou pourri. Sous un auvent une femme l'observait, drapée dans un châle en lambeaux. Comme le révérend Stone hochait la tête, elle releva sa jupe avec un sourire, jusqu'au-dessus de ses bas. Il se détourna vivement et descendit rapidement Ford Street, longeant plusieurs pâtés de maisons avant de bifurquer vers Sixth Street. Il entrait maintenant dans le quartier irlandais plein de saloons et d'églises, ses maisons aux couleurs vives serrées comme des rangées de dents. Les accents de « The Minstrel Boy » s'échappaient d'une fenêtre à l'étage, chantés par une belle voix de ténor.

Près de l'entrée du numéro 23, était posée une pancarte sur laquelle une affiche détrempée annonçait :

LA CÉLÈBRE ET PRODIGIEUSE MISS ADELE CRAWLEY

MÉDIUM SPIRITE

COMMUNICATION ASSURÉE AVEC VOS CHERS DISPARUS

NEW YORK — BOSTON — LONDRES — PHILADELPHIE

Le révérend Stone entra et gravit les marches grinçantes qui menaient au deuxième étage, face à une porte fermée. Des murmures filtraient à travers le panneau de bois, un brouhaha de voix qui rappelait une foule inquiète avant la prononciation d'un verdict. Le pasteur, prêtant l'oreille, perçut une série de coups, auxquels succéda le cri douloureux d'une femme. La rumeur collective s'amplifia alors au point de noyer le cri. Tout doucement, le pasteur ouvrit la porte.

Au centre de la pièce, Adele Crawley se tenait assise à une petite table, ses mains gantées de blanc posées à plat sur un tissu noir, ses yeux clos voilés par l'ombre que projetait une bougie. Elle semblait près de s'assoupir. Lui faisant face, une Noire vêtue d'une robe à col montant étreignait sa gorge de ses poings serrés, les pupilles agrandies par l'effroi, ses joues émaciées luisantes de sueur. Une multitude de silhouettes étaient réunies autour des deux femmes, et l'air de la pièce était échauffé par la présence de tous ces corps massés.

« S'il vous plaît, questionnez-le sur les affaires de la maison. Les miroirs, les jolis peignes, les pendants d'oreille en perles. »

Les lèvres d'Adele Crawley s'entrouvrirent, comme si elle s'apprêtait à parler. Des veines serpentaient sur son front, tel le cours des fleuves sur une carte pâlie. Il monta alors du plancher une succession de heurts brefs et assourdis, suivis d'un choc isolé et plus sonore. Le front d'Adele se crispa.

« Il dit qu'il les voit.

– Parlez-lui des pendants en perle ! Demandez-lui s'ils sont dans la salle commune ou dans le salon. Demandez, je vous en prie ! »

Les gens se poussèrent pour se rapprocher de la table, alors que les murmures se muaient en cris étouffés. Sur un côté de la pièce, un homme se jucha sur un rebord de fenêtre pour mieux profiter de la scène. Un léger coup s'éleva du parquet, comme si une main dans un gant de velours l'avait touché de ses doigts repliés.

« Il dit qu'ils sont dans le salon.

– Oh, Seigneur, gémit la femme, Seigneur, mon doux Seigneur.

– Il est en train de disparaître. »

– Questionnez-le sur les jolis peignes ! Les peignes qui étaient dans les affaires de sa maman ! Je vous en prie, posez-lui la question !

– Son image s'estompe devant mes yeux. Il adresse un signe d'adieu. Il sourit. »

La lueur de la bougie vacillait sur le visage cireux d'Adele, dont les paupières papillotèrent un instant avant de se soulever doucement. Elle écarta ses mains de la table pour les poser sur ses genoux.

« Il est parti. »

Comme la Noire se renversait en avant, deux hommes se détachèrent brusquement de l'assemblée. La femme se mit à gémir et à taper des pieds, modulant une lamentation désolée. Les hommes la relevèrent et passèrent devant le pasteur pour la conduire vers la porte avec des chuchotements de réconfort, un jeune nègre nu-pieds dans leur sillage. Ses hurlements résonnèrent dans la cage d'escalier. Le pasteur sentit un picotement dans sa gorge et se plia en deux pour arrêter la toux. Lorsqu'il se redressa, Crawley avait les yeux fixés sur lui.

« Révérend Stone, s'il vous plaît. »

Un grand Irlandais nu-tête s'avança vers la table en braillant :

« C'est à mon tour, maintenant. Vous aviez promis qu'on passait dans l'ordre d'arrivée, et moi ça va faire… »

Adele secoua la tête pour lui imposer silence et se tourna de nouveau vers le révérend Stone. La foule s'écarta, et le révérend, entraîné par les uns, poussé en avant par les autres, se retrouva au centre de la pièce, encouragé par un chœur de voix tandis qu'une jeune fille tirait sur sa jambe de pantalon. Arrivé devant la table, il s'assit en face de la jeune femme et lui sourit comme à un petit enfant.

« Souhaitez-vous vous entretenir avec elle ? »

Le pasteur pencha la tête de côté.

« Votre épouse. »

Son sourire s'altéra. Les yeux de la jeune fille brillaient de plaisir.

« Oui, répondit-il. Bien sûr que je le souhaite. »

Fadaises. Elle allait frapper le sol du talon, débiter des platitudes assez évasives pour contenter un régiment. Le révérend Stone tenta de repérer Jonah Crawley parmi l'assistance, mais on ne distinguait rien au-delà du cercle de la flamme. Fadaises et blasphèmes. En silence, il récita une prière de contrition.

Adele Crawley referma les yeux.

« Je fus proche de toi pendant mon séjour terrestre, et je le suis plus encore aujourd'hui. »

Le visage de la fille se contracta, puis une onde de frayeur sembla irradier en elle. La foule se pressait vers la petite table. Les remugles des corps devenaient oppressants. Adele se détendit peu à peu, le visage sans expression.

« Je la vois, à présent. Si jeune, et d'une telle beauté ! Elle a des yeux magnifiques. »

Elle parle au hasard, se dit le révérend Stone. Elle a deviné la couleur des yeux d'Ellen, rien de plus. La sueur ruisselait le long de son dos.

« Vous lui manquez terriblement.

– Comment le savez-vous ?

– C'est elle qui me le dit. Elle dit que vous lui manquez beaucoup, et qu'elle ne vous reproche rien. »

Un souffle d'air caressa la joue du révérend Stone, et l'espace d'un instant il craignit de défaillir.

« Mais elle n'a aucune raison de m'adresser des griefs.

– Elle ne vous fait aucun reproche, et elle ajoute que votre fils ne vous en veut pas non plus. Il pardonne votre égoisme. Il sait qu'il était issu de l'amour. »

La gorge du pasteur se serra.

« Arrêtez.

– Elle connaît la mesure de votre frayeur. Elle dit que vous devez surmonter vos craintes. Vous devez croire qu'Il sera là pour vous guider dans le voyage, et surmonter vos craintes. »

Le révérend Stone se leva, bousculant bruyamment sa chaise. L'assemblée se taisait.

« Taisez-vous. Cessez de tenir ces propos ridicules.

– Elle dit qu'elle se sent merveilleusement bien où elle est. Elle est entièrement consumée par l'amour.

– Arrêtez, je vous prie.

– Elle dit que sa consomption a entièrement disparu. »

Le révérend Stone se tassa sur son siège, les entrailles retournées. Un sourire discret releva les lèvres de la fille.

« Sa toux a disparu et elle est consumée par l'amour. Elle veut que vous sachiez qu'elle se sent merveilleusement bien. Vous pouvez lui poser une question, si vous le désirez. »

Les yeux d'Adele Crawley frémirent sous ses paupières. Dans l'assistance une femme s'écria, *Dieu bénisse cette enfant !* et un sifflement étouffa ses mots.

« Demandez-lui… » Le pasteur passa la langue sur ses lèvres craquelées. « Questionnez-là à propos d'Elisha. Demandez-lui où il se trouve. »

Un léger martèlement s'éveilla dans les lattes du parquet pour monter vers la table, et la flamme de la bougie tremblota quand le son se fit plus net. *Tap toc, tap toc.* Le révérend Stone retira brusquement les mains de la table. Adele inclina lentement la tête de côté, dodelinant comme si le sommeil la gagnait.

« Elle le voit dans un lieu obscur. Il se trouve dans un lieu sombre au milieu d'étrangers, et il n'est pas chez lui. Il est terriblement loin de chez lui.

– Demandez-lui s'il se porte bien. »

Dans la rue un fouet claqua, un cheval poussa un hennissement aigu. Le groupe fit cercle autour de la table, une hanche heurta le pasteur à l'épaule, une main frôla sa nuque. Adele Crawley se pencha en avant, comme si elle cherchait à entendre quelque chose.

« Il ne se trouve pas parmi les chers disparus. Cependant elle s'inquiète pour lui. Une espèce de danger le menace, de la part d'autres hommes. Elle nourrit de profondes inquiétudes.

– Demandez-lui d'où provient ce danger. Des indigènes, ou de ses propres compagnons ? Interrogez-la.

« Elle ne voit pas le visage de l'homme en question. C'est un Blanc, pas un indigène.

– Demandez-lui ce que…

– Elle est en train de disparaître. Elle s'éloigne. »

– Demandez-lui si elle est heureuse !

– Elle fait un signe d'adieu, elle s'éloigne. Elle devient presque transparente. Comme elle est ravissante, avec ses beaux yeux bleus.

– Dites-lui que je la pleure chaque jour, murmura le révérend Stone, le visage chatouillé par une sensation d'engourdissement. Dites-lui que je suis désolé. *Je vous en prie.* Il faut que vous le lui disiez ! »

Adele Crawley rouvrit les yeux.

« Elle dit qu'elle vous attend. »

3

L'équipage longeait un rivage feuillu par un temps frais et sec, la tiédeur du soleil baignant leurs épaules. Devant ces rives, Elisha croyait revoir les côtes du Massachusetts : des buttes de granit à la barbe d'orpins, encadrant de longues bandes de sable ; une épaisse frange de viornes à feuille d'aulne dominée par les fûts des hêtres, des bouleaux jaunes et des érables à sucre qui s'étageaient vers une rangée de collines basses. Elisha maniait les rames sans y penser, captivé par la beauté du paysage.

Plongeons et tadornes de Belon glissaient le long du canoë. Les plongeons filaient vers le bateau avant de s'enfoncer sous les eaux du lac pour émerger dix mètres plus loin, avec un cri qui ressemblait au rire aigu d'un enfant. Elisha en avait déjà vu faire cela à Newell, dans la retenue d'eau du moulin, mais leurs mouvements semblaient dictés alors par la pure terreur. Ici, en revanche, leur comportement paraissait en accord avec la nature joyeuse de la région : c'était comme s'ils avaient vogué jusqu'à un recoin oublié du jardin d'Éden.

Elisha se souvenait d'un article de l'*Intelligencer* de Springfield, qui prétendait que le teint des Indiens Peaux-Rouges s'éclaircissait progressivement lorsqu'ils étaient en contact avec la communauté blanche. Leur conduite et leur tempérament, soutenait l'auteur, subissaient une amélioration comparable. L'essai se fondait sur une logique simple : la peau d'un indigène devenait plus pâle à mesure que diminuait le temps passé en plein air ; quant à son caractère, il s'amendait peu à peu sous l'influence des douceurs de la vie civilisée. Elisha imaginait à présent un guerrier chippewa au beau milieu du Grand Circus de Detroit, parmi le crottin, les tas d'immondices et les voitures lancées au galop, assourdi par les cris, les volées de cloches et la rengaine plaintive des orgues de Barbarie, suffoqué par la poussière et la fumée. Il comprenait que l'auteur s'était trompé. Une fois exposés à la civilisation, les indigènes ne pouvaient que devenir plus sauvages.

Au cours de la semaine écoulée, ils avaient rencontré des Chippewas à deux reprises. La première fois, un canoë les avait suivis pendant une heure, au lever du jour, avant de disparaître, et s'était de nouveau montré quand ils avaient accosté à Vermillion Point pour le déjeuner. Elisha était venu se placer près de Mr Brush, surveillant d'un œil inquiet sa réaction à l'approche du bateau. Un brave à la mine revêche était descendu, un vieux corniaud sur les talons. La squaw qui l'accompagnait avait les cheveux coupés très court, et sur son dos, un porte-bébé était attaché par des sangles, empli de plumes noires. Le brave proposa une cuisse de gibier rance en échange de whisky ou de poudre. Le professeur le renvoya après lui avoir donné une carotte de tabac et un os pour son chien. Un peu plus tard, Susette expliqua que les plumes noires symbolisaient la disparition d'un enfant. La pauvre femme était en deuil.

La deuxième rencontre les mit en présence d'un campement chippewa, au bord d'une anse en fer à cheval. Cinq ou six huttes se détachaient tels des coquillages noirs sur la plage herbeuse ; des femmes indigènes se déplaçaient sur le camp pendant qu'un groupe d'homme prenait le petit-déjeuner autour du feu. Des rubans de fumée d'un blanc nacré s'élevaient des foyers. À l'approche de l'esquif, un groupe de guerriers surgit d'une hutte et vint se poster au bord du lac. Il s'agissait là, leur apprit Susette, de la tribu de Yellow River, à laquelle appartenait la grand-mère de son mari, et elle se trouvait sur son terrain de pêche d'été. Le professeur Tiffin s'arrêta de ramer et lui proposa :

« Voulez-vous faire une halte pour leur rendre visite ? »

La femme fit non de la tête.

Le lendemain après-midi, ils bivouaquèrent en lisière d'un bois de bouleaux incendié. Susette s'occupa de dresser les tentes, de remplir d'eau une bouilloire et de décharger des sacs de riz et de petits pois. Le professeur Tiffin se prépara une tasse de thé et s'éloigna vers l'ouest, le long du rivage. Mr Brush, de son côté, ajusta son télescope et le braqua sur un pic voisin. Elisha en nota l'inclinaison dans le carnet de Brush, puis aida ce dernier à mesurer la pression atmosphérique.

Ces tâches accomplies, le garçon prit son propre carnet et marcha en direction de l'est, s'arrêtant pour étudier des éclats de hornblende et des agates d'un vert fumé. À la surface du lac, les oiseaux aquatiques flottaient comme des fragments de cendre. En remontant la grève il tomba sur un gigantesque bloc de pierre bosselé dont la paroi avant formait un à-pic sans aspérités, comme découpée au ciseau. Des sillons parallèles la traversaient, pareils à des cicatrices.

C'était une roche ignée veinée de stries de feldspath couleur chair. Elisha compara ses caractéristiques à celles du granit : un aspect tacheté, dans des tons de gris-blanc ; de larges pores au contour grossier ; une consistance trop dure pour être entamée par la pointe d'un couteau. Mais comment expliquer la présence des rainures ? Une agréable impatience l'agitait. Il ouvrit son carnet et se mit à écrire.

« 22 juin 1844

Ici, au bord du lac, on trouve une roche granitique des plus intrigantes, dont le diamètre égale celui d'une roue de voiture, et creusée de sillons parallèles en travers d'une paroi verticale, profonds d'environ 6 mm, formant un angle d'une vingtaine de degrés par rapport à l'horizontale. Les rainures suggèrent l'action d'une force irrésistible – celle des vagues, par exemple. Cependant, comment l'eau pourrait-elle modeler des reliefs aussi nets ? En effet, les eaux ont tendance à polir une surface plus qu'à l'entailler. Un autre processus a dû forcément intervenir.

Peut-être s'agit-il d'une illustration de la théorie du professeur Agassiz sur l'action glaciaire ? Les sillons ont pu être tracés par la puissance colossale d'un glacier se déplaçant inexorablement vers le nord-est. L'idée de cette force implacable s'oppose à la sublime sérénité du site, où le lac paisible et les ébats nonchalants des tadornes et des plongeons nous pousseraient à croire qu'il n'y a pas sur terre de force supérieure à la brise qui effleure notre joue, ou à notre propre souffle. »

Elisha relut la description avec une irritation croissante. Mr Brush dénigrerait ses allusions rêveuses à la beauté des choses, tandis que le professeur Tiffin brocarderait le prosaïsme de ses observations. La description ne contenait ni faits ni idées, seulement un amalgame confus des deux. En tant que scientifique, Elisha révélait un talent honorable pour les récits de voyages.

Il referma son cahier et prit le chemin du retour. À présent que les nuages voilaient le soleil, la lumière avait pris une qualité diffuse et hivernale, comme filtrée par une vitre blanchie de givre. En arrivant près du campement, Elisha aperçut Susette assise en tailleur près du feu, penchée sur un magazine.

Le garçon se rapprocha discrètement. Lorsqu'il ne fut plus qu'à dix mètres d'elle, elle leva les yeux et repoussa le journal pour s'emparer d'une cuillère. Le magazine était un exemplaire défraîchi de *Godey's Lady's Book.*

« Il doit être sacrément bien, ce numéro. Vous l'avez presque mis en lambeaux à force de le lire. »

Susette prit une pincée de poivre dans un sachet en coton et en saupoudra le contenu de la marmite. Une légère rougeur colorait ses joues semées de taches de son.

« Oui, c'est un numéro intéressant. Je l'ai acheté à Sault-Sainte-Marie, avant le départ. Je le regarde seulement quand il ne reste plus de travail.

– Mais ça m'est **bien** égal, à moi, que vous regardiez un magazine ! Et je suppose que Mr Brush et le professeur Tiffin pensent la même chose. De toute manière, ils seront toujours satisfaits tant que vous servirez un ragoût chaud et entretiendrez le feu. »

Susette se mit à touiller son fricot avec une expression tendue. Après l'avoir goûté, elle y ajouta un soupçon de poivre.

« Vous voulez que je vous fasse la lecture ? »

Elle cessa de remuer le ragoût. Sans doute maîtrise-elle mal l'anglais, pensait Elisha, elle n'a dû passer qu'un hiver ou deux dans une école catholique française, à apprendre le catéchisme par cœur avec un prêtre étranger. On lui avait peut-être enseigné à écrire son nom, ou simplement à tracer une croix. Son niveau en lecture ne devait guère être meilleur.

Elle lui tendit le magazine, ouvert sur une page illustrée d'aquarelles qui représentaient des mantes et des cols pour dames.

« Celle-ci ? » proposa Elisha.

Susette acquiesça. Il s'agenouilla près d'elle et s'éclaircit la voix.

« "Le numéro deux est un col à la Van Dyke. Il est en guipure et s'attache avec des rubans noués. Les rubans autour du cou constituent une des particularités les plus notables de la saison. Ils se portent de couleur très vive, généralement brodés et noués près du cou. Ils peuvent agrémenter une robe de dîner, ou une tenue de soirée pour une sauterie en petit comité." »

Il jeta un coup d'œil à Susette en tournant la page. Ces derniers temps elle s'était montrée plus expansive, disposée à échanger quelques mots à propos du climat ou de leur périple pendant le dîner ; Elisha avait commencé à se demander si cette attitude chaleureuse lui était spécialement destinée. À présent elle se tenait très raide et scrutait le lac, comme si elle feignait l'indifférence tout en l'écoutant attentivement.

C'est son sang indien, supposait Elisha, qui engendre chez elle le comportement impassible des indigènes. Les femmes blanches semblaient bien simples en comparaison : elles souriaient si elles étaient heureuses, se rembrunissaient quand elle se sentaient tristes. Les indigènes, par contre, étaient aussi indéchiffrables que des somnambules.

« La page suivante ne fait qu'exposer les règles de savoir-vivre au théâtre. Est-ce que je saute plus loin ? »

Elle fit non de la tête.

« Lisez, s'il vous plaît.

– Bien. "Plusieurs questions ont été soumises à notre jugement quant aux manières convenables d'exprimer son approbation au théâtre. Nous tenons à préciser que les grands coups de canne et de parapluie, en guise d'applaudissements, sont résolument vulgaires. Taper dans ses mains est tout aussi efficace, et ne provoque ni nuages de poussières salissants pour les robes des dames, ni vacarme susceptible de les assourdir. En Europe, de telles démonstrations seraient vues d'un mauvais œil, ou franchement tournées en dérision." »

Susette était captivée par la lecture, sa cuillère figée en l'air.

« Vous êtes déjà allée au théâtre ? s'enquit Elisha.

– Ma mère y a été, dit-elle en recommençant à touiller. Elle est allée deux fois au Pearl Theater de Queen Street, à Toronto. Elle a vu des acteurs anglais jouer *Comme il vous plaira.*

– *Comme il vous plaira* ! C'est une bonne pièce, une des meilleures, en fait. Rosalind et Orlando, le duc Frederick, Touchstone, Jaques, et les autres. Rosalind qui se déguise en Ganymède pour séduire Orlando, et qui par mégarde courtise Phebe. Et au dénouement, les noces et les chansons dans la forêt.

– Oui, ma mère m'a raconté l'histoire.

– Bien sûr, s'empressa de renchérir Elisha. Moi non plus je n'ai pas vu la pièce, je l'ai simplement lue, à cause de ma mère. Elle a un penchant pour Shakespeare, et grâce à elle j'ai lu presque toutes ses pièces. Elle est restée chez nous à Newell, dans le Massachusetts.

– La mienne est à St. Catharines. Elle est à moitié canadienne. Sa peau est aussi blanche que la vôtre. »

Elisha opina de la tête. Les cheveux de Susette n'étaient pas nattés et lui couvraient les épaules, leurs boucles enroulées autour de son cou comme un somptueux collier. Avec sa chevelure éparse et ses mains tannées, elle aurait pu passer pour une fille de ferme du Massachusetts, brunie par le soleil après la récolte du tabac. Ou plutôt, à une paysanne enlevée par les Chippewas et gardée prisonnière, qui aurait oublié à leur contact sa langue et ses coutumes d'autrefois. Si absurde fût-elle, cette idée suscita en lui un frisson d'excitation. Peut-être avait-elle été arrachée à sa mère, à St. Catharines, puis conduite à La Sault et mariée contre son gré. Elisha serait peut-être le sauveur qui la ramènerait à la civilisation.

En imagination, il se vit entrer dans le temple de Newell au bras de Susette, attirant tous les regards et faisant cesser les conversations. L'écho de leur pas se répercutait dans cet espace caverneux. Du haut de sa chaire, le révérend Stone contemplait le couple, bouche bée. Cette image faisait plaisir à Elisha. Dans la société des Blancs, Susette serait considérée comme une indigène, alors que les Indiens verraient sûrement en elle une Blanche. Ni l'un ni l'autre, la malédiction du sang-mêlé.

« J'irai bientôt au théâtre, fit Susette. À Detroit, il y a le Rogers Theater de Woodward Avenue. À Buffalo, le Cascade Theater de Clinton Street.

– Avec votre solde de cet été, vous pourrez y aller aussi souvent que vous en aurez envie. Chaque soir pendant tout un mois, si vous voulez.

– Je le ferai peut-être, fit Susette avec un sourire.

– Surtout, prévenez-moi si vous venez à Detroit. Je logerai certainement dans une pension près de Woodward Avenue… on pourrait y aller ensemble, voir *Comme il vous plaira.* »

Le sourire de Susette vacilla, un tremblement tout juste perceptible. Une lueur farouche brilla dans ses yeux. Elle reprit le magazine à Elisha et détourna le regard.

« Si on s'assied du mauvais côté de la salle, on tombe sur des chahuteurs et des hommes seuls. Je pourrais vous escorter, vous montrer les places où vous ne risquez rien. Les gens me prendraient pour votre mari, et ils vous laisseraient tranquille. Ils *nous* laisseraient tranquilles, je veux dire. »

Tout en mesurant l'effronterie de ses propos, il était incapable d'y mettre un terme. Une belle femme qui voyageait avec un groupe d'hommes, en l'absence de son mari – voilà qui était inexplicable, qu'elle fût blanche ou métisse. Susette se remit à remuer le ragoût, esquivant le regard du garçon.

« Pourquoi pas. » Une note d'émotion s'insinuait dans sa voix. « J'irai peut-être à celui de Detroit. »

Elisha se rapprocha d'elle et lui prit la cuillère en métal pour goûter le plat : du corégone aux petits pois et au riz sauvage, à la saveur de fumée et de poivre. Il avait les mains qui tremblaient, submergé par le désir de toucher la jeune femme.

« Dites-moi le mot chippewa pour tabac, lui demanda-t-il.

– Pourquoi donc ?

– Parce que je suis curieux, se justifia-t-il avec un sourire gêné. Je suis curieux de votre peuple – ou de celui de votre mère, plutôt. »

Elle le dévisagea sans un mot.

« Tout comme vous, vous êtes curieuse de découvrir le théâtre, poursuivit-il précipitamment, je désire apprendre des choses sur votre peuple. C'est la première fois que je rencontre une Chippewa, et je me disais que peut-être...

– *Asemaa*.

– *Asemaa* ! Et le mot... le mot pour canoë ?

– *Jiimaan*.

– *Jiimaan. Jiimaan.* » Il tourna et retourna dans sa bouche les voyelles douces. « Un joli mot. »

Susette tripotait le numéro usé du *Godey's Lady's Book*.

« Il y a aussi beaucoup de mots qui n'ont rien de joli. Comme en anglais, ou en français. La langue chippewa n'est pas particulièrement belle.

– Je ne vous crois pas.

– Vous devriez, pourtant.

– Amour. » Il effleura le poignet de la femme. « Comment dit-on amour dans votre langue ? »

Elisha se leva d'un bond, alerté par un cri venu de la plage. Le professeur Tiffin courait vers eux le long du rivage, brandissant quelque chose qui ressemblait à une pochette à spécimens. Le mouvement du ressac le déséquilibra, et il se releva en riant pour reprendre sa course.

Susette se mit debout à son tour, sans quitter Elisha des yeux. Ils étaient maintenant tout proches l'un de l'autre, suffisamment pour qu'Elisha sente son haleine et l'odeur âcre de graisse qui émanait de sa chevelure. Il retint son souffle. Susette secoua la tête, et dans ce geste son regard se ternit, comme si à l'intérieur d'elle-même, une lueur venait de s'éteindre.

« Nous n'avons aucun mot pour dire amour », déclarat-elle avant de passer devant lui pour se diriger vers le lac.

Le dessin représentait un homme, silhouette au visage émacié, aux bras levés et aux cheveux hirsutes. Un panache sortait de sa bouche et serpentait vers un dôme imposant couronné d'un drapeau. À côté du dôme s'alignaient huit encoches parallèles, près d'un réseau de lignes sinueuses pareilles à des veines, qui s'étiraient sur le morceau d'écorce de bouleau incurvé. Les courbes avaient été tracées avec un pigment d'un rouge profond qui pouvait être du jus de cerise, de l'ocre ou du sang.

« Quelle heureuse trouvaille ! fit le professeur Tiffin. Je me promenais le long du rivage, au-delà de cette éminence, à moins de deux cents mètres de distance, à la recherche d'un pétroglyphe mentionné par Colcroft dans ses *Recherches sur les Chippewas*. Je scrutais les parties hautes de la surface rocheuse, puisque le pétroglyphe se trouve soi-disant quinze mètres au-dessus du niveau du lac, quand par hasard j'ai baissé les yeux. Et il était là ! Attaché à une branche fichée en terre. J'avais failli le piétiner.

– Que représentent ces dessins ? voulut savoir Elisha.

En guise de réponse, Tiffin poussa un soupir satisfait, frottant le dessous de ses pieds déchaussés. Il était assis en tailleur près du feu, le rouleau d'écorce de bouleau posé devant lui sur le sable. La peau de son nez se soulevait, brûlée par le soleil, et ses favoris orange étaient devenus tout broussailleux. Derrière lui, Mr Brush huilait soigneusement son fusil, appuyé contre des ballots de provisions.

« En fait, le message est facile à déchiffrer. Observe bien : une silhouette d'homme avec une bannière s'échappant de ses lèvres, comme s'il proclamait quelque chose. À côté, la représentation d'une loge indigène – comme une loge-médecine du *Midewiwin*. Ces lignes courbes, ici, figurent des ruisseaux ou des rivières. Quant à ces encoches, ce sont des symboles de computation du temps, qui décomptent l'écoulement des jours ou des années. Il s'agit donc d'un message annonçant aux Chippewas de passage qu'on est en train d'ériger une loge-médecine près de tel cours d'eau, et que tous sont conviés à assister à la cérémonie d'ici cinq jours. »

Susette distribua les bols de ragoût fumant, et le professeur, en ayant avalé une bouchée, souffla pour se rafraîchir le palais.

« Chère femme, fit-il, seriez-vous prête à confirmer mon interprétation ?

– Je ne sais pas. Ma mère n'a jamais utilisé des dessins pour écrire. Elle connaissait le français.

– Justement ! répliqua Tiffin. Les Chippewas, voyez-vous, ont perdu la faculté de communiquer à l'aide de symboles, si bien qu'ils ne possèdent aucune trace écrite de leur propre histoire. Rendez-vous compte ! Ils ne sont pas en mesure de répondre aux questions les plus fondamentales : comment êtes-vous arrivés ici ? À quelle époque êtes-vous venus ? Et pour quelle raison ?

– Je vous prie de m'excuser. »

Mr Brush se leva avec son bol et fit quelques pas le long de la berge. Le ciel s'était assombri sous une frange de nuages, et un vent tourbillonnant attisait les flammes du foyer. Les vagues du lac Supérieur étaient ourlées d'écume.

« Un rouleau formidable, vraiment. Le pigment utilisé est stupéfiant : un mélange d'argile riche en hématite et de résine de pin. Tout à fait indélébile. » Il se tourna vers Susette en chuchotant. « Madame, vos préparations culinaires sont succulentes, mais vous pourriez *peut-être* réduire légèrement la quantité de poivre.

– Il n'est pas vrai que tous les Chippewas ont oublié leur langue, intervint Elisha. Sinon, personne n'aurait pu composer ce message. »

Tiffin le gratifia d'un sourire condescendant, le menton trempé de sauce. Le spectacle qu'il offrait laissa Elisha pantois. Échevelé et dépenaillé, des manières de vagabond, et à côté de ça, une assurance qui frisait l'arrogance. Il ressemble à un fou du roi, se dit Elisha, ou à un de ces bouffons pleins de sagesse des comédies de Shakespeare.

Tiffin se servit une deuxième part de ragoût.

« Le peuple chippewa, expliqua-t-il, se sert de l'écriture pictographique pour les communications de la vie quotidienne, mais l'emploie également pour tenir le registre des événements historiques. Ces écrits sont archivés par les membres du *Midewiwin*, une société mystique – un peu l'équivalent autochtone de la franc-maçonnerie – qui consigne des récits historiques sur des rouleaux ou des tablettes en pierre, que l'on enterre ensuite sur des sites sacrés. Au fil du temps le nombre des membres a décliné, et l'on a perdu le savoir de l'emplacement des stèles ensevelies. C'est de cette manière que les anciens comptes rendus historiques ont disparu.

– J'ai lu quelque chose à propos de tablettes enfouies, dit Elisha. Celle d'Albany, il y a quelques années. Et celle de Virginie-Occidentale – la tablette brisée qui portait une prière gravée.

– La tablette de Grave Creek ! s'exclama le professeur Tiffin, les joues rosies par l'émotion. Il s'agit d'une simple poterie, mon garçon. Cet été, nous exhumerons des tablettes qui décrivent l'histoire des populations indigènes *après le Déluge*. Elles expliciteront le lien entre les Chippewas et les anciens chrétiens, et nous dévoilerons le mystère de leur arrivée en Amérique ! Nous allons découvrir une Genèse indigène, rien de moins ! »

Mr Brush, de retour sur le campement pendant le soliloque de Tiffin, l'avait écouté les bras croisés. Il se mit à ricaner.

« Une Genèse indigène ! Ce serait la meilleure ! »

Tiffin se figea, sa chope à portée de lèvres.

« Comme vous en êtes sûrement conscient, la question des origines des peuples autochtones est un sujet assez crucial. Smith et Harlan lui ont déjà consacré des études. Ainsi que Constantine Rafinesque. À moins que vous n'ayez été trop occupé à ramasser des cailloux pour vous en rendre compte.

– Vous insinuez que ces sauvages hurlants à la peau rouge sont les fils perdus de Moïse ! Les indigènes *n'ont pas de reli-*

gion – ils n'en ont pas la capacité. Le plus proche du Christ que puisse être un Chippewa, c'est lorsqu'il passe devant une église sur le chemin du saloon. » Et il précisa, hochant la tête à l'intention de Susette Morel. « Je parle exclusivement des indigènes de pure souche, madame. »

Se détournant de Brush, Tiffin s'adressa aux flammes dansantes.

« Le fanatisme vous empoisonne l'esprit. Un fait déplorable pour un représentant de la science. »

Cet homme ne l'intimide pas le moins du monde, s'émerveillait Elisha. Brush avait combattu au côté de Brown à Sackets Harbor, lors de la deuxième guerre d'Indépendance. Elisha l'imaginait à cheval, vociférant des ordres au-dessus d'un champ voilé de fumée, ses soldats aiguillonnés par la peur plus que par l'affection. Aussi anxieux qu'Elisha à la pensée de le décevoir. Il fallait que Tiffin soit très courageux ou parfaitement insensé.

« Mr Brush, professeur Tiffin, suggéra Elisha, pourquoi chacun ne tolérerait-il pas tout simplement les opinions des autres ? Peut-être que vous deux...

– Je refuse de vous prêter davantage d'attention, maugréa Mr Brush. L'idée que notre gouvernement finance votre entreprise suffit à me couper l'appétit. » Il jeta son bol dans la marmite vide, et le fracas fit sursauter Elisha. « Bien ! Je passerai mon temps à étudier la topographie de la région, ses ressources en bois et la présence de minerais, pendant que vous chasserez un trésor enfoui. Dans ce cas je vous propose un pari : une fois l'expédition terminée, nous soumettrons deux rapports indépendants à une autorité impartiale de Detroit – disons, la Société des Jeunes Gens – et nous leur demanderons de juger lequel a la plus grande portée scientifique.

– Excellente idée ! Le perdant fera paraître une note dans le *City Examiner*, afin de s'excuser d'avoir gaspillé les fonds publics. Nous mettrons en jeu nos réputations scientifiques.

– J'aurais préféré que vous misiez quelque chose d'un peu de valeur, mais soit. »

Lorsque Tiffin contourna le foyer, un mouvement de son pantalon révéla un accroc irrégulier et une ligne de peau d'une blancheur de farine. Brush se pencha en avant avec un sourire crispé, une mèche échappée de sous son chapeau imperméable.

Les deux hommes échangèrent une poignée de main.

Le canoë dépassa la Two Hearted River et la Sucker River pour s'engager entre des dunes hautes et abruptes. Le groupe consacra l'après-midi à mesurer la hauteur de leurs sommets, et à escalader la plus élevée pour profiter du point de vue. Des aigles pêcheurs les observaient depuis les rondins de bois mort à demi ensevelis sous le sable. Le terrain se composait de sable siliceux jaune, mêlé de pépites de hornblende et de calcaire ; les rochers étaient des fragments volcaniques vernissés et des tertres de grès aux couleurs variées. Elisha nota consciencieusement ses observations, se limitant cette fois à une seule description picturale : celle des éclats de quartz qui parsemaient la plage, de la taille d'un œuf de pigeon.

Susette abattit deux canards bien gras qu'elle fit cuire à la broche au-dessus des braises. Mr Brush et le professeur Tiffin portèrent un toast à sa santé en levant des chopes remplies d'eau, ayant visiblement oublié leur altercation de la veille. Elisha eut beau tenter d'engager la conversation, Susette parla fort peu, son attention accaparée par les oiseaux mis à rôtir. Elle comprend tout, réalisait-il, mes rêveries, mes désirs ridicules. Il savait qu'il aurait dû s'excuser de son audace, mais cette seule idée le rendait malade. Il se retira sous sa tente sans terminer son repas.

Le lendemain, ils pénétrèrent dans une région de falaises de grès hachurées de rose, de violet et d'un vert bouteille aux nuances profondes. D'après Tiffin, il s'agissait là des Roches Peintes, dont les diverses colorations étaient dues aux réactions chimiques des lichens avec les minéraux contenus dans la pierre. Des hirondelles voltigeaient entre les nids bâtis à flanc de falaise. Les trois hommes cherchèrent leur carnet pendant que Susette stabilisait le bateau en fredonnant « *À la claire fontaine, m'en allant promener...* »

Le vent était retombé, et le soleil avait tout juste assez de vigueur pour réchauffer la peau. Ils tracèrent rapidement leurs croquis, Tiffin colorant son esquisse à l'aquarelle, puis soumirent leur œuvre au jugement de Susette. En souriant, elle déclara que le meilleur dessin était celui de Tiffin, mais seulement grâce à l'usage de la peinture. Mr Brush se tint coi et se frotta le menton pour camoufler un sourire.

Ils avaient atteint les Roches Peintes depuis une heure quand des remous agitèrent les flots du lac. Des cumulus fuligineux s'amoncelaient à l'ouest. Un début de bruine s'immisça sous la pèlerine cirée d'Elisha, qui se mit à claquer des dents. Les vagues se brisaient contre la proue du bateau.

L'équipage redoubla de vitesse, cherchant un endroit où débarquer entre les parois des falaises. Une colonne de vapeur évanescente se déplaçait vers eux ; bientôt la pluie se changea en averse et le tonnerre rugit au-dessus de leurs têtes.

« Il faut accoster immédiatement ! cria Tiffin. On va être engloutis. »

Des gerbes d'eau jaillissaient par-dessus le plat-bord. Elisha enfonçait sa rame dans l'eau, une douleur cuisante dans les épaules, la gorge nouée par la peur. Derrière lui, Mr Brush grognait à chaque coup de rame. L'esquif était ballotté par les flots, et Tiffin hurlait de terreur.

« Là ! » Brush mit le cap sur une bande de terre peu élevée, entre les falaises, qui formait apparemment un accès à une rivière.

Les langues des éclairs illuminaient le ciel de leur lueur vacillante. Dès que le canoë fut assez proche du passage, Mr Brush sauta dans le lac, de l'eau jusqu'au menton, puis Elisha, le professeur Tiffin et Susette pataugèrent à ses côtés. Ils tirèrent péniblement le bateau sur un banc de sable, avant de le remettre à flot sur les eaux paisibles de la rivière.

Ils restèrent assis un long moment sur la rive, recroquevillés pour se protéger de la pluie. Personne ne prononçait un mot. Elisha, recru de fatigue, appuya la tête sur ses bras repliés. Finalement, le professeur Tiffin rompit le silence, mais il laissa sa phrase en suspens.

« Il se peut que nous ayons… »

La rivière aux teintes ocre dégageait une forte odeur balsamique. Le bateau glissait le long de rangées de souches de pins, dont la surface taillée par la scie évoquait les pierres tombales d'un cimetière. Une centaine de mètres en amont, ils passèrent en bordure d'une clairière où cinq cabanes en bûches refendues formaient un demi-cercle autour d'une petite maison à ossature de bois. Un mât sans drapeau se dressait près de la porte.

C'était un campement établi par des Blancs. L'équipage tira le canoë au sec et resta d'abord cloué sur place, dérouté par la scène. Enfin Mr Brush cogna à la porte de la maison en bois et appela « Hé, il y a quelqu'un ? » Silence. Seule une grive solitaire lança un cri. Après avoir frappé derechef, Brush recula d'un pas et tapa du pied contre le battant. La porte s'ouvrit toute grande et se rabattit contre le mur intérieur. Le professeur Tiffin passa devant lui pour entrer dans la bâtisse.

Il y faisait tiède, et l'air empestait la fumée et le musc. Susette enflamma un bâton de bois, éclairant une pièce basse de plafond et poudrée de cendre, où des bouquets d'herbes desséchés étaient suspendus aux poutres. Une large bûche calcinée s'effritait au fond de l'âtre. Au-dessus du manteau de cheminée, était accrochée une gravure du roi George dans un cadre en étain. Une seule petite fenêtre s'ouvrait dans le mur du fond, un œil-de-bœuf opaque de suie.

« Un comptoir de fourrures abandonné, commenta Brush. Certainement la maison du contremaître. » De la pointe de sa botte, il toucha les peaux de castors empilées près de la porte. « Elles ne devaient pas valoir le prix du transport, quand ils sont partis. À moins qu'ils n'aient vidé les lieux à l'improviste.

– Je me rappelle qu'il y avait un poste de traite à cet endroit, fit Susette. Il dépendait de la Hudson Bay Company. Je ne sais pas pourquoi ils sont partis.

– Vous sous-entendez qu'on les a massacrés, dit Tiffin à Brush, mais peu importe. » Il s'approcha du coffre en bois, près de la cheminée, et farfouilla à l'intérieur pour trouver du bois. « Je propose de dîner sans attendre. Je suis à demi mort de faim.

– Quelqu'un nous a préparé un banquet. »

D'un signe de tête, Brush désigna une table à tréteaux installée dans un coin. Une assiette, un couteau et une chope étaient posés devant un plat en fer-blanc qui semblait recouvert d'une fourrure d'hermine. Elisha ne tarda pas à comprendre qu'il avait devant lui les reliefs d'un repas, morceaux de viande ou de poisson sur lesquels un dépôt de moisissure noire faisait comme un duvet, débordant du plat pour ramper sur la table.

« N'y faites pas attention, conseilla le professeur Tiffin. Leurs habitudes négligées n'impliquent pas qu'ils ont été scalpés par des Chippewas enragés. Elisha, va chercher de l'eau pendant que j'allume le feu. »

Susette prépara rapidement du porc frit et de la purée de maïs, et ils attaquèrent leur repas devant la flambée, assis sur les peaux de castor, les reflets mouvants du feu jouant sur leurs visages luisants de graisse. Quand on eut saucé jusqu'à la dernière bouchée de bouillie, le professeur Tiffin s'épongea le front en soupirant :

« Chère femme, fit-il doucement. Vos compétences culinaires feraient pâlir d'envie Hestia en personne. L'assaisonnement était parfait. »

Il se leva en grommelant et se risqua au fond de la pièce.

« Renard argenté et renard roux, pékan, ours noir… Bon Dieu ! Notre hôte était un trappeur chevronné. »

Emportant une torche, il se pencha pour s'introduire dans une réserve basse, d'où il revint avec une cruche en terre cuite. Il en ôta le bouchon de liège et l'approcha de ses narines.

« Du whisky ! Indien, mais du whisky quand même.

– Calmez votre joie ! Ce n'est qu'un brut de fût maison, bon pour les indigènes. Si vous avez de la chance vous ne perdrez que la vue. »

Le professeur Tiffin en ingurgita une lampée à même le goulot.

– « Ah, ma douce et tendre ! Comme tu m'as manqué !

– On ferait mieux d'installer le campement, proposa Elisha. Ces peaux feront sans doute le lit le plus moelleux que nous aurons d'ici septembre.

– Dickens ! s'exclama alors le professeur Tiffin. Scott ! Hemans ! » Il s'était agenouillé près de la fenêtre, éclairant de sa torche une petite bibliothèque. Sa voix s'étrangla et monta dans les aigus. « Pope ! Une bibliothèque complète ! En anglais et en français ! »

Il réunit une brassée de volumes qu'il éparpilla devant le foyer avec un rire joyeux. Elisha souleva la cruche et but une gorgée d'alcool : sans être forte, la liqueur était relevée de piment rouge brûlant. Il se mit à tousser, clignant les yeux pour refouler ses larmes.

« Est-ce qu'il y a du Shakespeare ? demanda-t-il. *Comme il vous plaira*, par exemple ?

– Un choix remarquable ! Mais malheureusement... tenez, nous avons à la place *Le songe d'une nuit d'été*. Voilà qui convient encore mieux. Madame Morel, asseyez-vous ici, près de moi. Nous lirons chacun un rôle. »

La jeune femme marqua une hésitation puis s'assit près de Tiffin, sur un tas de fourrures. Elisha lui tendit la cruche et elle but à longs traits, s'essuyant la bouche du revers de la main. Elle en proposa ensuite à Mr Brush, qui fronça les sourcils avant d'incliner la cruche et de boire à longues goulées. Il en eut le souffle coupé.

« Commencez ici, indiqua Tiffin. C'est le deuxième acte, le moment où Obéron rencontre Titania dans un bois des environs d'Athènes. Je jouerai Obéron, et vous lirez les répliques de Titania. »

Elle inclina le volume vers la lumière du feu.

« "Titania. Quoi, jaloux Obéron ? Fées, envolons-nous d'ici : j'ai abjuré son lit et sa société."

– Non, non, il ne faut pas annoncer qui prend la parole. Lisez seulement ce qui est dit. Et posez bien votre voix, comme si vous vous adressiez à un auditoire nombreux.

Comme ça. » Le professeur Tiffin s'éclaircit la voix. « "Quoi,
jaloux Obéron ?"

– "Quoi, *jaloux Obéron* ? Fées, envolons-nous d'ici : j'ai
abjuré son lit et sa société." »

Elisha, mortifié, resta cloué sur place. Susette avait un débit
haché, mais elle lisait couramment, et sa prononciation était
quasiment irréprochable. Il se revit agenouillé près d'elle, à
lui lire le *Godey's Lady's Book* comme un maître d'école pendant qu'elle écoutait patiemment. Il avala une lampée de
whisky. Seigneur, pensa-t-il, je suis le dernier des imbéciles.

« "Arrête, impudente coquette, poursuivit Tiffin. Ne suis-je
pas ton seigneur ?"

– "Alors, que je sois ta dame ! Mais je sais qu'il t'est arrivé
de t'enfuir du pays des fées pour aller tout le jour t'asseoir
sous la forme de Corin, jouant du chalumeau et adressant de
tendres vers à l'amoureuse Phil... Phillida."

– Phillida, c'est bien ça. Excellent ! »

Un frémissement de plaisir passa sur les traits de Susette.
Alors qu'elle soulevait la cruche de whisky, son regard croisa
celui d'Elisha, et elle le soutint pendant qu'elle buvait.

Le garçon se disait qu'il n'avait jamais vu de femme aussi
belle. Susette avait pris des couleurs, et à la lueur des flammes, son teint avait les nuances cuivrées d'une pièce de monnaie ancienne. Elisha détourna les yeux, honteux de sa
propre ardeur. C'était une femme mariée, plus âgée que lui
et métisse de surcroît. Et lui n'était qu'un gamin esseulé, un
pauvre idiot de Blanc. Au-dessus de la cheminée, l'effigie du
roi George le toisait avec un sourire arrogant. Il songea alors
que c'était Susette elle-même qui lui avait permis de lui faire
la lecture. Quand il avait proposé de lui lire le *Godey's Lady's
Book*, l'après-midi sur la plage, elle aurait très bien pu répondre qu'elle lisait parfaitement l'anglais, et l'éconduire avec
humeur. Au lieu de cela, elle lui avait tendu le magazine et
avait écouté la lecture, tranquillement assise près du foyer.
Peut-être n'était-il pas si stupide, tout compte fait.

« "Pourquoi es-tu ici, de retour des côtes les plus reculées
de l'Inde ? C'est, ma foi, parce que la fanfaronne Amazone,
votre maîtresse en bottines, vos amours guerrières, doit être

mariée à Thésée ; et vous venez pour apporter à leur lit la joie et la prospérité."

"Comment n'as-tu pas honte, Titania, de m'accuser d'être en bons termes avec Hippolyte, sachant que je connais ton amour pour Thésée ?" » Tiffin se remit à rire. « Voici le passage le plus savoureux ! "Ne l'as-tu pas, à la lueur de la nuit, emmené des bras de Périgounia, qu'il avait ravie ? Ne lui as-tu pas fait violer sa foi envers la belle Eglé, envers Ariane et Antiope ?" »

Susette évoqua ensuite les impostures nées de la jalousie d'Obéron, le vent qui aspirait les brouillards de la mer pour en couvrir la terre, le désordre semé dans le cours des saisons. Les bœufs traînant leur joug en vain, le blé vert pourrissant dans son enveloppe. Elle baissait la voix si elle rencontrait des noms insolites. Elle parla aussi d'un jeune garçon, fils d'une mortelle qui avait péri en le mettant au monde.

« "Et j'élève cet enfant pour l'amour d'elle, je ne veux pas me séparer de lui." »

Son visage était triste quand elle acheva la tirade.

« Qu'arrive-t-il à la femme et à l'enfant ?

– Peut-être le saurons-nous demain », répondit Tiffin en refermant le livre.

Le silence satisfait ne fut troublé que par les craquements et les sifflements du feu. Mr Brush finit par déclarer :

« Je n'ai jamais beaucoup apprécié cette pièce. Cette idée des fées dans les bois est trop fantasque pour que la pensée s'y arrête sérieusement.

– Une histoire n'a pas forcément besoin d'être sérieuse, allégua Tiffin.

– Je maintiens qu'elle doit contenir une certaine mesure de vérité.

– Votre conception de la vérité me paraît trop strictement littérale. Une histoire peut être vraie sans refléter pour autant l'existence ordinaire. »

Mr Brush maugréa, admettant de mauvaise grâce la valeur de l'argument. Il délaça ses bottes, les posa dans l'âtre et roula sa chemise de rechange pour en faire un oreiller. Le professeur Tiffin l'imita en souriant. Susette se leva en prenant appui sur le manteau de cheminée et se retira en emportant la vaisselle du dîner.

Elisha avait l'impression de flotter dans l'air. Il voulut se redresser, pris de vertige sous l'effet du whisky. Le professeur Tiffin éclata de rire.

« Doucement, jeune gaillard. »

Elisha but une gorgée d'alcool et se rapprocha de la porte ouverte pour écouter Susette qui fredonnait à mi-voix. *À la claire fontaine, m'en allant promener...* La chanson de ce matin, celle qui parlait d'une belle fontaine. Le long de la berge, la silhouette noire des pins se détachait sur l'obscurité d'un ciel étoilé. Une chouette rayée ulula, et on eût dit un chiot qui pleurait.

Elisha sortit dans la nuit. Accroupie au bord de l'eau, Susette frottait les assiettes avec du sable. Elle se leva à son approche et lui fit un sourire éméché.

« *La nuit d'été*, dit-elle, il faut que j'écrive à ma mère, elle... »

Elisha l'attrapa par les épaules et l'embrassa sur les lèvres.

Tout d'abord Susette se raidit, serrant les assiettes contre sa poitrine, puis son corps s'abandonna. Sa bouche s'entrouvrit, sa langue vint effleurer les dents du garçon. Elle avait un goût de whisky et de sel. Elisha eut l'impression de tomber. Il étreignit ses épaules, son cou, son dos, et ses mains glissèrent le long de ses reins pour se poser sur les hanches généreuses. Susette tirait sur ses cheveux en gémissant. Se dégageant de ses bras, elle laissa les assiettes s'écraser au sol et se hâta d'entraîner Elisha derrière la maison, où elle le fit tomber sur un pan de terre nue en murmurant :

« Là, par ici. »

Son souffle était court et précipité. Elle se détourna, prit appui sur ses genoux et ses avant-bras, puis tendit les mains en arrière pour relever sa jupe au-dessus de sa taille.

Une espèce de décharge tendit le corps d'Elisha. Le dos de la jeune femme brillait comme du marbre, et au-dessus de ses fesses, les deux petits creux ressemblaient aux baisers jumeaux laissés par le ciseau d'un sculpteur. Les mains d'Elisha se posèrent au bas de ses reins et elle se mit à gémir, fouettant l'air au hasard derrière elle. Elisha défit son pantalon à tâtons, et d'un coup violent il entra en elle, ses poumons prêts à éclater.

« Mon amour », souffla-t-il.

Susette se pressa contre lui avec un léger râle. Elisha se sentait près de perdre le contrôle de lui-même. Lorsque la jeune femme l'attira en elle il se figea, s'efforçant de rester rigoureusement immobile ; puis il répandit sa semence avec un petit cri.

Susette bascula en avant comme si on l'avait frappée. Elle resta un long moment sans bouger, le rythme de sa respiration s'accordant à celle d'Elisha, puis elle se leva et frotta posément les traces de terre sur ses jupes. Les larmes faisaient briller ses joues. Elle s'écarta d'un geste brusque quand il lui toucha l'épaule et se précipita au bord de l'eau pour ramasser les assiettes. Elle courut vers la porte et se tourna vers Elisha :

« Je suis désolée. Pardonnez-moi, s'il vous plaît. »

Et elle entra dans la maison éclairée.

« Voici la reine Titania qui revient ! » rugit le professeur Tiffin.

4

D'une certaine manière il avait pris ses habitudes, passant ses matinées sur les quais à boire du café amer tout en regardant s'approcher les goélettes, avant de remonter Franklin Street, bordée de salles de danse et d'hôtels pouilleux. Le pasteur abordait aussi bien les dames à crinolines que les débardeurs écossais ou les marchands de charbon crasseux, leur demandant à tous s'ils n'avaient pas rencontré un garçon répondant au signalement d'Elisha. Les hommes fronçaient les sourcils tandis que les femmes s'excusaient d'un sourire. De Beaubien Street il se rendait à St. Mary, puis sur Michigan Avenue et Cass, et retournait sur les quais quand le soleil déclinait, boule orange dans le ciel, et que les derniers bateaux rentraient au port, appelés par la sirène du soir qui sifflait comme un hautbois. Des badauds observaient la scène depuis la jetée, les mains enfoncées dans leurs poches de pantalon, mais en dépit de cette nonchalance commune, ils ne s'adressaient pas la parole. Une ville d'étrangers. Aux yeux du révérend Stone, cette idée possédait un certain charme.

La nuit venue, ses pas le menaient de nouveau sur Franklin Street. Ce n'était qu'une étroite allée au sol d'argile, éclairée de flaques de lumière, résonnant du vacarme des violons désaccordés et peuplée d'Irlandais, de nègres, d'ouvriers et d'avoués. Les hommes était ivres, la figure barbouillée de saleté, la chemise tachée de boue et le chapeau mis de guingois. Appuyé contre le pilier d'un auvent, le révérend Stone observait avec un agacement feint leurs allées et venues entre le saloon, la salle de bowling et le bordel. Jamais il n'avait été témoin d'une telle concentration de sentiments : âpres querelles et éclats de rire, regards empreints de regrets et déclarations d'amour mensongères. Il ne manquait plus qu'un temple et un cimetière, se disait le pasteur, pour que Franklin Street embrasse toute la gamme des émotions humaines.

Il avait pu voir des quartiers miséreux pendant son séjour à Cambridge, mais il ne les apercevait alors que de l'intérieur d'un buggy. À présent il flânait pour de bon dans la rue, scrutant le visage des hommes qu'il croisait, flairant leur haleine aux relents de whisky. L'expression la plus répandue était la gaîté. Le plaisir jubilatoire de la transgression, le frisson, cent fois amplifié, du gamin qui fait l'école buissonnière. Pour la millième fois, le révérend Stone se demanda comment le péché pouvait procurer tant de joie. Un léger trouble familier accompagnait toujours cette question : on aurait dit la preuve d'une erreur fondamentale de sa part.

Ce samedi-là sur Franklin Street, le révérend Stone fut surpris par une averse qui tira des jurons aux hommes et envoya les femmes s'abriter sous l'auvent le plus proche. Le pasteur entra dans un saloon en bois. Entre le tourbillon de fumée qui s'échappait d'un âtre carré et la suie qui recouvrait les vitres, l'ombre engloutissait la lumière du jour dans la salle basse de plafond. Des hommes étaient assis par groupes de deux autour d'une table ronde et faisaient claquer bruyamment leurs dés. Des odeurs d'huile de poisson et de suif empuantissaient l'atmosphère, mêlées aux légers relents d'ammoniaque de l'urine des chevaux. Un repaire de charretiers. Personne ne leva les yeux sur le révérend Stone.

Il trouva une place libre, debout face au comptoir, et un numéro chiffonné de l'*Evening Clarion*. Il commanda un verre de cidre au serveur, qui sifflotait l'air de « Hey, Betty Martin » tout en promenant hâtivement un chiffon sale sur la rangée de bouteilles. À Newell, le révérend Stone prenait chaque jour son cidre chez John Hensley, mais il avait oublié combien une taverne inconnue pouvait être excitante.

Secouant le journal pour en déplier les pages, il déguisa un sourire sous un froncement de sourcils. Alors qu'il demandait un autre verre, un moment plus tard, il aperçut son reflet dans la glace du comptoir : il portait encore sa tenue de voyage, salopette de toile et chemise en lin usée, et offrait l'apparence d'un brave vieux planteur de tabac venu en ville pour le marché. L'image était à la fois déroutante et étrangement libératrice.

Il avait quasiment terminé son deuxième verre quand un homme s'appuya au comptoir près de lui en demandant :

« Ça vous dit pas de vous reposer les pieds ? »

Il était grand, le teint rose, avec des cheveux d'un blanc de neige retombant en longues mèches drues. Le jus de chique avait teint sa moustache en brun. Il se présenta sous le nom de Leander Clarke. Le révérend Stone le suivit jusqu'à une place près de la cheminée et cala la table bancale avec l'*Evening Clarion*. L'homme sortit un paquet de cartes en suçotant le bout de sa moustache.

Leander Clarke exposa alors les règles d'une variante du brag : première mise aveugle, le roi de cœur comme *floater*, cinq cents pour l'ante, et pas d'autre limite à la relance que celles du courage. Il précisa avant que le révérend Stone ait pu protester :

« Bien entendu, nous pouvons aussi jouer seulement pour l'honneur. Je suppose que vous avez vu la comète, jeudi dernier.

– Non, en fait, mais j'ai lu un compte rendu dans le *City Examiner*. Et vous, l'avez-vous vue ?

– Quel prodigieux spectacle ! Je me tenais devant les cabinets au moment de son passage. Ma première pensée a été pour les Psaumes. *Les cieux racontent la gloire de Dieu, et l'œuvre de ses mains, le firmament l'annonce.* » Leander Clarke fit un sourire qui révéla des dents noirâtres, pépites d'anthracite enchâssées dans des gencives fripées. « Rendez-vous compte, elle est apparue au jour annoncé par le révérend Miller. Ante. »

Après une hésitation, le révérend Stone tira de sa poche une pièce de cinq cents et avança prudemment :

155

« J'ai eu connaissance d'un débat portant sur le tissu adéquat pour les robes d'ascension. Quelle est votre position à ce sujet ?

– La mousseline est le seul qui convienne. Une mousseline de qualité supérieure, sans broderies ni colifichets ridicules. Il faut se présenter dans ses meilleurs atours lorsque l'Époux se présente. » Clarke sourit de nouveau. « Atours signifie vêtements.

– Oui, je le sais. »

Cet homme était donc un adepte de Miller. Le pasteur avait lu que le révérend Miller rassemblait 90 000 disciples, mais jusque-là il n'en avait rencontré qu'un seul : Matthew, le mari de Prudence Martin. Dans l'esprit du révérend surgit l'image des lèvres exsangues de Prudence Martin, trébuchant sur les mots de l'Apocalypse dans le temple de Newell : un dragon écarlate à sept têtes, une bête qui ressemblait au léopard, une nouvelle Jérusalem. Les incroyants, les menteurs et les putains précipités en enfer. Le pasteur s'éclaircit la voix.

« J'ai entendu dire que le révérend Miller réclamait à ses adeptes des dons considérables. Il n'approuverait pas que vous perdiez de l'argent à un jeu de hasard.

– J'ai pas l'impression d'être en train de perdre. Un dollar de relance »

Un dollar. Le révérend Stone étudia son jeu. Une paire de deux et un *floater*. Une petite *paire royale*. Il fit glisser un dollar vers la pile de pièces, puis avala une bonne lampée de cidre pour chasser sa mauvaise conscience.

« Le révérend Miller détient des preuves, fit Clarke. Des preuves numériques, des calculs tirés de la Bible. Du Livre de Daniel. Il a établi la date du Jugement par cinq méthodes différentes, et a abouti chaque fois à un résultat identique. Le 22 octobre 1844. Dans moins de six mois.

– Le Livre de Daniel n'avait pas vocation d'être un instrument de calcul.

– J'ai appris tout enfant à lire les Écritures l'esprit ouvert et attentif. Comme l'a fait le révérend Miller. » Clarke cracha par terre. « Deux dollars. »

Le révérend Stone observa attentivement Leander Clarke. Il semblait pourvu d'une forme brute d'intelligence, non exempte d'une propension à la cruauté. Ce n'était donc pas un disciple aveugle, simple élément de l'innombrable troupeau. Il était même probable qu'il se jugeait supérieur à eux. Un apôtre des bois, le Livre de Daniel dans une main, le couteau de chasse dans l'autre. Il était sûrement en train de bluffer.

« Je passe, » dit le pasteur.

Il commanda un autre cidre pendant que Clarke ramenait les pièces vers lui. La pluie cognait contre les vitres du saloon. Tout en continuant de jouer, Clarke lui parlait de Miller : il était un simple cultivateur d'oignons quand il avait entendu l'appel, et avait renoncé à sa ferme pour parcourir le pays et réveiller les âmes. Il avait bien précisé à ses disciples qu'il n'était qu'un humble et misérable messager. Leander Clarke s'exprimait d'une voix profonde et monocorde, dont les inflexions ne variaient guère au fil de son jeu erratique, alternance de bluffs pressés et de retraits prudents. Au bout d'une heure, le pasteur avait perdu deux dollars et quatre-vingt-dix cents.

« J'ai pris connaissance de certains de ses écrits, finit par dire le révérend Stone. Son opuscule... quel est son titre, déjà ? *Le Tuba* ?

– *La Trompette.*

– Bien sûr, fit le pasteur avec un sourire. Le révérend Miller est quelqu'un de fort instruit, incontestablement. Cependant, je crains qu'il ne se soit laissé fourvoyer par un excès de zèle. La Bible n'est pas un recueil de devinettes.

– Et la comète, alors ? Comment expliquez-vous qu'elle soit passée justement le matin qu'avait prédit le révérend Miller ?

– Le passage de la comète était un phénomène naturel. Explicable par un raisonnement scientifique. »

Clarke expulsa un crachat et s'essuya la bouche.

« Qui êtes-vous donc pour en juger ? Comment pouvez-vous être sûr que le Seigneur ne viendra pas en octobre ? Les Écritures disent que nous ignorons le jour de son retour, qu'il est pareil au maître du logis rentrant d'un long et pénible voyage, et qui peut se présenter à minuit, au chant du coq ou au milieu de la matinée. Elles disent aussi qu'il ne préviendra pas de sa venue, si bien que nous ne devons pas nous endormir. *Nous ne devons pas nous endormir !* Il faut veiller !

– Bien entendu, convint obligeamment le révérend Stone. Je ne cherchais aucunement à vous offenser. »

Un pli sévère creusait le front de Leander Clarke. Alors que celui-ci étudiait son jeu, le révérend Stone s'aperçut que ses doigts tremblaient – la nervosité ou l'effet du whisky. Le saloon exhibait des signes de violence : du verre brisé près de la cheminée, un fusil de chasse de gros calibre appuyé derrière le comptoir. Des hurlements avaient retenti dans cette salle. Des cris, des accusations. L'odeur de l'urine de cheval était âcre et pénétrante.

« Croyez-vous sincèrement que le Jour du Jugement soit pour octobre ? »

Leander Clarke ne répondit pas immédiatement.

« Je crois sincèrement que c'est possible. Et dans ce pari, je suis bien décidé à ne pas faire partie des perdants. Deux dollars. »

Le révérend Stone avança deux dollars qu'il regretta aussitôt. Le sang afflua à son cou tandis qu'il consultait ses cartes. Un brelan de deux, une belle main. Il comprenait que s'il venait à emporter la partie, il gagnerait peut-être de quoi payer Charles Noble.

Une flamme d'excitation s'alluma en lui, immédiatement étouffée par la honte : il comptait soudoyer un extorqueur avec les gains d'un jeu d'argent. Le péché au service du péché. Leander Clarke détacha une carte du paquet rigide et engagea encore un dollar. L'estomac du révérend Stone palpita. Dans la poche de son pantalon, il prit une pièce en or de cinq dollars et la déposa d'un geste circonspect au centre de la table.

« Ah ! Voilà qu'on joue franc jeu. » Clarke lança en l'air une pièce de cinq, l'emprisonna dans son poing et l'abattit sur la table. « Je suis. »

Le pasteur retira deux cartes de son jeu et retourna les trois qui restaient. Deux de pique, deux de trèfle, deux de cœur.

« Le révérend Miller vous remercie pour votre don généreux. »

Leander Clarke rassembla les pièces avec un léger sifflement. Son jeu contenait un brelan de neuf.

Le révérend Stone opina machinalement tandis que le tapage du bar se réduisait à un brouhaha. Il fixait le plateau de la table, le bois grossier gravé d'initiales et de silhouettes sans visage, maculé de taches couleur de mélasse. Une curieuse apathie l'avait gagné. Il eut l'idée de reprendre son chapeau, mais ne se rappela plus où il l'avait posé. La porte – évidemment, il l'avait accroché à la patère près de l'entrée.

Leander Clarke ne le quittait pas des yeux.

« Vous allez m'écouter, maintenant. Vous êtes perdu. Je le perçois dans votre voix. Votre égarement résonne aussi clairement qu'une note de piano. J'entends votre voix, et alors je pense à celle du révérend Miller, et je me dis qu'il suffirait que vous l'entendiez prononcer une seule phrase, un seul mot, pour que vous soyez retrouvé. Ses paroles sont la vérité. La vérité est dans sa voix. Toute sa personne la proclame. »

Le révérend Stone hocha la tête, la gorge de plus en plus sèche.

« Lorsqu'il prend la parole, je me sens arraché à moi-même. Tous, nous éprouvons la même chose. » Un sourire douloureux effleura ses lèvres. « Quand il parle, je sens... je sens mon âme quitter mon corps et flotter loin de lui. »

Le révérend Stone se leva de la table en titubant. Une onde de chaleur rayonna en lui, excluant tous les bruits de la salle. Le saloon tanguait devant lui. Se retenant à une chaise, il se mit à tousser, les entrailles vrillées comme une corde.

« Hé, là ! Vous avez besoin d'air ? »

Son regard se fixa sur Leander Carke : une lumière blanche et duveteuse lui drapait les épaules, comme si des rayons de soleil l'enveloppaient. La luminosité s'intensifia puis finit par se ternir.

« Je vais bien, bredouilla-t-il. Merci.

– Vous devriez faire voir cette toux, conseilla Clarke. Je connais un chirurgien qui pourrait vous aider. Tirer juste ce qu'il faut de sang pour stabiliser votre humeur. »

Le révérend Stone sentit sur sa langue un goût de métal. Il cracha par terre et se détourna, mais Leander Clarke l'attrapa par le coude.

« Que ferez-vous quand viendra le Jour du Jugement ? Votre famille se tiendra-t-elle prête ? Et *vous*, serez-vous prêt ?

– Souciez-vous donc plutôt de vous préparer vous-même, rétorqua le pasteur. Ne perdez pas votre temps à vous inquiéter pour ma famille. Ou pour moi.

– Oh, si, je m'inquiéterai de vous, insista doucement Leander Clarke. Je ne vous oublierai pas dans mes prières. »

Il passa la soirée à déambuler dans les rues de la périphérie de Detroit, d'Atwater à Orleans pour revenir sur Grand River, là où la ville cédait la place aux terres agricoles qui s'étiraient vers l'horizon comme un lac aux eaux noires et étales. Aux craquements des trottoirs en planches et au claquement des fouets succédait le beuglement mélancolique d'une vache, ou le chuchotement des feuillages d'un rideau de peupliers. Le révérend Stone se sentait imprudent et profondément honteux. Il eut envie de s'offrir une bouteille de cidre, mais se douta qu'elle ne ferait qu'accentuer son sentiment.

Peu après minuit, il regagna sa pension miteuse de Miami Avenue, alluma un bout de chandelle et arpenta la chambre exiguë. Il ne voulait pas s'endormir. Une fois de plus il compta son argent : il avait déjà consacré quatre dollars au logement et aux repas et un dollar aux trajets en cab, dépensé quelques piécettes pour faire cirer ses chaussures et acheter du café et des médicaments, et mis cinquante cents dans l'ouvrage de Catlin. Et voilà qu'il venait de perdre neuf dollars au saloon. À présent, il disposait en tout et pour tout de trois dollars et dix-huit cents. Il empila les pièces sur la table de nuit.

Réveillé à l'aube, il ouvrit les yeux sur un ciel d'un mauve teinté de gris. Sa tête lui faisait mal. Le pasteur sortit de la pension et se rendit au marché Berthelet. L'endroit offrait un spectacle d'agitation tranquille, fermiers déchargeant des boisseaux de carottes, de pommes de terre et d'asperges, marchands de rue installant leurs éventaires, citerne arrosant la voie poussiéreuse. Le révérend Stone s'offrit une tasse de café et ramassa dans le caniveau un *City Examiner* dont il parcourut les titres d'un œil agacé. Un entrefilet concernant la comète, rapportant plusieurs observations scientifiques enregistrées à New Haven et Cambridge. Un autre bref article discréditait les prédictions du révérend Miller. Les éditorialistes semblaient alarmés, même s'ils tâchaient de dissimuler leurs inquiétudes derrière un troisième article intitulé : « Femmes et comètes ».

« Il va sans dire que les comètes remplissent au sein de la création un rôle utile et positif ; de même les femmes. »

« Les comètes resplendissent d'un éclat particulier, mais c'est la nuit qu'elles brillent le plus vivement ; de même les femmes. »

« Les comètes sont incompréhensibles, belles et extravagantes ; de même les femmes. »

« Les comètes réduisent à la perplexité les esprits les plus savants, lorsqu'ils tentent de définir leur nature. De même les femmes. »

« Par conséquent, les comètes et les femmes entretiennent des liens étroits ; mais comme elles nous demeurent les unes et les autres indéchiffrables, nous ne pouvons que contempler les premières avec admiration, et aimer les secondes jusqu'à l'adoration. »

Le révérend Stone se sentit malgré lui réconforté par cet article. Il froissa le journal, incommodé par sa propre vanité.

Un temple s'élevait de l'autre côté de la place du marché, un bâtiment élancé et blanchi à la chaux, encadré par une bijouterie et un bordel à la façade d'un mauve criard. Le révérend Stone le contempla comme s'il avait rencontré un mirage. Ce fut avec un sentiment de soulagement qu'il gravit les marches de pierre.

Le pasteur était un bonhomme replet et avenant, au crâne lisse couronné de boucles argentées. À huit heures précises il prononça une invocation, puis entraîna la congrégation dans une rapide récitation d'un psaume, suivie de lectures de saint Marc et saint Jean. Ensuite il monta posément en chaire et embrassa l'assemblée d'un œil sévère et lugubre.

« La religion n'est pas une théorie, mais un *désir*. Nous méditons sur Dieu et la foi, et nous parvenons à des conclusions diverses – c'est là ce qui constitue notre *théorie de la religion*. Cependant l'homme est religieux parce qu'il possède une *nature religieuse*, tout comme il est moral par ce qu'il est doté d'une *nature morale*. Comme il est dit dans les Psaumes : "Comme languit une biche après les eaux vives, ainsi languit mon âme vers toi, mon Dieu." »

L'écho d'une toux se répercuta dans le temple ; puis ce furent le bruissement d'une crinoline, le craquement d'un banc de bois. Le prédicateur ouvrit largement les bras.

« Aucun homme n'est animé en permanence du *désir* de la religion. Nombreux sont ceux qui ne l'éprouvent que dans la tristesse ou l'accablement. Il en va de même avec le désir de nourriture : nous ne mangeons que poussés par la faim. Il s'agit là d'un des *grands défis* de la foi : ce n'est pas la conscience de sa *valeur* qui attire l'homme vers la religion, mais uniquement le *désir* qu'elle lui inspire, et l'inconfort provoqué par ce sentiment. »

Il s'inclina en avant, les paupières serrées.

« Le nerf de *toute activité humaine* est l'*inconfort* dont s'accompagne le *désir*. »

Un comédien frustré, se dit le révérend Stone, un acteur sans fard ni postiche. Il l'imaginait narrant la parabole du semeur dans une tirade monocorde, l'histoire de l'exode dans un mélodrame gothique. Un baryton retentissant pour Moïse, un chevrotement flûté pour Pharaon. Il constata que tous les bancs étaient remplis.

« Tous les désirs humains n'ont pas affleuré à la surface. De fait, *le progrès se définit précisément* par l'éveil d'aspirations nouvelles et plus élevées ! Le désir de la religion est le plus noble que puisse ressentir notre nature, et cependant il est nécessaire que l'âme, avant d'y accéder, soit *réveillée* par l'introspection, la vigilance et l'exercice, et, plus encore par l'assistance *divine et aimante* de Dieu. Pour revenir aux Psaumes. *Mon âme a soif de Dieu, le Dieu vivant.* »

L'orgue exhala un soupir voilé, et la congrégation entonna un cantique. Le révérend Stone chanta en chœur : « *Nous élevons nos voix vers toi, Ô Seigneur...* » Son regard se détourna des bancs patinés de la galerie pour se porter sur le tapis élimé de l'allée, les candélabres au vernis épais, les toiles d'araignée qui festonnaient les coins comme de délicates moulures. Les hautes et claires fenêtres enrubannées de pluie. Comme il est étrange, songeait-il, d'être assis sur un banc parmi des inconnus, déchargé de toute responsabilité. Seulement la musique, la lumière du soleil et la Parole. Quelle étrange beauté il y a à cela.

Au moment d'entamer le cantique suivant, il lui sembla qu'il échappait à la pesanteur, comme la musique, comme la lumière. La grâce le comblait, une révélation assez fulgurante pour lui faire oublier quelques instants le rythme de la mélodie. *Pays d'un peuple saint...*

Sentant les doutes l'assiéger, le révérend Stone haussa la voix pour les combattre. Dans ses entrailles, s'éveilla une palpitation qui mimait les notes tremblotantes de l'orgue. Chacun des accords vibrait de plaisir.

Le cantique achevé, le pasteur fit réciter un Notre Père à la congrégation, puis prononça une brève bénédiction. L'orgue soupira de nouveau. Remontant l'allée pour sortir, le révérend se croyait au milieu d'un rêve éveillé. Je suis tout près, s'émerveilla-t-il. Je suis entré. Des accords joyeux l'enveloppaient de leurs sons enroués.

Il ouvrit la porte et sortit dans la tiédeur du matin, attendant que la congrégation le rejoigne.

Le pasteur s'appelait Howell, un natif du Maryland parti vers l'ouest dix ans plus tôt pour échapper aux catholiques de l'État. Il se tenait à présent face au révérend Stone dans une pièce du presbytère à l'odeur de renfermé, devant une tablette Chippendale sur laquelle étaient servis du thé au sassafras et une assiette de cerises douces. L'homme avait les yeux d'un ictérique, au blanc fortement teinté de jaune. Avec un soupir, il défit le premier bouton de son pantalon.

« Vous avez une congrégation exceptionnelle, lui dit le révérend Stone. Des gens vertueux, et manifestement éveillés. J'ai noté leur attention pendant votre excellent sermon.

– Nous sommes unanimement considérés comme l'élite de cette ville. Même s'il faut se battre pour que les gens versent leur denier, naturellement. Nous finançons un hospice pour les simples d'esprit et un asile de Madeleine, dont le but est de ramener les prostituées sur le droit chemin. Récemment, nous avons fait l'achat d'un orgue Stansfield à cinq cents tuyaux, dont vous avez pu profiter ce matin.

– À Newell, les baptistes nous soumettent à une rude concurrence. Seulement pour l'année écoulée, nous avons perdu près d'une trentaine d'âmes. »

Howell partit d'un rire asthmatique, frottant son crâne luisant.

« Oh, c'est partout la même chose ! Baptistes, luthériens, universalistes, catholiques, quakers, moraves, Millerites. Dieu tout-puissant ! On ne peut pas brandir sa canne dans cette ville sans talocher un Millerite.

– Je m'en suis aperçu, approuva le révérend Stone en hochant vigoureusement la tête. Vous accomplissez un travail admirable. Cela sauterait aux yeux de n'importe qui. »

Un sourire compassé succéda au rire de Howell. Il semblait s'être composé une expression qui contînt à la fois satisfaction et contrariété. Dans un angle de la pièce se dressait une horloge massive aux aiguilles figées sur midi et trois minutes, le cadran orné d'un steamer peint qui traînait dans son sillage de la fumée et une brume vert pâle. À côté était accroché un portrait à l'huile, figurant un homme dont les boucles rousses s'enroulaient comme des vrilles sur les revers de sa veste. Le peintre avait fait un habile travail de coloriste au niveau des yeux, deux lacs clairs et brillants adoucis par un air de patience et de compassion. Le révérend Stone réalisa avec surprise qu'il s'agissait de Howell au temps de sa jeunesse.

« Je suis intrigué, avoua son hôte. Qu'est-ce qui vous a amené dans cette trépidante cité ?

– Comme vous l'avez dit ce matin de manière si incisive : le nerf de toute action humaine est l'inconfort qui accompagne le désir. Ces derniers temps, j'ai fait l'expérience de cet inconfort. »

Sans répondre, Howell déplia son canif pour piquer une cerise.

« Je cherche de toute urgence à retrouver la trace de mon fils, Elisha, poursuivit le révérend Stone. Il participe à une expédition scientifique sur la péninsule nord.

– Mais la péninsule est immense ! Vous avez plus de chances de tomber sur un Peau-Rouge hurlant que de trouver votre fils. » Howell mastiqua bruyamment. « J'ai entendu dire que les catholiques s'employaient activement à infester le territoire de missionnaires, directement envoyés de Rome. Leur tactique consiste à déverser leur poison dans l'oreille des sauvages à l'agonie, et de leur promettre la béatitude éternelle en échange du baptême. » Howell recracha le noyau par-dessus son épaule. « Apparemment, cette technique est dépourvue d'efficacité. Même les sauvages sont trop clairvoyants pour tomber sous la coupe des papistes. »

Le révérend Stone s'avança légèrement sur son siège.

« L'occasion m'est offerte d'obtenir une carte de l'itinéraire de mon fils. J'ai en outre l'intention d'engager un guide dès mon arrivée à Sault-Sainte-Marie. Je n'ai aucune habitude des bois, mais je présume qu'un autochtone, ou un métis expérimenté, n'aurait pas grand mal à localiser le groupe dont fait partie mon fils.

– Quand même, fit Howell en haussant les épaules. Ça me paraît insensé.

– Mais nécessaire, insista le révérend Stone. » Passant la main sur son menton, il sentit à son grand embarras le piquant d'un début de barbe. Il avait oublié de se raser. « J'avais espoir d'aborder avec vous une certaine question. À propos d'un prêt.

– Notre congrégation a très peu de moyens.

– En effet, je comprends. » Les prémices d'une quinte de toux lui picotaient la gorge. « Je me suis fait dépouiller dans le train de Buffalo. Un escroc m'a volé mes vêtements, mon sac et presque tout mon argent. Et je n'ai réussi à subsister jusqu'ici qu'au prix de dures privations. Cependant je n'ai plus assez pour continuer mon voyage.

– Votre voyage, répéta Howell d'un ton désabusé. On a l'impression que tout le monde est en voyage, de nos jours. N'imaginez pas que je verse dans la métaphore, je parlais au contraire dans le sens littéral. Un jour vous avez un voisin, et le lendemain il ne reste plus du bonhomme qu'un nuage de poussière sur la route de Toledo. Il faut croire que cela vient de la nature du pays. » Il dévisagea le révérend Stone. « Et quel âge a-t-il, votre fils ?

– Seize ans. Il est né le 20 novembre.

– Seize ans, c'est un âge particulier. Je devine que votre fils aura changé au-delà de ce que vous pouvez imaginer. Il se peut même que vous ne le reconnaissiez pas. »

Même si le pasteur avait maintes fois envisagé cette hypothèse, il lui déplaisait de l'entendre évoquer par un étranger. Il voulut répondre, mais Howell le devança.

« Je me rappelle bien l'année de mes seize ans, la première que j'ai passée à Baltimore. L'année où j'ai quitté la ferme de mon père. La nuit, quand je fermais les yeux, je sentais encore l'odeur des cabinets. » Howell souriait, les yeux baissés sur sa tasse de thé. « Il y a eu bien des nuits où j'aurais volontiers quitté mon lit, à la pension, et couru d'une traite jusqu'à Catonsville, sans rien emporter sinon la chemise que j'avais sur le dos. Pourtant je ne l'ai jamais fait.

– Je suppose qu'Elisha a ressenti une impulsion semblable… rentrer à Newell. Retrouver la maison. Mais il n'y a pas encore cédé.

– Non, évidemment. »

Le silence s'installa entre eux, ponctué par les cris assourdis d'un marchand de pommes. Ils levèrent enfin leur tasse et burent leur thé. Le révérend Stone étudia le visage de Howell : les paupières flasques et le nez piqueté, les joues affaissées formant des bajoues. Le jeune homme du tableau avait disparu, laissant la place à son père fatigué. La peinture avait dû être exécutée au séminaire, supposait le pasteur, quand il était encore un fils de fermier souffrant de son exil, débordant d'une solennelle passion. Il lui donnait à peu près le même âge que lui, et se demandait s'il était marié ou veuf, si ses enfants vivaient dans les parages. Il aurait voulu savoir, aussi, s'il entrait toujours dans le temple avec une sereine exaltation, le sentiment de retourner dans la chambre de l'amante. Nous pourrions être frères, songea-t-il, pris d'une effusion sentimentale.

« Avez-vous envisagé de solliciter le concours du gouverneur ? s'enquit Howell tandis qu'il buvait quelques gorgées de thé froid. Au vu des circonstances, il vous accorderait sûrement des fonds exceptionnels. Pour vous repérer avec votre carte, entre autres choses.

– Cela prendrait des mois. Et moi je compte en semaines, ou même en jours.

– Dans ce cas, vous pourriez vous adresser à une des sociétés de bienfaisance de la ville. Je vous recommanderais. Il ne faudrait pas bien longtemps pour organiser un soutien. »

Le révérend Stone s'inclina en avant.

« Bien entendu, je ne serais pas venu vous importuner si je disposais d'une solution plus simple. Je me ferais bien embaucher comme journalier, mais je suis manifestement dépourvu de compétences exploitables. Notre genre de formation nous prépare fort mal aux questions pécuniaires. »

La gorge irritée, le révérend tendit la main vers sa tasse, puis il suspendit son geste et laissa venir la toux. Plié en deux par la quinte, il sentit sa poitrine se convulser, les yeux exorbités. Il s'écarta de Howell et se couvrit le visage. Dès que la crise se fut calmée, le révérend Stone s'essuya les yeux et se tourna de nouveau vers lui. Il avait la gorge écorchée, à vif. Un goût de sang lui monta à la bouche.

« S'il vous plaît, dit-il. Je vous en supplie.

– Vous n'avez pas besoin de supplier », répondit Howell d'un ton désolé.

Il se leva, ouvrit la caisse de l'horloge et en retira une bourse en cuir usée dont il dénoua le cordon. Il en palpa le contenu et extirpa une pièce, puis une autre.

« Que nul ne se réjouisse que les richesses s'accumulent en enfer. Cette terre mérite peut-être davantage ce précieux fléau. »

L'homme, cessant de compter, regarda le révérend Stone.

« Paradis perdu, déclara le pasteur. Premier volume. »

Howell reprit son décompte, les lèvres serrées.

« Je vous rembourserai sitôt que je serai rentré à Newell. Je vous enverrai des billets par la poste, avec les intérêts correspondants. J'espère que cela vous convient. »

Howell posa les pièces au milieu de la table et s'essuya les mains sur son gilet. Son regard se perdit au-delà de la vitre embuée, loin du révérend Stone.

« Soyez béni, lui dit ce dernier. Je vous remercie.

– Oui. Allez, maintenant. »

Sur Beaubien Street, il se faufila parmi les passants et les badauds arrêtés devant les vitrines, les pièces au fond de sa poche aussi lourdes que du plomb de chasse. Il acheta six boîtes de médicaments à la pharmacie de Larned Street et glissa trois cachets sous sa langue en sortant de la boutique.

Le révérend Stone marcha d'un bon pas vers le fleuve, ses douleurs s'atténuant peu à peu. Il aurait voulu lancer un cri de joie. Des nuages aplatis faisaient un bouclier sur la face du soleil, mais comme il passait à hauteur de la rive, ils se déplacèrent vers l'est et la clarté se raviva. Voitures et haquets, rabatteurs d'hôtels et vendeurs de journaux projetaient dans cette lumière des ombres lisses et tranchées. Il était immergé dans le fourmillement de la ville.

Le pasteur en était venu à admirer Detroit : sa vitalité et sa précipitation, la sourde menace qui en émanait. Ici tout était possible, à n'en pas douter. Cette ville était l'opposé de Newell, de la Nouvelle-Angleterre. Un trio de matelots français qui défilait en chantant un air grivois fit silence à l'approche de St. Anne. Une vieille femme de charge s'était accroupie au bord du caniveau, fouillant du bout de sa canne dans un grand monceau d'ordures. Cela tient à l'attitude de rébellion, se dit-il, à l'indifférence envers les critères nébuleux qui définissent la vie civilisée. Une agréable impatience monta en lui : il était un étranger dans la ville, des pièces plein la poche. De Larned Street il flâna jusqu'à Randolph Street, et ce fut en passant devant l'hôtel Excelsior qu'il entendit la voix de sa femme.

Le révérend Stone demeura pétrifié. Une porte claqua, un chat miaula au loin. Il voulut reprendre son souffle, la poitrine écrasée sous une charge de pierres, cherchant à capturer le souvenir de ce son.

C'était bien souvent qu'à Newell, il entendait la voix d'Ellen, une intonation montante surprise à la banque, dans la foule du temple ou sur un trottoir désert. Le phénomène était facile à expliquer – les bribes déformées d'une conversation, le sifflement du vent entre les branches dépouillées de décembre –, et cependant la raison ne pouvait rien contre le saisissement qui le figeait sur place. Bientôt déferlaient en lui le chagrin mortifère, la culpabilité. La sueur coulait sur sa nuque. Le révérend Stone n'aurait su définir si la voix de son épouse était un châtiment ou une récompense éphémère. Les deux à la fois, pensait-il d'ordinaire.

Assis contre le pilier d'un auvent, il suivait d'un regard absent le trajet des buggies. Des parfums de lilas et de feuilles mouillées frappèrent ses narines. Ils roulaient à bord d'un buggy, et Ellen fredonnait *Ma maison, mon heureuse maison au flanc de la colline.* On était en octobre, les érables bordaient la route de leurs flambeaux fauves. La voix d'Elisha et celle de sa mère, entrecroisées. *Ma maison, ô mon doux refuge.* Le révérend Stone se délecta longuement de ce souvenir, sans cesser de se demander s'il s'agissait d'un rêve plein d'espoir : sa femme qui chantait, son fils installé près de lui sur la banquette du conducteur, la large route sans fin, les érables. Non, bien sûr que non. Ce n'était pas un simple rêve. Son cœur s'emballa, une pulsation poussive qui ne tarda pas à se calmer tout à fait. Il se leva et épousseta son pantalon.

Les bureaux de l'Administration des Terres publiques étaient fermés lorsqu'il y arriva. Reculant sur la chaussée, il scruta le deuxième étage. La fenêtre de Charles Noble était close, les rideaux tirés. Le révérend Stone cogna à la large porte et guetta un bruit de pas à l'intérieur. Il se souvint alors que c'était dimanche, et que les bureaux ne rouvriraient pas avant le lendemain matin. Il frappa derechef, l'oreille collée au battant de bois ciré.

Sur Woodward Avenue, en chemin vers la pension de Mrs Barbeau et sa chambre confinée, il se ravisa et retourna sur Jefferson. Il passa devant des demeures de style Renaissance, de solides maisonnettes en briques, une église épiscopalienne, les jardins du Michigan. À l'entrée du parc, un policier qui semblait s'ennuyer le salua d'un signe de tête. Le crépuscule tomberait bientôt, la lumière était douce et rasante, l'air aussi dense que de l'huile. Il emprunta une venelle où du linge séchait aux étages, puis déboucha sur Franklin Street. Le saloon des charretiers se trouvait sur le trottoir d'en face.

Il faisait chaud dans la salle enfumée, et les tables étaient occupées par des joueurs de cartes. Il ne vit Leander Clarke nulle part et se dirigea vers le comptoir avec une pointe de déception. Il commanda un verre de cidre qu'il paya avec une pièce de cinq dollars, et comme il attendait la monnaie, il remarqua l'expression mauvaise de son voisin ; l'homme lui tapa sur le coude et lui dit quelque chose, avec un accent irlandais si prononcé qu'il ne comprit pas un mot.

« Pardon ?

– File-nous des sous. Pour un whisky. »

L'individu était avachi sur son verre vide, le regard vitreux, le crâne rasé comme s'il attendait une saignée.

« Veuillez m'excuser, fit le révérend Stone en reprenant sa monnaie.

– Je l'ai vue, ta pièce de cinq. T'en as plein les poches. Sois bon chrétien, paye-nous un godet. »

Le révérend Stone hésita un instant, puis adressa un signe au serveur et déposa deux pièces de cinq cents sur le comptoir. Se rapprochant de la porte, il parcourut les annonces épinglées sur le panneau d'affichage. Un dresseur d'animaux exhibait des chameaux d'Arabie et des éléphants du Siam sur

Military Square. On offrait soixante dollars de récompense à qui ramènerait indemnes des nègres en fuite chez Mr Edgar Wallace, au 77, Jefferson Avenue. Un certain J. Dover, athée repenti, raconterait son glorieux retour à la religion chrétienne à l'occasion d'une conférence à la Société des Jeunes Gens. Le révérend Stone termina son verre et en commanda un autre.

Il but le cidre tout en mangeant un bol de ragoût de bœuf gluant, touchant du bout des doigts les pièces enfouies dans sa poche. Cela devait suffire pour payer Charles Noble et le guide qu'il comptait engager sur la péninsule nord, peut-être même aurait-il de quoi acheter une paire de bottes résistantes. Sa conscience le tourmentait, mais il s'obligea à penser à autre chose. Le pasteur se prit à se demander si l'on pouvait concevoir une vie dont la foi était absente.

Autrefois, au séminaire, il avait examiné la question comme un sujet de réflexion théorique, alors qu'il s'agissait à présent d'une affaire concrète : terminé, les matinées passées au temple, les sermons qui consumaient ses nuits ; les déceptions nées des échecs d'autrui ; la culpabilité. Au lieu de cela, une espèce de jeu dans les rouages du monde, quelque chose de léger et d'inconsistant, l'impression d'avoir perdu le contrôle. L'existence perçue comme une pièce de théâtre baroque et alambiquée. Jeune homme, le révérend Stone se considérait comme un élément indispensable de l'univers, participant à un suprême combat. Désormais, cette idée lui faisait l'effet d'une chimère puérile.

Sa foi s'était étiolée, il en avait conscience, au lendemain de la disparition d'Ellen. Cette réalité honteuse le harcelait sans répit. Ce n'était pas qu'il ressentît colère ou amertume – il comprenait que la mort était aussi naturelle, aussi nécessaire que la naissance –, mais au décès d'Ellen, il n'avait pu s'empêcher de soupçonner quelque incompréhension fondamentale de sa part, une méprise quant à Sa nature. Depuis toujours, Dieu lui apparaissait comme une puissance d'amour, douce et miséricordieuse ; il se pouvait toutefois qu'il n'ait pas su appréhender pleinement la signification de Son amour. Des semaines s'étaient écoulées, et puis des mois, sans que ses prières ne lui apportent de véritable réconfort, ses pensées s'abîmant dans le vide d'un puits sans fond. La force lui manquait pour se mesurer au défi de la foi.

Après un dernier verre de cidre, le révérend Stone ressortit sur Franklin Street, dans la fraîcheur de la nuit où la clarté de la lune faisait scintiller les éclats de verre sur le trottoir. La fantaisie le prit de s'en aller vers l'est, en direction du fleuve. Dans les allées tortueuses, le linge étendu ondulait au vent, fantomatique. La plainte d'un jeune enfant s'échappait par la porte ouverte d'une cave. En passant près d'un réverbère, le révérend Stone crut deviner une présence ; jetant un regard en arrière, il avisa l'Irlandais au crâne rasé, qui marchait sans se presser à côté d'un autre homme. Il les salua de la tête et se détourna promptement.

Le pasteur bifurqua alors dans une ruelle qu'il lui semblait connaître. Ayant compté vingt pas, il se retourna et vit que les deux hommes s'y engageaient également, leurs silhouettes découpées par le halo du lampadaire. Il allongea le pas, les pièces tintèrent au fond de sa poche de pantalon. Alors il se mit à courir, le chapeau enfoncé sur la tête, ses godillots martelant l'argile molle. Dans son dos, il constata que les deux hommes s'élançaient à leur tour, et il tituba avant de s'affaler sur les genoux et les coudes. Il se releva tant bien que mal, un cri prisonnier de sa gorge. La ville semblait soudain déserte.

Le pasteur, partant vers l'ouest, aperçut dans le lointain la lueur d'un réverbère, telle la balise d'un phare au cœur de la nuit. Franklin Street. Il surgirait au milieu des fêtards, pantelant, le doigt tendu, et la foule ferait rempart de ses poings levés. Le révérend Stone haletait, des lames de rasoir lacéraient ses poumons. Un gros bonhomme à moustache sortit d'une écurie en portant un pot d'excréments. Le pasteur poussa un cri, et aussitôt il fut projeté à terre, les jambes pliées de côté, la douleur ébranlant tout son corps dans une violente odeur de fumier. Il roula sur le flanc dans une vision d'ombres floues. Comme il s'efforçait de se mettre à genoux, un coup de pied le renversa et lui ôta le souffle. Levant les yeux, il vit que le moustachu rentrait dans l'écurie et refermait la porte.

Une botte lui écrasa le poignet et froissa les tendons. Il sentit sous sa peau la piqûre d'aiguilles brûlantes. L'empoignant par le col, l'Irlandais lui souffla en pleine figure, l'haleine chargée de postillons.

« Paye-nous un godet, espèce de salopard de rapiat ! »

Le révérend Stone, cognant des deux poings sur le nez de l'Irlandais, reconnut la sensation écœurante du cartilage qui cédait. L'homme suffoquait. Son compagnon siffla *À terre !* en frappant le pasteur aux reins. La souffrance remonta à sa gorge comme une vrille. Doux Seigneur, pria-t-il, épargne-moi. Devant lui, l'Irlandais avait la bouche barbouillée de sang. Vif comme un rat, il recula et abattit ses poings sur le visage du pasteur.

Il ferma les yeux, et le silence de la nuit se changea en chuintement. Des talons de bottes lui éraflèrent l'épaule et firent craquer ses côtes. Il ramena les genoux contre son menton tandis qu'un grand poids le broyait. Ses poumons se vidèrent. Quelque chose lui transperça la cheville, il sentit ses os bouger. Épargne-moi, je t'en prie. Le révérend Stone se couvrit le visage des mains.

Le pasteur eut l'impression de se détacher de son corps : il avait conscience des coups qu'on lui assenait, mais c'était une sensation assourdie, vagues venant mourir sur un lointain rivage. Des mains fouillèrent ses poches, et quand il voulut les repousser, il sentit qu'on lui tordait les doigts. Un visage d'homme tout près du sien, muet, son regard scrutateur, sa respiration. Quelqu'un lui tapota la tête.

Et puis le silence se fit et il se retrouva tout seul, couché là dans la rue fangeuse, pelotonné sur lui-même comme un petit enfant.

5

Dans la clarté du matin, on s'aperçut que l'habitation du contremaître était noircie de fumée et jonchée de crottes de lièvre. Elisha se réveilla tard, la traînée jaune du soleil s'étirait déjà sur le carreau. Dans la cheminée, une croûte de cendres grise recouvrait la bûche. Le professeur Tiffin, allongé contre un tas de fourrures, chemise déboutonnée, lisait un volume in-octavo dont la couverture cartonnée partait en lambeaux : *Voyage à l'intérieur de l'Afrique,* par Mungo Park. Il accueillit le garçon d'un simple grognement, puis glissa le livre dans la poche de son pantalon. Ils sortirent dans une clairière semée de souches d'arbres et entourée d'érables, de thuyas et de pruches, au sol recouvert de mousse tendre. Les eaux de la rivière avaient la lenteur d'une coulée de résine.

Vu en plein jour, le poste de traite avait un air d'espérances déçues : des plaques de chaux se détachaient ici ou là sur la façade de la maison, les vitres brisées des cabanes ressemblaient à des dents manquantes. Près d'un tas de débris de bois les cabinets s'étaient effondrés, non loin d'un jardin potager étouffé par les herbes folles. Tout autour d'eux, la forêt était plongée dans un étrange silence. Elisha avait l'impression que toutes les créatures vivantes étaient absentes ou livrées au sommeil.

Au bord de l'eau, Mr Brush disposait une pile de paquets, accroupi près du canoë retourné. Il dit sans lever les yeux :

« Votre métisse a disparu.

– Disparu où ? répliqua Tiffin.

– Son matériel de pêche n'est plus là. Et il manque aussi une des bâches. » Brush souleva un baril de viande de porc et fit tinter joyeusement les chopes en fer-blanc. « Elle a emporté du riz et du porc. Heureusement, elle nous a laissé le canoë !

– Elle est partie pêcher pour le déjeuner, coupa sèchement le professeur Tiffin. » Il avait les paupières lourdes, les yeux ombrés de cercles mauves. « Elle a pris le riz et le porc en guise de petit-déjeuner.

– Jamais elle n'était allée pêcher sans nous prévenir.

– Dans ce cas, que Dieu bénisse son indépendance d'esprit. » Tirant de sa poche le volume de Park, il se laissa tomber sur une souche de pin. « Elle sera de retour pour midi, je vous en donne ma parole. Nous n'avons qu'à attendre. »

Elisha improvisa un petit-déjeuner à base de café, de restes de bouillie de maïs et de fromage moisi déniché dans la réserve. Des images de la nuit passée prirent possession de lui : Susette penchée sur *Le songe d'une nuit d'été*, soulignant les mots de ses doits calleux ; ses mains à lui suivant la courbe de ses vertèbres, la robe froissée par son étreinte. Il émietta un peu de sucre dans le café, son excitation tempérée par le tourment de la mauvaise conscience. Il revit les assiettes qui s'abattaient au sol, le brillant des larmes sur les joues de Susette. Et maintenant elle avait disparu.

Quel que fût son désir de la revoir, la pensée des mots qu'il devrait lui dire le remplissait de terreur. Éprouvait-elle de l'amour pour lui, ou souffrait-elle seulement de la solitude ? La nuit précédente, lorsqu'elle lui avait présenté des excuses, il avait entendu ses paroles sans en saisir le sens. Elle aurait pu tout aussi bien lui parler une langue étrangère.

C'était à lui de s'excuser, naturellement ; et pourtant, n'était-ce pas elle qui l'avait entraîné dans l'obscurité, elle encore qui avait relevé ses jupes au-dessus de sa taille ? Sa chute avait été aussi prompte que la sienne. Elisha comprit que les gestes de Susette, loin d'alléger sa propre faute, ne contribuaient qu'à les unir tous les deux dans le péché. Il rumina ces pensées pendant que son café refroidissait.

Ils patientèrent tous les trois pendant la matinée entière ; le professeur Tiffin trouva à s'occuper avec Mungo Park et le whisky indien, Mr Brush acheva une série de calculs de la densité du bois. Elisha alla marcher le long du rivage, les pensées en émoi. Au bout d'un moment, il emporta son carnet et une boussole et s'enfonça vers l'intérieur des terres. Suivant le cours de la rivière, il tomba sur un barrage de castors effondré et sur un gué imprégné d'un fumet de cerf, puis longea une étendue d'impatiens orange qui explosaient comme un nuage de confettis quand il les frôlait au passage. Le symplocarpe fétide, la galane glabre et le coucou bordaient les berges, la puanteur tenace du premier rehaussant par contraste la grâce des fleurs sauvages. Vérifiant sa position sur la boussole, Elisha se dirigea vers l'ouest à travers la forêt.

Tout était plus calme à l'abri du couvert, la rumeur des eaux assourdie, le bruit des pas amorti par un tapis d'aiguilles d'épicéa. Elisha eut la fugace expérience de cette mélancolie qui semble envoûter les poètes : un sentiment de vide splendide, l'impression que toutes ses actions étaient vouées à l'insignifiance. Et en même temps, la conviction de se trouver seul au sein de l'univers. Pour lui, ce sentiment-là représentait l'opposé de la prière.

Il s'évanouit, cependant, à mesure qu'il progressait vers le cœur de la forêt. Des jaseurs tournoyaient au-dessus de lui, double ruban jaune filant au milieu des broussailles. La parade nuptiale, pensa Elisha, la fascinante impudeur de la nature. Il se demanda pourquoi, chez certaines espèces, la parade était complexe et voilée de mystère, tandis que d'autres se dispensaient de ce genre d'artifices. Les jaseurs s'appelèrent, tels deux flûteaux jouant en chœur. Elisha se prit à chantonner. « *À la claire fontaine, m'en allant promener...* » Il se peut que je me trompe, se dit-il, et que mes craintes soient excessives. Il se sentait merveilleusement vivant, comme un homme qui vient de découvrir une contrée engloutie.

Assis contre un tronc de pruche, il ouvrit son cahier, mais sans parvenir à fixer ses pensées sur une observation rigoureuse. Il finit par écrire :

« 26 juin 1844

Le long de cette charmante rivière couleur ombre, abondent les impatiens orange vif aux petites feuilles dentées et triangulaires, aux fleurs en forme de minuscules trompettes. Belle fleur, mais singulière : au plus léger contact ses capsules explosent violemment, éparpillant les graines au quatre vents. C'est ainsi qu'elle assure sa reproduction.

Cette stratégie, si remarquable soit-elle, n'en est pas moins imparfaite – que serait-il arrivé si le hasard ne m'avait fait longer les berges ce matin même ? Qui, ou quoi, d'autre, aurait pu alors disperser les graines ? Un épervier, un lièvre ou un cerf, amené par la providence ? Il se peut par conséquent que l'impatiens ne prolifère que sur les sites où ces animaux viennent se nourrir (le gué voisin sentait fortement le musc de cerf). Quoi qu'il en soit, il semble malavisé de compter sur une autre espèce pour garantir sa survie. »

Et il est encore moins judicieux de se reposer sur les humains, raisonna Elisha. Les hommes s'entendaient surtout à abattre, à incendier, à arracher ; le reste n'était pas pour eux. Les impatiens ne pourraient que dépérir à Newell ou à Detroit.

« Ces rives abritent une autre plante extrêmement curieuse, le symplocarpe fétide dont l'odeur nauséabonde remplit sûrement une fonction bien définie – repousser, probablement, les insectes tentés de se repaître de ses feuilles violettes et charnues. On peut supposer, à l'inverse, que le jaune gai des fleurs de primevère fait office de balise accueillante sur la route des abeilles, qui les butineront et faciliteront leur reproduction. En résumé, il semblerait que la nature accorde toujours un de ces deux dons : attirer ou rebuter. »

Qu'il s'agisse des plantes ou des humains, c'était l'arbitraire cruel de la nature qui décidait de tout. Quelle logique

177

trouver, en effet, dans le choix du don octroyé ? S'il en existait une, tout ce qui était laid, tout ce qui était mauvais, finirait par s'éteindre, et seuls perdureraient le bon et le beau. Pourtant rien ne se passait ainsi.

« Ici, entouré de ces immenses pins blancs sur les bords cristallins du lac, j'éprouve de plus en plus intensément une confusion agréable mais profonde. Au premier abord, les questions posées par la nature ne se manifestent pas comme telles : ce n'est qu'à l'issue d'une réflexion que se révèlent ses paradoxes. On se demande alors comment quoi que ce soit – plante, animal, arbre ou insecte – parvient à se développer. Et malgré tout, cette forêt se dresse dans toute sa profonde et solennelle harmonie, sans autre besoin pour sa subsistance que le soleil, le vent et l'eau. »

C'est mieux, jugea Elisha, quoique toujours dépourvu de la moindre précision. À aucun moment il n'avait décrit quelque chose de neuf, plante, animal, insecte ou oiseau. Pas plus, d'ailleurs, qu'il n'avait formulé d'idée nouvelle. Il esquissa dans son carnet une feuille de fougère rabougrie, puis avec un soupir, il tira un trait sur la page et referma le cahier.

Il partit vers l'est pour rejoindre la rivière. Les nuages amassés formaient une couche épaisse, si bien qu'il dut se reporter soigneusement à sa boussole pour arriver au bord de l'eau et piquer vers le nord, repassant par le gué aux cerfs et le barrage de castors effondré. Il accéléra l'allure en se rapprochant du camp. En pénétrant dans la clairière, il vit Mr Brush accroupi sur une souche, son carnet ouvert sur les genoux. Un spécimen minéral avait été glissé entre les pages.

« Alors, on perfectionnait sa technique picturale, je présume ? »

La dureté du ton désarçonna Elisha. Brush eut un sourire et lui fit signe de venir vers lui.

« J'étais en train d'effectuer un relevé des ressources en bois, à deux cents mètres d'ici plein ouest. J'ai évalué ma position grâce à ma boussole solaire, mais quand j'ai vérifié sur ma boussole magnétique, les deux indications différaient radicalement. L'aiguille de la boussole magnétique tressau-

tait comme un cafard. D'après toi, d'où venait ce phénomène ?

– Je ne sais pas.

– Réfléchis un peu, mon petit. Comment s'explique-t-il ?

Jetant un regard derrière Mr Brush, Elisha vit qu'on avait
ouvert la porte de la maison en bois, et que la cheminée cra-
chait des bouffées de fumée. Paquets, barils et caisses de
matériel avaient été réunis autour de la hampe du drapeau,
comme si l'on se préparait au départ. Il n'y avait aucune trace
de Susette ni du professeur Tiffin.

« Vous avez pu faire une erreur de mesure, suggéra Elisha.
La boussole magnétique n'était peut-être pas bien ajustée.

– C'est le fer, voyons ! La force magnétique de l'aiguille a
été perturbée par des gisements de fer proches de la surface
de la terre. » Il lui montra le spécimen. « J'ai découvert un
affleurement mis au jour par la chute d'un pin. Le minerai
s'enchevêtrait littéralement aux racines de l'arbre. »

Elisha retourna l'échantillon entre ses doigts. Un caillou
schisteux, d'un gris d'étain, rayé de larges nervures marron.
Il le gratta avec l'ongle du pouce et le frotta sur sa manchette
de chemise, imprimant sur l'étoffe une traînée rougeâtre. Il
fit un pâle sourire et demanda :

« Et Susette, est-ce qu'elle est revenue ? »

Mr Brush soutint longuement son regard.

« Non, toujours pas, dit-il en reprenant le spécimen. Elle
n'a pas reparu, et je gage qu'on ne la reverra pas de sitôt.
Votre ami, Mr Tiffin, se trouve à l'intérieur, en train de se
consoler au whisky. Un spectacle du dernier pathétique. »

Elisha se hâta de franchir la clairière, avec une vague sensation de nausée. Entré dans la maison, il s'était arrêté un instant pour s'habituer à la pénombre quand une voix le héla :

« Ah, notre brave Elisha ! Bienvenue dans cette *maison de
merde** ! »

Le professeur Tiffin était vautré sur son trône de fourrures,
sans chemise ni souliers, un livre glissé dans la ceinture de
son pantalon, la cruche de whisky nichée au creux de son
bras. Entre le pouce et l'index, il tenait une crotte de lièvre
qu'il faisait tourner devant ses yeux.

« Un animal fascinant, le lièvre d'Amérique. Sais-tu qu'il change de couleur selon la saison ? Blanc comme la neige en hiver, et marron comme la merde en été ? Une illustration capitale du génie fondamental de la nature.

– Susette est partie ?

– Partie, partie, partie. » Il lança la boulette dans le feu et agita les doigts comme des ailes d'oiseau. « Envolée comme l'ignoble indigène qu'elle incarne jusqu'à la caricature. Comme une négresse rouge malhonnête et incapable.

– Elle pêche peut-être au bord du lac – êtes-vous remonté vers l'amont avec le canoë ?

– Vers l'amont, vers l'aval, sur la rive opposée. » Tiffin cligna des yeux d'un air furieux, puis détourna le regard. « Une putain de métisse catholique, à qui nous n'aurions jamais dû accorder notre confiance.

– Faites attention à ce que vous dites, professeur Tiffin.

– Brush avait bien jugé cette femme. C'est moi qui me suis trompé. »

Elisha sentit enfler en lui une vague de colère.

« Elle va revenir, c'est forcé. Nous allons attendre un jour de plus. Je vais écumer les berges et les bords du lac. Mr Brush pourra explorer les bois. »

Le professeur poussa un soupir qui s'acheva en gémissement, puis tout son corps s'affaissa, ses épaules se voûtèrent, et sa tête dodelina en avant. On aurait dit un pantin abandonné dans un coin par un enfant. Il se mit à rire doucement.

« Qui nous guidera jusqu'aux pierres gravées ? Nous approchons, mon garçon. Nous sommes vraiment tout près. »

Elisha eut brusquement envie de le malmener. Il se méprenait, c'était évident. Elle devait errer non loin de là, égarée au milieu des pins, ayant confondu l'est et l'ouest à cause des nuages. D'ici ce soir Susette retrouverait le chemin du campement, elle reparaîtrait devant eux affamée et confuse, et dévorerait un bol de ragoût sous les taquineries des hommes. Ensuite il y aurait du whisky, et une lecture de Shakespeare. *Le songe d'une nuit d'été.*

Mais dans l'instant même où cette pensée lui venait, Elisha comprit aussi que Susette ne reviendrait plus. À l'heure qu'il était, elle devait cheminer vers l'est en suivant les bords du lac, à moins qu'elle ne rame vers La Sault à bord d'un canoë chippewa. Et pendant ce temps, elle réfléchissait à ce qu'elle raconterait à son mari à propos de son départ avec l'expédition, de son retour précipité. Cette idée le rendait malade.

« Tout espoir n'est pas perdu. » Tiffin prit le livre coincé dans sa ceinture et se releva péniblement. « Notre cher ami Mungo Park au cœur le plus noir du continent africain, à plusieurs jours de voyage du comptoir de Pisania. Écoute ça :

"Où que se portât mon regard, je ne distinguais que périls et obstacles. Je me voyais au milieu d'une immensité sauvage, nu et solitaire, cerné par les bêtes féroces et des hommes encore plus redoutables. À ce moment-là, en dépit de ces pénibles considérations, mon œil fut irrésistiblement captivé par l'extraordinaire beauté des sporophores d'une jeune mousse."

Entouré par les chacals et les tigres mangeurs d'hommes, il réussit à tirer du réconfort de quelques brins de mousse. C'est très beau, dit Tiffin avec un sourire triste.

– Très beau, oui.

– Mais je n'ai pas terminé.

"Est-il possible que cet Être, qui dans cette obscure région du monde a porté à son point de perfection une chose si insignifiante en apparence, demeure indifférent aux souffrances de créatures façonnées à son image ? Certainement pas. J'ai repris mon périple, oubliant la faim et l'épuisement, convaincu d'être bientôt à l'abri. Et je n'ai point été déçu." »

Les deux hommes se turent. Dans les flammes crépitantes, des fragments de braises sautaient comme des lucioles puis s'éteignaient doucement.

« Eh bien, fit Elisha, prions pour avoir autant de chance que Park.

– Mungo Park s'est noyé à Bussa, répliqua Tiffin. Prions donc pour avoir plus de chance. »

Dès l'aube du lendemain, Tiffin et Elisha partirent sous une pluie glacée, leur canoë soulevé par les flots que le vent remuait. Le bateau, comme pour accorder son humeur à ce temps exécrable, commença à prendre l'eau, d'abord un mince filet aux pieds d'Elisha, puis une infiltration régulière. Tiffin mit le cap sur le rivage, se répandant en imprécations contre la providence en général et Susette Morel en particulier. Elisha forçait sur les rames, tête baissée, grelottant. Il était habité par un sentiment d'échec, pesant et déconcertant, dont il ne comprenait pas le pourquoi.

Une fois à terre, il alluma d'abord un feu de bois flotté, puis colmata les fissures du bateau. En l'absence de Susette, le déjeuner fut assez sommaire : il fit bouillir de l'eau et jeta dans la marmite du maïs blanc, des pois et une tranche de poitrine de porc. La soupe qui en résulta était insipide et mal cuite. Ils mangèrent sans échanger un mot, assis sous un pan de tente. Susette Morel avait disparu, Mr Brush était retourné au poste de traite afin de terminer un relevé complet des minéraux. Le professeur Tiffin avait proposé de se rendre en bateau jusqu'au prochain campement chippewa pour embaucher un autre guide, et de rallier dans les trois jours le comptoir de fourrures.

Il se leva, frôlant de la tête la tente basse.

« Je crois que j'ai oublié d'emporter de la poudre et du plomb ! »

Elisha sourit, croyant à une plaisanterie stupide, avant de se rendre compte que Tiffin disait la vérité. Il réalisa alors qu'ils étaient dramatiquement mal équipés, même pour ce court voyage.

Les nuées d'orage se dissipèrent peu à peu tandis qu'ils dépassaient la Miner's River et la Train River ; le professeur Tiffin, penché sur la carte de Bayfield, criait pour signaler leur position à Elisha. Comme le crépuscule approchait, ils avisèrent le village chippewa. Des huttes réunies en bouquet serré au bord d'un cours d'eau, des rangées de canoës en forme de cigare dispersées sur la berge, un rire de femme et le jappement d'un chien, le toc, toc, toc des coups de hachettes se propageant sur l'eau. Sur le rivage, plusieurs braves étaient allongés dans les diverses postures du repos, leur mousquet calé à portée de main.

« *Bojou !* » vociféra le professeur Tiffin en levant les deux mains.

Les guerriers se dressèrent sur leur séant sans lui rendre son salut.

« Il estime qu'il faudrait les éliminer, les massacrer, dit-il à Elisha. Ou les envoyer en exil dans les coins les plus reculés des États-Unis. » Le garçon comprit qu'il était question de Mr Brush. « Mais la méthode chrétienne consiste à les élever. Leur dispenser une édification morale et spirituelle, leur permettre d'accéder au monde de la civilisation. Les initier à la technique, à l'agriculture et au gouvernement. Vous êtes d'accord avec moi, j'en suis sûr. »

Elisha, sans répondre, ahanait sur sa rame.

« Silas Brush ne veut même pas admettre que les Indiens sont des êtres humains. Il les considère comme une espèce à part, distincte des Blancs et des nègres. Imagine donc : si les indigènes sont différents des hommes blancs, cela signifie qu'ils ne descendent pas d'Adam et que, par conséquent, ils n'ont pas hérité du péché originel. Ce qui est en parfaite contradiction avec les Écritures ! Réfléchis un peu au cas des métis comme Susette : cette malheureuse est-elle sauvée à moitié, ou à moitié damnée ? Le statut spirituel des quarterons ou des octavons exigerait le recours aux mathématiques les plus complexes ! »

Le professeur Tiffin se tourna pour poser une main sur le bras du garçon.

« Tu dois faire un choix.

– Quel choix ?

– Choisir lequel tu préfères suivre, de Silas Brush ou de moi-même. J'ai été témoin de la formation qu'il te donne, en t'encombrant l'esprit de détails insignifiants. Il est purement impensable que tu reçoives en même temps son enseignement et le mien : ton intelligence ne peut pas s'accommoder d'une discorde aussi complète. »

Elisha cessa de ramer, et le canoë commença à se balancer sur la houle. Il n'aurait pas su dire si le professeur parlait sérieusement. Il voulut s'écarter, mais Tiffin resserra sa prise.

« C'est vous que je choisis de suivre, évidemment.

– Quel garçon merveilleux, approuva Tiffin avec un hochement de tête solennel. C'est donc ensemble que nous atteindrons le succès au cours de cet été. »

Tiffin descendit du bateau, de l'eau jusqu'à la taille, et se dirigea vers les guerriers bras écartés, s'adressant à eux dans un mélange heurté de chippewa et d'anglais. Après un moment d'hésitation, les indigènes entrèrent dans l'eau et, chargeant les paquets sur leurs épaules, ils aidèrent Elisha à tirer le canoë et à le déposer doucement sur la berge. Ils devaient avoir à peu près son âge, mais ils étaient plus grands que lui, et dotés de muscles puissants. Ils dégageaient une odeur désagréable de graisse de cerf.

« Bojou », insista Tiffin. Il prononça quelques mots en chippewa, puis déclara : « Nous sommes américains. Nous aimerions faire du commerce. *Commerce.* »

Aucune émotion n'effleura le visage des guerriers. L'un d'eux émit une seule syllabe, à laquelle Tiffin répondit par un oui. Le brave se détourna et remonta le rivage.

Le village se révéla plus étendu qu'il n'en avait l'air depuis le lac : une trentaine de wigwams recouverts d'écorce au milieu d'une clairière herbeuse, des femmes occupées à tendre des peaux sur les cadres de séchage, sous les yeux d'un groupe de filles plus jeunes. L'odeur du gibier fumé imprégnait l'atmosphère. En suivant les guerriers entre les huttes, Elisha et le professeur Tiffin passèrent devant un Chippewa à la mine revêche, qui tirait sur sa pipe en argile sans détacher d'eux son regard. Elisha, tournant la tête, s'aperçut que l'homme les observait toujours.

Nous sommes en territoire américain, se dit le garçon, mais cette constatation ne suffit pas à venir à bout de ses appréhensions. Le village grouillait d'hommes et de femmes en jambières et pagnes de laine, chemises tissées ou robes en coton. Des indigènes habillés en hommes blancs, vivant sur des terres dont ils n'avaient même plus la propriété. Il y avait dans leur présence quelque chose d'absurde et de sinistre. Les cris perçants des enfants troublaient Elisha.

Le guerrier s'engouffra dans une hutte et en ressortit bientôt en entraînant un indigène chauve et trapu, vêtu d'un caban miteux et de jambières en toile rayée. Des cônes de métal réunis en couronnes lui pendaient aux oreilles. Après s'être présenté sous le nom de White Wing, Aile Blanche, dans un mauvais français, il tendit sa paume ouverte vers Tiffin et Elisha.

« Pour faire du troc, oui ?* »

Ses lobes d'oreille oscillaient quand il parlait.

« Oui, approuva Tiffin, faire du troc.* »

White Wing les conduisit alors en bordure du village et les fit passer devant un groupe de guerriers qui dressait la charpente d'une maison-longue. L'un d'eux tenait un jeune arbre courbé pendant qu'un autre le ficelait par des racines à l'ossature de l'édifice. White Wing, se retournant vers Elisha, hocha la tête comme pour le tranquilliser.

« Heureux, dit-il. Troc. Bon.* »

L'indigène, s'étant installé sous un grand orme solitaire, fit signe aux deux compagnons de s'asseoir face à lui. En position assise, Elisha avait vue sur l'intérieur d'une hutte voisine : des peaux et des branchages de pin bordaient son pourtour mal éclairé, et au centre brûlait un feu bas, d'où s'envolaient des cendres. Un homme entretenait le foyer. Elisha eut un choc en reconnaissant l'Indien que Mr Brush avait menacé, aux premiers jours de l'expédition. Il se tenait lourdement assis près du feu.

Le professeur Tiffin déposa une carotte de tabac devant White Wing, et celui-ci proposa :

« *Sugguswau*, fumons*. »

Il semblait tirer une immense fierté de sa maîtrise du français. White Wing sortit une longue pipe rougeâtre qu'il bourra lentement. Il avait les lèvres froncées et ravinées, racornies par des années d'usage du tabac. Il aspira une généreuse bouffée, désigna de la main les quatre points cardinaux et offrit la pipe à Tiffin. Celui-ci fuma à son tour avant de la faire passer à Elisha. Il serra les lèvres sur le tuyau humide, et la fumée brûlante qui emplit ses poumons lui arracha une forte quinte de toux.

« Nous cherchons un guide, expliqua Tiffin. Pour nous escorter vers l'intérieur des terres. Nous payerons avec de l'argent et du tabac.*

– Guide ? Pas commerce ?*

– Nous sommes des scientifiques. Scientifiques. Nous recherchons des informations. Nous voulons un guide. Notre guide précédent nous a quittés. Nous pouvons vous payer avec de l'argent et du tabac.* »

White Wing ramassa un caillou pour tasser le tabac dans le fourneau. Son silence mettait Tiffin mal à l'aise.

« Nous faisons un voyage important, reprit-il. Envoyés par notre Grand-Père le Président.* »

La réponse de l'Indien fut hachée de longues pauses maussades. Le professeur Tiffin, lui, répondit promptement, et White Wing grommela :

« Difficile. C'est tout.* »

Il tira sur sa pipe et renvoya la fumée vers le ciel.

« Je lui ai expliqué que nous souhaitions engager un guide, dit Tiffin à l'intention d'Elisha. Il a laissé entendre que c'était possible, mais lorsque je lui ai décrit les pierres gravées, il a soutenu qu'il ignorait leur emplacement. C'est un mensonge. Il ne veut pas que nous en approchions. »

L'Indien continuait de tasser le tabac avec des gestes minutieux. Rapportée au tirage de sa pipe, la présence de Tiffin et d'Elisha lui semblait manifestement des plus négligeables. S'il avait été blanc, Elisha l'imaginait bien en comptable de banque, avec lorgnons et chaîne de montre, reprenant posément ses calculs devant un client impatienté. White Wing tira sur son calumet et baissa les paupières.

« Il y a une manifestation ce soir – une danse cérémonielle, ou un rituel du *Midewiwin*. C'est en prévision de sa tenue que l'on bâtit la maison-longue. » Le professeur Tiffin tira sur le col de sa chemise, transpirant malgré la fraîcheur. « Cet homme nous ment ! Il veut nous empêcher de découvrir les pierres gravées ! »

Une femme chippewa était entrée dans la hutte voisine, et sa discussion avec un guerrier avait tourné à l'altercation. L'homme cracha dans le feu, puis son regard se posa sur Elisha. Il dit quelque chose à la femme, qui dévisagea le garçon à son tour.

« J'ai expliqué, dit Tiffin que notre intention était de soutenir son peuple en étudiant sa glorieuse histoire. Il prétend qu'il ne comprend pas. Il refuse complètement de nous aider. »

Le brave, sortant de la hutte, s'accroupit près de White Wing pour lui chuchoter quelques mots à l'oreille.

« Où est votre frère ?*

– C'est de Mr Brush qu'il veut parler. » Elisha s'appliquait à parler calmement. « Il s'agit d'un des indigènes avec qui nous avons discuté près de Point au Foin – le guerrier à la cape écarlate. Mr Brush a failli l'abattre. »

Tiffin parut démonté par cette information, puis il se composa un sourire contraint.

« Dites-leur que Brush est rentré à La Sault, fit Elisha. Racontez-leur qu'il nous a abandonnés, en même temps que notre guide. »

Tiffin s'adressa aux Indiens dans un français précis et maîtrisé. Elisha saisit les termes *homme* et *forêt*, avant de perdre le fil de la phrase.

White Wing sifflait dans son tuyau de pipe. Il prononça quelques mots en chippewa qui semblèrent aggraver la colère du guerrier. Ce dernier finit par hocher la tête à contrecœur, et le professeur Tiffin tira de son paquetage une autre carotte de tabac qu'il déposa devant les deux hommes.

« Je les ai informés que Mr Brush se baladait au milieu des pins, annonça Tiffin en se remettant debout. J'ai expliqué que ce matin, nous l'avions envoyé dans la forêt chasser le castor, bien que les castors ne sortent que la nuit. J'ai ajouté qu'à l'heure qu'il est, il devait hurler après la disparition du canoë. Viens, il est temps de partir. Tout de suite. »

Le professeur Tiffin salua les Chippewas et tourna les talons.

Ils se faufilèrent en toute hâte entre les wigwams. Un groupe de chasseurs était de retour, quatre jeunes guerriers rassemblés autour d'une paire de daims attachés à des travois. Des femmes se penchaient au-dessus des bêtes, munies de leur couteau à écorcher. De la limite du village, arriva le roulement caverneux d'un tambour. Aux yeux d'Elisha, la scène semblait à la fois familière et d'une étrangeté frappante : la version chippewa d'une ville frontalière un jour de parade militaire. Les indigènes s'arrêtaient pour les regarder passer.

Sur la plage où ils bivouaquaient, Elisha alluma un feu pendant que Tiffin faisait les cent pas, une flasque de whisky à la main, et répétait sans cesse :

« Ils seront ma ruine. Ils me ruineront, tous les deux. Ils me ruineront complètement. »

Elisha, ne sachant que faire pour le réconforter, s'employa à dresser les tentes et à ramasser du bois flotté, puis il prépara des galettes et du porc frit pour le repas. La lumière du jour déclina, laissant la place à une traînée nébuleuse d'étoiles. Le bruit des tambours s'intensifiait. Le professeur Tiffin abandonna enfin sa flasque et s'assit près du feu avec un grand soupir. Après avoir longuement contemplé son bol, il repoussa la nourriture.

« Avez-vous imaginé un jour que vous pourriez vous retrouver dans une telle situation ? Aux confins du monde des Blancs, sans guide, une découverte capitale vous échappant de justesse ? »

Tiffin était ivre. Sans attendre la réponse d'Elisha, il se lança dans un long soliloque embrouillé au sujet de son épouse. Elle portait le prénom de Minerva. Il l'avait connue sept ans plus tôt à Buffalo, sur le marché au poisson d'Hudson Street. Ses grands-parents avaient été esclaves à Savannah, mais son père et sa mère vivaient libres à Buffalo. Pour avoir épousé une négresse, il s'était vu confisquer son banc à la First Congregational Church. Elle était la plus belle femme que Dieu eût jamais façonnée, avec une peau couleur chocolat et des lèvres suaves comme un sirop d'érable. Son frère aîné avait trouvé la mort dans une raffinerie de sucre à Manhattan, le plus jeune avait péri durant la deuxième guerre d'Indépendance. Un jour, il entrerait tranquillement dans son église en compagnie de Minerva et de leurs enfants, et ils s'installeraient sur son banc en souriant au pasteur. Le ministre se nommait Howell, il était propriétaire d'esclaves à Savannah.

Tiffin parlait d'un ton neutre, aussi bien que s'il avait relaté les déboires d'un étranger. Elisha éprouva envers lui un élan de sympathie. Minerva était la femme dont il avait aperçu le portrait de noces à Sault-Sainte-Marie, quand il s'était introduit dans la chambre d'hôtel de Tiffin. Il essaya de se remémorer ses traits : belle pour une Noire, de hautes et fières pommettes, un nez délicat et une expression grave et résolue. Comme si elle comprenait que son mariage serait en même temps une bénédiction et une rude épreuve.

Une mélopée s'éleva du village, et Tiffin pencha la tête de côté comme un chien d'arrêt flairant le gibier.

« La cérémonie, dit-il. Elle commence. »

Il ingurgita une lampée de whisky et se hissa sur ses pieds.

« Qu'est-ce que vous comptez faire ? »

Comme Tiffin prenait la direction du village, Elisha répéta sa question et lui courut après.

Parmi les huttes désertées, les flammes des foyers avaient l'éclat de fleurs sauvages. À l'extrémité du village, un feu projetait vers le ciel des sphères lumineuses. Le bruit des tambours enfla en une pulsation sonore. Un chien lança un aboiement plaintif, pareil au hurlement d'un loup, et un enfant se mit à pleurer. L'air sentait la fumée de tabac et les cheveux brûlés. Tiffin avançait d'un pas incertain, tâtonnant devant lui avec des gestes d'aveugle. Ils débouchèrent près de l'orme massif et se trouvèrent au beau milieu de la cérémonie.

Elisha se crut saisi par une poigne glacée. Devant eux, se dressait une loge ouverte des deux côtés, où se pressaient guerrier et hommes âgés, femmes et jeunes garçons, la face rayée d'ombres comme d'une peinture de guerre. Un feu de la hauteur d'un homme rougeoyait au fond de la loge. White Wing se tenait assis à côté, sa pipe rouge entre les lèvres, son caban boutonné jusqu'au cou. Devant lui, un guerrier tapait des pieds au centre de l'édifice, vêtu seulement de jambières et d'un pagne orné de perles. Sa face était bariolée de stries écarlates, et un sac en peau de loutre pendait en travers de sa poitrine. Sa psalmodie grimpa dans les aigus, puis se changea en un bourdonnement sourd. Ses pieds soulevaient des volutes de poussière que la lueur du brasier teintait d'un rose incandescent. Il serrait très fort les paupières, comme s'il se débattait au milieu d'un affreux cauchemar.

« Une cérémonie du *Midewiwin*, souffla Tiffin avec respect, assez impressionné pour émerger de son ébriété. Il s'agit très probablement de la dernière nuit d'un rituel d'initiation, au cours duquel les initiés se montrent au public. Ce brave en est un ! Il chante une incantation, il dit… Voyons… *Je prends la vie dans le ciel clair.* Autre chose, et puis : *L'esprit entre dans mon corps.* Voilà. »

La voix de l'homme ne cessait de monter, tel le milan entraîné par la tempête. Il fit quelques pas raides et précis, se plia en deux avant de renverser la tête en arrière, puis s'élança brusquement et ralentit bientôt l'allure.

« Nous n'avons rien à faire ici, murmura Elisha. S'il vous plaît, professeur Tiffin, je vous en conjure… »

– *L'esprit a fait descendre la médecine du ciel clair. La médecine est en mon cœur.* »

Elisha ne pouvait détacher les yeux du danseur. Tout son corps miroitait, son cou et sa poitrine luisants de sueur, son visage barré de mèches de cheveux noirs. Il incarnait le Peau-Rouge hurlant reproduit sur d'innombrables gravures, l'image qui avait tant effrayé Elisha enfant. Un chien à l'air féroce entra dans le cercle et essaya de mordre un nuage de fumée. L'homme gardait les paupières closes.

« *La médecine est en mon cœur. Écoutez ! La médecine est en mon cœur.* »

White Wing le suivait, le poing levé au niveau de la bouche ; le brave poussa un hurlement soudain, bras grands ouverts comme si une balle venait de l'atteindre. Il s'effondra, tassé au sol, sous les clameurs de l'assistance. Le chien contourna l'homme. Un moment s'écoula, et enfin il se remit debout, les yeux toujours clos, pour recommencer à tourner autour du feu.

Le professeur Tiffin se rapprocha du centre de la loge. Elisha le saisit par le poignet, mais il se dégagea et pénétra en titubant dans la clarté des flammes. Il demeura un instant pétrifié, bouche bée, puis s'avança en chancelant, imitant les pas de danse.

Un grand cri retentit, et deux guerriers fondirent sur lui, l'un lui tordant le bras pendant que l'autre le prenait au collet. Tiffin se débattait en hurlant tandis qu'ils le traînaient dans la poussière, vers le fond de la loge. Elisha, se déplaçant en courant en bordure du groupe, la poitrine oppressée par la peur, vit les deux hommes le renverser à terre. Le bruit qu'il fit en tombant rappelait la chute d'un sac de farine sur des dalles de pierre. Alors qu'il roulait sur lui-même pour se mettre à genoux, Tiffin reçut un coup de pied dans le ventre.

« Arrêtez !* *S'il vous plaît !* » cria Elisha.

Un des guerriers frappa à coups de pieds dans le dos de Tiffin, qui s'écroula en gémissant. Comme son compagnon tirait un couteau à écorcher, Elisha fit rempart devant Tiffin et leva une main.

« Je vous en prie, *arrêtez**! Je vous en supplie ! »

Le brave saisit alors Elisha à la gorge et lui hurla en plein visage. Le garçon réussit à se libérer avec un gémissement. Glissant les bras sous le corps de Tiffin, il parvint à le remettre debout. Du sang jaillit de son front et coula le long de son nez. Alors qu'il faisait mine de se ruer vers le feu, Elisha le retint, les bras noués autour de sa poitrine, et l'entraîna, tout titubant, dans l'obscurité. Tiffin empestait le whisky et les vomissures. Les cris des guerriers continuaient de les poursuivre.

« *La médecine est en mon cœur,* dit encore Tiffin.

– Je sais, oui. Maintenant, silence. »

Elisha traversa tant bien que mal le village désert, sans tenir compte de ses paroles inarticulées. Arrivé au bord du lac, il allongea Tiffin près du feu. Sa tête porta vers l'avant, puis il gémit et porta la main à sa joue meurtrie. Son regard trouble s'arrêta sur Elisha.

191

« Je suis désolé, mon garçon. Si tu savais à quel point je regrette.

– D'accord, mais taisez-vous.

– Tu dois m'aider. Il le faut.

– Je le ferai.

– Susette Morel a disparu, et je ne peux pas engager d'autre guide. Nous risquons de ne jamais trouver les pierres gravées. Tu comprends ? » Le professeur Tiffin scrutait le visage du garçon. Ses dents étaient rougies de sang. « Nous sommes seuls désormais, toi et moi. Il *faut* que tu m'aides. »

Tiffin tendit la main vers lui, mais Elisha le repoussa.

« Vous devez vous maîtriser ! Arrêter de boire, et cesser vos bêtises avec les Chippewas. Vous… »

Elisha préféra se taire. C'était sa faute, en effet, si Susette était partie ; leurs ennuis présents résultaient de son inconséquence d'homme saoul. Il envisagea de révéler à Tiffin sa relation avec la jeune femme, mais il comprit que cela ne résoudrait rien.

Tiffin se redressa péniblement et déclara :

« Nous poursuivrons notre route demain, rien que toi et moi. Nous avons la carte de Bayfield, et des provisions en abondance. La Providence veillera sur nous.

– Il faut que nous retournions au poste de traite. Pour récupérer Mr Brush.

– Silas Brush connaît bien la forêt, il saura se débrouiller. Nous devons aller de l'avant ! Nous exposerons la situation quand nous serons rentrés à Detroit : nous avons été menacés par des Chippewas enragés, et nous l'avons échappé belle. Ce qui est la pure vérité. »

Elisha garda le silence, fuyant le regard de Tiffin.

« Tu dois m'aider, mon garçon. Il le *faut.* »

Le garçon se leva et prit une tasse.

« Je vais chercher de l'eau. Ne bougez pas d'ici. »

Il se coula promptement dans les ténèbres et s'accroupit sur le rivage, attendant que son souffle s'apaise. La peur lui tordait les entrailles. Il y a encore deux jours, songeait-il, j'étais couché près d'un feu, en train d'écouter du Shakespeare. Et voilà où je suis aujourd'hui. Des cris fusaient du lieu de la cérémonie. De retour au campement, Elisha trouva Tiffin endormi, recroquevillé près du foyer.

Il étendit une couverture sur lui et regarda sa poitrine se soulever et s'abaisser lentement. Le rythme des percussions rappelait les battements d'un cœur affolé. Au moment de s'emparer du fusil, Elisha se souvint qu'ils n'avaient ni poudre ni plomb. Il fourragea dans leurs paquets, à la recherche d'une hachette, et la garda serrée sur sa poitrine lorsqu'il se tapit contre un rocher. Je vais veiller jusqu'à l'aube, se dit-il. Cette idée amena en lui une farouche détermination. Près de lui, le professeur Tiffin faisait entendre des ronflements sporadiques.

Une aurore polaire avait répandu ses couleurs dans le ciel, spectrales nuées d'un vert pâle striées de rubans ambrés. Les nuances semblaient accorder leur pulsation à celle des tambours. Elisha se rappela alors un passage du Livre d'Ézéchiel évoquant un tourbillon arrivé du nord, un nuage immense, et un feu qui se déployait avec un formidable éclat. Et du cœur du brasier, filtrait une lueur d'ambre. Ézéchiel, prophète de la colère avec sa vision de Magog, sa vallée d'ossements desséchés. Elisha se demanda ce que les Chippewas percevraient dans ce spectacle. Un augure, probablement. Un symbole, favorable ou funeste.

« *Et ils sauront que je suis Yahvé, leur Dieu ; je terrasserai les étrangers et les ennemis de Judée.* »

Au-dessus de lui, le ciel trembla et s'embrasa comme si les étoiles venaient d'exploser, chassant à jamais les ténèbres.

6

Il s'éveilla les yeux fermés, l'esprit assombri par la rémanence d'un rêve angoissant. Où se trouvait-il ? Claquements de sabots et roulement de voitures, volée de cloches d'une église. Un garçon qui serinait : *Les exactions de Tyler démasquées ! Découvrez les détails du scandale !* Le bruit menu d'une souris. Le révérend Stone se sentait nauséeux, vidé de sa substance. Il préféra garder les yeux clos.

Il les rouvrit sur une image floue de sa chambre à la pension : une voie d'aération saturée de lumière, un chapeau froissé accroché à l'angle du montant de lit, une veste étalée à même le plancher, déchirée et souillée de boue. Un broc et une cuvette ébréchée sur la table de nuit, près d'un chiffon raidi de sang. Quand il voulut attraper le broc, un poinçon brûlant s'enfonça dans ses côtes. Il prit son souffle avec peine, la respiration sifflante.

Le regard fixé au plafond taché d'auréoles, il étudia la géographie de sa douleur. Il avait les poignets et les chevilles ankylosés, et ses articulations lui semblaient à vif. Ses jambes étaient zébrées de meurtrissures. Les doigts de sa main droite avaient été tordus, leurs ongles encroûtés de sang, et le bras tout entier était devenu insensible. Sa gorge portait une ecchymose. Effleurant sa joue, il sentit la peau tendue et boursouflée, chaude au bout de ses doigts. Il avait l'impression qu'on lui avait plaqué sur le visage un masque de carnaval.

Appuyé sur un coude, il s'épongea le cou avec le chiffon couvert de sang, puis retomba sur le lit, à bout de forces. Il ne restait plus rien de l'argent de Howell. Le révérend Stone se sentait le cœur au bord des lèvres. Quand il s'éveilla de nouveau, le jour avait baissé et les bruits de la rue se faisaient plus espacés, plus imprécis. L'heure du dîner. La faim l'aiguillonna. Il se leva et dénicha une croûte de pain qu'il mastiqua lentement.

Assailli par des visions de fureur et de fange, il referma les yeux en inspirant profondément, et quêta le pardon dans une prière désordonnée. Pardonne-moi ma faiblesse, Seigneur, pardonne-moi d'avoir couru au-devant du péché. Pardonne-moi de m'être montré méprisant et soupçonneux envers mon prochain. Pardonne-moi mon avidité, et mon peu de foi en Ta providence. Pardonne-moi mon orgueil. Accepte mes failles, Seigneur, et exauce-moi par Ta grâce. Le révérend Stone répéta sa supplique jusqu'à ce que les mots se dissolvent. Allongé sur son lit, il écouta son propre souffle.

Il se réveilla merveilleusement rasséréné. Il marcha un peu autour de la chambre, la démarche raide, puis, ayant pris l'ouvrage de Catlin et une boîte de médicaments entamée, il se recoucha et fourra dans sa bouche cinq cachets bruns. Feuilletant le livre, il vit défiler des portraits de guerriers intraitables parés de peaux et de perles, dont la coiffure ressemblait à une fontaine jaillissante. Son œil s'arrêta sur une mention du Grand Esprit, leur conception infantile de la divinité.

« Je pense que les Indiens d'Amérique du Nord ont du sang juif dans les veines, même si, contrairement à d'autres, je n'irais pas jusqu'à affirmer *qu'ils sont juifs*, ou qu'il s'agit des *dix tribus perdues d'Israël*. Cependant les Indiens, à l'instar des juifs, se considèrent comme le peuple élu du Grand Esprit, et semblent comme eux destinés à êtres dispersés de par le monde, rompus par le Tout-Puissant et méprisés des hommes. »

Comme les catholiques et les Millerites, se dit le révérend Stone. Au moins ils ne sont pas seuls. Un fourmillement passa sur son nez et sur ses paupières, son souffle se fit plus laborieux. Il poursuivit sa lecture.

« Je m'avancerai à dire que le pieux missionnaire est confronté ici à un fatras indescriptible de vice et d'ignorance, qui ne peuvent que susciter dégoût et abattement. Et pourtant, j'ai toujours pensé, et je persiste à croire, que l'esprit des Indiens est une belle page blanche, sur laquelle n'importe quoi peut être écrit, pourvu que l'on applique la méthode adéquate. »

Dans l'esprit du pasteur apparut un tableau d'école couvert d'une écriture griffonnée. Sidonie sèmera de la salade. Ma mère a ramené Marie. Il esquissa un sourire douloureux.

Des éclats de voix retentirent bientôt dans le corridor. Un homme se querellait avec la logeuse. On frappa une fois, et Mrs Barbeau appela d'une voix étouffée :

« Ouvrez cette porte. J'ai un visiteur qui dit qu'il vous connaît. »

Le pasteur sortit de son lit avec précaution et alla ouvrir. Dans le couloir se tenait Jonah Crawley, en gilet jaune paille et veste marron, un canotier à la main, ses cheveux huilés dressés en houppette. Il dévisagea le pasteur, déconcerté.

« Bon Dieu ! La trogne que vous avez !

– Mr Crawley, fit le pasteur d'une voix enrouée, quelle bonne surprise. Entrez, je vous en prie. J'ai bien peur de ne pas pouvoir vous accueillir dignement. »

Crawley se risqua dans la pièce comme s'il pénétrait dans un asile de pestiférés. Il embrassa du regard le plafond, le plancher affaissé et le matelas aplati, puis revint sur le visage du révérend Stone.

« Excusez-moi, dit celui-ci, mais je n'ai qu'un tabouret. Mon fauteuil Empire est chez le tapissier. »

Une douleur aiguë fusa dans sa joue quand il voulut sourire. Il s'assit lourdement sur le lit.

« Dieu du ciel. » Crawley tira d'une poche de sa veste deux pommes rouges biscornues. « J'avais apporté ça, mais gonflé comme vous l'êtes, ça m'étonnerait que vous en fassiez quelque chose. »

Déposant les fruits sur la table de chevet, il prit la carafe pour remplir une chope en porcelaine de pierre, et la tendit au pasteur en l'encourageant d'un signe de tête.

Le révérend Stone avait l'impression que sa gorge était doublée de flanelle. Il demanda quand il eut fini de boire :

« Vous n'auriez pas un miroir, par hasard ?

– Non, heureusement pour vous, pouffa Jonah Crawley. On dirait – mon Dieu ! – un morceau de viande fraîche à l'étal d'un boucher. Ou plutôt non : un bifteck haché. On dirait bien que vous n'avez pas eu le dessus. »

Le révérend Stone se souvenait d'un coup violent, d'un os qui craquait sous son poing. Il s'était battu. Il avait subi avec succès l'épreuve du lâche.

« On peut dire ça, en effet. »

Crawley se remit à rire, puis inspecta la pièce avec un geste ample de la main :

« C'est toujours mieux que ce qu'on voit de l'extérieur. De la rue, on se croirait devant un bordel napolitain, si vous me passez l'expression.

– Alors, comme ça, vous étiez en balade dans le quartier ? »

Jonah Crawley tira le tabouret près du lit bancal. Par la voie d'air montait un vacarme de couinements nasillards, ponctué d'un *chuk, chuk, chuk* répété : un garde municipal qui rassemblait les porcs égarés.

« En réalité, j'espérais vous demander conseil sur un certain sujet. Et je vous ai apporté quelque chose. Un cadeau.

– Un cadeau ? »

De la poche de son gilet, il sortit un feuillet de vélin couleur crème, encore plié. Il l'ouvrit et tendit au pasteur un carré de grand format.

« C'est pour vous. Je vous l'offre. »

Le révérend Stone orienta le papier vers la lumière. Il y découvrit la silhouette d'un animal, cerf ou antilope, dont les poils fins, pendillant de son dos, portaient les indications : *Two Hearted, Dead,* et *Yellow Dog.* C'était une carte de la péninsule septentrionale du Michigan. Les poils figuraient les cours d'eau, les cornes de l'animal une langue de terre incurvée. Des notes étaient inscrites le long des rivages nord de la péninsule : *Rapides, Route de portage, Sucrerie indienne, Débarcadère recommandé.* Partie de Sault-Sainte-Marie, une épaisse ligne noire sinuait vers l'ouest en épousant la côte, avant de bifurquer vers l'intérieur des terres et de retourner vers l'est, assortie de la mention *Itinéraire prévu de Silas Brush et Geo. Tiffin (approx.).* Dans un angle de la carte, on avait tracé une rose des vents imitant des vrilles de jasmin entrelacées.

« Ma parole, qu'est-ce que ça peut bien être ? demanda le révérend Stone.

– Le parcours de votre fils, de la main de Charles Noble en personne – dans les limites de ses connaissances. Vous me direz qu'il manque de précision, mais j'ai eu beau réclamer un complément d'informations, il a soutenu qu'il n'en savait pas davantage. »

Les lèvres frémissantes, le pasteur rapprocha le vélin de ses yeux.

« Comment être certain que l'on peut s'y fier ?

– Je suis prêt à parier que la carte est assez juste. Les gens de l'acabit de Noble ont tendance à dire la vérité si un mensonge ne leur rapporte rien de plus. »

Sur la pointe orientale de la péninsule nord, région de marais et de marécages, le tracé des pistes et des cours d'eau formait un réseau serré, mais la partie intérieure restait vierge, à l'exception de quelques croix ici ou là. *Mission baptiste ; porte de traite ; comptoir de fourrures abandonné.*

Le parcours d'Elisha serpentait à l'intérieur des terres, pierre jetée au milieu d'un désert.

« J'ai une dette envers vous, Mr Crawley, déclara le pasteur en posant la carte en travers de sa poitrine.

– Non, je ne le formulerais pas ainsi. » Crawley baissa la tête, un sourire satisfait s'épanouissant sur sa figure. « J'avais envie de vous venir en aide, révérend Stone. Rien de plus. Bien entendu, j'espérais que vous me rendriez service en retour. Mais rien ne vous y oblige. »

Le pasteur ne répondit pas, et Crawley se redressa sur son tabouret.

« Voyez-vous, j'ai l'intention de me marier.

– Mr Crawley ! Mes plus sincères félicitations !

– Ce n'est pas que je sois bien religieux, mais j'aimerais un mariage dans les règles. Pour le bien de ma future épouse ; je veux que son âme soit sans reproche. Pour la mienne, il n'y a plus rien à faire. » Crawley fit la moue, pinçant entre ses doigts le bord du chapeau de paille. « Je plaisantais, naturellement. Je n'en pense pas un mot. »

Le révérend Stone devina que Crawley n'en avait pas terminé. Son regard était rivé à la voie d'air illuminée de soleil.

« Il s'agit d'Adele, vous comprenez. Elle n'est pas vraiment ma fille. Nous sommes fiancés. Il y a un moment que nous voulons nous marier, mais ça n'a jamais pu se faire. » Il s'essuya le visage des deux mains. « Elle attend un enfant. »

Le pasteur hocha la tête, incapable de dire un seul mot. Une démangeaison s'étendit sur son crâne. Adele Crawley, avec ses joues tachetées et son regard fatigué de femme mûre. Peut-être avait-il été le seul à ne pas voir que ces deux-là formaient un couple. Sa naïveté de campagnard s'était de nouveau trahie.

« Quel âge a Adele ?

– Seize ans – non, quinze.

– Et vous-même ?

– Trente-sept. »

Il cligna rapidement les paupières et se détourna.

« Bien. Mr Crawley. » S'apercevant qu'il triturait les bords de la carte, le pasteur la reposa de peur d'abîmer le vélin. « Je suppose que vous avez pris conscience de votre faute : connaître une femme avant le mariage. "Que chaque homme ait sa femme, et chaque femme son mari." C'est bien cela ? Dans les circonstances présentes, je crains de ne pas pouvoir vous unir. Je le regrette profondément. »

Crawley opina.

« Quelle est la confession de la jeune fille ? Et la vôtre ?

– Adele est méthodiste. Quant à moi, autant dire que je le suis aussi. C'est eux que j'ai entendus prêcher le plus souvent. » Et il ajouta, les lèvres pincées : « Je ne voulais pas vous mentir, révérend Stone. Si on partageait un lit, au début, c'était par simple commodité. On faisait des économies. »

Une vague de nausée souleva l'estomac du pasteur, et il dut déglutir bien fort pour la dissiper. Il avait besoin d'un cachet.

« Racontez-moi. Comment l'avez-vous connue ? »

Jonah Crawley émit un long soupir sibilant, puis révéla d'un ton émerveillé qu'Adele Crawley lui avait sauvé la vie. Il l'avait rencontrée trois ans plus tôt en passant par Pacudah, dans le Kentucky, alors qu'il était colporteur en plantes médicinales indiennes. Les remèdes dont il faisait commerce n'étaient qu'un mélange d'orties pilées, de tabac et de fumier broyé, agrémenté de ce qui lui tombait sous la main. Une pincée de cendres de frêne contre le choléra. Un soupçon de terre humectée d'urine de cheval pour combattre les fièvres.

Il avait pris pour acolyte un métis chickasaw au caractère emporté, Thomas Coldwater, qui rabattait le client affublé de jambières et d'une coiffe guerrière en plumes d'aigle défraîchies ; tous ses gains passaient en vin rouge et en opium. Crawley, élevé pourtant dans une maison de tempérance, adopta rapidement les mœurs de son associé. Des journées entières s'évaporaient, et il s'éveillait à minuit dans des villes inconnues, le métis marmottant près de lui dans son sommeil, les chevaux à demi morts de faim. Il se sentait malheureux et angoissé, accablé par la peur, comme si l'ombre noire d'un corbeau planait au-dessus de sa vie.

De New York, leur périple les mena en Pennsylvanie et dans le Maryland, puis vers les petites prairies de Virginie. Des vieilles à l'œil chassieux venaient les trouver. Des jeunes gens couverts de boutons. Tout d'abord, Crawley fut sidéré et ravi que des gens achètent leurs marchandises. Pourtant il ne tarda pas à déchanter. Des jeunes filles qui lui apportaient des nourrissons asthmatiques ; des dyspepsiques, des tuberculeux, des malades de la malaria aux yeux jaunis. Des messieurs, des putains et des moricauds. La maladie avait pris possession du pays, la mort rôdait partout. Les gens lui tendaient des pièces de cinquante cents éraillées en bénissant son nom, et recevaient solennellement un sachet d'ordures.

Un matin, à Big Lick, Crawley s'éveilla au point du jour et sortit du chariot avec son pistolet à silex. Il ne portait rien d'autre que ses bottes. Contournant la voiture, il s'accroupit dans la fange et enfonça le canon dans sa bouche. Il avait un goût d'argile et de métal amer. Au-dessus de lui, une légion de corbeaux l'assourdissaient de leurs battements d'ailes, viciant l'atmosphère de leur puanteur. Il prit conscience que s'il appuyait sur la détente, cela ne changerait rien pour personne.

Alors il appuya. La poudre grésilla en lançant un éclair, le chien rouillé claqua inutilement. Crawley, rejetant son arme de côté, se pelotonna sur lui-même. Plusieurs heures avaient passé quand Thomas Coldwater le découvrit là, et le réveilla en le cinglant de son fouet à esclaves. Afin d'échapper aux questions narquoises du métis, Crawley simula l'ivresse.

Leurs voyages durèrent encore trois années et les menèrent dans les deux Caroline, en Georgie et en Alabama, puis de nouveau vers le nord. L'ombre du corbeau se rapprochait inexorablement. Ils séjournaient depuis trois jours à Pacudah la nuit où quelqu'un vint frapper au montant du chariot. Passant la tête par l'ouverture de la bâche, il vit devant lui un homme au teint blême, pieds nus, près d'une fillette aux yeux verts couverte de taches de son, aux cheveux roux et emmêlés. L'enfant était livide, les mains tremblantes de fièvre, et sa chemise flottait sur ses épaules comme la défroque d'un épouvantail.

Ce fut l'homme qui parla. Sa fille avait les poumons malades, elle souffrait d'une maladie respiratoire. Le médecin local l'avait presque vidée de son sang. Un guérisseur esclave lui avait donné des petits bâtons à mâcher, mais rien n'y faisait. Il lui fallait des herbes puissantes. Sa vie était menacée.

Il l'avait trouvée si jolie dans sa chemise rose, avec ses yeux candides et ses ongles rongés au sang. Crawley réveilla Thomas Coldawter et lui commanda de préparer un véritable remède, une médication chickasaw, à n'importe quel prix. Le métis le regarda en clignant les yeux, puis éclata de rire. « Mais ça existe pas, pauvre crétin de Blanc. »

Crawley demanda à la fillette de revenir le soir et s'attaqua lui-même à la fabrication du remède. Il fit bouillir ensemble des racines de consoude officinale, du séneçon jacobée et de l'aunée hélène, à quoi il mélangea un peu de Marrubium vulgare, du créosote et une cuillerée de miel. Il regarda la mixture entrer en ébullition, l'humeur de plus en plus noire. Sa vie n'était que mensonges. Il ne connaissait aucun métier et avait pour seule compétence ses talents de beau parleur. Ses plantes indiennes n'étaient qu'une trompeuse bouillie d'immondices, son existence un tissu de mensonges. Il ajouta à l'épaisse décoction cinq grains de l'opium de Thomas Coldwater, puis il en mit cinq autres avec une rasade de vin rouge.

Le soir, la fillette revint toute seule sous la bruine. Crawley s'était taillé la barbe, il avait brossé veste et chapeau et amidonné son plastron, allant même jusqu'à étriller les chevaux bais galeux. Lorsqu'elle cogna contre le bois du chariot, son apparition lui causa un instant de trouble. Puis, avec un grand geste théâtral, il lui présenta une fiole. Le visage de l'enfant s'empourpra.

« Veuillez accepter mes plus sincères excuses. Je n'ai pas un sou pour payer le remède. Je peux vous proposer une séance en échange. »

« Son regard m'a traversé, fit Crawley. Je ne trouve pas d'autre mot. Elle a invoqué ma défunte bonne-maman pour qu'elle parle avec moi, mais c'est surtout elle qui s'est adressée à moi. Au sujet de ma peur et de ma solitude. Et de tous mes mensonges. Elle a dit que j'avais bourlingué par tout le pays pour fuir quelque chose qui me poursuivait. Et elle avait raison. »

Ensuite la fillette s'en alla. Au matin, Thomas Coldwater s'éveilla de méchante humeur, attela les chevaux et pissa sur le feu. Pendant qu'ils poursuivaient leur route jusqu'à Metropolis et Midway, ses souvenirs de la fille s'immisçaient parmi ses rêveries fiévreuses. Deux semaines plus tard, à Golconda, Crawley déposa sur le coup de minuit quatre-vingts dollars en pièces près de Thomas Coldwater, plongé dans un délire éthylique, avant de seller le plus petit des chevaux bais. Il y laissait le plus gros de sa fortune, mais cela lui semblait un prix bien modique pour être quitte de sa compagnie.

En chemin vers Pacudah, il réfléchit longuement à ce qu'il dirait à la fille : il s'était perdu et cherchait à se rendre à Golconda ; il tenait à vérifier l'efficacité de son médicament ; il avait besoin de s'entretenir avec Alma, sa chère sœur disparue. Devant lui se déroulaient les paysages du Kentucky, dont les collines aux riches herbes vertes ondulaient comme un satin froissé. Il pourrait lui dire que depuis quatorze jours, elle lui apparaissait chaque nuit en rêve. Qu'il l'aimait au-delà de toute raison, au-delà des limites de son misérable cœur.

Son père habitait au bout de la route du moulin, dans un abri rudimentaire à l'unique fenêtre tendue de carton, sa cheminée en tôle dangereusement penchée. Il faisait chaud, ce jour-là, et un vent agaçant soufflait du sud. Crawley se lava le visage à l'eau d'un ruisseau et cueillit un bouquet de chrysanthèmes des prés. Lissant sa chemise et ses cheveux, il frappa à la porte de la cabane.

Elle vint lui ouvrir elle-même. Ses joues avaient pris de bonnes couleurs, et ses épaules, aussi frêles autrefois qu'une aile d'oiseau, s'étaient arrondies et étoffées. En quelques instants, la méfiance, la perplexité et l'allégresse se succédèrent sur son visage. Elle plaqua une main sur sa bouche, étouffant un léger cri. « J'ai prié, et vous êtes venu ! Dieu soit loué ! »

« L'ombre du corbeau a disparu, conclut Jonah Crawley en haussant les épaules. Je ne l'ai pas revue une seule fois. Voilà comment elle m'a sauvé. »

Une profonde émotion chamboulait le cœur du révérend Stone, infiniment plus intense que ne le justifiait la tonalité du récit.

« Vous auriez dû vous séparer d'elle tant que c'était encore possible, dit-il avec douceur.

– J'ai essayé, avec toute mon âme. Nous sommes restés chastes pendant onze mois, jusqu'à ses quatorze ans. » Crawley secoua la tête. « Je suis désolé, révérend Stone. Cette fille est mon remontant. Elle est toute ma vie. »

Le pasteur esquiva son regard, tourné vers le mur. Jonah Crawley avait trente-sept ans, et Adele quinze. Quand il atteindrait ses quarante et un ans, la jeune fille en aurait dix-neuf. Le même écart, à peu près, qu'entre Ellen et lui-même à l'époque de leur mariage. Jonah Crawley et lui se ressemblaient peut-être plus, dans le fond, qu'il ne l'aurait pensé. Crawley ne se préoccupait que du bonheur d'Adele. Il concevait sa présence dans sa vie comme un présent, inexplicable et immérité, et envisageait un avenir commun radieux et sans limites.

« Aimez-vous Adele, Mr Crawley ?

– Oui, avec chaque fibre de mon être.

– Votre amour pour elle est-il égal à celui que vous portez au Seigneur ? »

Jonah Crawley le dévisagea avant de répondre.

« Ce n'est pas la même chose, révérend Stone. C'est une autre forme d'amour, assurément.

– Oui, en effet. Il possède une texture, une chaleur bien à lui. Et il va de pair avec un sentiment de fragilité. La peur qu'il puisse un jour... disparaître. »

Crawley se leva en soupirant, l'air abattu.

« Je comprendrais que vous ne puissiez pas nous unir, révérend Stone. La plupart des pasteurs refuseraient de le faire. La vie continuera. Et le fait de ne pas être mariés nous rapprochera juste un peu plus de la damnation. Ah, encore une chose », fit-il en remettant son chapeau. Tapotant la poche de sa veste, il en tira un flacon bouché qui contenait un liquide d'un vert jaunâtre. « C'est pour cette toux que vous avez. Un vieux remède chickasaw. »

Le révérend Stone prit la fiole entre ses mains. Il n'accordait guère de crédit aux vertus curatives des plantes, mais une immense gratitude l'envahit toutefois, comme si un compartiment secret de lui-même venait de s'ouvrir. Les larmes étaient près de lui monter aux yeux. De ses doigts tremblants, il posa la fiole sur la table de chevet. Que m'arrive-t-il ? se demanda-t-il alors.

« Ne buvez pas tout d'un seul coup, ça vous ferait mal. Prenez-en la moitié maintenant, et l'autre demain matin.

– Merci, Mr Crawley. De tout mon cœur. »
Comme Jonah Crawley ouvrait la porte, portant une main
à son chapeau, le pasteur le rappela.
« Réservez quelque chose pour demain midi. S'il vous plaît.
Je serai très honoré de vous marier à Adele. »

La cérémonie eut lieu dans la salle de l'étage au saloon
d'Anders Lund, un repaire d'avoués tapissé d'un pourpre
tapageur, dont un angle s'ornait d'une réplique en plâtre du
David de Michel-Ange. Près de la cheminée, un joueur
d'orgue de Barbarie consultait un magazine illustré, perché
sur un tabouret à trois pieds. À côté, une table décorée de
ramures de pin faisait un autel improvisé. Jonah Crawley se
tenait assis au comptoir, bien droit dans sa redingote et son
gilet bleu pâle, l'encolure fleurie d'une lavallière en soie
jaune. Dès que le révérend Stone se présenta sur le seuil, il se
leva prestement et alla lui serrer la main. Ses gants en coton
blanc étaient moites de transpiration.
« Nous sommes à votre disposition, révérend. Encore tous
mes remerciements.
– Il vous faudra un témoin, bien entendu. » Et, se tournant
vers le musicien : « Est-il d'accord pour remplir cette fonction ?
– Oui, j'y serai juste pour deux dollars de plus. » Crawley
partit d'un grand rire, soufflant des relents de whisky et
d'oignon, puis demanda, retrouvant son sérieux : « C'est
important qu'il ne parle pas anglais ? »
Le révérend Stone lui sourit pour le tranquilliser.
« J'aimerais avoir un petit entretien avec Adele. En privé.
– Bien sûr. Elle est là, dans la réserve. »
Le pasteur passa derrière le comptoir et frappa doucement
à la porte.
« Un instant ! » répondit une voix.
Il y eut un bruissement d'étoffe, le raclement d'une chaise
contre le sol, et Adele Grainger vint lui ouvrir.
Elle semblait tellement fragile ! Elle était vêtue d'une robe
Empire en soie jaune à garnitures de crêpe, qu'elle portait

avec des gants de chevreau blanc à boutons d'ivoire et un fichu de dentelle blanche lâchement noué sur sa gorge. Elle avait coiffé ses cheveux en anglaises, le front ceint d'une couronne de fleurs d'oranger qui se fanaient sur son front poudré. On aurait cru voir une enfant jouant à se déguiser avec la garde-robe de sa mère. Le révérend Stone l'imaginait trois ans plus tôt, debout sous la pluie près du chariot de Jonah Crawley, sans un sou en poche, les cheveux emmêlés et les ongles rongés. Adele fixa le visage gonflé du pasteur, mais ne posa aucune question.

« Juste ciel ! Aurais-je donc la chance d'être le premier à admirer votre éclat ? »

Elle détourna pudiquement le regard.

« Ces gants sont la vieille paire que je mets pour les séances. Le fichu, je l'ai ramassé dans le caniveau sur Beaubien Street, devant la maison d'une dame riche qui l'avait mis au rebut. Par contre la robe est précieuse. Ma mère la portait le jour où elle a épousé papa, Dieu ait son âme.

– N'est-ce pas magnifique. » Le révérend Stone s'accorda une pause pour donner plus de poids aux paroles qui venaient. « Jeune dame, mesurez-vous bien la signification des vœux du mariage ? »

La fille hocha la tête, et ses yeux ne cillèrent pas une fois.

« Y voyez-vous l'union pour la vie d'un homme et d'une femme, ayant pour vocation le bonheur et la procréation, et que nul homme ne peut dissoudre ? »

Adele acquiesça de nouveau. La sérénité qu'elle manifestait, si curieuse chez une fille de son âge, lui donnait l'air d'une vieille dame. D'un petit geste, elle releva une fleur qui tombait sur son front.

« Je n'en doutais pas, dit le pasteur. Mais je me sentais obligé de vous poser la question. »

Un long silence suivit, et le révérend Stone fit un sourire gêné. Un serveur franchit en bâillant la porte restée ouverte et rajusta un pan de chemise dans sa ceinture. Il s'empara d'un verre et y versa une mesure d'une liqueur verte, qu'il avala avec un soupir.

Le révérend Stone finit par demander :

« Dites-moi, comment vous y prenez-vous ? Pour votre... talent.

– J'écoute, c'est tout, répondit Adele en haussant les épaules. Quelquefois, cependant, il s'agit moins d'écouter que d'observer ceux qui restent. Ils vous révèlent une foule de choses sur les défunts sans prononcer un seul mot. C'est comme gravé sur leur figure.

– Et la table ?

– Ah, oui, la table. » Elle se mordilla la lèvre pour dissimuler un sourire. « C'est avant tout pour le spectacle. J'ai fait l'installation moi-même, et je pense m'être bien débrouillée. Le public en veut pour son argent. » Elle leva les yeux vers le pasteur. « Mais les esprits sont véritables, révérend Stone. Certains d'entre nous possèdent un don pour les choses spirituelles. À cet égard nous nous ressemblons, vous et moi. »

Il pensa d'abord à sa vision des âmes, avant de comprendre qu'elle faisait allusion à son sacerdoce. Se penchant vers le révérend Stone, elle prit sa main dans la sienne.

« Vous avez subi un deuil, mais vous devez lutter contre la culpabilité. Lorsqu'on perd quelqu'un, il n'est pas rare que l'on se sente coupable. Ce sont deux choses qui font excellent ménage. »

Le révérend Stone garda le silence.

« Mr Crawley m'a aidée à surmonter la perte de ma mère. Il m'a guérie de mon chagrin et de ma mauvaise conscience, de mes humeurs noires. Il m'a appris à mettre au service des autres le don qui est le mien, à les soulager de leur tristesse, de leurs pensées sombres. Il n'aurait pas supporté que j'éprouve une once de culpabilité. Et aujourd'hui je suis devenue célèbre. »

Le pasteur eut un sourire évasif.

« Vous êtes pleine de sagesse.

– Je le sais, oui. »

Adele Grainger plongea la main dans son réticule et en ressortit son poing fermé. Elle l'ouvrit contre la paume du révérend Stone, révélant une chaînette d'argent noirci à laquelle pendait une boucle de cuir brut. Le cuir était bosselé et écorché, comme si quelqu'un avait mordu dedans pour soulager sa douleur.

« Pour votre voyage, lui dit-elle. Ça vient des bottes de papa, il les a gardées tout au long des guerres indiennes. Elles lui ont porté chance pendant presque trois ans. Une balle a troué le bord de son chapeau, mais il a réussi à rentrer chez lui sans une égratignure. Il vit toujours, à l'heure qu'il est. »

Le pasteur fit glisser la chaîne entre ses doigts écartés. Une amulette porte-bonheur. Le cadeau était incongru, mais il le rangea malgré tout dans la poche de sa veste.

« Merci, Adele. J'espère qu'il me protégera comme il a protégé votre père.

– Moi aussi. Et ça... c'est pour votre service d'aujourd'hui. »

Elle lui fourra dans la main deux pièces en or de dix dollars.

« Non, c'est beaucoup trop généreux. »

Adele le fit taire en refermant ses doigts sur l'argent.

« Ces deux pièces sont loin de valoir ce que nous vous devons, Mr Crawley et moi. Et puis, ça ne représente qu'une soirée de travail tranquille. »

Le révérend Stone remercia la jeune fille, puis s'excusa et retourna dans la salle. « On y va », dit-il en touchant le coude de Jonah Crawley.

La mine grave, il fit bouffer sa cravate et ajusta son plastron avant de faire signe au musicien. Celui-ci, abandonnant sa revue, se leva en hoquetant et tourna la manivelle de son instrument, produisant quelques accords flûtés d'où émergèrent les phrases claires et puissantes d'une mélodie. Le révérend Stone se rapprocha de la cheminée et adressa un sourire au serveur ébahi. Quelques instants plus tard, la porte de la réserve s'ouvrit pour livrer passage à Adele, ses jupes gonflant autour d'elle, le visage caché par un voile de tulle blanc. Elle serrait dans sa main un bouquet de chrysanthèmes des prés.

« Dieu tout-puissant », fit Crawley en la voyant.

Elle se hâta d'abord vers l'autel puis son pas se ralentit, comme si une consigne oubliée lui revenait à l'esprit. Un sourire tremblotait sur ses lèvres. Elle regarda tour à tour le pasteur, l'organiste et Jonah, et son sourire s'affermit.

Ils se placèrent devant l'autel face au révérend Stone, tandis que l'orgue se taisait dans un soupir. Le sourire d'Adele s'était évanoui, la sueur ruisselait sur le front de Crawley. Un cri monta de la salle du bas, suivi d'éclats de rire et d'une voix d'homme au fausset minaudant. Jonah Crawley poussa un long soupir, les paupières serrées. La jeune fille lui prit la main.

« Nous voici réunis aujourd'hui pour unir par les liens sacrés du mariage Mr Jonah Crawley de Yonkers, dans l'État de New York, et Miss Adele Grainger, de Pacudah dans le Kentucky. Si quelqu'un parmi vous s'oppose à cette union, qu'il parle maintenant ou se taise à jamais. »

Un silence, et puis l'orgue de Barbarie exhala une plainte. Crawley affichait un sourire crispé.

« Jonah Crawley, jurez-vous devant Dieu d'aimer cette femme et de la chérir, pour le meilleur et pour le pire, dans le bonheur et dans l'adversité, jusqu'à ce que la mort vous sépare ? Promettez-vous de le faire jusque dans les jours de colère et d'abattement, accablé par le chagrin et le doute, perdu sur le chemin sombre et étroit de la foi ?

– Oh, oui, je le jure. Bien sûr que oui.

– Et vous, Adele Grainger, le promettez-vous également ?

– Oui, je le promets. »

Était-ce l'apparence que j'offrais, moi aussi ? s'interrogea le révérend Stone. Un homme voûté et anxieux au côté d'une jeune femme rayonnante ? Ce matin-là, il s'en souvenait, le temple résonnait de cris d'enfants, et ce bruit lui faisait l'effet d'une agréable musique. Au mois de mars, Ellen était déjà enceinte d'Elisha.

« Alors Adam s'écria : *Pour le coup c'est l'os de mes os et la chair de ma chair ! Celle-ci sera appelée "femme" car elle fut tirée de l'homme ! C'est pourquoi l'homme quitte son père et sa mère et s'attache à sa femme, et ils deviennent une seule chair.* Mes chers amis, c'est avec un grand plaisir que je vous déclare mari et femme. Continuez ensemble à servir Dieu, et que votre vie soit longue sur cette belle et verte terre ! »

Adele laissa échapper un petit cri étouffé. Jonah Crawley avait les joues humides de larmes, et sa lèvre tremblait aussi fort que s'il était au bord d'un malaise. Il releva le voile de la jeune femme. Elle cligna les paupières, le regard embué par la peur et l'impatience, la douloureuse complétude de la joie. Jonah Crawley, effleurant le menton de son épouse, lui déposa un léger baiser sur la bouche.

TROISIÈME PARTIE

1

Ils ramèrent vers l'est sur les eaux grises et agitées du lac ; Tiffin, affalé contre le plat-bord, exposait une idée que lui avait suggérée un rêve récent. Il imaginait la formation de perles parfaitement sphériques grâce à un dispositif sous-marin assurant la rotation perpétuelle des mollusques perliers. La force centrifuge, selon lui, égaliserait la répartition de la nacre sur la perle, et le mouvement continu provoquerait une croissance spectaculaire. Elisha ne parlait guère, luttant contre les bourrasques. Le professeur Tiffin avait la joue et la lèvre tuméfiées, le front marqué d'un filigrane de sang séché. Le matin, il n'avait émis aucune protestation lorsque Elisha avait mis le cap à l'est, en direction du poste de traite et de Mr Brush. Il finit par sombrer dans le sommeil, laissant tomber son chapeau au fond du canoë. À la nuit close, ils n'avaient pas couvert plus de deux lieues.

Le lendemain ils partirent à l'aube et atteignirent au milieu de l'après-midi la rivière aux teintes ocre. Ils passèrent devant des souches de pins d'où jaillissaient des surgeons, des arbres à cire et des amélanchiers serrés en bouquets touffus, des érables rouges aux formes élancées, dont les cimes pointaient au-dessus de cet entrelacs végétal. Mort et renouveau, la forêt œuvrant à sa propre renaissance. Un busard voltigeait au-dessus du terrain irrégulier. Deux heures plus tard, ils arrivèrent en vue du cercle de cabanes et du mât sans drapeau. Mr Brush, assis sur une souche devant la maison du contremaître, était en train de tailler un piquet de tente. Au bord de la rivière se tenait Susette Morel.

« Bienvenue ! cria Tiffin, descendant gauchement du bateau pour la rejoindre en pataugeant, bras grands ouverts. Soyez la bienvenue, chère madame ! Je vous souhaite mille fois la bienvenue ! »

Elisha tira l'embarcation au sec, la gorge nouée. Il n'avait pas la force de regarder Susette.

« Il s'avère que vous aviez vu juste, commenta sèchement Brush. Elle prétend s'être égarée. Posez-lui vous-même la question. Elle raconte qu'elle ramassait des herbes pour le dîner, et qu'elle a mal évalué la direction du campement.

– Vous étiez perdue et vous voilà retrouvée ! Et ainsi nous sommes réunis. » Tiffin semblait lutter contre l'envie de la serrer dans ses bras. Il lui prit quand même la main et la porta à ses lèvres. « Et nous sommes tous absolument ravis ! »

De l'eau jusqu'aux chevilles, ses jupes retroussées à hauteur des genoux, Susette tenait une poêle à la main. Elle avait les joues empourprées, et des mèches folles s'étaient plaquées à son front. Après un sourire poli au professeur Tiffin, elle posa le regard sur Elisha. Le garçon fut surpris d'éprouver tant de colère.

« Bizarre, fit-il. Comment peut-on se perdre à si faible distance du campement ?

– Les nuages cachaient le soleil, je n'ai plus réussi à m'orienter. Ça arrive souvent quand on est en forêt, quelle que soit la distance.

– Vous vous attendez sûrement à ce qu'on vous croie sur parole.

– Je n'attends rien du tout.

– Peu importe ! Peu importe ! coupa Tiffin en tapant dans ses mains. Je propose que nous repartions aux premières lueurs de l'aube, après un bon dîner ! Sans vouloir vous vexer, mon jeune ami, vos talents de cuisinier ne se comparent pas à ceux de cette chère madame !

– Votre figure, fit remarquer Brush en se penchant pour inspecter Tiffin. Vous avez été agressé.

– Peu importe ! répéta Tiffin, ouvrant à la volée la porte de la maison. Trinquons pour fêter ça ! Où est ma cruche de whisky bien-aimée ?

– Nous n'avons pas terminé notre discussion, protesta Brush. » Il attendit quelques instants, les lèvres pincées, puis il jeta au loin son piquet de tente pour saisir son fusil et son sac de munitions. « Je serai de retour dans une heure, signala-t-il à Elisha. J'ai besoin de tirer sur quelque chose. »

Elisha le regarda s'enfoncer dans la forêt, accablé par un épuisement soudain, comme si le plus léger mouvement risquait de l'anéantir. Il ne savait pas s'il valait mieux courir vers Susette ou disparaître. Elle ramassa une marmite sur la berge, et quand elle l'eut rincée elle la lança loin d'elle. Un gros sanglot la fit suffoquer. Elle semblait aussi ébranlée, aussi mortifiée qu'une enfant.

« Ma chérie, murmura Elisha. Je suis vraiment désolé. Pour la façon dont je me suis conduit... ce qui s'est passé l'autre soir. *Je t'en prie.* Je regrette tellement.

– Tu n'as pas à t'excuser. C'est moi qui ai décidé...

– Trinquons pour fêter ça ! appela Tiffin depuis le pas de la porte, la cruche levée bien haut. Venez, tous les deux ! Il nous faut célébrer les joyeuses retrouvailles de l'équipage. »

Sur les instances de Tiffin, on servit ce soir-là un dîner des plus élaborés : truite braisée et steaks de gibier, ragoût de haricots sauvages au foie et aux rognons, galettes de maïs arrosées de sauce et whisky en abondance pour boire à la santé de Susette. On n'entendait dans la maison que le tintamarre des casseroles et les joviales instructions que Tiffin donnait à la jeune femme. Le vent s'immisçait par la cheminée, aspirant les flammes et faisant voler des nuages de cendres au-dessus de l'âtre. Tout en mangeant, le professeur Tiffin raconta son excursion au village chippewa.

« Il s'agit d'un campement important, qui rassemble environ deux cents âmes, et se trouve idéalement placé près d'un cours d'eau de bonne taille. Il est évident que le site a été choisi pour ses ressources de pêche, car nous n'avons vu aucune trace de travail agricole. Un chef nommé White Wing a bien voulu nous accorder une audience. Est-ce que vous le connaissez ? »

Susette fit non de la tête. Assise près du foyer, elle tournait le dos à Elisha.

« Curieux bonhomme, en vérité. Solennel à l'excès, comme beaucoup de chefs, et un caractère légèrement entêté. Des pendants d'oreilles aussi gros que des châtaignes, qui signalent, je suppose, son statut de guerrier. Quand je lui ai expliqué la finalité de notre expédition, il m'a confirmé qu'il existait bien un récit des origines du peuple chippewa. Il s'est montré réticent à dévoiler des détails : seuls les anciens de la société du *Midewiwin* ont accès à ce genre de connaissances. »

Tiffin reposa son assiette en tirant sur ses favoris mal taillés.

« Pourtant, au cours de cette nuit, j'ai pu observer une cérémonie du *Midewiwin*. Un rituel d'initiation, à mon avis, avec force chants et musiques, dont la forme rappelait nettement certains rites pratiqués chez les anciens Hébreux. J'ai noté…

– On vous a attaqué, intervint Brush. Est-ce que ça s'est produit pendant que vous preniez le thé chez Mr Wing ? »

Tiffin condamna la remarque d'un simple regard.

« Un incident sans gravité, j'ai buté contre une racine qui affleurait au sol. Je disais donc que j'ai vu les anciens du *Midewiwin* lire des tablettes en pierre qui portaient manifestement une transcription pictographique de leurs chants cérémoniels. Le guerrier soumis à l'initiation psalmodiait une incantation qui me par…

– Et dans votre enthousiasme, vous avez trébuché à plusieurs reprises sur une racine dénudée. Une explication logique aux ecchymoses que vous avez au visage.

– Gaussez-vous tant que vous voudrez, il n'en sortira rien. Notre jeune Elisha peut donner confirmation du moindre détail de ce compte rendu.

– Ah, oui, vraiment ? »

Elisha contemplait obstinément les flammes, fuyant le regard de Mr Brush. Il aurait bien voulu que le professeur Tiffin mette un terme à ses affabulations.

« Nous sommes près des pierres gravées, insista Tiffin. Tout près. Je compte exhumer très bientôt des relations écrites des origines du pcuplc chippewa, qui régleront définitivement la question de l'unité des races – et m'assureront, bien entendu, la victoire dans notre pari.

– Disons plutôt qu'elles vous garantiront une réputation d'imbécile, rétorqua Brush en repoussant son assiette. Cette expédition devient aussi grotesque que des mamelles sur un taureau. Veuillez me pardonner l'expression, madame Morel. »

Un silence tendu tomba sur la maison. Mr Brush installa sur la table deux lampes à huile, puis il ouvrit son journal et consulta ses notes d'un air préoccupé. Tiffin, de son côté, alla chercher un livre dans la bibliothèque et se jeta en soufflant sur son trône de fourrures. Dans la cheminée, l'aubier craquait et sifflait.

Susette ayant enlevé les assiettes, Elisha lui dit lorsqu'elle s'approcha du foyer :

« Permettez que je vous aide. S'il vous plaît. »

Il décrocha la marmite de la crémaillère et la suivit dans l'obscurité du dehors. Contre le ciel noir, les nuages s'étaient assemblés en minces couches de violet et d'indigo. Les animaux nocturnes filaient parmi les broussailles. Elisha accompagna Susette au bord de l'eau et s'agenouilla près d'elle tandis qu'elle répandait du sable sur la vaisselle. La colère brûlait comme une braise dans sa poitrine. Cependant elle n'effaçait pas l'attirance que lui inspirait cette femme, telle l'aiguille de la boussole aimantée par le fer.

« Nous avons failli engager un autre guide, pensant que tu ne reviendrais pas. Heureusement pour toi, le professeur Tiffin est un piètre négociateur. Sinon, tu serais en train de regagner La Sault à la nage.

– Ne parle pas si haut, lui demanda Susette en jetant un regard vers la porte.

– J'arrive à comprendre pourquoi tu t'es enfuie. Ce qui m'échappe, c'est la raison qui t'a poussée à revenir. Tu peux me l'expliquer ?

– Je te l'ai dit ce matin. À cause des nuages, je me suis égarée dans la forêt. Et ce matin, j'ai retrouvé le chemin du campement.

– C'est faux, siffla Elisha, tu ne t'es pas perdue. Tu t'es sauvée. Tu t'es éclipsée sans un mot d'au revoir, parce que tu te
sentais aussi coupable que moi après ce que nous avions fait.
Ensuite tu as changé d'avis et tu es rentrée.

– Le soleil était caché, j'ai perdu mon chemin. Tu ne me
crois pas, mais c'est la vérité. Ça arrive même à mon mari.

– Ton mari. Nous y voilà. Au moins tu as prononcé le
mot. » Elisha s'empara d'une assiette et la frotta rudement.
« Tu n'as pas à fournir d'explications. Tu as l'air d'en avoir
envie, mais je crois qu'une femme comme toi…

– Tu ne sais rien du tout ! l'interrompit Susette en jetant
l'assiette dans le sable. Tu n'es qu'un petit garçon timoré !
Tu te prends pour un scientifique alors que tu es un simple
porteur, et tu menaces du fusil des Chippewas qui voulaient
seulement commercer ! Tu parles comme un homme, mais
tu n'es qu'un gamin apeuré, et maintenant tu penses… Quoi,
d'abord ? Qu'est-ce que tu penses donc savoir ? »

Elisha, figé sur place, ne trouvait rien à répondre. Il dit
lorsque Susette se détourna :

« Pardonne-moi. Je suis désolé. »

Elle fut prise de petits sanglots saccadés, sans une larme.
Elisha lui effleura le poignet, se demandant tout à coup comment on s'y prenait pour consoler une femme. Elle a raison,
pensa-t-il, je ne suis qu'un gamin apeuré. Les lèvres contre
son épaule, il inspira son parfum douloureusement familier.
Le regard de Susette avait une intensité qui le désarçonna.

« Je suis partie parce que j'avais peur, lui dit-elle enfin. Et
je suis revenue parce que mes craintes ont disparu.

– Je ne comprends pas ce que tu veux dire. »

Après un bref silence, la jeune femme prit une profonde
inspiration.

« Je ne peux pas rentrer à La Sault.

– À cause de nous deux. De notre relation. » Elisha prit ses
mains entre les siennes. « J'avoue que je me sens très coupable de ce qui s'est produit. Mais…

– Il y a des fois où je le mérite, je réplique trop hardiment, ou bien j'élève la voix. Dans ces cas-là je ne lui reproche rien. J'ai mérité ce qu'il me fait.

– Ce que fait qui ?

– Je ne plains pas mes efforts, continua-t-elle en secouant la tête, mais je ne mérite rien d'autre. C'est vrai, je suis insolente et je mérite ce qu'il me fait.

– Susette, enfin, de qui parles-tu ? »

De nouveau elle se borna à secouer la tête, les joues brillantes de larmes. Une légère plainte s'échappa de sa gorge.

« Susette, ma chérie. » Elisha voulut l'attirer à lui, mais elle se déroba. « Tu dois me dire…

– Je ne lui en veux pas pour la ceinture, pour la badine ou le tisonnier. Mais les autres fois il passe la mesure. Il est saoul et il va trop loin. » Les sanglots qui l'étouffaient entrecoupaient ses paroles. « Quand il a bu, il ne se rend plus compte du mal qu'il me fait. »

Elisha garda le silence.

« Il a un violon à lui. Il prend l'archet, et il le met à l'intérieur de moi. Tu comprends ? Il le met en moi et me dit des choses affreuses. Que je suis une sale chienne, une salope, une putain. Je suis une ignoble putain et je mérite d'être traitée comme une chienne. Il me fait du mal. »

Elisha l'écoutait, abasourdi.

« Je t'en prie, Susette…

– Il n'y a qu'une pièce dans notre cabane, je n'ai nulle part où aller. Il me fait du mal, et puis il joue du violon. Il joue une chanson pour moi, *La belle Susette*. Je reste couchée par terre à l'écouter jouer, je n'ai nulle part où aller.

– Tais-toi, je t'en prie… »

Il étreignit la jeune femme, qui enfouit le visage dans son cou. Tandis qu'il lui caressait l'épaule, les bruits de la nuit s'estompèrent autour de lui. Il sentait une léthargie en lui, les sens engourdis et bouleversés. Elisha ferma les yeux et pressa les lèvres contre la chevelure de Susette.

Il revit alors la cabane où elle habitait, à Sault-Sainte-Marie, le sol en terre battue et la paillasse usée, la chemise sale qui faisait une tache sur le mur. L'unique petite fenêtre, le crucifix en bois. Sur le moment il avait pensé qu'elle ne valait pas mieux qu'une hutte chippewa, et qu'il voyait là un cas où le sang du sauvage dominait le sang blanc. Ce souvenir éveilla en lui un frisson glacé. Il ouvrit la bouche pour parler, mais aucun son ne franchit ses lèvres. Son cœur palpitait, et il avait honte de le sentir s'emballer.

« Il n'y a personne là-bas qui puisse t'aider ? Ta mère, ou une sœur... »

Sa question se perdit dans le silence. Susette s'écarta de lui et s'essuya le visage.

« Ma mère vit à St. Catharines, ma sœur est morte. Je n'ai personne à La Sault à part mon mari.

– Moi je t'aiderai. »

Elle hocha la tête, clignant les yeux pour refouler ses larmes.

« Je vais t'aider, on s'en ira tous les deux. On pourra aller à Detroit, louer une chambre dans une pension de Woodward Avenue. Je connais un dénommé Alpheus Lenz, qui est susceptible de m'embaucher pour cataloguer des spécimens. On y restera un moment, et tu y seras en sécurité. On pourra aller au Rogers Theater, voir *Comme il vous plaira*, par exemple. »

Un sourire hésitant apparut sur son visage, encore mêlé de larmes.

« Tu es si gentil.

– On peut aussi partir plus loin, à New York ou dans le Massachusetts. Pourquoi pas à Newell, l'endroit où j'ai grandi ? Ma mère et mon père y habitent toujours. On s'installerait là-bas dans une vraie maison à nous, et on cultiverait quelques terres. On ferait pousser des haricots et des courges, et tu n'aurais plus jamais à te soucier de ton mari. Plus jamais.

– Tu es gentil, mais je ne peux aller ni à Detroit ni dans le Massachusetts. J'aimerais beaucoup, mais c'est impossible. Je ne peux aller nulle part où... »

À ce moment-là, la porte de la maison s'ouvrit en grinçant. Susette serra la main d'Elisha, puis empila bruyamment les assiettes. Mr Brush obscurcit de son ombre l'embrasure de la porte ; il se racla la gorge et expulsa un crachat.

« Tu es gentil, chuchota Susette, mais ce n'est pas de cette façon que tu pourras m'aider. »

Le lendemain, ils ne quittèrent pas l'ancien poste de traite avant midi ; Mr Brush répertoria ses échantillons minéraux, mit ses notes au propre et coucha par écrit ses dernières mesures de la déviation de l'aiguille de la boussole. Elisha enveloppa des fragments de minerai dans des pochettes à spécimens et inscrivit au bas de chacune la date et le lieu de collecte. Le professeur Tiffin, pour sa part, arpentait inlassablement la berge. Ils chargèrent enfin le bateau et partirent vers l'aval dans une chaleur moite et fiévreuse, sur les eaux ridées par un vent tiède.

« Une chanson, réclama Tiffin à Susette, une chanson pour rythmer nos efforts. »

La jeune femme entonna mollement une mélodie.

Lorsqu'ils pénétrèrent sur le lac, un cercle de busards se mit à planer à l'aplomb du canoë. Ils croisèrent la Miner's River et la Train River, qu'Elisha se rappelait avoir vues lors de son excursion avec le professeur Tiffin. La forêt rassemblait des pins blancs, des pruches, des bouleaux et des érables à sucre ; le sol de la côte était du sable fin siliceux, constellé de blocs de granit. Le crépuscule venu, ils établirent leur campement et mangèrent un ragoût de haricots accompagné de galettes, avant de s'écrouler autour du feu. Elisha fut éveillé avant le jour, rêvant qu'un péril le talonnait. L'équipage prit le départ à l'aurore, et à midi il arrivait au village chippewa.

Tout était calme sur le camp, on n'y voyait que quelques femmes vaquer entre les huttes, et deux jeunes Indiens en train de pêcher au bord du lac. Une nappe de fumée grise était suspendue au-dessus du village. Sans s'attarder, les voyageurs portèrent le bateau le long d'un banc de sable et repartirent vers l'amont. Les garçons, montant à bord d'un canoë, se maintinrent un moment à leur hauteur, leur proposant contre du tabac des poissons frais et charnus. Ils devaient avoir douze ans, peut-être treize. Elisha reconnut dans leurs façons l'ardeur contenue du jeune garçon s'occupant d'affaires d'hommes. D'un seul mot, Susette les renvoya.

Plus avant dans les terres apparurent des frênes rouges et des sycomores, et la forêt devint froide et ombreuse. Au bout de quelque temps le courant gagna en force, les flots tumultueux blanchis d'écume. Mr Brush vira vers la berge, au niveau d'un gué caillouteux. Elisha et Tiffin, pataugeant jusqu'à la terre ferme, commencèrent à hisser les paquets sur la rive.

« Ce n'est pas la peine de porter le bateau, indiqua Susette.

– Et pourquoi donc ? »

Elle esquissa un geste vers le sud-est, où l'on devinait, à peine perceptible au creux des broussailles, la trace d'une piste indienne qui se perdait dans les bois.

« C'est fini pour le canoë. À partir de maintenant nous irons à pied. »

Les hommes marquèrent une hésitation. Finalement le moment était arrivé, inévitable et inattendu. Un frisson parcourut Elisha lorsqu'il fallut déballer les provisions sur le rivage herbeux, et les rassembler de nouveau en quatre paquetages encombrants qui s'attachaient avec des lanières en cuir.

« N'allez pas trop vite ! cria Mr Brush. Vous devez avancer doucement tant que votre corps n'est pas habitué à ce fardeau supplémentaire. »

D'un même geste, ils soulevèrent leur charge en soufflant, Tiffin et Susette chancelant sous son poids, tandis qu'Elisha était quasiment plié en deux. Il fit glisser la courroie sur son front et se redressa lentement.

« On peut y aller ? » haleta le professeur Tiffin.

Ils s'observèrent les uns les autres : chemises effrangées et déchirées aux coutures, maculées de suie, de graisse de cerf et de sang ; le visage recuit par le soleil, d'un brun-rouge profond de minerai. Des sangles de cuir sur le front, pareilles à des parures indigènes. L'expédition, comprit Elisha, allait vraiment commencer. C'était maintenant qu'il devrait fournir ses plus grands efforts. Les plus dures épreuves étaient encore à venir.

Ils se mirent en route à travers la forêt.

La piste indienne traversait un paysage vallonné au sol noir et granuleux, peuplé de pins blancs, d'érables à sucre et de bouleaux jaunes, où les collines étaient trop basses pour offrir une vue panoramique. Des éclats de soleil perçaient le couvert par intermittences. Susette les menait à une allure modérée et ne s'arrêtait que pour laisser Brush évaluer la densité du bois ou poser un repère de nivellement. En dehors des mesures qu'il énonçait à voix haute, personne ne disait un mot. Un brouillard semblait s'être coulé sur le groupe, ôtant à chacun la conscience de l'existence des autres. Elisha, rencontrant le regard de Susette, le trouva aussi vide qu'une page blanche.

Le garçon, de ce fait, connut de longues heures de solitude. Pourtant il sentait la présence de la vie tout autour de lui, une profusion de regards qui l'observaient, indifférents.

Crissements de scolytes et miaulements du moqueur-chat, le vent qui s'engouffrait parmi les grands épicéas, agitant sans répit leurs ramures. Au cours du premier après-midi, Elisha aperçut une forme noire glissant à travers la forêt, et son cœur se serra : l'oiseau était grand comme un aigle pêcheur, mais il avait un bec long et droit, et l'envergure d'un busard. Elisha ne fut pas assez prompt à sortir son carnet ; l'oiseau avait disparu, et il crayonna une esquisse de mémoire, se demandant tout du long si la créature n'était qu'un rêve.

Au matin du deuxième jour, le professeur Tiffin fut incapable de quitter son sac de couchage. Il resta là à se plaindre, allongé sur le dos, les pieds enflés et écorchés. Elisha et Mr Brush l'aidèrent à se mettre debout, mais il s'effondra en geignant dès qu'ils relâchèrent leur prise. Elisha examina alors ses chaussures. Les semelles de ses bottes de cavalier étaient trouées par l'usure, le cuir mince percé et crevassé. Mr Brush se détourna d'un air dégoûté. Ces bottes auraient mieux convenu à une soirée au théâtre qu'à une excursion en forêt. Dans une couverture tissée, Susette découpa quelques bandes dont elle enveloppa les pieds de Tiffin, puis elle les attacha avec des lanières en peau et versa de l'eau sur les chaussons improvisés. Tiffin se leva en gémissant et posa doucement un pied devant l'autre.

« Ma chère madame... Chère, chère madame Morel... »

L'après-midi, le groupe fit halte dans une clairière, près d'un cours d'eau limoneux. Quand Elisha s'assit sur le tronc d'un pin abattu, celui-ci s'effrita sous son poids, le bois vermoulu infesté de coléoptères. Emprisonnant un insecte dans ses mains, il le secoua jusqu'à ce qu'il cesse de bouger. Un carabe, *Pterostichus melanarius*, le plus commun qui soit. Il ouvrit tout de même son carnet pour décrire les antennes qui se déployaient sur la tête anguleuse tels des andouillers de métal, le thorax rainuré et luisant. Il dépeignit les pattes articulées au dessous barbelé de poils touffus, les pointes fendues formant des pinces propres à saisir la proie.

Posant son crayon, Elisha retourna aux pages précédentes. Elles étaient couvertes de notes sur les coléoptères et les cailloux, les fleurs sauvages et les craves à bec rouge, les érables à sucre et le symplocarpe fétide. À quoi bon ? Il n'avait pas découvert une seule nouvelle espèce, ni formulé la moindre observation inédite sur les espèces répertoriées. Ses descriptions avaient le caractère flou et approximatif d'une rumeur. Ses yeux parcouraient distraitement les phrases, s'arrêtant parfois sur une expression : *le sublime paisible du lieu... dévoilant timidement sa beauté sans égale...* Par la forme et le contenu, son carnet rappelait le journal intime d'une jeune fille malade d'amour.

Avec une pointe de mélancolie, il repassa dans sa mémoire son séjour chez Alpheus Lenz, sur Woodward Avenue, son désir de voir les rayonnages garnis de toutes les espèces du monde, de l'Alabama à l'Afrique. Tout était si beau et si simple, alors : la nature déposée sur le seuil de sa porte dans des caisses en bois, conservée dans des bocaux, des flacons et des pochettes. Comme si toutes les choses vivantes pouvaient être capturées et entrées dans un catalogue, couchées sur une page aussi vaste qu'un champ de tabac. Et aujourd'hui il n'était entouré que de coléoptères.

Cet après-midi-là, le groupe établit son campement dans la clairière ; Susette partit au bord de l'eau avec son filet à truites, pendant que Tiffin s'allongeait sur son sac de couchage avec un lexique hébreu. Mr Brush, ayant rassemblé son marteau de géologue, ses boussoles et ses pochettes à spécimens, fit signe à Elisha de le suivre dans la forêt.

Ils prirent vers le sud par un sentier qui passait entre les pins, sur un terrain bossué de troncs pourrissants, le couvert traversé par des colonnes de lumière. Mr Brush ajusta sa boussole solaire et dicta la mesure à Elisha, puis répéta l'opération avec sa boussole magnétique. Brush était rasé de près, et si son chapeau et sa veste partaient en lambeaux, ils n'en étaient pas moins brossés. Près de lui, le squelette d'un cerf gisait sur une litière d'aiguilles de pin, des arbrisseaux jaillissant entre ses côtes grises. Il y avait aussi les vestiges d'un ours, que la forêt absorbait peu à peu. Mr Brush tapota le cadran de son instrument.

« Voilà que ça recommence !

– Quoi donc ?

– L'aiguille de la boussole. J'enregistre des déviations par rapport à la normale. Nous nous trouvons actuellement dans la vallée du fer ! »

Elisha eut un faible sourire, trop préoccupé pour partager son enthousiasme.

« Pouvez-vous me répéter la mesure prise par la boussole solaire ?

– Tu manques de concentration. »

D'un geste brusque Elisha reprit son carnet.

« Quatre degrés, deux minutes. C'est juste ?

– J'espérais que tu pouvais te dispenser de mes conseils.

– Oui, monsieur.

– Je parlais de la squaw.

– Ce n'est pas une squaw, répliqua Elisha en se tournant vers lui.

– La métisse, si tu préfères. » Mr Brush fit claquer le rabat de la boussole. « Non que je rejette toute la faute sur toi. Ces métisses sont des allumeuses légendaires. Et madame Morel est un joli brin de chatte. »

Elisha se replongea dans son cahier, les joues cramoisies.

« Je veux bien admettre qu'elle a occupé mes pensées. La façon dont elle s'est conduite… c'est proprement infâme. Elle a failli nous abandonner au poste de traite, au milieu de notre voyage ! » Et il poursuivit un ton plus bas : « Je vais vous confier quelque chose, monsieur. Je nourrissais de sérieuses réserves, tout comme vous, quant au bien-fondé d'engager une femme. Tout spécialement une métisse, et catholique, avec ça.

– Tu mens. »

Elisha ne détourna pas le regard, mais il n'ajouta rien.

« Mon garçon, fit Mr Brush, secouant la tête avec un soupir. Mon garçon, tu as eu la chance de tomber sur une opportunité exceptionnelle. Tu as compris ? On t'offre le moyen de t'élever par une formation pratique accompagnée d'efforts personnels assidus. Et malgré cela, il est de plus en plus clair que tu t'emploies uniquement à gâcher cette occasion. »

Elisha sentit l'impulsion, familière et désespérée, de présenter des excuses. Ce sentiment, il l'avait éprouvé cent fois dans son enfance, perché au bord d'un banc inconfortable, dans le temple humide.

« Tu sembles t'imaginer que l'on s'imprègne du savoir de par sa seule proximité, comme l'eau imbibe le tissu ! Qu'il te suffit de claironner quelques strophes de Shakespeare et de lutiner une squaw pour rapporter à Detroit quelque chose qui s'apparente à une éducation. Je me trompe ?

– Oui, monsieur, vous faites erreur. »

Brush se pencha vers lui, jusqu'à ce que leurs fronts se touchent presque. Il avait des yeux clairs et liquides, des yeux d'enfant dans un visage d'homme flétri. Cette vision glaça Elisha.

« Si tu n'y prends pas garde, tu finiras comme le professeur Rouquin, avec un vernis de savoir enrobant un gros noyau d'ignorance. Et je sais bien que ce n'est pas ce que tu souhaites. »

Le ton qu'il employait mettait Elisha mal à l'aise.

« Non, monsieur, ce n'est pas ce que je souhaite.

– Les hommes tels que lui ne font pas avancer une nation.

– Non, bien sûr que non.

– Bon ! » Mr Brush lui appliqua une claque sur l'épaule. « Ma propre éducation a débuté de la même manière, lors d'une expédition avec des hommes de terrain. Ca se passait dans l'Ohio, non loin de Zanesville. J'avais seize ans alors, l'âge que tu as aujourd'hui. » Brush eut un sourire pincé. « Mon garçon, je crois bien que tu gagnerais à écouter tes aînés.

– Oui, monsieur, vous avez raison.

– J'ai suivi leur exemple ! Je me suis plié à leurs directives ! J'ai *appris*, mon garçon. Et à la fin de l'été j'avais cessé de leur donner du "monsieur". »

Elisha se força à sourire.

« Bien, Mr Brush, je vous promets d'essayer. »

Ils refirent le chemin vers le nord pendant le restant de l'après-midi. Alors que le ciel du crépuscule se teintait de violet, ils entendirent siffloter un homme et ne tardèrent pas à pénétrer dans la clairière. Tiffin était couché près du feu, son lexique hébreu levé à hauteur de ses yeux. On aurait dit qu'il n'avait pas bougé d'un pouce depuis le déjeuner. Susette n'était pas en vue. Elle finit par sortir d'une des tentes, nattant ses cheveux encore humides.

Elisha se servit un bol de ragoût tiède et se retira sous sa tente. Il avait bien mérité de dormir, se disait-il. Mais en s'allongeant sur son sac de couchage, il devina le regard de Mr Brush posé sur lui. S'obligeant à se relever, il déballa un échantillon de minerai et releva la portière de la tente pour profiter de la clarté du feu. Il écrivit dans son carnet :

« 5 juillet 1844

Ce spécimen minéral se rapproche beaucoup de la terre et possède une teinte rouge-noir qui laisse une trace d'un beau brun profond quand on le frotte sur du papier. Il est capable de faire dévier l'aiguille d'une boussole magnétique (laissant fortement supposer que sa composition est en partie ferreuse), tandis que sa densité semble égale à celle de la pyrite. Il s'effrite assez facilement sous la pression d'un ongle, et sa consistance n'est pas sans rappeler une galette d'une semaine. Tout à fait incroyable, quand on songe qu'un minerai aussi ductile sert à fabriquer des voies ferrées, des fûts de mousquets et des canons, les éléments les plus durs, les plus rudes de la civilisation. »

Le découragement s'insinua en lui quand il relut le passage. Pourquoi le spécimen avait-il une couleur brune, au lieu d'être jaune ou d'un noir charbonneux ? Et quelle était donc la cause primaire de son magnétisme ? Chaque observation entraînait une question, et si jamais il en résolvait une, il en demeurait des centaines d'autres. Le poids du spécimen s'expliquait-il par la présence de fer, ou par l'attraction terrestre sur les matériaux ferreux ? Une teneur en fer supérieure rendrait-elle le matériau plus résistant, ou plus tendre ? Elisha contemplait ses phrases bien nettes. Une boule de glèbe se révélait aussi difficile à appréhender qu'un autre être humain.

Il biffa le paragraphe et tourna la page. Les gouttes de pluie qui tombaient sur la toile rappelaient le tapotement machinal des ongles contre un bureau. Elisha finit par écrire :

« Sa peau est d'un brun tirant sur le rouge, couleur d'hématite. Ses mains sont aussi rugueuses qu'un minerai. Elle porte des guenilles déchirées, sans boutons ni reprises. Ses cheveux sont maintenant longs et hirsutes, bleutés comme la crosse d'un fusil, luisants d'huile comme elle.

Et pourtant, sa beauté est un fait incontestable : une gemme brillant dans la nuit la plus noire. »

Cette nuit-là, Elisha rêva qu'il était prisonnier dans un grandiose manoir anglais. Les portes en étaient verrouillées, mais il filait comme une souris à travers les fentes qui s'ouvraient dans les plinthes. Toutes les salles de la demeure étaient remplies de tables regorgeant de bœuf rôti, de fromage et de jambon fumé, de champagne, de tarte aux cerises et de pouding au citron, tous tapissés d'une pellicule de cendre. Elisha mangeait avec délicatesse, mais sans discontinuer. Il était coiffé du haut-de-forme d'Alpheus Lenz, le nez chaussé de ses lunettes à verres fumés. De la cendre graisseuse barbouillait ses lèvres.

Bien qu'il fût endormi, Elisha se savait en train de faire un rêve, et il s'irritait de la transparence de sa logique. Les victuailles symbolisaient bien évidemment le savoir, ou la sagesse, autant de qualités dont il était avide, mais qui lui faisaient cruellement défaut. Il tâcha de diriger son double rêvé vers la porte principale fermée. Quelque chose de merveilleux, il n'en doutait point, se cachait de l'autre côté.

Il s'éveilla au contact d'une main sur son épaule. Susette se tenait à genoux près de lui, ses traits masqués par l'obscurité. Posant une main sur sa bouche, elle l'entraîna sans un mot hors de la tente.

Il la suivit le long de la berge, plongeant sous les branches basses des pins. La stridulation des criquets s'échappait des broussailles. Au clair de lune, la surface des eaux avait l'air d'une coulée de vif-argent à travers la forêt. À hauteur d'une mince trouée au milieu des arbres, Susette se retourna vers Elisha et lui fit un sourire désolé.

« Pardon de t'avoir réveillé. Je voulais te parler sans que les autres entendent.

– Je pensais que tu n'avais plus envie de m'adresser la parole. Ou que tu préparais un autre plan de fuite. »

Elle hocha la tête, stoïque. Derrière le rideau d'arbres, le rougeoiement du feu n'était plus qu'une faible lueur.

« Tu crois que je suis dérangée. Une pauvre folle de métisse qui ne sait pas se décider.

– Je parierais plutôt que tu as un but bien précis, mais que tu ne veux pas dévoiler le fond de ta pensée. Qui est tout à fait admirable, je n'en doute pas.

– J'ai été cruelle envers toi. Je suis vraiment désolée. »

Elisha poussa un soupir excédé. Il aurait aimé embrasser Susette, mais il ne pouvait même se résoudre à la toucher. Quand elle posa la main sur son bras, il se rapprocha d'elle, mais la jeune femme se déroba. Son désir en fut aussitôt gâté.

« Bien. Explique-moi donc ce que tu espères de moi. »

Elle répondit sans le regarder.

« J'ai besoin de ton aide. Un petit service.

– J'ai déjà proposé de t'aider, mais tu as refusé.

– L'endroit où nous allons. Les pierres gravées. Eh bien il n'existe pas.

– Je ne suis pas bien ta logique. »

Elle persistait à fuir le regard d'Elisha.

« Mon mari a trompé le professeur Tiffin, pour se faire engager comme guide. J'ai tout compris en entendant Tiffin raconter son histoire. Mon mari comptait le conduire en pleine forêt, et l'abandonner après avoir reçu sa solde. Les pierres gravées n'existent pas. »

La confusion le disputant à l'incrédulité, Elisha se demanda brièvement s'il n'était pas le jouet d'une farce saugrenue. Il vit alors les larmes perler aux yeux de Susette.

« Mais où allons-nous, dans ce cas ? » La tension nerveuse lui donnait une voix sifflante. « Pourquoi nous mener vers un lieu qui n'existe pas ?

– Bientôt, nous arriverons à une colline. C'est l'endroit que mon mari a décrit au professeur Tiffin… mais il n'y a pas de rouleaux ni de tablettes enterrés, aucune trace du *Midewiwin*. Les Chippewas y recueillent du silex pour leurs mousquets. Près de la colline se trouve une cascade. Au-dessus la rivière est étroite, et le courant très vif. »

Elisha se taisait, agité par un sentiment d'effroi.

« Quand nous serons à la colline, je toucherai ma paye. On installera le campement, et puis je partirai toute seule vers la chute d'eau, en n'emportant qu'un filet et de quoi manger. Alors je m'en irai. Toi tu diras que je suis tombée, et que le courant m'a entraînée. Que je suis morte.

– Tu n'as pas besoin de faire une chose pareille. Mr Brush et le professeur Tiffin se fichent bien que tu t'en ailles.

– Ce n'est pas à eux que tu dois le dire. C'est à mon mari. »

Elisha s'accroupit au bord de l'eau. Au cours des semaines passées, était-ce la pensée de cette requête qui avait dicté à Susette chacun de ses gestes ? Cette idée le rendait malade.

« Il faut que j'avertisse le professeur Tiffin.

– Non, ne fais pas ça.

– Je dois le prévenir qu'il est train de gaspiller son temps ! Que toute cette expédition n'est qu'une fichue supercherie ! »

Susette lui étreignit la main, mais il la repoussa.

« Tu as tort d'agir ainsi ! Tu n'as pas le droit d'amener ton mari à pleurer une mort qui n'a jamais eu lieu. Quelles que soient les circonstances, tu ne peux pas faire souffrir quelqu'un comme ça !

– Si je meurs, mon mari ne me regrettera pas, dit Susette, un tremblement hystérique dans la voix. Mais s'il sait que je suis toujours en vie, il me poursuivra. Il me traquera comme un chien jusqu'au bout du pays.

– Qu'est-ce que tu en sais ?

– Il me l'a souvent promis. *S'il te plaît !* Il me traquera comme un chien et il me fera du mal. »

Susette posa une main contre son cou, et une chaleur fluide se diffusa dans le corps du garçon. Agenouillée près de lui, elle entoura sa poitrine de ses bras.

« Il faut que tu m'aides, Elisha. Je t'en prie, aide-moi. Personne d'autre ne peut le faire. »

Il garda le silence pendant qu'elle pleurait contre lui. Qui prêtera foi à ton histoire ? aurait-il voulu lui demander. Qui acceptera de croire que la force du courant t'a entraînée ? Sûrement pas ton mari. Pas plus que Mr Brush ou le professeur Tiffin. Et quand tu arriveras dans une ville inconnue, y aura-t-il quelqu'un pour se fier à tes dires ? »

Son histoire était tout droit sortie d'une fable, ou d'un mythe. La femme emportée sur la crête d'une vague, déposée parmi des étrangers sur un lointain rivage. Dans la fable, cependant, elle rentrait chez elle après des années de voyage.

Tant pis, finit-il par se dire, si personne ne veut la croire. Tout ce qui importe, c'est qu'elle soit convaincue elle-même. Si elle croit à sa propre mort, elle pourra débuter une nouvelle vie.

« J'ai me suis fié à ce que tu disais. Je t'ai fait confiance au sujet des pierres gravées. Je voulais que le professeur Tiffin fasse une formidable découverte. Je l'espérais de tout mon cœur. »

Susette avança la main pour toucher son visage, mais il se détourna.

« Où vas-tu aller, maintenant ? Retrouver ta mère au Canada ? »

Elle ne répondit pas, comme si elle pesait le sens de ses paroles, puis le soulagement adoucit ses traits.

« J'ai entendu parler d'une ville… Milwaukee, sur le Territoire du Wisconsin. On m'a raconté que les terres étaient gratuites et le sol riche, qu'on pouvait chasser et pêcher, et que les hivers n'étaient pas trop rudes. Il paraît que les rues sont larges et sèches, et qu'il y a des pommiers partout ; que l'ouvrage ne manque pas quand on veut travailler, que l'on soit homme ou femme. C'est là que je vais aller. Je trouverai une place de servante ou de lavandière, et je vivrai là-bas.

– Je pense que tu pourras même trouver un théâtre à Milwaukee. »

Son rire se brisa dans un bref sanglot. Les larmes ruisselèrent sur ses joues.

« Dans un autre monde, je t'aurais peut-être rejointe.

– Oui, approuva Susette, dans un monde meilleur. »

Le matin suivant, le groupe aborda des terres ravagées par le feu, où des arbres grisâtres dressaient leur silhouette mutilée sous une fine pluie de cendres, au-dessus d'un sol bosselé de débris calcinés. En dehors des pousses roses de l'épilobe, le paysage était dépourvu de couleurs. Poursuivant leur route sans s'attarder, ils gravirent bientôt une éminence d'où ils purent contempler les pins qui se déroulaient à leurs pieds comme un tapis d'un vert somptueux. Une rivière coupait la forêt avant de disparaître près d'une colline basse. Ils bivouaquèrent non loin d'un bouquet d'arbrisseaux noircis, et lorsque le feu fut allumé et le ragoût mis à cuire, Susette annonça :

« C'est là-bas, sur cette colline près de la cascade. Les pierres gravées. »

Un silence, puis le professeur Tiffin se tourna vers Susette.

« Ma chère dame, que me dites-vous là ?

– Au sommet de la colline, là où les arbres se font rares. C'est notre destination. »

Tiffin se releva aussitôt.

« Dieu du ciel ! Pourquoi ne pas m'avoir dit que nous étions si près ?

– Si, je vous l'ai dit hier. Je vous ai prévenu qu'on se rapprochait.

– Se rapprocher ? » Tiffin fureta dans son paquetage et enfonça son chapeau sur son crâne. « C'est bien le mot, en effet ! »

Il commença à dégringoler la pente, effrayant un vol de moineaux qui se dispersa devant lui.

« Nous sommes arrivés ! Par la grâce de Dieu nous voilà arrivés ! »

Ils le regardèrent se fondre parmi les pins. Enfin, Mr Brush jeta son thé sur le feu et chargea son paquetage sur ses épaules. Elisha s'occupa de démonter les tentes et de recouvrir le foyer de terre, puis ils partirent à la suite de Tiffin, en direction de la colline.

2

Depuis leur départ, à l'aurore, il arpentait l'avant-pont du steamer en buvant du café, contemplant le lent recul des quais de Detroit, de ses entrepôts et de ses clochers d'église. La cité s'amenuisait dans le lointain, étendues boueuses semées de cabanes en bois rudimentaires, pêcheurs solitaires guettant la truite. Le révérend Stone vit que l'un d'eux, fichant sa canne dans le sable, courait sur la berge pour suivre le bateau, et le saluait des deux mains lorsqu'il s'éclipsa derrière Hog Island. Il agita la main à son tour, la poitrine oppressée par l'émotion du départ. Le *Queen Sophia* fit retentir son coup de canon, une détonation sans écho qui provoqua à l'entrepont un chœur d'acclamations. À la proue du vapeur, des goélands tournoyaient en criant.

Lorsqu'ils pénétrèrent sur le lac Huron, un banc effiloché de nuages fuligineux glissa au-dessus d'eux, tandis qu'une forte houle gonflait les eaux. Debout contre le bastingage, le pasteur s'arc-bouta contre le vent. Devant lui, les flots roulaient vers la ligne d'horizon, aussi infinis que l'Atlantique, aussi périlleux. Montant des cales, le mugissement des vaches couvrait les cris des matelots irlandais. L'air était imprégné d'une forte odeur de glaise.

Il s'attarda sur le pont jusqu'à ce qu'une pluie froide commence à lui flageller le visage, puis il se réfugia dans le salon des messieurs et commanda un verre de cidre. Il alla s'asseoir à côté d'un hublot crasseux. Derrière lui, un trio de soldats débattaient des mérites respectifs de plusieurs débits de bière de Detroit. Les vagues venaient se briser contre la coque. Le vent forcit et s'élança en grandes gifles molles. Comme un enfant qui souffle sur l'herbe à coton pour l'empêcher de retomber, songea le révérend Stone. Les soldats chahutaient bruyamment.

Il comprenait, tout à coup, l'amour que les marins portaient à la mer. Se jeter dans les bras de l'impouvoir, abdiquer pour un temps toute volonté. Et, en même temps, s'affranchir avec bonheur de sa responsabilité. Le pasteur se souvint d'un prêche qu'il avait prononcé autrefois, adressé aux membres les moins pieux de sa congrégation : l'existence du pêcheur ressemblait à l'embarcation solitaire voguant sur un océan sans limites, désarrimée, privée d'amers. Il appréciait maintenant la justesse de l'image. Le *Queen Sophia*, suspendu un moment sur les vagues, s'enfonça dans un creux avec une secousse nauséeuse. Les soldats avaient cessé de rire.

Le révérend Stone, tirant de sa poche la boîte de médicaments, avala trois cachets avec le fond de son cidre. Il déposa le verre sur le comptoir et tira sur la porte. Le serveur l'interpella tandis qu'il sortait dans le vent.

La pluie lui piqua le visage et le cou. Tenant fermement son chapeau, il se hâta d'aller s'abriter sous un auvent et se retint aux poteaux. Le bateau, sous l'effet d'un coup de tangage, plongea brusquement puis se souleva de nouveau dans une violente embardée. La toile de l'auvent claquait comme la lanière d'un fouet. Il paraissait invraisemblable que le bateau navigue sur un simple lac.

Avalant deux cachets de plus, le pasteur ferma les yeux et attendit que la sensation de chaleur l'envahisse. Un picotement se fit sentir au bout de ses doigts, en même temps qu'un je-ne-sais-quoi de familier, une impression qui fleurait étrangement l'enfance. Quand il souleva les paupières, la surface du lac se hérissait de crêtes écumeuses, d'un gris plombé. Les madriers du bateau protestaient en grinçant. Son père l'avait-il emmené un jour faire une traversée ? Non, certainement pas. L'homme qu'il revoyait dans ses souvenirs était une minuscule silhouette courbée au fond d'un champ de tabac, ou un vieux monsieur ridé lisant d'un œil sévère une bible bon marché. Une ombre noire et effilée sur le mur de la chambre du pasteur. Il fut gagné de nouveau par le sentiment d'inquiétude qu'il associait toujours à l'image paternelle. C'était un homme taciturne, aussi économe de ses mots que s'ils avaient été des pièces d'or, qui pendant toute son enfance lui avait répété à l'envi ses expressions favorites. Il entendait encore son léger accent du Surrey, aussi clairement que jadis. *On sait qui on est le jour où on sait de quoi on a peur.*

Le vieux bonhomme serait fier de moi, pensa le révérend Stone.

Balancé par le roulis, il se serra contre les poteaux de l'auvent. C'était comme si une fourrure, épaisse et rude, l'enveloppait tout entier. Il savait bien ce qui l'avait poussé vers une carrière d'ecclésiastique : le désir de se soustraire au regard inflexible de son père. Il n'avait pas de goût spontané pour les prêches et les conseils, les mariages, les baptêmes et les funérailles. La patience nécessaire lui faisait défaut. Dans sa jeunesse, pourtant, il possédait un talent pour la prière. Lorsqu'il priait, ses pensées s'alentissaient, le monde matériel se dissolvait ; alors il lui semblait s'élever vers une joie paisible. Il se sentait humble, désincarné. Le temps avait affadi ces sensations, à tel point qu'il avait dû récemment se convaincre que tout cela n'était pas qu'illusion. Et aujourd'hui ? Comment trouvait-il l'apaisement ? Dans une boîte de cachets. Son médiocre chemin vers l'extase. La grâce du pécheur.

Un matelot passa près de lui en titubant et se cramponna au garde-corps. Son regard se posant sur le révérend Stone, il lança en riant :

« Sale journée pour profiter de la vue, l'ami ! »

Le pasteur eut un faible sourire, frappé par l'absurdité de leur entreprise : quelques planches de chêne clouées ensemble pour affronter les eaux bouillonnantes d'un lac. Pardonne-nous, se dit-il en lui-même, nous ne pensons pas à mal, oh, non.

Au bout d'un moment, l'averse se réduisit à un léger crépitement. Changeant de position contre son appui, le révérend Stone sentit un objet entortillé contre sa poitrine. Il fouilla dans la poche de sa veste et en tira une chaîne ternie à laquelle pendait un anneau de cuir éraflé. Le talisman d'Adele Crawley. Il récita à mi-voix :

« "Yahvé te garde au départ et au retour, dès lors et à jamais." »

Il fut rasséréné par le rythme familier du verset. Appuyant contre ses lèvres le morceau de cuir, il s'approcha de la rambarde pour le jeter par-dessus bord, regardant les eaux noires l'engloutir sans un bruit.

Le *Queen Sophia* était un vapeur à aubes délabré, au bastingage tordu et aux cuivres sans éclat, dont les vieux tapis élimés étaient lustrés et brunâtres. Destiné sans doute, supposait le révérend Stone, à convoyer des cargaisons de bois sur les lacs, cousin moins raffiné des steamers de plaisance qui croisaient sur le lac Érié. La peinture blanc cassé formait des cloques sur le plafond en tôle. Dans le salon messieurs, des groupes de soldats et d'hommes d'affaires conversaient calmement autour des tables au plateau de cuivre, voilés par un dais de fumée bleu acier. Il y flottait une odeur aigre de vomissures.

Le pasteur resta un moment au comptoir, attendant que la nausée reflue, puis il sortit faire le tour du vapeur, inspirant l'air acide. Venues de l'entrepont, les notes d'un violon couvrirent les accents d'un bandonéon, puis les deux instruments s'accordèrent pour jouer un quadrille rythmé et bourdonnant. Probablement des Allemands, pensa le révérend Stone, d'humeur joyeuse malgré la tempête.

Pris d'une faim dévorante, le pasteur se rendit à la salle à manger et commanda une truite grillée à la sauce blanche, servie avec des pommes en compote. Il se retira ensuite dans sa cabine et s'allongea sur l'étroite couchette, les bras le long du corps, paupières baissées. Ses articulations le faisaient souffrir, sa joue enflée était tendue et échauffée. Comme le sommeil persistait à le fuir, il écouta le ronronnement du moteur.

Le crépuscule approchait lorsqu'il se leva, et il sortit dans la coursive silencieuse. Il ne restait plus dans le salon que deux matelots irlandais. On avait épinglé près du comptoir une note écrite à la main.

POUR L'ÉDIFICATION ET LE DIVERTISSEMENT
DE TOUS LES PASSAGERS
UNE INTERVENTION DE JOHN SUNDAY
(OU O-KON-DI-KAN)
INTITULÉE :
RÉCIT VÉRIDIQUE DE LA CONVERSION AU CHRISTIANISME
DU SUS-NOMMÉ, INDIEN OJIBWÉ DE PURE SOUCHE
SE TIENDRA À 8 HUIT HEURES DANS LA SALLE À MANGER
ENTRÉE LIBRE

Le révérend Stone traversa le salon pour se rendre dans la salle de restaurant. On avait poussé les tables au fond de la pièce, et sur les chaises disposées en rangées, une vingtaine de personnes regardaient un homme installé derrière un petit lutrin en bois de pin. Il portait un costume de confection gris et une chemise en sergé, mais ses cheveux étaient longs et d'un noir bleuté, sa peau de la teinte d'un café léger. John Sunday, supposa le pasteur. Sa voix avait une tonalité geignarde et insistante.

« C'est arrivé pendant un rassemblement du côté de Saline. J'étais allé vendre mon alcool à tous ces gens qui étaient là. Un prédicateur a parlé, il s'appelait Josiah Stevens, et moi j'ai écouté ce qu'il disait. Il a parlé des ténèbres et du monde souterrain, et j'ai cru que la mort m'emportait. Mon cœur était tout chaviré. Alors je me suis mis à genoux près des racines d'un pin très haut. Je ne savais pas comment on priait, vous comprenez ? Je croyais que Dieu était trop grand pour faire attention à un Indien Peau-Rouge. Mais bientôt, j'ai vu une lumière qui ressemblait à une petite torche. On aurait dit qu'elle brillait à travers les branches de pin. La lumière s'est posée sur ma tête, et elle s'est répandue à l'intérieur de moi. Quel bonheur j'ai ressenti ! J'étais devenu aussi léger qu'une plume. Je me suis écrié en anglais : *Gloire à Jésus !* Je me sentais fort comme un lion, et humble comme un pauvre petit Indien. Cette nuit-là, je n'ai pas pu dormir. Pour moi le monde était neuf, et plein de promesses. Voilà comment tout a commencé. »

L'homme semblait abasourdi par son propre discours. Sa ferveur fut accueillie par un silence gêné. Une femme dans l'assemblée se racla la gorge.

« Dès le lendemain matin, je me suis mis à la tâche. Je suis allé trouver la tribu de Stony Creek, et je leur ai dit *Jésus, mon tout, s'est élevé vers les cieux.* Jésus ish pe ming kah e zhod. *Oh, combien pénible est mon sort.* Tyau gitche sunnahgud. C'était quelque chose qu'ils pouvaient comprendre, le langage du deuil. Pourtant j'ai eu bien de la peine. En échange d'une bouffée de tabac, ils acceptaient le baptême. Et ils assistaient à la prière en commun contre un repas gratuit. Ils me disaient qu'ils voulaient bien se faire prédicateurs si je leur apportais du whisky. Malgré tout j'ai continué, dans le Michigan, dans l'Ohio, au Canada ; ça fera bientôt onze ans, et je ne renoncerai jamais. » John Sunday marqua une pause. « Chaque jour, des milliers d'âmes blanches trouvent le salut. Mais au Jour du Jugement, combien d'Indiens seront élus ? »

C'est la vérité, approuva le révérend Stone en son for intérieur. Dans sa propre vision du salut, une vaste multitude se rassemblait dans une vallée onduleuse, Blancs, nègres, chinois et Irlandais, le visage levé vers les cieux, extatiques, les noms divers de Dieu n'étant plus désormais qu'un petit détail de traduction. Cette conception avait beau frôler l'hérésie, elle n'était pas moins en lui. Et cependant, où étaient les Indiens ? Le pasteur se rappelait avoir lu chez Catlin que les indigènes imaginaient l'au-delà comme un prolongement de la vie terrestre, à ceci près que la pêche et la chasse y étaient plus abondantes. Il avait jugé cette idée pitoyable, preuve d'une tare essentielle de la race.

« C'est pourquoi je vous demande maintenant de faire un don. Pour que je puisse poursuivre mon ouvrage parmi les indigènes. C'est grâce à vos dons que j'ai de quoi manger et me vêtir. »

Au premier rang, un homme ôta son chapeau melon, et avec un grand geste, il laissa tomber un billet à l'intérieur. Comme le chapeau circulait parmi l'assistance, le pasteur sentit la peur lui pincer la poitrine.

« Je vous remercie de tout cœur, fit John Sunday. Je peux désormais me rendre à Ninive, pareil à Jonas, et y prêcher comme Il me l'a demandé. »

Le révérend Stone fourragea dans sa poche de pantalon et en tira une pièce de cinq cents. Quand le chapeau se présenta devant lui, il y plongea sa main refermée tout en le secouant pour faire tinter la monnaie. Un subterfuge qu'il avait appris de sa propre congrégation, par les grippe-sous des bancs les plus reculés. Levant les yeux, il s'aperçut que John Sunday le dévisageait d'un œil sévère. Le pasteur rougit et s'empressa de se lever avec un bref salut. Il retraversa le salon et sortit sur l'avant-pont.

Il faisait bon, à présent, le vent déployait les drapeaux du steamer, le ciel était pommelé de petits nuages d'un gris d'étain. Penché au-dessus du bastingage, le révérend Stone suivait des yeux le sillage écumeux qui se dessinait à la proue du *Queen Sophia*. Il inspira longuement pour se calmer. Où étaient-ils, en ce moment même ? À douze heures de Detroit, plein nord. Autant dire nulle part. Et pourtant, il éprouvait la certitude d'être passé dans les étendues vierges de la carte, d'être entré dans un inconnu qu'il partageait avec son fils. Cette idée lui procura un semblant de réconfort.

La porte du salon s'ouvrit sur quatre soldats qui sortirent sur le pont, un verre de flip à la main. Ils entonnèrent en chœur un air populaire, et firent signe au révérend de se joindre à eux. La porte s'ouvrit de nouveau, livrant passage à John Sunday. Il se découvrit pour s'essuyer le front et déboutonna son col en grimaçant. Le pasteur se rapprocha de lui avec un sourire d'excuse.

« Je suis navré de ne pas pouvoir vous aider davantage. J'admire profondément votre travail. »

John Sunday haussa les épaules.

« Au mois d'août je suis allé en Angleterre. J'ai parlé de la nécessité du christianisme chez les indigènes. Le comte d'Essex m'a reçu dans sa résidence d'été, il m'a offert de nombreux cadeaux et beaucoup d'argent. Et quand je rentre en Amérique, je suis obligé de demander l'aumône comme un gueux.

– Le peuple britannique est très pieux. Chaque âme perdue est comme une blessure pour eux, même dans cette contrée lointaine. Ils sont également très riches.

– Nous vivons dans un pays de rapaces.

– Moi aussi j'ai dû mendier, ces temps-ci. C'est dans la nature de notre vocation. »

John Sunday le jaugea d'un air circonspect, s'attardant sur l'ecchymose qui marquait sa joue, puis son expression se radoucit.

« Pardonnez-moi. Je suis bien fatigué. Avec la fatigue, je me laisse gagner par des mauvaises pensées. Je sais que c'est une faiblesse. » Il se frotta de nouveau le front et poussa un soupir. « Qu'est-ce que vous allez faire dans le nord ? »

Le révérend Stone fut tenté de dire la vérité, mais il se borna à répondre :

« Un voyage d'agrément. Je compte me rendre chez l'Agent des Affaires indiennes, un certain Edwin Colcroft.

– Colcroft. » John Sunday cracha par-dessus le garde-corps. « Toute la journée, les Chippewas viennent gratter à sa porte. *Kittemaugizze showainemin* – je suis pauvre, ayez pitié de moi. Voilà ce qu'ils lui disent. Ils se frottent de l'oignon sous les yeux pour faire venir les larmes. Ils l'appellent *Nosa*, mon père. Moi je leur dis que c'est Dieu qui est leur père.

– Je connais des Blancs dans ma congrégation qui recourraient avec plaisir à l'artifice de l'oignon.

– J'attends le jour où les indigènes seront pareils aux Blancs. Il me reste beaucoup à faire.

– Ce pays... » Le révérend Stone eut une hésitation. « Un étrange désespoir règne parmi les Blancs, de nos jours. Un immense besoin de signification, quelle qu'elle soit. Ils se réunissent en colonies et en communautés, ils remettent leur foi entre les mains de charlatans et de zélotes illuminés. Ils changent de confession aussi aisément que de chapeau. Et ils se préparent au Jour du Jugement comme à un pique-nique du dimanche. On dirait que les indigènes ont trop peu de foi, et que les hommes blancs en ont trop.

– On peut endiguer une foi débordante, mais il est difficile de l'aiguillonner quand la faculté elle-même est absente.

– Ces deux problèmes sont les symptômes d'un malaise. D'un désordre. »

John Sunday maugréa. Non loin d'eux, la chanson des soldats se dilua dans un éclat de rire, et une seule voix s'obstina à poursuivre la mélodie. Puis les soldats se mirent à boire, et elle se tut à son tour. La nuit était tombée, sombre et piquetée d'étoiles, cristaux de sel sur une pièce de velours. À l'ouest, la silhouette hérissée d'une forêt. Du côté nord un océan invisible, frontière entre deux néants.

John Sunday demanda après un temps de silence.

« Savez-vous quelle est la phrase la plus triste de la Bible ? »

Le révérend Stone secoua la tête :

« "Jésus pleura."

– C'est dans l'Évangile de Jean, premier chapitre. *Et la lumière luit dans les ténèbres, et les ténèbres ne l'ont pas saisie.* »

Ils touchèrent à l'aube l'île de Mackinaw, et au coup de canon du *Queen Sophia* répondit une détonation venue de Fort Michilimackinac. Alors que le vapeur louvoyait vers le quai, les cris des matelots se mêlèrent aux sons des cloches et aux sifflets. Le révérend Stone se rasa et dit ses prières, puis il sirota un thé léger pendant que le bateau abordait et qu'une douzaine de soldats débarquaient par la passerelle. Le vapeur repartit au bout de vingt minutes, et à quinze heures il atteignait Sault-Sainte-Marie.

La ville se révélait plus petite que ne l'escomptait le pasteur, ovale de terre battue délimité par un saloon, un magasin général et une salle de bowling, une peausserie, une rangée de cabanes et de maisonnettes, et deux hôtels à la façade chaulée. Des ombres noires aux contours nets s'allongeaient sur la route déserte. On entendait au bord du détroit le roulement d'une diligence. Une authentique bourgade de frontière, s'émerveilla le révérend Stone, qui aurait fait passer Newell pour une cité cosmopolite.

Trois débardeurs métis attendaient ensemble l'arrivée du bateau, en compagnie d'un rabatteur d'hôtel. Le pasteur s'adressa à celui-ci pour réserver une chambre à l'hôtel Johnston, puis donna dix cents à l'un des porteurs pour qu'il y transporte son nouveau sac de voyage. Cela fait, il traversa la ville en direction du fort.

Fort Brady était un établissement modeste et ordonné, protégé par des palissades ; un drapeau américain délavé était pendu au mât, et l'on surveillait depuis les casemates l'implantation canadienne sise de l'autre côté du détroit. Des huttes chippewas s'éparpillaient sur le périmètre du fort, voilant le ciel des fumées de leurs foyers. À l'entrée, le pasteur se renseigna sur l'emplacement du Bureau des Affaires indiennes. Le soldat en faction lui indiqua d'un signe une maison à pignons encadrée par deux ormes. Le révérend Stone gravit les marches du porche et frappa à la porte. On avait accroché les volets des fenêtres, comme pour se défendre d'un prochain orage. Deux fauteuils à bascule patinés par les intempéries se balançaient au gré du vent.

Il fut reçu par un grand échalas au crâne chauve et aux épais favoris. L'homme portait sa tenue du dimanche, gilet de soie rose et pantalon noir, chemise empesée jaunie par le temps. Il scruta son visiteur derrière ses lunettes cerclées de fer.

« Edwin Colcroft ? »

La présence du pasteur parut l'embarrasser.

« Vous vous présentez à l'heure de la leçon, dit-il simplement.

– Veuillez m'excuser. Je viens de descendre du *Queen Sophia*, et j'arrive directement du port. Je suis le révérend Edward Stone, de Newell dans le Massachusetts. J'aurais patienté jusqu'à demain si mon affaire n'avait été aussi urgente. »

Après une hésitation, Edwin Colfroft ouvrit grande la porte.

« Entrez immédiatement, révérend, je vous en prie. »

Le pasteur remercia Colcroft en retirant son chapeau, et le suivit vers l'arrière de la maison plongée dans la pénombre. Son hôte s'éclipsa momentanément derrière une porte fermée, et comme il patientait, il vit apparaître deux petites métisses vêtues de la même robe bleue, qui surgirent de la pièce voisine en gloussant de rire. Avisant le pasteur elles se figèrent sur place, puis lui firent la révérence avant de filer vers la cuisine. Colcroft ouvrit la porte et invita le pasteur à entrer.

Dans la pièce garnie de rayonnages, des volumes à reliure de tissu, de maroquin ou de carton s'entassaient du sol au plafond et s'empilaient même sur le guéridon, sur le rebord de la fenêtre et le long des plinthes. Il y régnait un parfum de tabac à pipe. Près de la fenêtre était installé un petit secrétaire en chêne au plateau jonché de paperasses, surplombé d'étagères où s'alignaient spécimens minéraux et bocaux en verre. Les récipients contenaient un liquide gris dans lequel flottaient des formes animales, indistinctes comme des ombres.

« Mes filles, indiqua Edwin Colcroft. Je leur enseigne l'hébreu, afin qu'elles m'assistent dans mon étude de la langue chippewa. Savez-vous que les deux idiomes présentent de curieuses similitudes ? Pour prendre un exemple, Dieu a le nom de *Yohewah* dans la langue indigène, et celui de *Jéhovah* en hébreu. De même, les Chippewas emploient l'expression *halleluwah* pour louer leur Dieu, là où les Hébreux disent *hallelujah*. Le terme indigène pour "ciel" est *chemin*, et nous avons *shemim* en hébreu. Et ainsi de suite. »

Le révérend Stone lui sourit distraitement.

« Ah ! » fit Edwin Colcroft, suivant son regard vers le secrétaire.

Il prit un des bocaux pour l'élever vers la lumière, et le soleil, embrasant le fluide, révéla une sphère d'un rose spectral.

« Une méduse de l'île de Mohotani dans le Pacifique, parfaitement conservée. Il s'agit d'un invertébré, absolument dépourvu de squelette ! Le bocal suivant renferme un spécimen d'huître provenant de la baie de Tokyo. Si vous regardez attentivement, vous distinguerez le granule générateur d'une perle. Ce que vous voyez dans le dernier bocal est à mi-chemin entre l'orphie embryonnaire et la grenouille. Notez la présence de petits appendices dans la région abdominale, qui font penser à des pattes. *Tout à fait* extraordinaire. Je suis prêt à parier qu'il n'en existe pas d'autre dans le monde.

– Fascinant. Votre cabinet de curiosités provoquerait la jalousie de Detroit. »

Edwin Colfroft émit un petit murmure satisfait. Le révérend Stone le vit brusquement jeune garçon, les cheveux noirs en bataille, le pantalon retroussé jusqu'aux genoux, en train de patauger dans une eau couleur de mélasse. Ses mains se refermaient lentement sur une araignée d'eau. Plus tard, seul dans sa chambre éclairée à la bougie, il chuchotait des paroles apaisantes à l'insecte qui tressautait dans un bocal à cyanure, avant qu'il ne plonge dans un sommeil de mort.

« Je m'intéresse en priorité à la géologie diluvienne, déclara Colcroft. Selon moi, la question fondamentale qui se pose de nos jours est celle-ci : les sciences naturelles offrent-elles des preuves visibles de la véracité de la parole divine ?

– Un sujet de recherches capital. Justement, j'en débattais dernièrement avec un homme d'église de Newell. Il avançait que sciences et religion n'étaient que deux traductions d'un seul et même texte, même s'il redoutait que le scepticisme inné du scientifique ne le rende trop réceptif au doute.

– Il me semble plutôt que c'est le contraire qui se produit ! Les explications scientifiques des réalités de la nature ne peuvent que renforcer notre admiration envers leur divin Auteur ! Ceci, par exemple. »

Colcroft saisit un spécimen minéral blanchâtre, qu'il fit passer au révérend Stone.

Celui-ci le retourna entre ses doigts.

« Il s'agit de cristal de roche.

– Du quartz hyalin, pour être exact, extrait à Springfield dans le Massachusetts. Remarquez que des spécimens rigoureusement semblables ont été découverts sur tous les continents de la planète, comme si un déluge colossal les avait dispersés à partir d'une source unique. »

Il montra au pasteur un deuxième spécimen.

« Ah, celui-ci est un poudingue.

– Septarium, corrigea Colcroft avec un petit rire poli. La structure du poudingue est bien moins régulière.

– Pardonnez-moi, je ne suis pas naturaliste.

– Bien. » Colcroft hésita un instant, puis remit l'échantillon à sa place et s'assit en face du pasteur, sur une bergère au tissu fané. « Dites-moi, révérend, en quoi puis-je vous être utile ?

– Je suis à la recherche de mon fils, Elisha Stone. Il participe à une expédition qui a quitté Sault-Sainte-Marie voici quelques semaines, sous la direction de Mr Silas Brush et du professeur George Tiffin. Je crois que leur objectif est d'évaluer les richesses en minerais et les ressources forestières.

– Tiffin, répéta Colcroft avec dédain.

– C'est quelqu'un que vous connaissez ?

– J'ai lu la monographie qu'il a publiée récemment. *Langue et Histoire des Indiens d'Amérique,* ou quelque chose d'approchant. Ses postulats sont pour le moins incertains. Voyez-vous, on a beau constater d'étranges ressemblances entre les idiomes indien et hébreu, il n'existe aucune preuve directe d'un quelconque rapport entre les deux races. Que ce soit la phrénologie, la physiognomonie ou la scriptographie, rien ne nous livre le début d'une preuve. Je soupçonne Tiffin d'être un peu... fanatique.

– Je suis navré, mais je ne connais ni le professeur Tiffin ni ses théories. » Le révérend Stone tira de sa veste la carte dessinée par Charles Noble. « Je me suis procuré un tracé approximatif de l'itinéraire suivi par l'expédition. J'espérais que vous pourriez m'aider à en améliorer la précision.

– Bien entendu, une preuve directe de l'unité des races peau-rouge et blanche constituerait une immense découverte. Imaginez que l'on proclame à la face du monde que les Indiens, loin d'être des sauvages sans âme, sont les descendants égarés d'Abraham ! Cependant, une preuve directe... » Colcroft s'inclina vers le pasteur en souriant. « Voyez-vous, révérend Stone, en règle générale, les hypothèses les plus

profondes sont aussi celles dont on démontre le plus diffici-
lement l'exactitude. Dans ces cas-là, raison et déduction sont
les seules armes du penseur. En fait, même...
– La carte, intervint le révérend Stone. S'il vous plaît. »
Colcroft eut un haut-le-corps, puis il prit la feuille que lui
tendait le pasteur et rajusta ses lunettes. Il parcourut les
annotations en remuant les lèvres sans bruit.
« Voilà qui est intéressant. »
Le pasteur ne répondit pas.
« Je pense connaître la destination de l'expédition de Tiffin. Les pierres gravées. Il s'agit d'un affleurement de roche
de lit renfermant d'importants gisements de silex. Une curiosité géologique. La rumeur dit aussi que c'est un des sites
sacrés de la Société de la Grande Médecine chippewa, le
Midewiwin. »
Le pasteur se souvint alors d'une description faite par Catlin : des hommes aux chairs transpercées de bâtons pointus,
puis suspendus par des lanières de cuir dans une débauche
de souffrances. Des hommes couverts de peinture blanche et
vermillon, pareils à des démons, ou enveloppés de peaux
d'ours et enduits de boue. Catlin voyait dans les rituels des
hommes-médecine une forme barbare de carnaval, un spectacle grotesque. Il exagérait certainement.
« Cette destination me semble très plausible, au vu des pré-
occupations du professeur Tiffin.
– En effet, oui. On raconte que cette région regorge de
pierres à écriture pictographique. » Colcroft parut brièvement gêné, puis il ajouta : « Je n'ai pas personnellement visité
le coin, mais un *voyageur* qui y est allé m'en a dressé un
tableau détaillé.
– Si seulement vous pouviez m'aider ! Je souhaiterais engager un guide qui me conduise aux pierres gravées – pourquoi
pas un de ces rameurs français canadiens qui connaissent
bien la région. »
Colcroft tirait pensivement sur ses favoris.
« Vous ne préféreriez pas attendre que l'expédition rentre
à Sault-Sainte-Marie ? Ce serait incontestablement plus...
confortable. »

Il voit en moi un vieillard, pensa le révérend Stone, un vieil homme malade titubant en pleine forêt.

« J'apporte à mon fils des nouvelles urgentes. Il y a trois ans que je ne l'ai pas vu. »

Edwin Colcroft se leva et, s'approchant du secrétaire, il raisonna à voix haute, comme s'il était seul :

« Il est probable que Tiffin passe plusieurs semaines à fouiller le site des pierres gravées. Si vous vous déplacez rapidement, vous risquez de les intercepter.

– Pourquoi pas. »

Un grand cri retentit dans le couloir, suivi d'un martèlement de pas sur les marches grinçantes de l'escalier. Colcroft s'inclina vers la porte avec une expression de joie contenue et souleva un portrait au cadre d'argent posé sur le bureau.

« Le mois dernier, un daguerréotypiste itinérant s'est arrêté ici, en route vers Chicago. Bien entendu, les filles n'ont pas réussi à rester immobiles. Quel dommage. Même si d'une certaine manière le résultat n'en est que plus beau. Plus fidèle, si l'on veut. »

Il tendit le daguerréotype au pasteur. Les filles de Colcroft se tenaient main dans la main devant le drapeau du fort, vêtues de tabliers blancs identiques, le même nœud clair dans les cheveux. Leurs yeux et leurs bouches se réduisaient à des taches floues, et tout leur corps était brouillé, comme vu au travers d'un voile de larmes. Seules leurs chaussures ressortaient nettement, délicats mocassins gris à motif de fleurs.

« Je pense pouvoir vous aider, dit enfin Colcroft. Le guide engagé par l'expédition à laquelle s'est joint votre fils est la femme d'un de mes interprètes, Ignace Morel. Monsieur Morel s'est fâché, d'ailleurs. Il m'a accusé d'avoir négocié l'affaire à mon avantage, alors que je n'y ai pris aucune part. Il est entré dans une rage folle – monsieur Morel peut se montrer fort irascible.

– Est-ce qu'il est susceptible de m'accompagner aux pierres gravées ?

– Les pierres gravées. En effet, oui. Je peux vous garantir ses services, si vous le souhaitez. J'ai l'habitude de négocier des prix corrects avec le bonhomme.

248

– Je vous en serais reconnaissant. Je risque aussi de vous demander conseil pour réunir matériel et provisions. Malheureusement, je n'ai aucune expérience de la forêt. »

Edwin Colcroft fit un sourire, les yeux dissimulés par ses verres étincelants.

« Je vous envie, révérend Stone. Une randonnée en pleine nature, à respirer l'air frais, à boire une eau pure et glacée. Cela vous fortifiera. Et vous n'avez pas à nourrir de craintes, les Chippewas sont moins enclins à agresser les Blancs que ne le prétendent les journalistes en mal d'articles à sensation.

– C'est ce que j'espérais. »

Colcroft éclata d'un rire aigu.

« Bon. Je présume qu'il ne me reste plus qu'à vous souhaiter bon voyage. »

Dans l'obscurité de minuit le détroit était une balafre d'un noir huileux, ses vagues clapotantes baignées de lune, bruissant comme l'incessante rumeur d'une congrégation. Un vent du nord apporta le tonnerre et l'odeur pénétrante du lac Supérieur. Un peu plus loin, dans le bois de cèdres touffu, roucoulaient les coqs de bruyère. À un cri furieux venu de la ville succédèrent un bruit de porte claquée et l'aboiement frénétique d'un chien, qui se mua bientôt en gémissement. Et puis ce fut le silence.

Le révérend Stone s'était allongé sur un tapis de roseaux des sables, au bord de l'eau, l'ouvrage de Catlin ouvert près de lui. Dans le ciel, près de l'étoile polaire, il vit chatoyer une traîne de lumière jaspée qui se répandit jusqu'à la Grande Ourse. Sans détourner le regard, il glissa un cachet sous sa langue. Le vent agita les pages de son livre. La lumière décrut et vacilla, vision de délire, mirage coloré. Son regard se perdit dans les cieux nocturnes.

Un peu plus tôt dans la soirée, les canoës des touristes envahissaient encore le détroit, dames à ombrelle blanche et messieurs en chapeau de soie pilotés par un indigène assis à la poupe. Les bateaux glissaient près des rochers, et le mouvement des ombrelles s'accompagnait d'exclamations effarées. Leur mise et leur accent les désignaient comme des habitants fortunés de la côte Est, venus chercher une bouffée d'exotisme pendant leur voyage estival. D'abord étonné de leur présence, le pasteur avait conclu à la réflexion qu'aucun recoin du vaste monde ne devait être épargné par les touristes. De l'air, de l'eau, de la terre et des touristes. C'était partout ainsi.

Plus tard, à la nuit tombée, il était rentré à l'hôtel Johnston prendre une collation tardive, thé et corégone grillé. Il trouva en montant un billet sur sa porte, couvert des pattes de mouches d'Edwin Colcroft : il lui avait obtenu les services de monsieur Ignace Morel pour la somme de dix dollars payables au retour, en qualité de guide jusqu'au site précédemment mentionné. Il avait pris la liberté de lui procurer vivres et matériel, avec l'aimable autorisation du Bureau des Affaires indiennes des États-Unis. Monsieur Morel le retrouverait sur la plage, le lendemain au lever du jour. Il espérait que cet arrangement lui conviendrait, et souhaitait que Dieu l'accompagne.

Le pasteur ne put s'empêcher d'éclater de rire. Il embrassa le message et, pour fêter l'heureuse nouvelle, commanda au porteur de lui monter un verre de cidre. Il se sentait plein d'humilité devant sa bonne fortune. Le verre terminé, il partit arpenter la ville, cherchant des courses à faire en prévision du départ. Il comprit enfin qu'il ne lui restait plus qu'à attendre.

Il faisait sombre, à présent, et le détroit était désert. Le révérend Stone se leva, secoua le livre saupoudré de sable et fit impatiemment les cent pas le long du rivage. L'éclat de la lune faisait miroiter les cailloux comme des pierres précieuses. Il se sentait animé d'une vigueur prodigieuse, comme si l'air du lac l'avait guéri de son mal. Il ne toussait plus depuis plusieurs jours.

Quels mots dirait-il en retrouvant son fils ? Il lui expliquerait la raison de sa présence, naturellement : l'arrivée de la lettre d'Elisha, son équipée par Buffalo, Detroit et La Sault, les rencontres et les épreuves, les choses qu'il avait vues. Il lui donnerait aussi des nouvelles de la congrégation, de Corletta et des amis d'enfance – de menus propos, l'ordinaire fascinant de l'existence. Et ensuite ? Il lui vint la pensée séduisante qu'il pourrait se passer de paroles, que la vérité concernant Ellen serait palpable. Mais c'était une idée insensée, engendrée par la lâcheté.

Durant la maladie d'Ellen, Elisha occupait toutes leurs conversations. Allongée dans leur chambre sous une couverture en patchwork, elle buvait du lait à l'hysope en feuilletant les vieux numéros de la *North American Review*. Son fils n'était pas parti depuis un mois qu'elle parlait déjà comme s'il ne devait pas revenir. Ellen espérait qu'il se ferait embaucher sur un chantier de coupe, dans un magasin ou dans une laiterie, et trouverait sa place au sein d'une congrégation aimable et accueillante. Elle se demandait même s'il avait rencontré une jeune fille, pourquoi pas une de ces Bostoniennes dont la nature joyeuse compenserait le sérieux d'Elisha. Le souvenir des bonheurs passés allumait une lueur dans son regard, tandis que ses doigts froissaient un mouchoir rougi. Elle prenait un portrait au fusain de son fils et y pressait ses lèvres.

Le révérend Stone suspendit son pas. Il comprenait, brusquement, pourquoi son fils était parti : il refusait de voir mourir sa mère. Il ne se sentait pas le courage d'accepter son absence. Dans l'esprit du garçon, Ellen n'avait jamais cessé de vivre. Elle restait vivante dans sa mémoire et ses prières, dans chacune de ses pensées. Au chagrin qui envahit le pasteur s'ajouta un sentiment étrange, d'envie mêlée de honte. Pour son fils, Ellen continuerait de vivre jusqu'à ce qu'on lui annonce sa mort.

Il se laissa tomber sur le sable granuleux et sentit sourdre en lui la douleur familière, colère tempérée par la mauvaise conscience. Elisha avait abandonné sa mère étendue sous une couverture, dans une chambre confinée, les lèvres d'un gris de cendre. Et malgré tout elle lui avait pardonné. Comment était-il possible d'absoudre un tel geste ? Il fallait pourtant accorder son pardon, comme Jésus avait offert le sien. C'était le devoir de chacun. Un père devait parer d'une tunique les épaules de son fils, passer un anneau à son doigt. Et pardonner.

Mais n'était-ce pas lui, plutôt, qui devait quêter le pardon d'Elisha ? Le révérend Stone reconnut froidement la pertinence de cette idée. Il avait écarté son fils d'Ellen quand la maladie la rongeait. Et pour quelle raison ? Par souci pour sa santé, s'était-il persuadé alors, comme s'il avait pu la conserver dans une chambre à l'abri du monde, protégée du temps. Il ne voulait pas partager avec Elisha l'amour de son épouse. Comme on braque une lentille sur un point particulier, il avait désiré que cet amour converge tout entier sur lui. Avarice ou gloutonnerie, à moins qu'il ne s'agît d'un péché ignoré des Écritures. Il avait eu tant d'amour pour elle qu'il ne subsistait rien pour son fils.

Il dormit un moment et s'éveilla à l'aube. Une brume glacée rampait sur la grève, la chair de poule lui hérissait la peau. Il se leva, saisi d'une violente quinte de toux, et cracha entre ses pieds. Ignace Morel n'était pas là.

Il patienta un peu, puis estimant que huit heures approchaient, il retourna à l'hôtel et prit du thé avec des saucisses et des petits pains au fromage. Il demanda à l'hôtelier somnolent comment se rendre chez monsieur Morel.

« Ah, Morel, fit le logeur en secouant la tête. Le bonhomme vit dans une bicoque le long de la palissade. »

Le révérend Stone partit d'un bon pas sur la route tranquille aux bâtisses fermées et obscures, dépassa le saloon, la maroquinerie, la mission baptiste. Il y régnait une atmosphère de ville abandonnée, comme si les habitants avaient fui l'approche d'une armée. Devant le magasin général, deux trappeurs crasseux tiraient sur de longues pipes en argile, affalés sur des barils à farine. Le révérend Stone les salua de la tête, assailli par le souvenir des venelles désertes de Detroit. Il pressa l'allure pour arriver au fort.

Une vingtaine de cahutes en bois se mêlaient au groupe de loges indigènes qui bordaient la palissade ; certaines avaient leur porte grande ouverte, et de la fumée s'échappait des cheminées de fortune. Des femmes chippewas faisaient sécher des corégones, non loin d'une troupe de gamins à demi nus qui jouaient à chat. Leurs cris brisaient le silence matinal. Le révérend Stone, repérant une jeune métisse qui s'en allait vers le détroit avec sa corbeille de linge, l'aborda en répétant le nom de Morel, jusqu'à ce qu'elle lui montre une cabane délabrée au bord de l'eau, tout en débitant un chapelet indistinct de mots français.

Le révérend Stone gagna la maisonnette et cogna à la porte écaillée.

« Monsieur Ignace Morel ? » appela-t-il avant de frapper derechef.

Il fit ensuite le tour de la cabane, petite et décolorée par la pluie, les fissures du bois colmatées par des peaux de lapin, son unique fenêtre tendue de papier huilé. Le pasteur risqua un coup d'œil par une fente entre les planches gauchies. Il se redressa dans un sursaut lorsqu'un homme ouvrit la porte.

« Toutes mes excuses ! Ignace Morel ? »

L'homme le dévisagea sans répondre.

« Vous êtes bien monsieur Ignace Morel, n'est-ce pas ?

– Oui, c'est ça, marmotta l'autre d'une voix sifflante.

– Je suis le révérend William Edward Stone, de Newell dans le Massachusetts. Je crois que Mr Edwin Colcroft, l'agent des Affaires indiennes, vous a engagé pour que vous m'escortiez pendant les semaines qui viennent. »

Morel resta silencieux.

« Nous devions partir ce matin à l'aube, non ? J'ai attendu après vous sur la plage. »

Le regard de Morel se porta au-delà du pasteur. C'était un individu petit et brun, au torse large et à la tignasse ébouriffée ; sur sa mâchoire, une cicatrice se devinait sous un début de barbe. Il était vêtu de jambières en peau de daim et d'une casaque en coton rouge, une ceinture de toile pourpre autour de la taille. La chemise avait été rapiécée si souvent qu'elle ressemblait à un patchwork. Son haleine empestait le whisky. Dans son dos, on voyait sur la table un reste de pain, un archet de violon et une bouteille renversée. Un crucifix en bois était cloué au-dessus. Un catholique tout craché, se dit le révérend Stone, se repentant aussitôt de sa réflexion.

« On part demain, annonça Morel avec un fort accent français. C'est mieux de commencer demain. »

Alors qu'il s'apprêtait à refermer la porte, le pasteur bloqua le battant avec sa chaussure.

« Non, je voudrais partir tout de suite. C'est ce qui a été convenu avec Mr Colcroft. Si vous voulez bien.

– Vingt dollars.

– Pardon ?

– Mon prix. Pour vous guider. »

Pendant quelques instants la parole lui manqua, puis la surprise se changea en colère.

« Nous nous étions mis d'accord pour dix dollars, j'ai un document écrit de la main de monsieur Morel. Vingt dollars, c'est une somme exorbitante ! »

L'homme se frotta la mâchoire d'un geste théâtral, comme s'il évaluait l'argument.

« C'est vingt dollars.

– Vous devez respecter votre engagement ! Et m'accompagner comme vous l'avez promis. »

Morel ne dit plus rien. Le révérend Stone serrait les poings pour empêcher ses mains de trembler, la chaleur affluant à ses joues.

« Écoutez-moi bien, monsieur Morel, je vous paierai quinze dollars au retour. Et maintenant, nous y allons.

– Vingt dollars tout de suite. Avant de partir.

– Non, quinze. La moitié aujourd'hui, l'autre moitié au retour. »

Ignace Morel tira la porte et s'avança vers le révérend Stone, lui frôlant le bras de sa poitrine. Il était plus petit que lui mais bâti en force, des muscles noueux saillaient sur ses épaules et sur sa nuque. Un petit sourire releva ses lèvres.

« Vous êtes américain, alors vous voulez pas payer. Vous me prenez pour un esclave nègre ? Mais moi je suis blanc. Il vous faut payer. »

Le révérend Stone ne répliqua pas. Se détournant légèrement, il tira de sa poche une poignée de pièces et mit dix dollars de côté. Morel étouffa un bâillement. Comme on entendait siffler sur le détroit, le voyageur plissa les yeux et finit par saluer des deux mains, en riant.

« Bonjour mon gros poulet ! Bonjour !* »

Le pasteur lui jeta les pièces.

« Voilà, dix dollars. Et dix de plus quand nous rentrerons.

– Bon, on y va », acquiesça Morel en haussant les épaules.

Le pasteur attendit qu'il ait enfilé des mocassins et noué à sa ceinture une blague à tabac, puis qu'il range dans une besace une couverture, sa chemise de rechange et son violon. Le *voyageur* fit alors le tour du campement, s'engouffrant dans les cabanes et les huttes indigènes, pour faire ses adieux en français et dans un chippewa mal articulé. Le révérend Stone se sentait anxieux et égaré, comme à distance de lui-même. Il suivit l'homme en direction de la ville.

Morel s'arrêta au magasin, accueilli par une exclamation de bienvenue. Trois touristes passèrent sans se presser, jacassant à voix haute, chargées d'ombrelles et de paniers de pique-nique. Elles sourirent aimablement au pasteur. Un peu plus tard, deux Indiens sortirent en portant deux grands paquetages en toile, tandis que Morel les suivait avec un ballot plus petit et un baril de cinq gallons. Du whisky, certainement. Le pasteur fut tenté de protester, mais préféra s'en abstenir.

Le canoë du *voyageur* était niché parmi les bouquets de roseaux des sables, à l'extrémité occidentale du détroit. C'était une embarcation chippewa dont la coque en écorce de bouleau était consolidée par des racines nouées et enduite de résine d'épicéa. Un violon rouge était peint sur son flanc. Déposant son fardeau, Morel hissa l'esquif au-dessus de sa tête, le transporta au bord de l'eau et le mit doucement à flot. Il lança ensuite un ordre aux Indiens qui, plongés dans l'eau jusqu'à la taille, chargèrent le bateau en grommelant. Pendant ce temps, Morel remonta la plage et se baissa près du pasteur, en appui sur un genou.

« Venez », fit-il en esquissant un geste derrière lui.

Le révérend Stone hésita. Morel lui jeta un regard et, allant se placer derrière lui, il le souleva sur ses épaules en expirant bruyamment. Le pasteur poussa un cri et s'agrippa à sa tête pour reprendre son aplomb. Le guide marcha péniblement dans les hauts-fonds et le déposa à la proue du canoë, sur un frêle banc de nage en bouleau.

« Merci. Dieu du ciel », haleta le pasteur.

Le courant balançait l'esquif comme un bouchon.

Il ne cherche qu'à m'aider, pensa le révérend Stone. C'est un être fruste, mais il est décidé à me venir en aide. Il me protégera. C'est ce qu'il doit faire.

Ignace Morel bascula par-dessus le plat-bord et, une fois installé à la poupe, empoigna une courte rame en bois. Il cria quelque chose aux indigènes dans la langue chippewa, et ceux-ci répondirent par des ricanements dédaigneux. Morel s'engagea sur le détroit, grognant sous l'effort. Alors le bateau s'élança brusquement, comme si on le tirait au bout d'une corde.

Ils étaient partis.

3

Les pierres gravées étaient des pépites de silex de la taille d'une prune, disséminées sur la colline comme les fruits tombés d'un arbre. Un épicéa solitaire se dressait au faîte de l'éminence, près de l'ossature branlante d'un wigwam et des restes calcinés d'un feu de camp. Des ossements d'animaux s'entassaient à côté du foyer. Il s'agissait d'un ancien campement chippewa, réalisa Elisha, comme l'avait prétendu Susette. Il ramassa une pierre et la frotta, lui donnant un éclat trouble. Quand il l'approcha de son visage, il vit apparaître son reflet fantomatique.

« C'est donc le site ? demanda Tiffin en tournant autour du foyer éteint, les mains jointes à hauteur de la poitrine. Ce sont là les pierres gravées, tout le site se limite à ceci, au sommet de cette colline ?

– C'est bien le site que mon mari a décrit, assura Susette. Il n'est pas grand.

– Et les pierres gravées elles-mêmes, voulez-vous bien me dire où elles se trouvent ? » Il saisit un échantillon de silex et le brandit sous le nez de la femme. « C'est ceci, les pierres gravées ?

– C'est ici que les Chippewas collectent du silex pour leurs mousquets. Le silex se met à briller quand on le polit. »

Tiffin lança le fragment au loin.

« Mais les pictogrammes, où sont-ils ? Où sont les récits chippewas inscrits sur des tablettes en pierre, ceux que votre mari a mentionnés ? Où sont-ils, dites-moi ?

– Les tablettes couvertes de dessins sont enterrées un peu plus loin. Je ne sais pas où. La société du *Midewiwin* les enfouit, et les sort de terre pour les cérémonies. »

Fermant les yeux, Tiffin soupira avec une expression d'infini soulagement.

« Bien sûr ! C'est exactement ce qui se passe, ma chère madame ! En ce moment même, nous sommes en train de fouler les tablettes en pierre ! »

Il étreignit les épaules de Susette, qui eut un mouvement de recul. Avec un sourire exténué, il se tourna ensuite vers Mr Brush.

« Les pierres gravées sont ensevelies dans les environs ! Avez-vous bien entendu, mon sceptique ami ?

– Un trésor enfoui. Je m'étonne simplement qu'il n'y ait pas de carte jaunie pour guider nos pas. Ou, tout au moins, une commère borgne pour nous emmener sur l'autre rive. »

Le professeur Tiffin se mit à rire.

« Votre nom va entrer dans l'histoire, mon cher ami ! Malgré tous vos efforts dans le sens contraire, vous resterez dans les mémoires comme un des membres de l'expédition Tiffin. »

Sans faire cas de lui, Brush s'adressa à Susette.

« Je présume que vous attendez votre paye. Il me semble que nous nous étions mis d'accord sur une moitié ici, et la deuxième au retour. »

Elle hocha la tête.

« Alors venez avec moi. »

Inclinant railleusement son chapeau à l'intention de Tiffin, il commença à redescendre le coteau. Voyant que Susette hésitait, Elisha comprit qu'elle était pétrifiée par la peur. Son regard croisa le sien, et il lut sur son visage un appel au secours. Il lui répondit par un signe de tête imperceptible qui parut dissiper sa frayeur. Elle emboîta le pas à Mr Brush, et Elisha lui effleura la main quand elle passa près de lui.

« Mon chéri », fit-elle tout doucement.

Ils bivouaquèrent au pied de la colline, près d'une vieille pruche aux formes noueuses. Susette alla puiser de l'eau pendant qu'Elisha plantait les tentes et ramassait du bois pour le feu. Mr Brush le regardait s'affairer, les bras croisés.

« Ce bois est gorgé de résine, observa-t-il d'un ton rogue. Et ces pans de tente sont aussi écartés que les jambes d'une putain. Dépêche-toi de les resserrer. On risque de rester quelques jours. »

Elisha se garda bien de répliquer. Brush finit par s'emparer de son carnet et des boussoles.

« Vous avez besoin de mon concours ? » s'enquit le garçon.

Mais Brush s'éloigna vers le sud sans répondre et pénétra dans les bois.

Susette mit de la poitrine de porc à frire avec des oignons et des épinards sauvages, ajouta de l'eau et du riz et laissa le tout mijoter. Un riche fumet de gibier se dégagea bientôt de la marmite. Le professeur Tiffin ne tarda pas à se montrer, les mains barbouillées de suie. Il se servit un bol de ragoût et souffla dessus tout en défaisant son paquetage. Il déballa trois paquets protégés par de la toile cirée.

Elisha les identifia tout de suite : Sault-Sainte-Marie, l'hôtel Johnston. Il les avait remarqués dans la chambre de Tiffin, le jour où il avait passé en revue le contenu de sa malle. Soulevant la toile, le professeur laissa voir un marteau de géologue, minuscule et étincelant, une pelle, un pinceau, un compas et une pile de pochettes à spécimens. Il installa ses instruments dans l'herbe, devant lui, changeant leur disposition comme un enfant jouant aux petits soldats. Enfin il les rassembla entre ses bras et entreprit de gravir la colline.

« Vous avez besoin de mon aide ? » appela Elisha.

Tiffin ne répondit même pas.

Ce fut ainsi qu'ils se retrouvèrent tous les deux sur le campement. Elisha tâcha de s'occuper en coupant des branches de pin et en nourrissant le feu, puis il ramassa une deuxième brassée de bois et consolida les tentes. Susette, silencieuse, se tenait près du feu. Lorsqu'il interrompit enfin ses besognes, elle se leva en prononçant son nom.

« Elisha.

– Bien ! Je suppose qu'il est temps pour toi de préparer le départ. »

Ce ton de feinte jovialité ne lui causait que du dégoût. Susette avait réuni un filet à truites, un couteau, un bol et une réserve de riz et de graisse : le strict nécessaire pour une après-midi de pêche. Le reste de son paquetage était posé, intact, sous sa tente. Elle fit un ballot de ses provisions avant de les charger sur son épaule, puis embrassa le camp d'un regard impassible. Elle fit signe à Elisha de la suivre.

Le garçon avait l'impression d'être changé en statue. Il marcha derrière elle sur une piste qui partait vers l'est et s'enfonçait dans une baissière humide et touffue. Elle bifurqua vers le nord, s'arrêtant pendant qu'Elisha posait un repère de nivellement, puis chemina encore un moment, jusqu'à la rive d'un cours d'eau. C'était un chenal étroit dont les flots se précipitaient sur des roches déchiquetées, charriant des brindilles dans ses remous, un érable tombé blotti sur sa berge. Elisha ne parvint pas à jauger sa profondeur. Vaguement hébété, il se dit qu'il devait l'être suffisamment pour emporter une femme. Alors qu'ils descendaient vers l'aval, il prit conscience d'un bourdonnement monotone qui se changea bientôt en rugissement : la cascade. Dix mètres plus loin la rivière disparaissait, aussi bien que si l'eau s'était fondue dans le ciel brumeux. Susette déposa son balluchon sur une langue de sable et regarda Elisha.

Sa mâchoire était contractée, mais elle ouvrait de grands yeux brillants, comme un voyageur qui attend le départ de son bateau, debout sur le pont. Elle se réjouit de partir, se dit le garçon, mais elle ne veut pas le montrer. Elle n'a pas envie de me faire de la peine.

« Je ressens la même chose que le matin où j'ai quitté la maison de ma mère, à St. Catharines. Je redoute de m'en aller.

– Moi aussi j'ai eu peur, le jour où je suis parti de chez mon père. Et ça m'arrive encore aujourd'hui. Quelquefois, j'aimerais être toujours là-bas, blotti dans mon lit sous ma couverture. » Elisha se détourna, gêné de cet aveu. « Ce n'est jamais facile de tout recommencer. Mais tout se passera bien. Une belle femme se débrouille toujours. »

Susette eut un sourire tendu. Le vent qui soufflait de la rivière la faisait frissonner comme un frimas hivernal.

« J'espère que tu me pardonneras.

– C'est plutôt le professeur Tiffin qui aurait quelque chose à te pardonner. C'est lui qui est lésé dans cette affaire.

– Oui, il va être déçu. J'en suis sûre. Ca m'ennuie beaucoup pour lui.

– Mais pas au point de t'inciter à rester.

– Non, pas à ce point-là. »

Elisha regarda la jeune femme prendre son souffle et expirer lentement. Il connaissait son sentiment, ce mélange de peur, d'exaltation et de culpabilité qui lui nouait les entrailles. La nuit précédente elle avait dû rester éveillée, cherchant du réconfort dans le calme de la nuit, tâchant de se convaincre que le voyage se passerait bien, qu'elle s'établirait avec succès dans une nouvelle ville. Et que ceux qu'elle abandonnait lui accorderaient leur pardon.

« Ce n'est pas parce que tu pars que tu dois te sentir coupable, lui dit Elisha. Ne laisse pas ce genre de sentiment te poursuivre. Et ne te tourmente pas à cause de ce qui nous est arrivé. C'était ma faute, uniquement ma faute.

– Tu dis ça parce que tu es jeune. Quand on est jeune, on se croit responsable de tout. Mais la jeunesse ne durera pas toujours.

– Je ne te crois pas. »

Susette cligna les paupières, comme si elle luttait contre les larmes.

« Je n'ai jamais été au-delà de Fond du Lac. Je ne connais même pas Milwaukee. J'ai entendu dire qu'il y avait surtout des Blancs, est-ce que c'est bien vrai ? Je n'ai jamais vécu quelque part où les Blancs étaient les plus nombreux.

– Fond du Lac, c'est presque aussi loin que Milwaukee. Si tu en connais une, autant dire que tu connais à peu près l'autre. En ce qui concerne les Blancs, ne te tracasse pas pour eux. Ils ressemblent aux Chippewas, à ceci près qu'ils sont plus malhonnêtes. »

Elisha crut déceler dans le rire de Susette une note de soulagement.

« Tu sais, toutes les villes américaines sont identiques. Des foules de gens pressés, des odeurs incroyablement tenaces. L'été les rues sont poussiéreuses, l'hiver elles se transforment en ruisseaux de fange. Les voitures sont bruyantes et les pensions crasseuses, et à tous les coins de rues, on voit des dames en robe de soie côtoyer les plus misérables des chiffonniers. Il y a des Irlandais et des Chinois, des Italiens et des nègres, personne ne se connaît et tout le monde s'en fiche. On y trouve toutes les choses imaginables, à l'exception de l'air pur.

– C'est ce que je veux, dit Susette.

– Dans ce cas, tu seras heureuse. »

Elle se rapprocha d'Elisha, qui perçut son parfum de fumée et l'odeur de sa chevelure graissée. Il fut frappé par la délicatesse de son corps, dont l'ossature était fine comme celle d'un oiseau, les tendons pas plus épais qu'une cordelette. Une créature gracile mais dotée d'une force prodigieuse, un de ces mystères pleins de beauté que réservait la nature. Susette lui prit la main, et il devina ce qui allait se passer. Un frisson le traversa. Une main posée sur son cou, il sentit sous ses doigts la chaleur de sa peau.

« Mon chéri », murmura-t-elle.

Ses yeux, qu'il avait cru d'un brun sombre, étaient d'un vert noisette profond, pailleté de doré. Quand le soleil se voilait, leur vert devenait encore plus intense, de la couleur d'un étang en forêt, et lorsque Elisha se pencha, il y vit apparaître son image, comme à la surface de l'eau. Sur les paumes lisses et calleuses, se dessinait un réseau de fines crevasses qu'il suivit du bout du doigt comme les fleuves d'une carte. Two Hearted River, Miner's River, Yellow River, Train River. Une contrée disparue. Elisha éprouva un plaisir recueilli.

Il laissa passer un moment et s'allongea de nouveau sur elle, mais Susette appuya une main contre son torse. Il devina en elle un tressaillement de regret. Il ferma les yeux pour entrer en elle, et son corps finit par se détendre sous le sien. L'excitation le rendait maladroit, mais il n'était pas capable de ralentir son mouvement. Susette le regardait, la bouche entrouverte, son souffle s'amplifiant en un halètement saccadé. Elisha lui baisa l'oreille, la tempe, le nez, la joue, la sueur coulant de son menton sur sa gorge à elle. Un tourbillon de plaisir l'inonda. Lorsqu'elle toucha son ventre, il ne put retenir une plainte de jeune chiot. Susette eut un rire espiègle.

Ensuite ils restèrent étendus sur la berge, sous un ciel blanc. Elisha se sentait merveilleusement accordé aux sensations du monde, une bouffée de résine, le doux clapotis des flots, les coléoptères qui chatouillaient ses jambes nues. Voilà ce dont j'ai besoin, songea le garçon avec complaisance. Un traitement régulier, capable de fortifier mes sens. Il revit une image surgie d'un rêve passé, une table chargée de victuailles dans un vieux manoir, et lui-même dévoré par la faim. Il saisit d'un seul coup la véritable signification du rêve. C'était de frissons, de désir et de volupté qu'il était affamé, de la tiède moiteur d'un corps féminin. Bien sûr.

Susette se mit alors à parler de sa mère. Elle s'appelait Marie Beauchamp. Au temps de sa jeunesse elle avait fait un séjour à Boston, et toute sa vie elle avait répété le récit de ce voyage, qui avait pris peu à peu un caractère de légende, ou de prière. Elle avait visité Boston au mois d'août 1803. Sur Summer Street, elle s'était offert un châle en soie de Chine orné d'un motif jaune pâle, et avait acheté à un marchand de Kingston des gants en cuir italiens. Dans une boulangerie de Tremont Street, elle avait dégusté la plus savoureuse des tartes aux myrtilles. En se promenant sur Milk Street, elle avait vu un monsieur patauger dans une fontaine pour y repêcher l'ombrelle d'une dame ; il la lui avait remise en s'inclinant profondément, son pantalon tout ruisselant. Summer Street, Kingston Street, Temont Street, Milk Street. La femme de chambre de l'épouse du maire avait adressé un sourire à Marie Beauchamp. On croisait des nègres coiffés d'un chapeau en soie. La principale tannerie de la ville était la propriété d'un Chinois, et c'était un métis indien qui possédait l'hôtel Cameron.

Susette se tut, et il y eut un profond silence. Elisha ressentait une joie teintée de mélancolie, celle que devaient connaître les vieux amants. Comme il se penchait pour embrasser la jeune femme, elle se leva, remit lentement ses jupes, ses jambières et ses mocassins, avant de hisser son balluchon sur son épaule.

« Je t'aime, lui dit soudain Elisha. Ma chérie. Je ne saurais dire à quel point je t'aime. Je t'aimerai toujours, *toujours.* »

Susette s'agenouilla, écarta une mèche qui tombait sur le front d'Elisha et lui déposa un baiser sur la joue. Puis elle lui dit, un doigt sur sa bouche :

« Dis à mon mari que je suis morte. »

Alors elle se leva et s'éloigna en suivant le rivage, vers l'amont. Les branches des bouleaux frémirent sur son passage, mais cela ne dura qu'un instant.

Elisha ne s'occupa de la cuisine que lorsque l'après-midi toucha à sa fin. Il versa de l'eau dans la marmite et y jeta du maïs blanc, des petits pois et un copieux morceau de poitrine de porc. C'était le ragoût qu'il avait vu Susette préparer des dizaines de fois. Vers le crépuscule, Mr Brush émergea des bois en le saluant de la tête, retira ses chaussures et s'assit pour recopier ses notes. Le professeur Tiffin apparut à peine un peu plus tard. Il arriva en traînant les pieds, la chemise déboutonnée, les bras et la poitrine maculés de terre. Il s'allongea sur son sac de couchage, le chapeau rabattu sur le visage.

« Alors ? lança Brush en posant sa plume. Le monde scientifique attend votre verdict.

– Je prendrais bien un whisky.

– Allons ! Vous avez bien dû exhumer quelque évangile égaré. Ou tout au moins une poignée de psaumes ? »

La voix atone de Tiffin s'éleva de sous le chapeau.

« J'ai fouillé une bonne moitié de cette fichue colline. Susette ne m'a fourni aucune précision sur l'endroit où je devais concentrer mes recherches. » Il se dressa sur son séant, faisant tomber le chapeau. « Madame Morel !

– Elle est partie pêcher près d'une cascade, plus à l'est, expliqua Elisha. Elle devrait rentrer bientôt. »

Le silence tendu se prolongea, puis Elisha précisa promptement :

« Son paquetage n'a pas bougé, et les provisions sont intactes. Ainsi que les ustensiles de cuisine et les allumettes, d'ailleurs.

– La crapule, pesta le professeur Tiffin. Elle m'a de nouveau abandonné !

– Surveillez votre langage, le rabroua Mr Brush. Je ne vous permets pas de parler d'une dame en ces termes.

– Ce n'est pas une dame ! » Tiffin arracha une poignée de terre et la projeta dans le feu. « Regardez vous-même, il n'y a rien ! Elle m'a abusé, comme son mari avant elle. Je serai arrivé à Pékin avant d'avoir découvert une seule tablette enterrée !

– Elle est partie pêcher la truite près d'une cascade, insista Elisha. Elle a dit qu'elle serait là avant la tombée du jour. Je crains qu'elle n'ait eu un accident.

– Ah, railla Mr Brush, je gagerais plutôt qu'elle est déjà à cinq miles d'ici, à compter ses pièces comme une joyeuse juive ! Ce n'est pas un hasard si elle a disparu juste après le paiement. »

Elisha ne protesta pas.

« Tout de même. Si elle ne s'est pas manifestée d'ici demain midi, il faudra entreprendre des recherches. »

Le professeur Tiffin se renversa en avant, le visage enfoui dans les mains.

« La crapule. J'ai fouillé presque la moitié de la colline. Sale crapule.

– Il se peut que vous n'ayez pas creusé assez profond, suggéra Elisha. À moins que les tablettes ne soient tout bonnement pas ici – les initiés du *Midewiwin* les ont peut-être déplacées. »

Tiffin posa sur le garçon un regard épuisé. Ses façons lui parurent curieusement empruntées, celles d'un cabotin répétant son rôle.

« Elles sont *forcément* ici ! Il y a dans l'air une énergie, une *puissance* – tu ne la sens donc pas ? C'est la même qui entoure le tumulus de Grave Creek, en Virginie. C'est évident.

– L'effet de la faim, plus probablement, coupa Mr Brush en humant le contenu de la marmite. Commençons à manger. »

Les nuages s'étaient resserrés, étendant sur le ciel une couverture d'un gris sale, et des éclairs vacillaient à l'occident. Les hommes se réfugièrent sous leurs tentes dans un roulement de tonnerre. Quelques grosses gouttes de pluie firent siffler le feu. Elisha imaginait Susette pelotonnée sous un érable, prenant peu à peu la mesure de son isolement tandis que les ténèbres l'enveloppaient. Mais non, Susette était trop consciente de la solitude des bois. Elle en connaissait la nature depuis le début. Alors même qu'il se demandait si elle risquait de rentrer au campement, il sut que c'était impossible.

Le professeur Tiffin contemplait les flammes, le visage tendu comme une boule de pâte. Il ouvrit son carnet en soupirant et se mit à écrire. Un compte rendu de ses fouilles, supposa Elisha, ou une lettre à sa femme relatant les déconvenues de la journée. Il lui avouait sa peur de l'échec et lui promettait en même temps que l'expédition serait un succès. Il lui dévoilait les espoirs, secrets et solennels, qu'il gardait en réserve comme un avare. Au bout du compte Mr Brush avait raison : Tiffin n'était qu'un rêveur, parti à la poursuite d'une chimère qui n'avait jamais existé.

« Professeur Tiffin ? »

Il sursauta en entendant chuchoter son nom.

« Je vous souhaite bonne chance pour les excavations de demain. »

Tiffin eut un sourire triste, les yeux brillants à la lueur du feu.

« Mon garçon, la chance sourit aux imbéciles. »

Au sud-est du campement, la forêt se composait uniquement de pins blancs qui couvraient une vallée basse et plate.

Avec un enthousiasme grandissant, Mr Brush passa la matinée à mesurer le diamètre des troncs et la hauteur des cimes. « Du bois de pin de qualité supérieure, s'extasiait-il. De quoi bâtir un millier de maisons, de l'ossature aux bardeaux ! »

Elisha nota les mesures de Mr Brush d'une écriture soignée. Tout en marchant, il scrutait la forêt du sol jusqu'au sommet des arbres, à l'affût d'un mouvement fugitif et de la conviction, étrange et subtile, d'avoir observé une espèce inconnue.

Cependant ses pensées vagabondaient vers le souvenir de Susette assise en tailleur près du feu, un exemplaire déchiré du *Godey's Lady's Book* posé sur les genoux, une rougeur colorant ses joues semées de taches de son. Elisha se fit violence pour ancrer son attention dans le présent. D'un simple coup d'œil, pensait-il, le vrai scientifique repérerait une espèce inconnue au milieu de la forêt, comme on remarque un étranger dans une assemblée de familiers. Mais pour lui la scène se révélait d'une complexité infinie, aussi déroutante et aussi anonyme qu'une cité fourmillante.

Avec un soupçon de gêne, il se rappela avoir eu espoir que toute l'expédition ressemblerait à un long après-midi nonchalant au bord du ruisseau, derrière la maison de son père à Newell. Là-bas, il avait appris les caractères de chaque saison, l'apparition de la sanguinaire en avril et des fauvettes en mai, la plaque de glace qui se formait en novembre, quand le froid saisissait les eaux. Ici, en revanche, la nature s'obstinait à lui dissimuler ses habitudes. Elisha se déplaçait lentement entre les pins immenses. Malgré sa déception, son désarroi n'était pas complet car il y avait assez de beauté autour de lui pour atténuer tous les regrets. La nature, songea-t-il, n'offrait pas de plus grand réconfort que sa beauté.

Ils atteignirent la baissière après le déjeuner et poursuivirent vers le nord, les pins s'effaçant devant d'épais bosquets de cèdres. Ils entendirent bientôt le grondement des eaux et débouchèrent sur la berge d'une rivière lente et caillouteuse. La cascade se trouvait quatre-vingts mètres en amont. Elle se déployait en une courbe ondoyante qui dévalait la contrepente et se déversait dans un bassin couvert d'écume. Elisha estima la dénivellation à une quinzaine de mètres.

En se rapprochant, il comprit qu'il avait mal évalué la puissance des chutes. La cataracte dégringolait en une masse d'eau bouillonnante, avant de se fracasser sur un éparpillement de roches noires. Une brume froide et nacrée flottait au-dessus. Des épicéas, des mélèzes et des thuyas surplombaient le bassin, le tronc velouté d'une toison de mousse.

« Un site idéal pour une scierie ! s'exclama Mr Brush, criant pour dominer le rugissement des eaux. Une grande scierie dirigée par un jeune homme ambitieux pourrait débiter en deux hivers tous les pins qui sont ici. Dis-moi, mon garçon. À combien estimes-tu la puissance hydraulique de cette chute d'eau ?

– Je n'en sais rien.

– Réfléchis un peu ! Prends en compte la hauteur de la dénivellation et évalue la masse d'eau qui descend à un instant donné. C'est un calcul élémentaire. Allons, réfléchis ! »

Accroupi au bord du bassin, Elisha s'efforça de se rappeler la formule adéquate.

« Dix chevaux-vapeur, finit-il par proposer. Peut-être douze.

– Douze ? Avec une dénivellation de quinze mètres et un débit d'environ sept cents pieds cube par minute, je situerais grossièrement la puissance à vingt-cinq chevaux-vapeur. Trente, à la rigueur. Un surplus d'énergie pour faire fonctionner des scies multiples.

– Oui, je m'étais trompé sur le débit. » Elisha éparpilla une poignée de cailloux dans l'eau et s'essuya les mains sur son pantalon. « Il faudrait explorer la rivière en amont. Il se peut que Susette soit allée pêcher là-haut quand elle a eu terminé ici. »

Mr Brush le dévisagea longuement, puis son regard se porta vers la paroi rocheuse.

La rivière profonde interrompait sa course impétueuse, la roche verticale faisant une espèce de barrage. On devinait sous la surface la forme d'imposants blocs de pierre, pareils à de gigantesques poissons. En amont son cours se perdait vers la ligne d'horizon, flèche scintillante traversant la forêt. Deux porcs-épics bien gras barbotaient au bord de l'eau, parmi les broussailles.

« Ton attitude me gêne, déclara calmement Mr Brush. Quand je te pose une question, tu me réponds invariablement par "Je ne sais pas". Tu n'essaies pas de faire une analyse logique de la situation. Tu ne tentes même pas une approximation raisonnable de la solution. Tout ce que tu trouves à dire, c'est "Je ne sais pas". Comme un gamin attardé. Je ne sais pas.

– Je suis désolé, monsieur.

– Heureusement, la logique et l'analyse sont des qualités que l'on peut apprendre. Que l'on *doit* apprendre, si l'on compte s'engager dans une activité pratique. »

Une fois de plus, Elisha eut l'impulsion de présenter des excuses. Ce sentiment l'accablait.

« Cela dit, reprit Mr Brush en grattant un caillou du bout de l'ongle, c'est une proposition sérieuse que je te fais là.

– Quelle proposition ?

– Mais la scierie, évidemment ! répondit Brush en écartant les bras. Une grande scierie moderne qui couperait jusqu'à la plus petite branche de la région, avec à sa tête un jeune homme ambitieux. Et ce jeune homme, ce pourrait être toi. »

Elisha ne réagit pas.

« Tu as eu la chance de tomber sur une occasion exceptionnelle, mon garçon. Il faut que tu en sois conscient. Certes, ce territoire est d'une richesse incomparable, mais il ne possédera jamais que les ressources dont nous rapporterons la présence.

– Je ne suis pas bien votre raisonnement. »

Passant un bras autour de ses épaules, Brush désigna la forêt environnante.

« Nous ne sommes que de modestes scribes, Elisha. Nous consignons les détails de cette magnifique création. Et la région peut regorger de gisements de fer, de ressources forestières et de sources d'énergie hydraulique, ils n'auront d'existence réelle que lorsque nous en aurons rendu compte. Tu comprends ? Une fois que ce territoire sera cadastré et mis à disposition du public, un monsieur comme moi, nanti d'un certain capital, pourra acquérir un nombre considérable de lots de premier choix. Et un jeune homme intelligent dans ton genre pourrait bien prendre la direction des activités qui en découleront. »

Tout d'abord, Elisha ne laissa pas ces mots s'imprimer en lui, puis il comprit brusquement.

« Vous envisagez de falsifier votre rapport sur la qualité de ces terres. Déprécier les lots les plus avantageux pour en écarter les spéculateurs, et les acheter vous-même. »

Mr Brush grimaça, comme sous l'effet d'une piqûre.

« Pas du tout ! J'expliquais simplement que nous avions connaissance des vastes ressources de ce territoire, et que nous pourrions mettre notre savoir au service de la nation. Tu vois, l'unique génie de ce pays consiste à allier le profit personnel à l'intérêt national. »

Elisha poussa du pied un débris de bois flotté, revoyant la demeure de Brush à Detroit, sur Lafayette Street. Les imposantes doubles portes, la domestique noire, la bibliothèque en chêne garnie d'éditions reliées en maroquin. La cheminée en marbre et la pendule en palissandre, les pièces de monnaie romaines exposées sur de la soie rouge. Ainsi ce n'est qu'un vulgaire escroc, se dit le garçon.

« Votre proposition ne m'intéresse pas.

– Bien, fit Mr Brush avec un faible sourire. C'est une conclusion un peu précipitée.

– Je suis navré, mais je refuse de participer à cette supercherie. »

Brush toussota, un sourire crispé figé sur les lèvres. Il semblait déconcerté par la réaction d'Elisha.

« Tu veux dire, plutôt, que tu n'as guère envie d'apprendre un métier utile. Tu n'as pas à cœur de devenir un jeune homme pragmatique. Par certains aspects, mon garçon, tu me rappelles ton bien-aimé professeur Tiffin. Sais-tu qu'il a épousé une négresse ? »

Elisha garda le silence, incapable de soutenir le regard de Brush.

« Et en ce moment même, nous sommes en train de chercher la trace de la négresse rouge qu'il a engagée comme guide ! Celle qui a disparu pour la deuxième fois, cédant à une tare de son caractère. Je m'étonne seulement qu'elle n'ait pas essayé de percevoir le solde de sa paie. Jamais encore je n'ai rencontré de sauvage qui ne tente pas d'extorquer de l'argent. C'est un trait inhérent à leur nature. »

Mr Brush s'avança vers Elisha jusqu'à ce que sa poitrine frôle l'épaule du garçon. Celui-ci ne put réprimer un mouvement de recul.

« Tu dois être bouleversé par la disparition de madame Morel. Ébranlé, même, fit Brush d'un ton sarcastique.

– Bien sûr que oui.

– Je n'en doute pas. Et pourtant je devine... » Brush esquissa quelques pas vers l'aval et fit bientôt volte-face. « Dis-moi, mon garçon : comment se peut-il qu'une métisse s'égare dans la forêt où elle a grandi ? Et surtout, qu'elle s'y perde à deux reprises en l'espace de quelques semaines ? Voilà qui dépasse l'entendement – à moins, bien entendu, qu'elle ne se soit perdue volontairement.

– Votre logique m'échappe.

– Oui, naturellement. Et tu ne sais pas davantage si elle est retournée à La Sault avec son salaire. Ou si elle n'est pas en train de nous surveiller à cet instant précis. Ou si vous êtes convenus de vous retrouver à Detroit dans un mois, loin d'un mari encombrant. »

Elisha voulut se défendre, mais Brush leva la main pour lui imposer silence.

« Réfléchis à mon offre, mon garçon. C'est tout ce que je te demande. »

Mr Brush repartit vers l'aval et s'arrêta à la limite des chutes, puis il s'enfonça dans l'eau, les remous ondoyant dans son dos. Cramponné à un rocher, il se pencha au-dessus d'un tronc d'arbre bloqué en bordure de la cascade. Là, il tira sur les branches enchevêtrées pour arracher un fragment d'étoffe détrempé.

C'était un lambeau d'une robe en laine, qu'Elisha reconnut tout de suite comme celle de Susette. Le garçon laissa échapper un cri, un hoquet étranglé qu'il voulait convaincant.

Mr Brush observa le morceau de tissu, puis le jeta dans la chute d'eau en se tournant vers Elisha.

« Bien, fit-il d'un ton sec. Que le Seigneur ait pitié de sa pauvre âme. »

4

« Comment se peut-il que le Père, le Fils et le Saint-Esprit participent tous de la même essence indivisible ? Cela ne vous a-t-il jamais étonné ? Bien entendu, l'unité de la Trinité est un profond mystère – mais quelle forme de sagesse pouvons-nous recueillir, nous pauvres mortels, à partir d'un tel paradoxe ? Car il serait indéniablement plus facile d'admettre l'existence de trois divinités distinctes. Vous ne croyez pas ? »

Ignace Morel se contenta de grommeler. Le révérend Stone jeta un regard par-dessus son épaule. Assis à la poupe, Morel fixait vers l'horizon un regard farouche, la casquette baissée pour se protéger du soleil, une pipe éteinte glissée derrière l'oreille. La vue du pasteur se troubla, puis retrouva sa netteté. L'épuisement lui donnait la nausée.

« Naturellement, réduire la doctrine à un mystère est une solution commode, que les théologiens ont adoptée au fil des siècles. Pourtant, on peut y voir l'aveu d'un échec, n'est-ce pas ? Une incapacité à honorer l'effort consenti par Dieu pour partager Sa Parole. »

Il se rendit compte qu'il se perdait en palabres creuses, mais quelque chose l'empêchait de se taire.

« Je soupçonne que le nœud du problème se trouve dans le langage. Voyez-vous, nous pensons que le terme de *personne* désigne un "individu". Cependant, la traduction originale nous vient du grec *prosopon*, le masque qu'un acteur de théâtre porte pendant la représentation. Vous voyez donc...

– Vous devez ramer. Si vous pouvez parler, vous pouvez ramer. »

Avec un soupir, le révérend Stone se tourna de nouveau vers la proue. Devant lui, la réverbération du soleil sur le lac l'éblouit désagréablement. Il se pencha pour ne plus la voir.

« Ainsi, le mot *persona* ferait une traduction plus judicieuse, en ce qu'elle renvoie au rôle que nous jouons dans une certaine situation. D'accord ? Un acteur et trois rôles, une essence commune mais une apparence qui s'adapte aux circonstances. Un concept d'une richesse prodigieuse. Assez proche de l'hérésie sabellienne, j'en ai peur, mais d'une grande richesse. S'il vous plaît, si vous voulez bien être assez aimable… »

Le *voyageur* soupira et, d'un brutal coup de rame, projeta par-dessus le bord une pluie de gouttelettes dont la fraîcheur tira une plainte au révérend Stone. Plongeant sa tasse dans les flots, il but une lampée d'eau du lac, puis la remplit une deuxième fois pour asperger sa nuque brûlée par le soleil.

« Vous devez penser, voilà une suggestion intéressante, mais guère éclairante, peu digne, assurément, de la profondeur de la notion de Trinité. Uniquement pratique, peut-être. » De nouveau, il pivota vers la poupe. « Je ne crois pas connaître de meilleur conseil pour appréhender la trinité que la maxime de Saint Augustin : *Vides trinitatem si vides caritatem.* "Celui qui voit l'amour voit la trinité." Paradoxal, certes, mais néanmoins convaincant. Cela donne une impression… d'achèvement.

– Assez ! Ramez, maintenant. »

Le révérend Stone eut un sourire hésitant.

« Bien entendu, vous autres catholiques désapprouveriez bon nombre de ces idées, alors que nos amis unitariens semblent en saisir le principal. » Lâchant sa rame, il porta une main à son visage. « Pardonnez-moi, mais il faut s'arrêter. »

En silence, Morel vira vers le rivage. Le pasteur, ayant tiré de sa poche une boîte de cachets, s'allongea au fond du canoë, le chapeau incliné sur la figure. Il glissa un cachet dans sa bouche.

Ils ramaient depuis trois jours dans la chaleur immobile, longeaient d'étroites plages couvertes de galets, des cédraies marécageuses et des bois de pins gris aux silhouettes tordues, paysages dont la monotonie trahissait la lenteur de leur progression. Le premier soir, ils avaient bivouaqué sur une pointe de sable rocheuse, et Morel avait dressé les tentes et ramassé du bois mort pendant que le pasteur allait puiser de l'eau. Sitôt la bouilloire sur le feu, le révérend Stone s'était effondré sur un sac de couchage.

Il se réveilla le matin sans pouvoir bouger, les bras paralysés par la fatigue, le moindre geste une torture, comme si une lame s'enfonçait dans ses épaules. Il ne put retenir un cri de douleur. « Allons, mon vieux », claironna Morel en lui tapant dans le dos. Le pasteur avala deux cachets et attendit, tassé devant le feu, que les muscles se décontractent. Ensuite il se hissa dans le canoë. La rame s'élevait et replongeait dans l'eau, telle l'aiguille d'un tailleur piquant un immense drap bleu.

Le deuxième jour, il s'éveilla perclus de crampes tenaces qui le firent souffrir encore davantage. Après avoir pris trois cachets il resta allongé un moment, immobile, le souffle court. Quand il reprit la rame, il tâcha de se concentrer sur le paysage. Le nimbe de lumière autour d'un bosquet de bouleaux, le pluvier et le garrot à œil d'or qui se chamaillaient sur la plage. Le pas suspendu d'un cerf de Virginie au bord du lac. Dès qu'ils eurent abordé, le pasteur s'écroula sur la grève comme sous l'effet d'un coup de feu. Il se mit à tousser, et, pris de nausée, expulsa du mucus strié de sang. Le guide l'observait sans rien dire. Le révérend Stone recouvrit le crachat de sable et ferma les yeux.

C'était maintenant le troisième jour de voyage, au milieu de l'après-midi, et ils avaient établi le campement à l'extrémité d'une plage marécageuse. Morel avait fait brûler du bois vert pour éloigner les moustiques, avant de préparer un ragoût de porc au maïs blanc fortement relevé de poivre. Le pasteur en accepta un bol qu'il laissa refroidir près de lui. Le soleil lui avait écorché les mains, et sa peau s'était parcheminée.

« Qu'est-ce qui vous arrive ?

– Un peu de croup, fit le révérend Stone en secouant la tête. Je ne suis pas accoutumé à ce genre de labeur. Le mien est d'ordre spirituel plutôt que physique. »

Ignace Morel déboucha le fût de whisky et en versa précisément une mesure.

« Non, c'est pas le croup. Le croup, c'est comme ça. » Le voyageur toussa, un raclement de gorge éraillé. « Et vous, vous faites ça. » Cette fois, il imita le spasme d'une toux grasse, remontant de la poitrine.

« Sûrement un miasme qui me dérange les poumons. Je ne pensais pas que la région serait aussi humide. Ni aussi chaude, d'ailleurs.

– Vous crachez du sang. C'est pas le croup. » Morel touilla le ragoût et souffla sur la cuillère avant de la lécher. « Ici dans le nord on n'a pas le croup. Dieu ne nous l'envoie pas, ni la consomption ni la grippe. Tout ça il ne nous l'envoie pas. Juste les tremblements, des fois.

– Cela doit venir de la pureté de l'air des forêts. Ou de celle de votre cœur, allez savoir. »

Le *voyageur* sourit et goûta une bouchée de viande.

« Oui, nos cœurs purs et honnêtes. Nous sommes de bonnes personnes, d'honnêtes catholiques.

– Mais je n'en doutais pas. »

Le sourire s'attarda sur le visage de Morel. Se penchant vers le révérend Stone, il lui chuchota sur un ton de conspirateur :

« Je sais ce que vous pensez. Qu'on se met à genoux devant Rome, qu'on vénère le pape comme si c'était Dieu. Et que le pape et son armée vont envahir New York, et emprisonner tous les protestants. C'est ça, que vous pensez.

– C'est absurde, voyons ! Vous avez dû lire… » Il se remit à tousser, le poing sur la bouche. « Vous avez lu ces infamantes brochures !

– Ou alors c'est la vérité, que j'ai lue.

– Non, bien sûr que non. Tous les gens sensés savent bien que ces brochures ne contiennent que des mensonges. Des mensonges et de grossières exagérations.

– Et ces gens sensés brûlent des églises, et aussi des cou-
vents. Non ? C'est ce qu'ils font dans le Massachusetts. »
    Le pasteur voulut répondre, mais une quinte de toux l'en
empêcha. Il se plia en deux, des larmes plein les yeux, et jeta
vers Morel un regard contrit. Sans se presser, le guide prit
une flasque, en ôta le bouchon et la lui tendit.
    « Je sais ce que vous pensez, mais ça m'est égal. Vous me
payez, et le reste je m'en fiche. »
    Le pasteur battit des paupières pour chasser les larmes.
    « Vous avez dû lire ces infamantes brochures. Croyez-moi,
j'ai le plus grand respect pour votre foi. »
    Morel le regardait boire, un sourire figé sur les lèvres.
    « Je sais ce que vous pensez. Mais là vous avez besoin de
moi. »

    Minuit était passé qu'il ne dormait pas encore, le goût du
sang sur la langue. Des frissons le secouaient malgré la fraîcheur nocturne, et ses mains tremblaient comme celles d'un
ivrogne. Écartant la moustiquaire de son visage, il attrapa la
gourde mais s'aperçut qu'elle était vide. Il l'inclina au-dessus
de sa bouche pour faire couler les dernières gouttes.
    Le *voyageur* était assoupi près du feu mourant, un trait de
salive brillant sur sa joue. Le révérend Stone examina son
profil. Sa tignasse emmêlée et sa cicatrice au menton ne
l'empêchaient pas d'être beau, avec une mâchoire puissante
et anguleuse, un front bas mais expressif. Un Adonis à demi
sauvage, usé par la boisson.
    Le dîner achevé, Morel avait récuré la marmite et les bols
tout en sirotant du whisky, puis il avait fouillé dans son sac
pour en extraire un étui en toile. Avec précaution, il en avait
retiré un violon qu'il avait accordé en plissant le front, avant
d'enduire de résine l'archet court et large. Le révérend Stone
avait interrompu sa lecture de Catlin. Le violon était un petit
instrument en bois noirci, à la caisse rayée et au manche bref,
aux ouïes grossièrement découpées. Morel le cala assez bas
sur la poitrine, la main gauche maladroitement refermée sur
les touchettes.

Levant l'archet d'un geste ample, il attaqua un quadrille sautillant et rythmé qu'il martela énergiquement, l'archet bondissant et ricochant sur les cordes. Le violon était rudimentaire mais puissant, avec un son assez aigu pour s'imposer dans le vacarme d'une taverne. Les yeux de Morel s'étaient réduits à deux fentes. Le pasteur se surprit à tambouriner en mesure sur la couverture du Catlin. Enfin, Morel abandonna son jeu martelé pour pincer les cordes en un trille rapide, puis il étira la dernière note qui se fondit doucement dans le silence.

« Magnifique ! » s'exclama le révérend Stone.

Le *voyageur* hocha la tête sans se dérider et annonça :

« Et maintenant, *La Belle Susette*. Pour ma femme. »

Il entama une mélodie lente et suave, tissée de longs coups d'archet et de savants pizzicati, plus digne d'un musicien de chambre que d'un violoneux de taverne. La concentration lui faisait froncer les sourcils. Le révérend Stone le regardait sans le voir, la musique évoquant à sa mémoire une nuit pluvieuse à Newell, le bâtiment illuminé de la maison de tempérance. Des odeurs de graisse de baleine et de laine humide, les craquements du plancher et la plainte d'un violon. C'était un bal organisé par la Société des Jeunes Gens, le premier mois où il faisait la cour à Ellen. Une vingtaine de couples valsaient sur la piste boueuse, le visage luisant de sueur. Assis près de l'âtre sur un tabouret, un violoniste noir jouait *Shady Grove*.

Courtiser une femme : ces mots lui semblaient appartenir à une langue étrangère. Réfugié dans un coin de la salle, le révérend Stone, engoncé dans un austère costume noir, adressait des sourires contraints aux jeunes personnes de l'assemblée, un verre d'eau fraîche à la main. Ellen ne s'était pas montrée. Chacun à leur tour les couples venaient le trouver pour un brin de conversation, parlant du mauvais temps ou du dernier sermon avant de regagner la cohue de la piste. Levant les yeux, il surprit un regard apitoyé du violoniste. Il prit alors la mesure de son ridicule : un pasteur au milieu d'un bal, en train d'attendre une femme qui avait la moitié de son âge. Dans quel but, d'ailleurs ? De toute évidence, elle voyait plus en lui un sympathique chaperon qu'un soupirant passionné. Un père ou un ami, mais sûrement pas un époux ou un amant. Il adressa un signe de tête au musicien et termina son verre.

Dehors l'air était frais et la pluie avait cessé, remplacée par la brume. Les criquets faisaient entendre leur rengaine moqueuse. Jamais le révérend Stone ne s'était senti aussi malheureux. Il remonta son col et s'engageait déjà sur la route lorsqu'il perçut dans le lointain le claquement d'un fouet. Bientôt une diligence déboucha du côté opposé du pré communal, passa devant le temple et bifurqua en direction de la maison de tempérance. La voiture n'était pas encore arrêtée que la portière s'ouvrait pour livrer passage à Ellen, vêtue d'un manteau marron gansé de fourrure et de pantoufles assorties.

On aurait cru qu'elle venait tout juste de courir. Ses joues étaient roses et marbrées sous le blanc de la poudre, et comme elle tâtonnait pour dénouer son bonnet, la rougeur se répandit sur son front. Un sourire perplexe flottait sur ses lèvres.

« Quelle soirée exécrable, commenta le pasteur. Je m'apprêtais à partir. »

Quel imbécile il faisait. Il tenta de rectifier, mais Ellen lui dit :

« J'arrive tout juste de Worcester. Le voyage m'a terriblement chamboulée – nous avons failli nous renverser à la sortie de Springfield. Le cocher a quitté brusquement la route afin d'éviter un buggy accidenté. J'avoue tout de même que je l'avais prié de se hâter. »

Le révérend Stone s'autorisa quelque espoir.

« Vos chaussures », fit-il simplement.

Ellen baissa les yeux en maugréant sur les pantoufles de velours crottées, prise d'un rire nerveux.

« Si vous voulez bien m'aider, je serai amplement dédommagée. »

Ellen lui proposait d'être sa partenaire de danse. Il resta un moment cloué sur place, dérouté, puis, la prenant par la taille, il la souleva pour la déposer sur le porche de la maison de tempérance. Elle se remit à rire.

« Dieu du ciel ! Et dire qu'à Worcester il ne tombait pas une goutte ! »

Le révérend Stone s'émerveillait à présent de ce souvenir. Le contact de ses côtes fragiles et compliquées. La touche d'eau de lilas qui parfumait son cou. Le visage empourpré, il avait déguisé en accès de toux l'accélération de son souffle. Il avait été choqué par l'intensité de son propre désir.

C'était un miracle, pensait-il maintenant, tout en se rendant compte que leur amour n'avait rien d'unique. Un million d'hommes, lors de soirées identiques, avaient connu des sentiments semblables aux siens. Un miracle ordinaire, alors, aussi naturel qu'un lever de soleil. Cette idée le consolait, comme une affirmation de la grâce de Dieu.

Pourtant ces réflexions le minaient tandis que le sommeil approchait. Il ne pouvait admettre que leur amour fût commun. Il se rappelait certaine nuit d'automne, sept mois après leur mariage, où ils étaient blottis ensemble sous une pile de couvertures. Ellen était enceinte d'Elisha. La fièvre des fiançailles était un peu retombée. Elle lui avait fredonné des chansons de son enfance à Boston, des comptines canailles qu'il ne connaissait pas.

The pudding is hot, the milk is sweet
The children cheer a welcome treat
Then off to bed, off to sleep
Soon father's bed will bump and creak.

Ellen s'étranglait de rire et lui plaquait une main sur la bouche. Il était empli d'une convoitise étrange, comme si une vie entière auprès d'Ellen n'eût pas suffi à le satisfaire. C'était ce soir-là qu'elle lui avait décrit sa vision de l'amour.

« Cela ressemble à une lumière invisible, une lumière à l'intérieur de la lumière. Comme le halo d'une flamme de bougie, invisible mais rayonnant de chaleur. Elle avait marqué une pause, pesant chacun de ses mots. Cette lumière existe partout, mais elle devient plus intense lorsqu'elle se réfléchit entre deux êtres. Elle est pareille au soleil qui traverse une vitre, elle dégage une certaine chaleur. C'est cela, l'amour, cette concentration de la lumière.» Son front s'appuyait contre la poitrine du révérend Stone. « Tu n'y as jamais réfléchi ?

– Si, avait-il avoué sans pouvoir cacher sa stupéfaction. Et je pourrais employer les mêmes mots que toi : lumière à l'intérieur de la lumière, chaleur. Oui.»

Ellen avait émis un murmure satisfait, sans rien ajouter. Elle s'était bientôt assoupie, mais lui avait continué de veiller, envahi par une folle gratitude. Les larmes jaillissaient à ses yeux par à-coups, imprévisibles. C'était une sensation insoutenable, et pourtant il refusait que le sommeil la lui dérobe. L'aube approchait déjà quand il parvint à s'endormir.

Une vision commune de l'amour. C'était certainement quelque chose de rare. Un tel miracle ne pouvait pas être ordinaire.

Le révérend Stone s'éveilla en sursaut : un bruissement venu de la forêt, un feulement aigu. Un lynx, peut-être, ou un raton-laveur. Il se plaça plus près du feu. Le ciel au-dessus de lui était d'un gris presque noir, un voile sans lune ni étoiles. Tout doucement, le pasteur pria pour que l'âme de son épouse trouve la paix. Il se souvint de ce qu'Adele Crawley lui avait assuré, pendant la séance de Detroit. Ellen était consumée par l'amour, il lui manquait terriblement, et elle attendait sa venue dans les cieux. Dans ses prières, il souhaita que la jeune fille ait dit la vérité.

En quatre jours ils ne parcoururent qu'une quinzaine de lieues, car le révérend Stone devait prendre du repos dès qu'il avait ramé un moment, allongé au fond du canoë. Des buttes de sable blanc, des forêts de pins et des falaises de grès défilaient dans la chaleur étourdissante. Le cinquième jour, au sortir d'un somme, il vit de minuscules constructions en bois disposées sur un tertre herbeux et se demanda s'il était le jouet d'une hallucination. On aurait dit des modèles réduits de cabanes indigènes, faites pour accueillir des chiens. Il interrogea Morel sur leur destination.

« Un cimetière chippewa, expliqua le voyageur, pour protéger les sépultures des animaux. »

Honteux de sa première hypothèse, le pasteur murmura en passant quelques mots de bénédiction.

Ignace Morel ne parlait guère en maniant sa rame, se bornant à chanter des mélodies simples pour rythmer son effort. Aux yeux admiratifs du pasteur, il ressemblait à une prodigieuse machine, dotée de muscles et d'os à la place des pignons et des manivelles. Une mécanique spécifiquement conçue pour repousser l'eau avec un morceau de bois. Le soir venu, Morel tirait le canoë au sec et dressait les tentes avant d'allumer le feu et de mettre un ragoût à cuire. Après le repas, dès qu'il avait nettoyé la marmite, il prenait son violon et interprétait une série de quadrilles qu'il concluait invariablement par le morceau *La Belle Susette*. Ce n'était qu'après avoir rangé son instrument qu'il consentait bon gré mal gré à engager la conversation.

Le révérend Stone apprit ainsi qu'il était né à Montréal et s'était installé à La Sault comme jeune engagé de la North West Company, parcourant le Canada en bateau au printemps et en été, et se reposant à La Sault pendant l'automne et l'hiver. En ce temps-là, les canoës débordaient de fourrures. Le dernier des crétins aurait pu tuer un castor en faisant un ricochet dans un étang. Après la faillite de la compagnie, il avait rejoint l'American Fur Company, et quand celle-ci avait périclité à son tour, il s'était fait embaucher par la Hudson's Bay Company. Peu à peu, cependant, les bateaux devinrent moins nombreux et leur chargement plus léger, à mesure que les castors adultes se faisaient plus rares. Les animaux à fourrure avaient quasiment disparu. Désormais, les *voyageurs* se disputaient les emplois les plus médiocres, pour une paye dérisoire. Certains jours, Morel servait d'interprète à Edwin Colcroft, et il lui arrivait aussi de transporter des touristes américains sur le détroit. Parfois il ne faisait strictement rien.

Morel conta son histoire sans tristesse ni amertume. Le révérend Stone avait cerné son caractère : dépourvu d'ambition sans être paresseux, un esprit délié malgré une éducation sommaire ; une piété indifférente à la doctrine et aux Écritures ; la recherche du plaisir et du confort dans tous les domaines de l'existence. En vérité, raisonna le pasteur, c'est là une philosophie difficile à contester. La damnation et les feux de l'enfer restaient les arguments les plus sûrs d'un prédicateur.

Un soir, lorsque Morel eut fini de jouer, le révérend Stone le questionna :

« Votre femme, Susette. Est-ce que vous l'avez rencontrée à Sault-Sainte-Marie ? »

Ils campaient sur une pointe de sable rocheuse, en lisière d'une épaisse forêt d'épicéas. Sans répondre, le voyageur rangea le violon dans son étui.

« Oui, finit-il par dire, à La Sault. Il y a cinq ans de ça.

– Ce doit être une bien jolie femme pour vous avoir inspiré cette belle chanson. Si je puis me permettre, avez-vous connu le bonheur d'avoir des enfants ? »

Ignace Morel marmonna quelque chose que le pasteur ne comprit pas.

« *C'est l'héritage de Yahvé que des fils, récompense, que le fruit de ses entrailles.* N'est-ce pas ? J'ai souvent admiré la sagesse de ce verset. Je revois Elisha petit garçon, qui me tendait les bras en criant "*Abba*". Abba ! Quelle beauté dans ce mot ! Il signifie "père", bien entendu, mais son sens véritable est plus riche, plus chargé d'affection. Notre rôle de parent nous offre une chance de nous connaître en profondeur grâce à nos...

– Non, nous n'avons pas d'enfant. Et vous savez pourquoi ? » Morel se pencha vers le révérend Stone. « Parce qu'elle se refuse à moi. Ma propre femme. Elle dit que je sens le vison*, et elle me repousse. Vous comprenez ? Et moi je ne la frappe pas, je lui réponds qu'elle est la sainte Susette*. C'est bien ce qu'elle est ! Elle me repousse, comme une chienne* orgueilleuse. Je lui dis de retourner chez sa mère, mais elle ne le fait pas. Alors nous n'avons pas d'enfant. »

Le révérend Stone garda le silence.

« Je connais les Écritures, moi. *Le chef de la femme, c'est l'homme.* C'est elle qui ne les connaît pas.

– Votre interprétation du verset est un peu réductrice. Il est dit ailleurs que l'époux et l'épouse ne forment qu'une seule chair. L'homme a le devoir d'aimer sa femme comme lui-même. »

Avec un rire sarcastique, Morel s'allongea sur son sac de couchage.

« Vous avez raison, c'est une jolie femme. C'est pour ça que j'ai écrit la chanson. Pourtant elle n'est pas sans reproche.

– Aucune femme n'est sans reproche. Et aucun homme non plus. »

Le *voyageur* lui tourna le dos. Le pasteur attendit, le corps tendu, que Morel ait cessé de s'agiter sur sa couche. Lorsqu'un léger ronflement s'éleva de l'obscurité, le révérend Stone tira la bible de sa veste en poussant un soupir. Il eut envie de retrouver le passage cité par Morel, mais laissa le livre fermé sur ses genoux. Peut-être ai-je mal jugé cet homme, se dit-il. Il se demanda ce que lui coûterait cette dernière erreur.

Moustiques et brûlots, chaleur et nuées d'orage. Juillet sur le lac. Les merles et les parulines emplissaient de leurs pépiements l'aurore indigo. Le brouillard s'attardait un moment sur la rive, dispersé enfin par les traits de lumière qui se réfractaient à l'horizon. Ils voyageaient tout le matin et s'accordaient une pause à midi, au plus fort de la chaleur. À sa vive surprise, le révérend Stone trouvait la force de ramer une partie de l'après-midi. Le soir, il s'étendait sur un sac de couchage pendant que Morel vaquait à ses occupations bien réglées : repas, toilette, violon, *La Belle Susette.* Le pasteur parlait peu, avalait deux cachets et ouvrait sa bible au hasard, à la façon d'un devin. Il ne lui restait plus que la moitié d'une boîte de médicaments. Il constatait le fait tout en refusant de réfléchir à ses conséquences.

Un jour, après le déjeuner, il étala la carte de Charles Noble et suivit du doigt les rives méridionales du lac Supérieur. De Sault-Sainte-Marie, la côte partait à l'ouest vers une baie à l'échancrure carrée, puis elle sinuait jusqu'à une péninsule en forme de corne.

« Pouvez-vous m'indiquer où nous sommes ? » demanda-t-il à Ignace Morel en lui tendant la carte.

Morel y jeta un coup d'œil et planta son doigt sur un point, à quelque distance de la baie.

« Ah ! Nous progressons à une allure raisonnable !

– Il faudrait être ici, l'informa Morel en désignant une région plus proche de la péninsule – l'endroit où, selon Noble, l'expédition devait bifurquer vers l'intérieur des terres.

– Bien, il ne nous reste plus qu'à poursuivre nos efforts. Je me sens plus robuste ces temps derniers, je m'acquitte mieux de mes fonctions de rameur. Vous l'avez peut-être remarqué. »

Morel grommela sans lui répondre.

Cet après-midi-là ils partirent sous une bruine tiède qui étouffa le bruit des rames dans l'eau. Vers quatre heures il cessa de pleuvoir et ils pénétrèrent dans une région de falaises aux teintes singulières. Le révérend Stone posa sa rame. Les parois de grès étaient hachurées d'orange, de vert et de jaune, dans des tons criards et brouillés qu'un enfant aurait pu employer pour sa première aquarelle.

« C'est spectaculaire ! s'exclama le pasteur. Connaissez-vous l'origine de ces couleurs ? »

Le *voyageur* n'ayant pas répondu, le révérend Stone se retourna et découvrit Morel le regard lointain, ses lèvres formant les paroles d'une chanson silencieuse. Le pasteur recommença à ramer. Vers le crépuscule, ils arrivèrent en vue d'une bande de sable nichée entre les falaises. Un campement indien était installé à son extrémité. Trois canoës retournés reposaient sur la plage, près de deux feux de camp entourés de silhouettes. Le pasteur supposa qu'il s'agissait de Chippewas se rendant à La Sault, sûrement pour y réclamer leurs annuités. Comme le bateau embardait légèrement, il rectifia le cap d'un coup de rame vigoureux, avant de comprendre que Morel virait vers le rivage.

« Quelles sont vos intentions ? Faire du commerce ? »

La houle souleva le canoë qui se rapprocha de la berge. Un groupe d'indigènes les regardait venir au bord de l'eau, trois hommes de haute taille, pieds nus, vêtus de peaux de cerf et de toile loqueteuse. Le *voyageur* les apostropha en langue chippewa.

« Connaissez-vous ces indigènes ? Répondez-moi ! »

Alors que l'esquif glissait sur les hauts-fonds, Morel bascula par-dessus le plat-bord et, pataugeant à hauteur de la proue, il attrapa le pasteur sous les bras et le déposa dans l'eau glaciale. La poigne du froid le saisit. Il clopina jusqu'à la plage pendant que Morel tirait l'embarcation au sec. Accourant à sa rencontre, les Indiens l'aidèrent au déchargement. Un peu plus loin, un enfant poussait des cris perçants.

Quatre jeunes braves étaient venus du campement et tâtaient les provisions empaquetées, leur mousquet posé sur le sable. Le plus petit d'entre eux dévisageait le révérend Stone. Morel les salua, puis aborda un Chippewa à la peau claire, qui avait les traits fins et réguliers. Le pasteur, se rapprochant du *voyageur*, afficha une expression affable. Des odeurs de poisson grillé flottaient jusqu'à eux.

« S'il vous plaît, expliquez-moi ce que vous leur dites », demanda doucement le révérend Stone.

L'Indien au beau visage, après s'être entretenu avec Morel, lança un appel par-dessus son épaule. Les braves s'interrompirent pour l'écouter, et le plus petit répondit par un seul mot.

« Vous devez me dire ce qui se passe ! S'il vous plaît ! »

Désignant d'un geste le révérend Stone, Ignace Morel s'adressa aux jeunes guerriers. Le plus petit hocha gravement la tête. Malgré sa taille modeste il avait des muscles puissants et un torse et des bras de lutteur, et un bandeau de perles jaunes maintenait ses cheveux en arrière. Il écouta Morel avec attention, et prit ensuite la parole en esquissant un mouvement vers le pasteur. La réponse de Morel amena sur ses lèvres un sourire timide, qu'il s'efforça de masquer.

« Tous les deux, ce sont de braves gars, assura Morel en montrant le petit et un deuxième garçon plus grand. Ils vont nous aider à ramer, pour qu'on avance plus vite. C'est vous qui les payez.

– Pardon ? Dans quel but voulez-vous embaucher ces Indiens ?

– On rame trop lentement. Bientôt votre fils sera parti. Et ma femme aussi, vous comprenez ? Vous donnez un dollar à chacun pour cinq jours de travail. Pas beaucoup d'argent.

– Mais je n'ai pas le moindre sou. Je suis fauché. »

Le pasteur ne mentait pas : il avait dépensé son dernier dollar au magasin de Sault-Sainte-Marie. Ses possessions se réduisaient à une bible, un livre de Catlin, un *City Examiner* de la semaine passée et une boîte de cachets contre les rages de dents.

« Vous allez payer, c'est sûr. Un dollar à chacun pour cinq jours de travail. Sinon il nous faut dix jours. Ou même douze. Votre fils sera parti. »

Le révérend Stone étudia le deuxième brave : tout juste quinze ans, des poignets noueux, un regard immobile et avide qui lui rappela un garçon de Newell, Byron Wills. Un matin, ce garçon pieux et réservé était entré dans l'écurie de son père et avait abattu six chevaux avec son Colt.

« Est-ce qu'on peut leur faire confiance ? Sera-t-on en sécurité ?

– Plus qu'avec moi, oui. » Il tapa deux fois dans ses mains. « Vous payez et on s'en va. Demain.

– Quatre-vingts cents, alors. Désolé, mais je ne peux pas mieux faire. »

Ignace Morel se mit à rire. Il débita ensuite une longue phrase en chippewa, qui fit sourire les Indiens. L'indigène au beau visage hocha la tête, et le groupe s'éloigna sur la plage.

« Venez, on mange. On s'en va demain.

– Et la paie ?

Un dollar », répliqua Morel en souriant.

Ce soir-là ils prirent leur dîner sur le campement chippewa ; le révérend Stone était assis en tailleur entre Morel et le bel indigène, un bol de ragoût au poisson posé devant lui.

Des enfants se ruaient en hurlant dans le cercle des braves assis. La nourriture était délicieuse, pourtant le révérend Stone n'avait guère d'appétit. Morel lui servant d'interprète, son voisin l'interrogea sur sa ville d'origine, mais le pasteur ne put lui répondre, les poumons convulsés par une quinte de toux grasse. Il essuya sur son pantalon sa paume sanguinolente, et quand il releva les yeux, il vit que l'indigène le considérait avec dédain. Le pasteur adressa un sourire à la squaw qui s'occupait de la marmite, puis il se retira dans l'obscurité.

Il étendit un sac de couchage auprès du canoë et s'allongea avec précaution sur le flanc, concentré sur sa respiration. Il ne voulait pas se mettre à tousser. Des phrases en chippewa flottèrent au-dessus de lui et s'unirent bientôt au bruit rauque de son souffle et au rythme du ressac. Le révérend Stone eut la brève intuition de l'immensité du lac, de la masse et de la force de ses eaux, de leur pesanteur. Les rouleaux qui se brisaient sur les falaises de grès. La houle sombre qui se déroulait à l'infini. Il se sentait malade et solitaire, aussi dérisoire qu'une ombre. Il pria Dieu de lui donner des forces et baissa les paupières.

5

Ayant compris que le sommeil était le seul remède à son mal, le pasteur, perché sur le frêle banc de nage, tâchait de se maintenir dans une perpétuelle somnolence. Sa tête ballottait en avant et venait toucher le rameur indien placé devant lui. Lorsqu'il s'éveillait, le paysage était toujours le même : érables, buttes, affleurements rocheux, plages, comme si la nature était atteinte de bégaiement. Le canoë filait sur le miroir du lac. Quand il portait le regard vers l'horizon, le pasteur était chaque fois ébahi, repris par l'étonnement habituel. Cette impression l'aidait immanquablement à s'assoupir.

Il passait des nuits sans dormir, épuisé mais l'esprit en éveil. Ignace Morel était couché à côté du bateau, sa figure de lutteur adoucie par le sommeil. Les rameurs indiens s'étendaient sur des branches de pin, dans les ténèbres. Le pasteur se recroquevillait près du feu de camp, inclinant vers les flammes sa bible ou l'essai de Catlin. Les deux livres avaient pris l'eau peu après La Sault, et à présent les reliures s'incurvaient sur les pages gondolées et gonflées.

La troisième nuit après leur départ du camp chippewa, le révérend Stone feuilleta le Catlin, en quête d'un passage sur la conception indigène du ciel. Les frissons continuaient de le tourmenter, la chair de poule lui hérissait les bras. C'était une nuit claire et paisible. Le pasteur s'absorba dans une discussion sur la moralité des indigènes. Le texte de Catlin y

prenait une tonalité hystérique, d'une virulence tout aboli-
tionniste.

« Je ne crains pas d'affirmer au monde entier (et je défie
quiconque de me contredire), que l'Indien d'Amérique du
Nord est, dans son état originel, un être hautement moral et
religieux, doué d'une *connaissance intuitive* du grandiose
Auteur qui a créé l'Univers et lui-même. Toute sa vie se passe
dans l'appréhension d'une existence future, dans laquelle il
recevra châtiment ou récompense selon les mérites qu'il aura
possédés ou non en ce monde. Je m'avancerai à dire que la
société civilisée *n'a aucun besoin* de lui enseigner la moralité et
la vertu. »

Il était bien regrettable, songea le pasteur, qu'il faille
recourir à de telles exagérations. En effet, les indigènes vertueux étaient assurément aussi nombreux que les Blancs
dépravés. Il se reporta au frontispice pour examiner le portrait de Catlin : un visage émacié au nez aquilin, un menton
pointu, les yeux baissés par réserve ou par lassitude. Une
expression pleine de noblesse et de mélancolie. Le pasteur,
se demandant s'il avait épousé une indigène, eut aussitôt la
conviction que c'était bien le cas. Cette vérité semblait se
superposer aux propos indignés du personnage.

Le révérend Stone s'aperçut en levant les yeux que le plus
petit des deux braves l'observait. Il fit un sourire au garçon,
qui se leva pour contourner le feu et s'asseoir près du pasteur, contre un rocher gibbeux. Il n'était pas grand mais son
torse était large, et sa peau basanée tirait sur le noir. Il chuchota une suite de sons inarticulés, que le révérend Stone
reconnut finalement pour de l'anglais.

« Anglais ? Vous parlez anglais ?

– Small Throat », déclara solennellement le brave.

Le pasteur fronça les sourcils, dans l'expectative, avant de
comprendre que le garçon lui disait simplement son nom,
Petite Gorge.

« William Stone. C'est ainsi que je m'appelle. »

Le jeune homme hocha la tête.

« C'est peut-être un certain John Sunday qui vous a enseigné l'anglais. Vous le connaissez, ce John Sunday ? »

Le brave baissa les yeux, remuant les lèvres sans bruit. Le révérend Stone agita la main, comme pour balayer une fumée, et se désigna lui-même :

« Père, William Stone. Fils, Elisha Stone.

– Père, Big Throat. Fils, Small Throat.

– Oui ! » Le pasteur sourit, frappé par la poésie littérale qui se dégageait de ces noms. Son propre nom en chippewa serait sûrement Coughing Stone, Pierre-qui-Tousse. « Est-ce que vous avez vu mon fils, Elisha Stone ? »

Le brave jeta un regard hésitant vers Morel endormi.

« Non, non, fit le révérend Stone en lui montrant la forêt environnante. Mon fils. »

Small Throat lui murmura une phrase en chippewa et le regarda avec espoir. Bientôt son expression se rembrunit. Du feu crépitant s'envolaient des gerbes d'étincelles, essaims de moucherons sur le ciel noir. Un frisson de fièvre secoua le pasteur.

« Elisha Stone, insista le révérend Stone, suppliant. Ce nom vous rappelle quelque chose ? »

Comme pour lui répondre, Small Throat s'empara de l'ouvrage de Catlin. Le pasteur se souvint d'avoir lu que certains indigènes tenaient livres et journaux pour des objets magiques, et voyaient dans leurs pages des feuilles enchantées douées de la parole. Small Throat, ouvrant le livre par le milieu, tomba sur l'effigie d'un Osage nommé Ee-tow-o-kaum, vêtu d'une veste et d'une coiffe aux perles rosées, un psautier dans une main et une canne dans l'autre. Sur la page opposée, l'illustration figurait un Indien du nom de Waun-naw-con. Ses cheveux étaient coupés court comme ceux d'un Blanc, et il portait une redingote noire et une chemise blanche dont le haut col rigide était tenu par une cravate noire. Le portrait était resté inachevé, le visage et les épaules du modèle colorés à l'aquarelle tandis que le torse était simplement esquissé.

« Fils ? » s'enquit Small Throat, le doigt pointé sur l'image.

Le pasteur sentit la fatigue le submerger. Il saisit le livre et le repoussa, regrettant aussitôt la brusquerie du geste.

« Je suis désolé, dit-il au garçon en lui touchant le poignet. Il faut que vous me pardonniez. Je suis épuisé. »

Toutefois, au lieu de se glisser dans son sac de couchage, le révérend Stone se leva et marcha vers le lac. Small Throat le suivait d'un regard plein d'espoir. Le pasteur dépassa la limite du campement et fut englouti par l'obscurité. Il connaissait bien cette sensation où le corps, privé de repères, semblait se désincarner, tandis que le monde enténébré pâlissait peu à peu jusqu'au gris anthracite des ombres. Le sable voletait à ses pieds.

Alors qu'il arpentait la rive, le calme s'imposa peu à peu dans son esprit réticent. Lui dont le bonheur n'était jamais si complet que dans un temple désert, sans autres compagnons que la lumière, le silence et la paix de ses propres pensées, voilà qu'il se trouvait parmi des étrangers, souffrant mais exalté, étonné par la vie, qu'il était stupéfiant d'apprendre une telle chose sur soi-même, à un âge aussi avancé ! Comme si on rencontrait un inconnu dans la rue, et que l'on découvrait qu'il était notre frère. Pour un peu, réalisa le pasteur, j'aurais pu devenir missionnaire chez ces gens-là, digne d'un portrait de Catlin avec mon psautier et ma canne, affublé d'une peau de daim, de perles et d'une cravate. C'était là une idée troublante, à la fois séduisante et d'une radicale étrangeté.

Assis au bord du lac, le pasteur promena la main au ras de l'eau froide et se mouilla le visage et le cou. La surface du lac Supérieur était tranquille et étale, lisse comme une plaque de verre. Un cri sourd lui parvint de la forêt. Se tournant vers le campement, il aperçut Small Throat penché sur le livre de Catlin, ses traits éclairés par le feu. Tout doucement, le garçon tourna la page.

Il aurait peut-être mieux valu que je ne sache rien de tout cela, pensa le révérend Stone. Le sens de cette vie m'échappe.

Ils longèrent rapidement une cédraie plate et marécageuse. Le temps était clair et chaud, des faucons tournoyaient dans le ciel, à l'affût d'une proie, et des nuées de moustiques enveloppaient leur campement. Ignace Morel, voulant les chasser, alluma des feux de mousse fumigènes qui ne réussirent qu'à attirer l'attention des insectes. Bientôt, le révérend Stone eut le visage et les mains parsemés de petites plaques rouges. On aurait cru qu'on l'avait criblé d'une grêle de cailloux.

Un après-midi, au moment d'aborder, ils découvrirent un pygargue à tête blanche perché sur un tronc d'arbre mort, à l'orée du bois. L'oiseau regarda Morel qui chargeait son arme d'un geste rageur, puis il déploya ses ailes immenses pour prendre lentement son essor. Le *voyageur* épaula son fusil, suivant la trajectoire de son envol. Une détonation retentit, et l'oiseau s'abattit dans les hauts-fonds avec un grand bruit d'éclaboussures. Ils firent frire la viande avec des oignons sauvages, et la mangèrent avec de gros morceaux de pain de maïs. Le révérend Stone eut l'impression de savourer le meilleur repas de sa vie.

Ils restèrent à bord tout l'après-midi, cabotant à faible allure et se nourrissant de tranches de gibier fumé. Les rameurs indiens, aussi infatigables que des *voyageurs*, s'arrêtaient seulement lorsque Morel sortait sa pipe. Ce soir-là, ils dressèrent le camp éreintés mais d'humeur joyeuse, et Morel distribua aux Indiens des quarts de pinte de whisky, s'en réservant pour sa part une demi-pinte. Après le repas, il alla chercher son violon et accorda l'instrument avant d'attaquer un quadrille endiablé, presque trop vif pour la danse. Le pasteur frappait dans ses mains pour battre la mesure, tandis que les braves pouffaient de rire, étonnés mais ravis. Small Throat, au bout d'un moment, se leva pour improviser une gigue maladroite, traînant les pieds pendant que son compagnon s'esclaffait gaîment.

Le matin du cinquième jour, le pasteur découvrit au réveil des rubans de fumée noire qui s'élevaient le long du rivage. Il plissa les yeux, ébloui par la lumière réfléchie sur les eaux : il s'agissait d'un village indien, une vingtaine de huttes échelonnées sur la berge comme des coupes renversés, quelques silhouettes évoluant parmi les feux de camp. Au bord du lac, des hommes lançaient leurs filets pour prendre des corégones. L'équipage du canoë mit le cap vers la rive. Deux chiens décharnés qui ressemblaient à des renards accoururent en aboyant, et les braves, abandonnant leurs filets, se précipitèrent vers le village.

« La tribu de Chocolate River, annonça Morel. Des imbéciles et des pochards. On laisse les rameurs, et nous on continue sur la rivière. Une demi-journée sur l'eau, et ensuite à pied.

– Combien de temps faudra-t-il marcher ?

– Quatre jours. » Et Morel rectifia après un silence : « Pour vous, c'est peut-être plus.

– Disons cinq, alors. »

Comme ils approchaient de la terre ferme, les Indiens descendirent dans l'eau et menèrent l'embarcation vers le bord, puis Morel, quittant à son tour le canoë, souleva le pasteur sur son dos pour le déposer délicatement sur le rivage. Small Throat et son camarade s'occupèrent de transporter les paquets sur la berge, au-delà d'un banc de sable qui bloquait l'accès à la rivière. Pour finir, Morel hissa le bateau ruisselant sur sa tête et l'installa à côté des provisions.

« Rien qu'une pipe, s'écria-t-il en détachant de sa ceinture la blague à tabac. Après on repart. »

Le pasteur but une pleine tasse d'eau du lac et en versa autant sur sa tête. Alors qu'il se séchait le visage, plusieurs Indiennes apparurent à l'entrée du village, devisant avec entrain et portant sur un travois la carcasse éventrée d'un cerf. Après avoir fait halte pour observer le révérend Stone, elles posèrent la dépouille près d'un cadre de séchage et se mirent à l'ouvrage. Curieux, pensa le pasteur, qu'il n'existe pas dans les villages indiens de place ou de lieu de rencontre, et que l'on ne cherche pas à ordonner la disposition des huttes. Il se demanda ce que cela pouvait révéler de leur société.

Avisant Small Throat et le deuxième brave un peu plus loin sur la berge, le révérend Stone comprit en sursautant qu'ils attendaient leur paye. Il se porta à la rencontre des deux garçons, écartant les paumes en signe de patience et de bonne volonté.

« Un moment, je vous prie. D'accord ? Vous patientez ici ? »

Il s'éloigna en toute hâte, tandis que Small Throat opinait sans conviction. Le pasteur trouva Morel au bord de l'eau, assis sur un baril de farine, en train de gratter le fourneau de sa pipe de la pointe d'un canif.

« Monsieur Morel. »

Le guide ne leva pas la tête de son ouvrage. Sous son chapeau incliné de côté, ses cheveux ramenés en avant pendaient comme un voile noir et lui cachaient les yeux. En le voyant ainsi, le pasteur ressentit un agacement inexplicable.

« Monsieur Morel. Je suis manifestement en difficulté. Je dois rémunérer le travail des rameurs, mais mon argent s'est volatilisé, pièces et billets.

– Votre argent a disparu.

– Oui, c'est bien ça. Je pense que les pièces sont tombées de ma poche au moment où j'ai embarqué, ou pendant que je dormais...

– Vous croyez que les Chippewas sont voleurs ?

– Bien sûr que non ! J'ai simplement perdu ces pièces – elles ont glissé de ma poche, ou quelque chose d'aussi bête que ça.

– Et moi, vous croyez que je vole ? » Ignace Morel se leva et planta la pipe entre ses lèvres. « Vous pensez que je suis voleur, que je vous prends votre argent quand vous dormez ?

– Non, non ! Bien loin de moi cette idée ! » Surprenant dans sa propre voix une pointe d'irritation, le révérend Stone inspira pour recouvrer son calme. « Mon argent a disparu, et je dois payer les braves pour leur travail. J'espérais pouvoir vous emprunter une petite somme. »

Morel fourra la pipe entre ses lèvres humides. Il dégageait une forte odeur d'oignons et de fumée âcre.

« Combien vous voulez ?

– Deux dollars, pour leur salaire. Vous me rendriez un immense service. »

La requête du pasteur semblait amuser Morel. Il aspira une longue bouffée de tabac, les bras croisés sur sa large poitrine.
« Non. »
Le révérend Stone hocha la tête, sur la défensive.
« Si vous me prêtez deux dollars aujourd'hui, je vous en rendrai quatre dès que nous serons à La Sault. Les deux dollars supplémentaires feront office d'intérêt. »
Une lueur passa dans les yeux de Morel, tel un courant sous la surface d'un lac.
« Vous gagnerez deux dollars sans risques ni efforts. Je vous rembourserai sitôt notre retour à La Sault. Edwin Colcroft m'a proposé un crédit. »
C'était un mensonge. Il pouvait facilement se transformer en réalité, mais pour l'instant le pasteur mentait. Il avait menti au moment d'engager les rameurs, et il continuait de mentir quand il fallait les payer. Le péché au service du péché. La sueur ruisselait sur sa nuque.
Ignace Morel dénoua les cordons de sa blague pour en tirer une pincée de tabac dont il bourra sa pipe avec le pouce. Un sourire moqueur tordit ses lèvres, et il dit encore une fois :
« Non. »
Le pasteur ne put réprimer son envie de rire. Ignace Morel le regarda d'un œil furieux, si bien qu'il se passa les mains sur le visage pour modérer son hilarité.
« Toutes mes excuses, dit-il enfin. Je suppose que ça n'a aucune importance. Je vous offrirais dix dollars que vous me refuseriez quand même votre aide. Je me trompe ?
– Vous croyez que je vole.
– Bien sûr que non. Monsieur Morel.
– Vous croyez que je vole parce que je suis un catholique, et que les catholiques sont comme ça. Non ? Mais qui c'est, ici, le voleur ? Vous qui allez payer les rameurs en monnaie de singe, vous voyez bien qui est le voleur. Vous leur donnez la Bible comme salaire, et c'est vous le voleur !
– Monsieur Morel.
– Vous croyez connaître les catholiques, mais vous vous trompez. Vous êtes un voleur qui brûlera en enfer. Vous brûlerez en enfer pendant que je jouerai du violon au ciel. »

Le révérend Stone esquissa un geste d'impuissance.

« Veuillez me pardonner si je vous ai offensé. »

Ignace Morel détourna le regard, les mâchoires serrées.

« On part dans dix minutes. Allez-vous-en. »

Ce fut avec une curieuse impression de légèreté que le pasteur s'éloigna. Il avait pris un risque, et il avait échoué. Il fallait qu'il en assume les conséquences. Ce n'était que justice. Pour la première fois depuis des semaines, il connut une sérénité sans mélange.

Small Throat et son compagnon l'observaient depuis la plage. Le révérend Stone les rejoignit avec un sourire crispé.

« Je crois que c'est le moment de vous payer ! » fit-il en palpant la poche de sa veste. Et il précisa à l'intention de Small Throat. « Pas de pièce. Pas cette fois. »

Le brave le regardait fixement.

« Vous comprenez ? Pas de pièce. Pas de dollar.

– Pas de dollar. »

Small Throat murmura quelque chose en chippewa, et son camarade hocha gravement la tête. Ils ne paraissaient pas fâchés, ni même surpris.

Le pasteur tira de sa poche le livre de Catlin. *Lettres et Notes sur les Mœurs, les Coutumes et la Condition des Indiens d'Amérique du Nord, écrit au cours de huit années de voyage parmi les tribus les plus sauvages d'Indiens d'Amérique du Nord.* La couverture cartonnée était gâtée de plis et de taches, et la pluie avait boursouflé les pages. Tenant le volume entre ses mains, le pasteur le remit à Small Throat en s'inclinant légèrement.

« Veuillez accepter cet ouvrage en guise de salaire. »

Small Throat, soulevant la couverture, fit craquer le dos de la reliure. Il contempla le portrait d'un chef mandan paré d'une coiffe en plumes d'aigle et d'une tunique à rubans, qui posait, l'allure flegmatique, pour Catlin et ses pinceaux. Des braves, des squaws et des enfants s'étaient attroupés autour de la toile inachevée, partagés entre la fascination et l'effroi. Small Throat tourna doucement la page.

Le regard du révérend Stone se perdit au-delà des braves. Ce livre, il l'avait payé un dollar, et à présent il lui en faisait économiser deux. Un profit modeste en pays indien. Quelle que fût la logique de la situation, le pasteur se sentait méprisable. Il regrettait de ne pas avoir donné plutôt sa bible. Elle, au moins, contenait une magie véritable, même si elle venait des hommes blancs.

Small Throat referma le volume et jeta un coup d'œil vers l'autre brave, puis il acquiesça d'un signe de tête inexpressif. Le révérend Stone en eut le souffle coupé.

« On y va, maintenant ! » Dans un frottement de gravier, Morel tira le canoë sur le rivage. « Allons-y !*

– Prenez également ceci. S'il vous plaît », dit le pasteur en tirant de sa poche une carotte de tabac. Il se l'était procurée la veille dans les affaires de Morel, pendant que le *voyageur* ramassait du bois. « Prenez, j'espère que ça vous conviendra. Sinon je vous présente toutes mes excuses. »

Small Throat accepta le tabac, et avant qu'il n'ait pu dire un mot, le révérend Stone lui tapa sur l'épaule et s'empressa d'aller retrouver Morel.

La rivière aux eaux brunes, étroite et paresseuse, était bordée d'ormes rouges et d'érables negundo. Des arbres qui poussaient aussi à Newell, le pasteur les reconnaissait. La lumière filtrait à travers le couvert et se posait à la surface comme des pièces de cuivre. Emporté par un élan d'enthousiasme, le révérend Stone empoigna la rame, mais au bout d'une heure la fièvre et la fatigue eurent raison de lui. Il s'allongea au fond du bateau, le chapeau rabattu sur les yeux. Les ormes défilaient comme de vagues et précieux souvenirs.

Lorsqu'il se réveilla, il soufflait un vent frais et le soleil avait sombré derrière les cimes. Les flots assombris avaient pris la couleur du chocolat, un profond parfum de mousse imprégnait l'atmosphère. Ils dressèrent le campement sur une bande herbeuse, et le révérend Stone plongea immédiatement dans un sommeil sans rêves. Il s'éveilla affamé avant le lever du jour, ses forces régénérées. Morel prépara un rapide petit-déjeuner, puis ils reprirent leur voyage. Vers midi la rivière s'étrécit aux dimensions d'un goulet, où les eaux écumeuses se précipitaient à travers un dédale de pierres. Morel mit le cap sur le rivage, et, s'enfonçant dans l'eau jusqu'aux genoux, il lança à terre un ballot de vivres. Ensuite il peina jusqu'à la berge, le pasteur cramponné à son dos. Quelques mètres en amont, on apercevait dans l'herbe un esquif retourné.

« Qui ça peut bien être ? s'enquit le révérend Stone.

– C'est leur canoë à eux. Votre fils.

– Le canoë de l'expédition ? »

Il se rua vers l'embarcation sans attendre de réponse. C'était un bateau de Blancs aux planches colmatées par de la résine d'épicéa, à la coque blasonnée d'une lune jaune. Un sac en toile vide gisait près de la poupe. Lorsque le pasteur le souleva, une pluie de farine se dispersa dans l'herbe.

« Ils sont passés par ici ! » Il s'empara du sac, envoyant dans les airs des volutes crayeuses. Le révérend Stone éclata de rire, le goût de la farine sur la langue. « Il est passé par ici, à cet endroit précis ! Mon fils ! »

Un frémissement s'éveilla aussitôt en lui. Baissant la tête, il lutta contre les larmes qui lui montaient aux yeux. Il imaginait son fils traînant le bateau sur la rive, les lèvres fermement serrées, les joues rosies par ce violent effort. Ses épaules ployaient sous le poids du fardeau. Le pasteur froissa le sac vide contre son menton.

Mais non, il se trompait : il revoyait toujours un Elisha de treize ans, au lieu du jeune homme qu'il était devenu. Il se demanda un instant si sa venue n'était pas une grave erreur, une décision enracinée dans une réalité révolue. Mais dans le fond, pensa-t-il, cette question ne rimait à rien. Il était là, qu'il ait raison ou tort.

Il rejoignit le *voyageur*, qui répartissait leurs provisions en deux paquetages.

« Ils sont passés très récemment, lui dit le révérend Stone. J'ai retrouvé un vieux sac de farine, et elle est encore sèche. »

Morel attacha une courroie en cuir et tira dessus pour vérifier qu'elle était assez tendue.

« C'est pour vous.

– Je dois le porter ? »

Morel serra la sangle d'un deuxième paquetage, puis il s'agenouilla pour l'arrimer sur son dos. Passant la lanière au-dessus de sa tête, il se pencha en avant jusqu'à ce qu'elle soit bien ajustée sur son front et se leva en grognant.

« Je vous montre. Venez. »

Le révérend Stone s'accroupit devant le voyageur. Il entendit Morel soulever le paquetage, et l'instant d'après il chutait en avant, pantelant, en appui sur les coudes et les genoux. Il lui semblait qu'une meule lui broyait les épaules. Morel l'aida à se redresser, tâtonnant sur son front pour fixer la courroie, et bientôt il sentit le cuir lui échauffer la peau tandis que la charge s'équilibrait sur son dos. Il risqua alors quelques pas chancelants, comme déjeté par le roulis d'un navire, et se retint au tronc d'un érable à sucre.

« Vous êtes prêt ?

– Oui, haleta le pasteur. Je suis prêt. Mettons-nous en route. »

Morel frappa deux fois dans ses mains et ouvrit la marche en fredonnant :

« *Jamais je ne m'en irai de chez nous, j'ai trop grand-peur des loups...* »

C'est à cause de moi qu'il a choisi une chanson sur les loups, supposa le pasteur. Il s'imagine que j'ai peur, le pauvre bougre. À moins qu'il ne cherche à m'effrayer.

Il s'enfonça dans la forêt à la suite du guide.

Ils progressèrent lentement dans la pénombre de la haute futaie, par étapes de vingt minutes suivies de dix minutes de repos. À chaque halte, le révérend Stone glissait dans un sommeil agité. Des images faussées de son enfance formaient alors la matière de ses rêves, rejoignant à son réveil le monde de ses souvenirs. Un garçon dégingandé qui cheminait dans un labyrinthe de pacaniers, la peau rougie par le soleil. Des senteurs de vieux bois et de fougères, la chaleur suffocante du mois d'août. Les piaillements de la fauvette, pareils aux jacasseries infatigables d'un bambin. Il avait dix, onze, ou douze ans en ce temps-là. Ses randonnées duraient tout le matin, et quand il avait dépassé son dernier repère, ruisseau ou affleurement de roche, une onde de panique le gagnait à l'idée qu'il avait poussé trop loin. La forêt l'envoûtait de sa beauté menaçante : ses arbrisseaux et ses ossements desséchés, ses relents de terre et de mort. Il s'appuyait contre le tronc d'un pacanier, le pantalon déboutonné, et s'enfonçait en lui-même jusqu'à ce que le monde s'évanouisse dans une lumière crue et brûlante. Quand il avait terminé il rentrait chez lui en courant, transporté sur les courants du plaisir et de la culpabilité. Une voix appelait alors dans le lointain, *Will-iam*, deux longues syllabes descendantes. C'était sa mère qui lui demandait de rentrer pour la nuit. Encore aujourd'hui, il entendait sa voix avec une douloureuse netteté. Jamais un homme n'oubliait ces accents-là, pensait-il.

Il avança péniblement tout au long de l'après-midi, absorbé dans ses souvenirs. Une fille émergea des ombres : solidement charpentée, des taches de son sur les bras, des yeux d'animal carnassier, des cheveux d'un blond presque blanc, nattés dans le dos. Était-elle autre chose qu'une illusion ? Tapie derrière un arbre, elle observait le garçon par une trouée dans les branchages. Il revit aussi une autre image d'elle, en robe de lin bleu, ses cheveux épars semés de luzerne, debout à quelques pas de lui. Elle s'appelait Elizabeth Grady et travaillait comme domestique chez les Carroll. C'était son escapade du samedi, seule dans la forêt. Ils ne dirent pas un mot, les yeux fermés, tandis que leurs mains s'activaient. Et ensuite la lumière déchirante, le cri étouffé, le halètement – elle avait disparu lorsqu'il rouvrit les yeux. Sans doute l'avait-il inventée.

Ce soir-là ils campèrent dans un bosquet de pins blancs, et Morel mit la poêle sur le feu pendant que le pasteur s'allongeait avec précaution sur son sac de couchage. Le sommeil s'empara de lui dans l'instant. Il s'éveilla dans les ténèbres veloutées, courbatu de frissons, ses vêtements moites de sueur. Affamé, il souleva le couvercle de la poêle et découvrit la bouillie de maïs engluée dans la graisse. Il en recueillit une part dans sa main et la dévora avidement. Il trouva à la nourriture un goût de sang prononcé, sans être sûr que cette sensation était bien réelle. Le révérend Stone s'essuya les mains dans l'herbe et retomba sur son sac de couchage.

À présent il battait des paupières, essayant de s'arracher au sommeil. Le jour s'était levé, et des traits de lumière transperçaient le couvert. Le pasteur n'osait pas bouger, par peur de bouleverser l'équilibre précaire qui s'était fait en lui. Au premier mouvement, un flot de bile lui monta à la gorge. Alors il resta allongé, parfaitement immobile, avec la vague idée qu'il était toujours livré au repos, plongé dans un rêve pénétrant. Puis cette pensée s'estompa dans une sensation de malaise.

« Buvez ça. »

Ignace Morel, campé au-dessus de lui, lui offrait une tasse de thé fumante. Il avait déjà allumé un feu et planté deux tentes, et son fusil était couché sur un morceau de toile cirée, prêt à être nettoyé. Les chants d'oiseaux s'épanchaient en cascades des pins qui les entouraient.

« Aujourd'hui on reste ici.

– Et pour quelle raison ?

– Vous êtes trop faible. On ne peut pas continuer. » Morel lui tendit brutalement la tasse. « Buvez. »

Le pasteur la prit et la posa au sol, puis il se mit debout avec peine.

« Nous devons poursuivre, protesta-t-il, j'y tiens.

– Vous vous asseyez, répliqua Morel avec colère. Vous ne pouvez pas continuer. Il vous faut du repos.

– Je me suis reposé toute la nuit et une bonne partie de la matinée. Mettons-nous en route. »

Le *voyageur* cracha par terre.

« Vous n'êtes qu'un vieil imbécile.

– J'insiste pour que nous repartions ! Je vous paie pour que vous m'escortiez, et c'est ce que vous devez faire ! »

Morel ramassa la tasse et versa le thé dans le feu, faisant siffler les braises. Ensuite il défit le paquetage du révérend Stone et s'empara d'une marmite et d'un sac de haricots qu'il fourra dans son propre bagage. Jetant le ballot allégé au pied du pasteur, il arracha les piquets de tente et roula les toiles, puis il se saisit de son fusil et chargea son paquetage. Sans un mot, il s'engagea dans la forêt.

Ils marchèrent vers l'est toute la matinée, et à chaque pas, le révérend Stone devait concentrer toute son attention. Les couleurs se troublaient devant ses yeux, des verts, des bruns et des bleus à l'éclat agressif. Il n'était plus capable de mettre deux idées bout à bout. Tout à coup, il leva les yeux et remarqua sur un tronc de pin un repère de nivellement de la taille d'un poing, qui dénudait le bois d'un beige pâle.

« Regardez ! Vous avez vu ?

– C'est une marque à eux ! s'écria Morel, qui le précédait d'une trentaine de pas. Il n'y a pas longtemps qu'ils sont passés.

– Ce qui signifie que nous suivons le bon chemin ! C'est magnifique ! »

Le révérend Stone étreignit un pin pour se soutenir, la respiration laborieuse. Dès qu'il fit un pas ses genoux se dérobèrent et il s'effondra lourdement sur le flanc, perdant son paquetage.

Il gisait sur une molle litière d'aiguilles de pins baumiers, humant leur fragrance. C'est tout ce dont j'ai besoin, se dit-il. Une semaine de repos au presbytère, dans mon lit, entre les draps propres et frais. Corletta sur le seuil de la chambre, apportant de l'eau à la mélasse et un bol de gruau. Le beuglement lointain des vaches de la ferme Geary, une rumeur de voix dans le temple : Edson entraînait la congrégation dans la prière.

Morel se tenait debout au-dessus de lui, le front rougi par la sangle du paquetage.

« Vous le voyez, hein, vieil imbécile, que vous êtes trop faible ! »

Il observa le pasteur quelques instants, puis un voile d'inquiétude passa dans son regard. Le révérend Stone éprouva une frayeur soudaine.

« Vous aviez raison. Il faut prendre un moment de repos. Disons une heure. »

Morel, contrarié, entreprit d'établir le campement. Il fit du feu, mit de l'eau à chauffer pour le thé, ramassa une brassée de branches de pin baumier et planta une tente. Le révérend Stone le regardait, allongé sur le côté. Il sortit de sa poche une petite boîte verte, en fer-blanc bosselé, et déchiffra l'étiquette.

MÉDICAMENT BREVETÉ « MCTEAGUE »
CONTRE LES RAGES DE DENTS
N'A PAS SON PAREIL POUR SOULAGER
LA DOULEUR ET LA GÊNE
CHEZ L'ADULTE ET CHEZ L'ENFANT
UNE AUBAINE POUR CEUX QUI SOUFFRENT

Il ne lui restait plus que six cachets. Il en plaça deux sous sa langue avant de tendre la boîte à Morel. Celui-ci la considérant d'un œil suspicieux, le révérend Stone l'agita devant lui :

« Allez, prenez. C'est une aubaine pour ceux qui souffrent. Et la souffrance est en chacun de nous. »

Morel, agenouillé près du pasteur, glissa un cachet dans sa bouche tout en étudiant l'étiquette. Il releva bientôt les yeux, comme alerté par un bruit éloigné, puis il baissa les paupières.

« Depuis quelque temps j'ai des visions étranges, avoua le révérend Stone. Des nuages colorés qui planent au-dessus des gens, un peu comme s'ils avaient bougé en posant pour un daguerréotype. Ou comme si... un halo les enveloppait. "Halo", ce mot vous dit quelque chose ? Il s'agit d'une couronne de lumière autour du front, à la manière des anges sur les tableaux de la Renaissance. Ou alors... je ne sais que dire de plus.

– Vous voyez des halos.

– Oui, et le vôtre est noir. »

Morel étendit sa main droite et la retourna, puis il serra le poing en maugréant doucement.

« J'ai cru un temps qu'ils dévoilaient la couleur de l'âme, et que la blancheur était synonyme de pureté. Mais à présent... » Il eut un geste évasif. « J'ai rencontré des hommes que je pensais vertueux entourés d'un halo couleur de suie. Et des âmes perdues dont le halo avait la pâleur de la craie.

– C'est parce que vous êtes malade. » Morel lui prit la boîte et versa dans sa bouche les trois cachets restants. « C'est pour ça que vous voyez des choses. À cause de votre maladie.

– Peut-être, en effet.

– Mais oui, c'est sûr. Vous êtes très malade. »

Le révérend Stone sentit monter en lui une colère qui retomba peu à peu. Morel disait vrai : il était gravement malade. À l'instant même, une onde glacée circulait dans ses veines, figeant son sang et raidissant ses membres, réduisant ses poumons à de minces lambeaux de chair.

Il était malade, et rien ne garantissait qu'il se rétablirait un jour. Il considéra cette vérité avec une demi-indifférence. Ellen avait commencé à cracher du sang le troisième dimanche de mars, et le 15 septembre elle reposait sans mouvement dans sa chambre du presbytère, les yeux fixés sur la croisée ouverte dont la brise soulevait les rideaux. Le mal du révérend Stone s'était déclaré onze mois plus tôt. Et pourtant, y avait-il réellement quelque chose à craindre ? Contrairement à son père, il ne croyait pas à l'inexorabilité du destin. Les rétributions de l'au-delà découlaient sans nul doute des actes accomplis dans cette vie. Dans l'esprit du révérend Stone, cette expérience se présentait comme un élan profond de fraternité envers le reste des hommes, son amour pour Ellen mille fois multiplié. Ou un millier de fois mille. Et cependant, au moment même où il méditait cette idée, un accès de terreur le saisit.

Pour la deuxième fois, il s'interrogea sur le bien-fondé de son voyage. Il aurait pu tout aussi bien attendre à Newell le retour d'Elisha, prier dans le temple vide jusqu'à ce qu'une forme de compréhension se fasse jour en lui, ses poumons adoucis par le climat lénifiant du Massachusetts.

Il se leva, et Ignace Morel lui jeta un regard, d'un calme béat.

« Combien nous reste-t-il ? demanda le révérend Stone.

– Trois jours. Peut-être quatre.

– Soit. On continue, alors ? »

Sans même attendre de réponse, il chargea son paquetage et s'en alla vers l'est, à travers la forêt.

6

Désormais le professeur Tiffin travaillait même la nuit, à la lueur d'un cercle de torches en bois résineux plantées au faîte de la colline. Depuis le campement, au bas du coteau, Elisha regardait les flammes clignoter et s'embraser, semblables à des lucioles. De retour à l'heure du petit-déjeuner, Tiffin buvait un thé, remuant les lèvres dans un monologue silencieux, et rassemblait des vivres pour sa collation de l'après-midi. Ses ongles étaient bordés de sang, des écailles de terre sombre lui couvraient la face. Il repartait vers le sommet sans avoir prononcé une parole.

Il se tint à ces habitudes pendant trois jours de chaleur brumeuse.

Le matin, Elisha récoltait de l'oseille et des oignons sauvages, et traçait des croquis des mésangeais du Canada qui voletaient sur le campement. L'après-midi il assistait Mr Brush, qui partait évaluer les ressources forestières sur les vastes étendues de pins, puis il rentrait au crépuscule avec deux lièvres ou une paire de grouses. Pendant qu'il s'occupait du dîner, Brush effectuait ses calculs de la densité du bois, un pli satisfait au coin des lèvres. Il ne reparla pas de Susette, ni de l'offre qu'il avait faite près de la cascade. Elisha en vint à se demander s'il ne s'était pas mépris sur ses intentions.

Au matin du quatrième jour, Tiffin ne se montra pas pour le petit-déjeuner. Elisha, qui avait fait frire une galette grumeleuse et une tranche de poitrine de porc, regardait Brush se régaler. Après une dernière bouchée de pain graisseux, celui-ci frappa dans ses mains.

« Bien ! Je crois que le temps est venu de nous renseigner sur les activités de notre estimé collègue ! »

Là-dessus, il entama l'ascension du coteau en sifflotant un air guilleret. Elisha comprit qu'il faisait partie de ces gens dont le bonheur ne s'épanouissait qu'au spectacle des infortunes d'autrui. Ou quand ses propres succès surpassaient ceux de ses semblables. Un cri venu du sommet le fit s'arrêter net. Un mainate religieux croassa, puis un nouveau cri s'éleva et s'acheva en une longue plainte hachée. Brush dévala le versant pour regagner sa tente et s'emparer de son fusil, un sac de munitions sur l'épaule. Elisha empoigna l'autre arme, la poitrine oppressée. Le cri se répéta, rappelant un pique-bois en train de picasser. Elisha, sidéré, reconnut un éclat de rire. Un rire sourd, insolite, qui se propageait dans la forêt déserte. Mr Brush se mit à courir.

Quand ils atteignirent le sommet, Tiffin était assis en tailleur devant une série de trous dispersés, fraîchement creusés. Il n'avait ni souliers ni chapeau, et des touffes de cheveux hirsutes couronnaient son crâne brûlé par le soleil. Entre ses bras, était nichée une large pierre plate qu'il berçait comme un bébé. Et il riait toujours. Il adressa aux deux hommes un sourire extatique, des larmes plein les yeux.

« Enfin vous voici ! Vous serez donc mes témoins ! »

La stèle avait le format d'une bible, et sa surface plane était gravée de signes à peine distincts. Les symboles s'alignaient en rangées incurvées au-dessus du dessin grossier d'un groupe de silhouettes qui se tenaient par le bras autour d'une haute spirale : un feu ou un tourbillon, ou bien une colonne de lumière. Une étoile, ou le soleil, était représenté au-dessus. Tiffin gratta la terre incrustée dans les rainures de la spirale.

« Elle était enfouie au-dessous d'un crâne d'ours ornementé ! J'ai exhumé le crâne il y a deux jours, présumant qu'il renfermait un parchemin, ou une petite tablette. En découvrant qu'il était vide, j'ai abandonné le site. Et aujourd'hui, j'ai décidé de fouiller plus profondément. J'étais prêt à tout, vous comprenez, j'avais examiné chaque particule de terre sur cette colline ! Regardez donc ceci. »

Tiffin prit une des pochettes en soie où l'on recueillait les spécimens, et en tira une pincée de farine qu'il répandit sur la tablette. Quant il eut brossé l'excédent, les symboles se détachèrent très nettement en relief, comme des marques à la craie sur une ardoise.

« Je ne savais plus que faire, vous comprenez ! J'en ai déduit que le crâne d'ours n'était pas là pour abriter la tablette, mais pour adresser un message aux initiés du *Midewiwin*, leur indiquer qu'ils creusaient bien à l'endroit voulu. Et je ne me suis pas trompé ! »

Elisha, déconcerté, resta cloué sur place. Susette avait soutenu que les tablettes ensevelies n'existaient pas vraiment, et voilà qu'il en avait une sous les yeux.

« Bien entendu, il est tout à fait logique que pour la fabrication d'un tel artefact, ils aient préféré la pierre à l'écorce de bouleau. La pierre, en effet, est une matière imputrescible, ce qui importe grandement lorsqu'on veut conserver un objet en terre pendant cinquante ans ou cinq cents, voire cinq mille ! Les indigènes du passé comprenaient sûrement que l'humidité...

– Cessez de jacasser comme un idiot, coupa Mr Brush. Que représentent ces symboles ? »

Tiffin porta une main à son front, momentanément désemparé.

« Je l'ignore. Bon nombre d'entre eux ne me sont guère familiers. Nous avons là, toutefois, des pictogrammes traditionnels du peuple chippewa. Quant aux autres, ici, ils ressemblent à des caractères hébreux qui, à de rares exceptions près...

– Expliquez-nous leur signification. »

Tiffin fut pris d'un rire nerveux, regardant tour à tour Elisha et Brush. Encore une fois, Elisha nota chez lui un certain manque de naturel, quelque chose d'étudié dans ses gestes et ses intonations.

« Il s'agit apparemment d'un récit de voyage – un très long périple entre une mer chaude et un vaste océan déchaîné, qu'ils auraient atteint en franchissant un détroit. Un des signes semble figurer un poisson, ou bien une tortue. Vient ensuite la relation de longs jours de navigation sur les eaux d'un fleuve parsemé d'îles, et enfin l'arrivée ici même, au bord de ce lac. Ce symbole, là, je me demande ce qu'il signifie. Un grand animal à cornes, un orignal, peut-être, ou un daim. De nombreux pictogrammes renvoient aux réalités de la nature, mais je ne les connais pas. Il reste beaucoup de choses dont le sens m'échappe. »

Il se mordit la lèvre inférieure pour l'empêcher de trembler.

« Cette mer chaude, ce doit être la Méditerranée. Et le détroit, c'est vraisemblablement celui de Gibraltar, tandis que l'océan ne peut être que l'Atlantique. Ces tablettes décrivent une route maritime empruntée bien des siècles en arrière par un groupe d'Israélites, et qui les a menés dans la région où nous sommes. Voici un artefact issu des ancêtres des chrétiens, qui ont engendré la race chippewa qui subsiste de nos jours.

– Trêve de sottises ! lança Brush en lui plantant un doigt dans la poitrine. Il y a trop longtemps que vous retardez cette expédition avec vos occupations ineptes ! Au cours des semaines écoulées, vous n'avez rien fait d'autre que lâcher des pets et lire du Shakespeare, et aujourd'hui vous nous présentez cette espèce de caillou en le faisant passer pour une pierre de Rosette. Vous n'êtes que…

– Pure jalousie ! Un jaloux, voilà ce que vous êtes ! Terrifié à l'idée de perdre son pari ! »

Brush tiqua en entendant ces mots, le visage empourpré, et partit d'un rire sans joie.

« Vous n'êtes qu'un charlatan et un fieffé menteur. »

Il ramassa son fusil et s'en fut à grands pas. Pourtant il perçait dans sa voix une note de méfiance et d'indécision. De peur, aussi. Tiffin le suivit des yeux pendant qu'il s'éloignait. Enfin il relâcha son souffle et posa une main sur l'épaule d'Elisha. L'émerveillement faisait vibrer sa voix lorsqu'il déclara :

« Mon jeune ami, c'est aujourd'hui que notre travail débute pour de bon. »

Elisha réunit son carnet et ses crayons pour reproduire minutieusement les inscriptions de la tablette, y consacrant son après-midi pendant que Tiffin arpentait la colline. Celui-ci marmottait à mi-voix et s'arrêtait de temps en temps pour lui jeter un regard par-dessus son épaule. Dès qu'Elisha eut terminé, Tiffin arracha une feuille vierge au cahier et l'étala sur la tablette. Il alla chercher une gourde remplie d'eau, imbiba le papier et l'appliqua du bout des ongles sur les rainures des caractères. Dans une tasse, il prépara un mélange fluide de farine et d'eau, qu'il versa sur le papier mouillé.

Pendant toute l'opération, Elisha fut taraudé par un souvenir de La Sault : le premier après-midi, à l'hôtel Johnston. Entré dans la chambre du professeur Tiffin, il y avait découvert un carnet, un portrait de noces, et un paquet protégé par de la toile cirée, de forme à peu près carrée. Il recherha dans sa mémoire la taille et le poids précis de l'objet. Plutôt lourd et dur comme la pierre, lui semblait-il, et du même format qu'une bible. Un frisson glacé lui courut dans le dos.

« Quand l'enduit aura séché, caractères et symboles ressortiront en relief sur le papier. Nous obtiendrons ainsi une réplique fidèle des motifs gravés, en complément de ton dessin. »

Muet, Elisha ne détachait pas les yeux de la tablette.

« Moi je transporterai l'original jusqu'à Detroit, tandis que tu te chargeras de la copie et du croquis. Par mesure de sécurité, nous embarquerons sur des bateaux différents. » Un sourire las apparut sur ses lèvres. « Mon jeune ami, nous nous tenons tout au bord de l'événement qui va séparer l'histoire en un "avant" et un "après". Est-ce que tu le sens ? Toi et moi, nous allons définir ensemble cet instant.

– Grâce à cette tablette.

– Elle est bien suffisante, mon garçon ! Ce pays est four-voyé… nous croyons que l'espèce humaine s'est divisée en ramifications multiples, Noirs et Blancs, chrétiens et non-chrétiens, supérieurs et inférieurs. Mais devant le Seigneur, il est évident que nous sommes tous égaux. Nous formons une seule et belle race. Nous donnerons son unité à ce pays, tous les hommes et toutes les femmes seront égaux entre eux, blancs, noirs ou rouges, jeunes et vieux, libres ou esclaves. Grâce à cette tablette !

– Veuillez m'excuser, mais je ne me sens pas bien. »

Elisha se précipita au bas de la colline, Tiffin continuant de l'appeler. Sur le campement, Brush était adossé à une pru-che, son journal ouvert sur les genoux. Avisant Elisha, il saisit un crayon et contempla sa page d'un air renfrogné. Le gar-çon emporta sa marmite dans la forêt, marchant comme à travers un brouillard. Il faillit même manquer un des repères marqués sur un cèdre, qui indiquait le tournant vers la rivière, en direction du nord. Parvenu au bord de l'eau, il s'assit sur le récipient retourné, le visage enfoui dans les mains. Il éprouva un désir soudain de rentrer chez lui, intense et poignant.

Chez lui. Ces mots le désorientaient un peu : Newell lui semblait d'un seul coup un lieu étranger et lointain, ses sou-venirs fragilisés par le temps. Jamais il ne pourrait retrouver la chambre de son enfance, ni les nonchalants après-midi au bord du ruisseau, derrière le presbytère. Ni la crème au citron que Corletta préparait le dimanche, pas plus que le sourire amusé de sa mère, lorsqu'elle guidait sa main pour achever une esquisse. Les pensées d'Elisha s'attardèrent sur elle, couchée là-bas dans son lit de malade. Plongée dans un demi-sommeil, Ellen attendait le retour de son fils. Et ce retour demeurait incertain. Pour elle il était devenu un fan-tôme, un pur souvenir.

Elisha ne se sentait pas prêt à affronter son père. Il avait quitté sa maison sans même un mot d'au revoir, le cœur débordant d'amertume. Encore aujourd'hui, un sombre malaise accompagnait toujours l'image paternelle. Il rêvait de le revoir, mais refusait de se montrer à lui sous les traits d'un gamin nostalgique. Ce qu'il voulait, c'était rentrer un jour à Newell à bord d'un beau coupé rouge, faire le tour du pré communal et remonter la route de la cidrerie pour s'arrêter à la porte du presbytère. Son père viendrait ouvrir, et un mélange de honte, de surprise et de respect emplirait son regard. Un jour ou l'autre.

J'irai chercher Susette, se promit-il. Demain j'attendrai d'être seul, et j'emporterai un fusil et des munitions, du riz, de la viande et une poêle. Il traça mentalement l'itinéraire prévu par l'expédition : la traversée de la forêt pour rejoindre le bateau, la remontée du fleuve jusqu'au village chippewa. Ensuite il partirait vers l'est, suivant la côte en direction de Sault-Sainte-Marie, où il prendrait un vapeur pour le Territoire du Wisconsin. Là-bas, il retrouverait Susette par hasard, dans une rue de Milwaukee, et sa première expression, dans sa spontanéité, lui apprendrait s'il avait eu raison de venir.

Cependant, alors même qu'il se représentait la rencontre, il mesura toute la vanité de son projet. Susette n'avait pas faussé compagnie à un époux pour être harcelée par un amoureux transi. Il ne l'intéressait qu'en qualité de messager, et rien de plus. Où aller, dans ce cas ? N'importe où ailleurs dans le vaste monde, certainement. Detroit, Cleveland, Buffalo ou Philadelphie. Il resta assis un long moment, le regard fixé sur les eaux sombres.

Quand il regagna le campement, Mr Brush huilait son fusil près de sa tente. Elisha alluma un feu sur lequel il cuisina un ragoût sommaire. Un peu plus tard, Tiffin surgit des bois avec l'allure d'un conquérant pénétrant dans une ville soumise. Il s'était lavé les mains et le visage et tenait au creux de son bras la tablette et son carnet, sifflotant sans rythme l'air de *Sweet Mary May*. Penché sur la marmite, il huma son contenu avec une inspiration théâtrale. Mr Brush semblait de plus en plus agacé. Tiffin se servit une portion de ragoût et s'assit près du feu pour manger, suivant du bout du doigt les symboles gravés sur la stèle, marmottant brièvement de temps à autre.

« Avez-vous l'intention de nous faire profiter de vos découvertes ? lui demanda enfin Mr Brush. Ou comptez-vous seulement grogner toute la nuit comme un corniaud en rut ?

– Des fragments ! Pour l'instant ce ne sont que des fragments ! Je travaille à l'interprétation du motif central de la tablette. Il s'agit manifestement de la représentation d'une cérémonie. On y voit des silhouettes humaines autour d'une colonne, ainsi qu'une étoile, ou un soleil. À mon avis, cette scène traduit une mesure astronomique de l'écoulement du temps. À moins qu'elle ne dépeigne un événement bien précis, indiquant l'année où la tablette a été créée.

– Et je suppose que vous avez découvert au dos la recette qui permet de transmuter en or le crottin de cheval. »

Tiffin pouffa de rire, la bouche pleine.

« Ne vous morfondez pas, mon envieux ami ! Vous avez joué dans cette expédition un rôle capital : celui du détracteur à l'esprit étroit, dont j'ai fini par triompher. Bon nombre de percées spectaculaires ont été accomplies en dépit de ce genre de personnage. Ils sont quasiment de rigueur dans toutes les histoires de grandes découvertes.

– Grande découverte ou pas, nous avons passé suffisamment de temps sur ce site. Selon le cahier des charges de l'expédition, nous devons être de retour à Sault-Sainte-Marie pour la fin août. Si nous espérons y parvenir, il faut partir après-demain.

– Vous cherchez à me provoquer, fit calmement Tiffin. Hélas, mon envieux ami, l'honnête main de la science ne tolère aucune précipitation. C'est une pudique demoiselle, timide comme l'aurore. Elle ne révèle pas ses secrets à heure fixe.

– Restez donc seul ici, si vous le souhaitez. Elisha et moi nous mettrons en route au point du jour.

– Nous avons déjà conclu un accord, lui et moi. Il est décidé à me tenir compagnie pour mes prochaines excavations.

– Ce n'est pas mon affaire, objecta le garçon. Je refuse de me prononcer. »

Mr Brush, qui avait fini de huiler le fusil, fit claquer le chien pour le remettre en place.

« En effet, ce n'est pas à lui de prendre la décision, elle n'appartient qu'à vous. À vous qui répugnez à admettre la finalité véritable de vos recherches.

– Et quel est donc mon but ? répliqua Tiffin, dérouté.

– C'est bien simple. Votre femme est une négresse, et vous un baiseur de négresses.

– Attention ! lança hargneusement Tiffin en se remettant debout, un doigt pointé vers Brush. Fermez plutôt votre sale bec.

– Et vous avez envie de croire que ce que vous embrassez est un authentique être humain. »

Alors que Tiffin marchait sur Brush agenouillé, celui-ci se déplia comme un ressort et l'atteignit à la mâchoire, avec le bruit d'une canne heurtant les lattes d'une palissade. Tiffin recula, déséquilibré, son chapeau tombé à terre, puis il fit un grand moulinet du bras en direction de Brush, qui esquiva le coup et le frappa aux côtes. Tiffin, suffoquant, se recroquevilla au sol et battit en retraite comme un chien. Sous son œil droit, le sang giclait d'une estafilade.

« Ça suffit, tous les deux ! cria Elisha. Arrêtez, bon Dieu ! »

Mr Brush s'avança néanmoins, les poings serrés à hauteur du menton. Tiffin se rua sur lui en gémissant, mais Brush, parant l'attaque, abattit ses deux poings entre les omoplates de son adversaire. Tiffin s'étala par terre comme un ivrogne. Une plainte s'éleva de sa forme allongée.

« Arrêtez ! ordonna Elisha en déchirant une cartouche pour charger son fusil. Je vous dis d'arrêter, maintenant. S'il vous plaît. »

Le professeur Tiffin se redressa en haletant, en appui sur les mains et les genoux. Elisha s'aperçut alors qu'il riait, un rire sifflant qui faisait tressauter ses épaules.

« Vous avez gagné ! »

Il se releva avec peine, souriant toujours, le sang ruisselant le long de sa joue.

« Vous êtes un lutteur chevronné. Ça, je suis prêt à vous l'accorder ! »

Mr Brush cracha par terre sans cesser de tourner en rond, échevelé, les veines palpitant sur son front en sueur. Elisha fut terrifié de le voir ainsi.

« Je vous prie d'accepter mes excuses, lui demanda Tiffin. Tout cela n'a guère d'importance, en vérité. S'il vous plaît. » Un filet de sang lui coula de la bouche, qu'il essuya avant de tendre la main à Mr Brush.

Celui-ci le dévisagea d'un air circonspect.

« Allons, le pressa Tiffin. Conduisez-vous en gentleman.

– J'en suis un, en effet. » Brush fit un pas en avant et lui donna une brusque poignée de main. « Et vous, vous n'êtes qu'un enfant de putain. »

Tiffin palpa doucement son front.

« Ah, il est déjà en train de gonfler. Un souvenir de ma découverte, je suppose. »

Brush se détourna avec un sifflement écœuré. Tiffin, alors, fondit sur lui, lui renversa la tête en avant et l'immobilisa, utilisant sa main libre pour lui bourrer la figure de coups. Son poing retombait avec un mouvement de piston, pendant que Brush, cherchant sa gorge à tâtons, l'attrapait au collet. Le professeur Tiffin se mit à râler, la face cramoisie. Brush raclait le sol du talon entre les jambes de son assaillant, qui poussait des cris de volaille blessée.

Se rapprochant prudemment des deux hommes, Elisha empoigna le bras de Tiffin et l'écarta du cou de Brush. Alors que ce dernier se dégageait, les jambes flageolantes, le nez ensanglanté, Tiffin hurla le nom d'Elisha et se campa face à lui, le regard éperdu. L'instant d'après, Brush se jetait sur lui et le frappait deux fois au visage, manquant le faire tomber. Il le saisit enfin par le col, cognant sur son nez dans un bruit de papier froissé. De nouveau Tiffin s'effondra, ses mains pleines de sang plaquées sur son visage. Il se pelotonna sur lui-même quand Brush lui décocha un coup à l'oreille.

Voyant cela, Elisha tira en l'air, une détonation sèche dont le flanc de la colline renvoya l'écho. Mr Brush se recula vivement.

« Petit merdeux ! » Il s'approcha du garçon pour lui arracher l'arme des mains, et la lança de côté. « Tu es de mon côté, ou bien du sien ? Dis-le tout de suite, sale petit merdeux ! Tu prends le parti du baiseur de négresses, ou le mien ?

– Mr Brush, je vous en prie », supplia Elisha en faisant quelques pas en arrière.

Tiffin roula sur le côté en geignant. Brush frotta sa bouche barbouillée de sang et, désignant Elisha du doigt, il s'adressa au professeur :

« Cette expédition reprendra la route après-demain. Que Dieu soit avec moi. »

Il faisait déjà nuit, mais personne ne semblait disposé à se retirer. Près du feu, Tiffin examinait attentivement le croquis d'Elisha et griffonnait quelques notes à la chiche lueur des flammes. Son œil était tuméfié, et son oreille gonflée ressemblait à une miche de pain collée à son crâne. Mr Brush se tenait assis dans l'obscurité, révélant par un mouvement occasionnel qu'il n'était pas endormi. On aurait cru que chacun répugnait à s'assoupir en présence de l'autre.

Elisha, lassé de cette situation sans issue, marmonna un bonsoir et s'allongea sur son sac de couchage. Il s'endormit en écoutant le cri d'une chouette, mais quelqu'un le réveilla aussitôt en le secouant par l'épaule. C'était le professeur Tiffin, à genoux près de lui, une main posée sur sa bouche pour l'empêcher de parler. Son haleine sentait le whisky.

« Silence, pas un mot, murmura-t-il. Il faut que tu viennes avec moi. »

Ceci éveilla dans sa mémoire un écho qui l'effraya profondément.

« Viens avec moi, tout de suite, insista Tiffin en le tirant par l'épaule. »

Elisha se leva et le suivit sur le sentier qui longeait la rivière. La nuit fraîche et sans nuages avait un léger parfum de pluie, et l'écorce des bouleaux sous la lune rayonnait d'une lueur blanche. Tiffin se frayait un chemin parmi les ombres. À cinquante mètres du camp il se tourna vers le garçon, un doigt sur les lèvres pour l'inviter au silence. Si Brush veillait toujours, pensait Elisha, le campement était encore assez proche pour qu'il surprenne leur conversation.

« Je te dois des excuses, chuchota Tiffin, par rapport à la conduite que nous avons eue, Mr Brush et moi-même. J'espère que tu pourras nous pardonner. Notre attitude est inexcusable, et tout à fait indigne de gentlemen.

– C'est pour ça que vous m'avez réveillé ? Pour me présenter vos excuses ? »

Tiffin s'inclina vers lui.

« Il faut que tu restes à mes côtés, mon garçon. Tu m'as donné ta parole au village chippewa. Tu dois tenir tes engagements ! Nous achèverons les fouilles ensemble, peu importent les menées de Brush pour nous desservir.

– Cela ne me concerne pas. Mr Brush et vous-même n'avez qu'à trouver un terrain d'entente, et je me plierai à votre décision, quelle qu'elle soit.»

Tiffin voulut sourire, mais l'effort parut lui coûter.

« Si tu restes avec moi, la gloire de cette expédition rejaillira sur toi ! Est-ce que tu en mesures bien la portée ? On t'accueillera avec les honneurs à New Haven, à Philadelphie, à Charleston, ton nom sera connu de Gray, Silliman et Morton ! Elisha Stone ! Tu seras cité dans tous les ouvrages vendus chez les imprimeurs.

– Je ne m'impliquerai pas dans le différend qui vous oppose à Mr Brush. Je refuse d'y être mêlé d'une quelconque façon. Laissez-moi tranquille, je vous prie. »

Tiffin lui saisit le bras, resserrant sa prise lorsque Elisha tenta de se libérer.

« Tu ne peux pas te soustraire à ta promesse ! Je terminerai les fouilles avec ton concours, et ensuite nous rentrerons à Detroit. Nous partagerons le prestige de la découver...

– Il n'y a rien à découvrir ! protesta Elisha en se dégageant. Susette m'a raconté la vérité avant de disparaître. La colline n'est pas un site sacré ! Il n'y a rien là-haut, rien du tout ! »

Le professeur Tiffin s'écarta, ses traits dérobés par l'obscurité, et fit entendre un rire saccadé.

« Mais bien sûr que si, il s'agit d'un site sacré ! Il renferme les pierres gravées ! Nous avons exhumé une des tablettes rituelles du *Midewiwin,* mon garçon ! C'est madame Morel qui s'est méprise !

– Les pierres gravées n'existent pas, Ignace Morel vous a abusé. Il projetait de vous conduire en pleine forêt avant de vous abandonner, mais il vous a manqué à La Sault, et c'est Susette qui l'a remplacé. Morel n'en voulait qu'à votre argent. Il n'y a pas de pierres gravées.

– Mon cher petit, répondit Tiffin d'un ton solennel. C'est toi que l'on a induit en erreur. La tablette constitue une preuve, et le monde scientifique reconnaîtra bientôt en elle...

– Cette tablette, je l'ai déjà vue dans votre chambre d'hôtel à Sault-Sainte-Marie. Avant notre départ. »

Après un court silence, Tiffin secoua la tête avec véhémence.

« Non ! Non ! Tu te trompes !

– C'est la vérité. Je suis entré dans votre chambre en votre absence et j'ai vu vos affaires étalées sur le lit. La tablette était parmi elles. Je regrette infiniment. »

Tiffin le fixait du regard avec un mélange de tristesse et d'incompréhension.

« Tu t'es introduit dans ma chambre de l'hôtel Johnston ?

– Oui, je l'ai fait. J'en suis vraiment navré.

– Mais qu'est-ce qui t'est passé par la tête ? demanda Tiffin d'un air consterné.

– Je regrette beaucoup, croyez-moi. Je suis désolé d'avoir agi ainsi. »

Tiffin parut soudain accablé de fatigue, branlant du chef sans dire un mot, et Elisha devina qu'il n'en était pas à sa première déconvenue. Il lui vint un élan de charité qu'il combattit en se répétant : Cet homme est un charlatan, un imposteur qui a péché contre la science.

« Je suis sincèrement désolé.

– À présent tu dois m'écouter, lui dit Tiffin avec calme. Il existe des théories dont nous connaissons la véracité, sans pouvoir toutefois les démontrer. Nous voyons la vérité aussi clairement que le soleil à son zénith, mais les preuves matérielles nous font défaut. C'est pourquoi nous sommes obligés de *fabriquer* ces preuves, de créer des *faits* pour les mettre au service du vrai. La vérité est plus précieuse que chaque fait pris isolément.

– Vous êtes en train de légitimer un mensonge, c'est tout. Un mensonge n'a jamais été un fait.

– Mon cher Elisha... » Son souffle haché se crispa dans un sanglot. « On nous a confisqué notre banc à l'église, tu comprends ? Nous n'avons pas le droit d'entrer ensemble dans un lieu de prière, ni de dîner tous les deux dans un restaurant. C'est une négresse et moi je suis un baiseur de négresses. C'est tout ce que nous sommes, tu vois ? Est-ce que tu le comprends bien ? »

Elisha retira la main que Tiffin voulait prendre, mais le professeur l'attrapa par les épaules et le secoua avec rudesse.

« Il faut que tu me viennes en aide. Il le faut ! La vérité compte bien plus que n'importe quel fait. Les faits sont pareils à des pierres, Elisha, mais les idées, elles, sont capables de se développer. Elles peuvent croître jusqu'à nous dépasser tous ! »

Elisha s'écarta d'un geste brusque et s'achemina vers le campement. Une espèce de rage monta en lui.

« Votre traitement contre la consomption, celui de la brochure que vous vendez à Detroit. Était-ce bien un fait ? »

Tiffin s'arrêta, décontenancé.

« Mon garçon, ce n'était qu'un remède traditionnel ! C'était insensé, peut-être, mais aujourd'hui c'est la vérité que je te montre ! Les deux choses n'ont pas plus en commun que le soleil et la lune !

– Ceux qui ont essayé votre remède ne le jugeaient pas insensé, et ils se sont aperçus qu'il ne valait rien. Ils espéraient de tout cœur qu'il était bien réel, mais ce n'était pas le cas.

– Mais si, je t'assure que si ! Mon garçon, enfin...

– C'est vous qui allez m'écouter, maintenant. Jamais je ne dirai un mot contre vous. À personne. Mais je ne vous aiderai pas non plus. Menez à bien votre plan si vous le souhaitez, mais ne me demandez pas de vous seconder. Ne sollicitez plus jamais mon aide ! »

Tiffin hocha la tête et fit mine de parler, puis il porta une main à sa bouche.

« Ce n'est pas mon affaire ! » lui dit Elisha.

Il tourna les talons et se dirigea vers le campement à travers les arbres.

QUATRIÈME PARTIE

1

Les deux hommes atteignirent une région à la chaleur sèche et immobile, peuplée de squelettes d'arbres noircis et de broussailles calcinées. Le révérend Stone se traînait péniblement parmi les monticules de cendres, courbant l'échine, la gorge obstruée de poussière cendreuse. Le soleil n'était qu'un halo indécis sur le ciel décoloré. Vers midi ils s'accordèrent un moment de repos, et quand le pasteur prit appui contre un arbre, la branche qu'il tenait se désagrégea entre ses doigts, déposant sur sa main une trace de suie. L'atmosphère était alourdie d'une odeur âcre de fumée.

Le pasteur se prit à douter de la réalité de ce qu'il voyait, de ces arbres arachnéens et de ces cendres suspendues dans les airs ou amoncelées à ses pieds. L'absence de couleurs et de sons, la chaleur, tout cela lui faisait l'effet d'une hallucination – vision délirante des cieux ourdie par la fatigue, ou fantasmagorie de l'enfer. Son esprit divaguait, ou bien la mort l'avait déjà emporté.

« Là-bas. Après cette colline. Une deuxième colline, et puis on est arrivés. »

La voix d'Ignace Morel semblait s'élever d'un abîme profond. Se tournant vers lui, le révérend Stone découvrit que ses jambières et ses mocassins étaient teintés d'un gris pâle, sa figure badigeonnée de cendre. On aurait cru que la forêt était en train de le consumer, de le métamorphoser peu à peu en un de ces arbres brûlés. Autour de son visage, ses boucles de cheveux ressemblaient à des brindilles.

« Arrivés en enfer, vous voulez dire.

– Non, pas en enfer. À l'endroit où est votre fils. » Le *voyageur* se plaça devant lui et plongea son regard dans le sien. « Posez votre paquetage.

– Il n'en est pas question. Continuons notre route. »

Morel le contourna pour soulever son fardeau et faire glisser la sangle qui entourait son front. Le retrait de la charge fit chanceler le pasteur.

« Vous êtes un gentleman, fit-il d'une voix affaiblie. Je vous dois beaucoup. »

Ils s'installèrent pour déjeuner au bord d'une rivière caillouteuse. Dès qu'il eut fait du feu et planté les tentes, Morel entra dans l'eau avec un filet à truites pendant que le révérend Stone, étourdi par l'épuisement, s'allongeait sur un lit de cendres. Le violon de Morel, qui jouait *La Belle Susette*, le réveilla en sursaut. Il eut alors une conscience aiguë des branches inclinées au-dessus de lui, de la complainte du vent dans les frondaisons, des particules de cendres qui chatouillaient son front. Il émanait de tout cela une grande beauté, comme si un aveugle rêvait d'une forêt. Les muscles de ses jambes étaient noués par les crampes. Il regretta de ne plus avoir de cachets.

À mesure de leur pénible avancée à travers les bois, le noir céda la place au gris, puis au vert. Le tapage des pique-bois s'accompagnait du chœur des oscines. Le révérend Stone fixa ses pensées sur une image de son fils : le regard apeuré et les cheveux ébouriffés, le cou long et mince, ombré de traces de boue. Il avait l'odeur acide d'une transpiration d'enfant. De sa mère, il tenait le timbre de voix, la couleur bleue des yeux, le dessin du menton. Quand je le reverrai, songea le pasteur, ce sera comme si Ellen vivait en lui. Cette idée suscitait en lui un mélange de trouble et d'enthousiasme. Il se rendait compte qu'il tentait de ressusciter le passé, dût-il se contenter de sa pulsation la plus ténue.

Un crissement rythmé accapara bientôt son attention. Il cessa de bouger. Où se trouvait-il, à présent ? Dans le Michigan, sur la péninsule au nord de l'État, au cœur d'une étrange forêt sans limites. Le bruit s'interrompit puis recommença. Il rappelait celui d'une houe retournant un sol pierreux, ou les pattes d'un renard grattant sous l'enclos d'un poulailler. Je suis à Newell, se dit-il, près à défaillir. Je suis au presbytère, et j'écoute mon vieil ami monsieur Renard. Le raclement cessa bientôt.

Le révérend Stone embrassa du regard la forêt autour de lui. Vers l'est, à quelque distance, on devinait une ouverture au sommet d'une colline basse et dénudée. Au bas du coteau, un ruban de fumée s'élevait d'un feu. Un feu de camp, constata le pasteur. Il s'approcha précipitamment, sans quitter le bivouac des yeux. Autour du foyer, trois tentes se dressaient comme de mornes bannières. Il aperçut un bref mouvement : quelqu'un se déplaçait sur le campement.

Le pasteur se mit à courir.

Comme le professeur Tiffin et Mr Brush étaient partis sitôt après déjeuner, l'un sur la colline et l'autre à la rivière pour prendre un bain, Elisha alla chercher une brassée de bois et de l'eau pour la bouilloire, puis il s'étendit près du feu, le chapeau sur les yeux. Il n'éprouvait aucun désir de quoi que ce fût, sinon regagner La Sault et percevoir sa paye. Il entendit le cri d'un moqueur-chat, suivi du choc d'une pelle. Tiffin poursuivait son simulacre de fouilles. Elisha essaya en vain de trouver le sommeil.

Il finit par se lever et réchauffa un reste de pain de maïs. Tout en mangeant, le garçon réalisa qu'il n'avait pas vu son propre reflet depuis des semaines. Il s'engouffra aussitôt sous la tente de Brush et fourragea dans ses affaires pour dénicher un miroir de poche. La glace lui renvoya un visage maigre et hâlé, aux joues foncées par une fine barbe brune. Elisha arrivait à se reconnaître, mais quelqu'un d'autre se superposait à cette image : un étranger au physique sec et nerveux, au regard interrogateur. Le garçon s'en trouva satisfait.

Le carnet de Mr Brush était posé près du paquetage. Le cuir de la reliure était tout éraflé, et la pluie avait gonflé les pages. Elisha s'en empara, guettant les bruits d'une présence dans la forêt, et chercha l'entrée du 26 juin, la première journée passée au poste de traite abandonné. Sur la page de gauche, Brush avait griffonné des notes en abrégé, avant d'en faire une transcription concise sur la page d'en face.

« 26 juin 1844

Sit. approx. 0,6 mi. amont Muddy River (Bayfield). 46° 29'. Comptoir fourrures abandonné, six hab.
Blocs schiste, très argil. (27). Quartz blanc/gris, faible quant., hornblende sch. Cailloux sil. Pas écart. bous.
Sol arg., glaise arg.limoneuse. Pauvre.
Bois, sutt pin blanc env. 6 000/ acre. Incendie rec., coupes. Pauvre. Ne convient pas chem. fer. »

À aucun moment Brush ne mentionnait le minerai de fer. Elisha se rappelait avec quelle émotion il avait rapporté les sauts d'insecte de l'aiguille de la boussole, et la découverte d'un pin tombé aux racines incrustées de minerai. Il revoyait aussi le spécimen schisteux aux veines d'hématite rougeâtre. Il parcourut le récit rédigé sur la page opposée.

« 26 juin 1844

Ce soir, nous avons remonté la Muddy River sur un peu plus d'un demi-mile, par temps d'orage. C'est une rivière large et paresseuse, à laquelle la résine de pin donne une teinte cuivrée. Nous avons trouvé un comptoir de fourrures abandonné comprenant cinq habitations. Une grande quantité des pins blancs (*Pinus strobus*) environnants ont été coupés. Ici les formations rocheuses se composent pour l'essentiel de schiste formant des blocs peu élevés, mêlé d'un peu de quartz gris ou blanc, et de hornblende schisteux. Le sol est pauvre et argileux, avec ici ou là de la glaise argilo-limoneuse. On ne voit aucun indice d'un incendie récent. »

Elisha relut le texte, s'efforçant d'accorder ses propres souvenirs au compte rendu de Brush. Il se reporta ensuite aux notes des jours suivants, pendant le séjour au poste de traite :

si l'estimation des ressources forestières semblait juste, on ne trouvait en revanche aucune allusion au minerai, sinon la limonite citée à deux reprises. Si l'on se fiait au rapport de Mr Brush, la région n'était qu'une étendue déboisée et sans valeur.

Ainsi il avait deviné juste, même si Brush avait prétendu le contraire. Il s'apprêtait à déclarer sans intérêt des terres riches en fer, afin de les acheter pour trois fois rien. Elisha sentit la colère frémir en lui. Prenant son carnet et ses crayons, il recopia les entrées correspondant aux jours où Mr Brush, à ce qu'il se rappelait, avait repéré du minerai de fer. C'est moi qui vais acquérir ces fichues terres, décida-t-il, j'emprunterai de l'argent et je les achèterai, et ensuite j'en réclamerai un tel prix à Brush qu'il sera vaincu par sa propre escroquerie. Ses doigts tremblaient en tenant le crayon.

Elisha se figea, percevant un bruissement dans les arbres. Il poussa le cahier près du paquetage et rangea le miroir avant de se faufiler hors de la tente. Un homme courait dans la forêt pour rejoindre le campement. Il était tout vêtu de noir, veste, pantalon et chapeau rond. Elisha, sur le point de charger son fusil, recula d'un pas en observant la silhouette. Un Blanc qui n'était ni Brush ni Tiffin, en tenue et chaussures de ville, sans paquetage sur le dos. L'homme s'effondra à genoux et perdit son couvre-chef.

Plus tard, Elisha se rappellerait la lumière des bois à cet instant précis : le soleil nimbait le corps de ses longs rayons effilés, comme s'il venait de descendre des cieux. Sa respiration se bloqua. Il resta un moment immobile, attendant que la vision se dissipe, puis il posa le fusil et leva la main. L'homme poussa un cri de joie. Elisha leva la main encore plus haut et partit à la rencontre de son père.

Il l'aida à s'allonger sur une litière de branches de sapins baumiers. Était-il en train de rêver ? Le père qu'il connaissait était droit et raide, rasé de près, l'haleine sentant la réglisse. À présent il avait devant lui un homme à la figure hâve, à la barbe maigre et mal taillée, aux doigts grêles comme des brindilles. Il portait une veste élimée, un pantalon aux revers effrangés. On dirait un épouvantail, pensa vaguement le garçon, planté dans le potager d'une ferme. Celui qui se tenait face à lui n'était pas son père, et pourtant ce ne pouvait être que lui.

« Tu es surpris, fit le révérend Stone, reprenant son souffle. C'est tout à fait naturel. J'aurais volontiers écrit pour t'avertir, mais je n'avais aucune adresse. »

Elisha fut frappé par la faiblesse de sa voix.

« Vous êtes à bout de forces, lui dit-il. Il faut que vous vous allongiez, que vous preniez du repos. Je vais vous préparer du thé.

– Au contraire. Je ne m'étais pas senti aussi bien depuis des semaines. L'air de la forêt agit comme un tonique. Le climat du lac ne m'a pas semblé aussi salubre. »

Elisha ne pouvait détacher les yeux de son visage. Il aurait voulu toucher son front pour se convaincre qu'il n'était pas un leurre engendré par la fièvre. Des taches d'un brun pâle parsemaient ses joues, ses lèvres étaient flétries et craquelées. Un masque de vieillard plaqué sur les traits de son père.

« Vous êtes tout seul, fit remarquer Elisha. Est-ce que vous êtes venu par vous-même, sans prendre de guide ? »

Le révérend Stone scruta la forêt un peu plus loin.

« Mon aimable compagnon est dans les parages. Le bougre est assez irascible, mais c'est un guide très précieux. On a quasiment volé sur les eaux du lac. »

Sa respiration ne s'était pas encore apaisée.

« Cessez de parler, lui demanda Elisha. Je vais vous trouver de quoi manger. Vous devez être affamé. »

Le pasteur ne protesta pas. Avec des mouvements pressés, Elisha fit infuser du thé et mit de la bouillie à frire, les pensées en désordre. Le révérend Stone le regarda s'affairer. Pendant que la nourriture réchauffait, Elisha rassembla des branches pour faire une litière, et s'aperçut avec horreur qu'il cherchait un prétexte pour s'occuper : il ne savait que dire à son père.

Ce fut le pasteur qui parla. Il décrivit son dernier prêche au temple de Newell, les bancs qui débordaient jusque sur la galerie, les vitres illuminées de soleil. Il avait prévenu la congrégation de son prochain départ, et après l'office, tous lui avaient prodigué leurs meilleurs vœux pour son voyage et pour la santé d'Elisha. Herbert Weatherford, James Davidson et Asa Snow, Corletta et Charles Edson. Il lui raconta le trajet en train jusqu'à Buffalo, sa rencontre avec Jonah Crawley, puis la traversée en vapeur vers Detroit et le beau sermon du révérend Howell. Les vagues qui frappaient comme des marteaux la coque du *Queen Sophia*, au moment de la tempête. Il termina par sa visite à Edwin Colcroft et son départ de La Sault.

« Un territoire aussi sauvage, aussi beau, conclut le révérend Stone. Je souhaite qu'il ne se joigne jamais au monde civilisé. »

Le pasteur but une longue gorgée de thé. Elisha tâchait de l'imaginer affrontant la circulation du Grand Circus, ou marchandant avec un voyageur de Sault-Sainte-Marie, mais il n'arrivait pas à se le figurer. Son père était un homme posé et sérieux, mesuré au point de paraître solennel. Il ignorait tout de la passion, de l'impatience. Un jour, sa mère lui avait dit qu'il avait pleuré au moment de leur mariage, et il en était resté sidéré, comme si on lui parlait d'une autre personne.

« J'ai suivi pratiquement le même itinéraire, à ceci près que j'ai rallié Detroit par voie de terre. J'ai catalogué des spécimens pour un certain Alpheus Lenz, qui habite sur Woodward Avenue. C'est ce qui m'a amené à prendre part à cette expédition – j'avais envie de découvrir une nouvelle espèce. Une fleur, un poisson, un insecte, peu importe. »

Le révérend Stone lui adressa un sourire pensif.

« C'est quelque chose que tu aimes – marcher, ramer, collecter des spécimens. Ça t'a toujours plu, même quand tu étais petit.

– Je le croyais, disons. Je pense que je me faisais de ce travail une idée qui ne correspond pas tellement à la réalité.

– C'est presque toujours ce qui se produit. »

Elisha sourit à son tour. Toutes les années où il avait imaginé ces retrouvailles, il se voyait amer, le regard chargé de colère, tandis que son père bafouillait des excuses. Mais à présent qu'il était là, il n'éprouvait aucune rancœur. Le bonheur qui l'habitait lui amenait presque les larmes aux yeux.

« Le professeur Tiffin soutient que tous les hommes sont les descendants d'Adam, qu'ils soient noirs, blancs ou rouges. Nous serions les membres d'une espèce unique, égaux au regard de Dieu. Il est farouchement opposé à l'esclavage. Son but est de démontrer l'unité des races, afin de convaincre les gens d'affranchir leurs esclaves.

– L'unité des races, quelle idée magnifique. Elle paraît élémentaire, mais ce n'est peut-être pas le cas. Je ne connais rien aux sciences.

– Il prétend avoir découvert une preuve... cette semaine, en fait.

– Un homme avisé m'a dit que plus une hypothèse est profonde, plus il est malaisé d'en démontrer l'exactitude. Je suppose qu'à cet égard, science et religion se ressemblent beaucoup.

– Ne dites pas ça au professeur Tiffin. Il a des certitudes. »

Alors que le silence s'installait entre eux, le garçon se trouva brièvement transporté à Newell, dans son enfance. Assis devant son assiette vide à la table de la salle à manger, il brûlait de prendre la parole, mais les mots lui manquaient.

« Je suis désolé, Père. Je regrette de vous avoir quittés, Maman et vous. Je suis vraiment navré. Pardonnez-moi, je vous en prie. Je ne...

– Non, non, tu n'as pas à présenter d'excuses. Tu étais perdu et tu es retrouvé, mon fils. Tu étais mort et tu es revenu à la vie. En aucun cas tu n'as à demander pardon. »

Elisha frémit et porta à ses lèvres la main de son père. Le révérend Stone le regarda longuement.

« Pourquoi êtes-vous venu ? »

Le pasteur ferma les yeux, comme si la question cachait des complexités insoupçonnées.

« Un autre sage m'a dit que le nerf de l'activité humaine était le malaise dont s'accompagne le désir. Et j'ai éprouvé ce malaise. »

Enfant, Elisha s'était souvent irrité de la logique obscure de son père, mais cet agacement n'était plus qu'un souvenir.

« Ta mère, dit le révérend Stone. Elle est partie. »

Elisha contempla les flammes basses du foyer. Il eut conscience de hocher la tête, comme si on lui annonçait une chose qu'il savait depuis longtemps. Le désir lui vint de recueillir le feu entre ses mains et de le répandre sur sa tête comme une onde. Il était sûr que les flammes sauraient le réchauffer. Un junco lança un appel, grinçant comme un gond rouillé.

« Je ne comprends pas, dit-il.

– Ça s'est passé il y a trois mois. J'aurais voulu t'écrire, mais j'ignorais où tu étais. Je suis désolé. Mon enfant, si tu savais comme je regrette. »

Le révérend Stone détourna les yeux, puis un sanglot monta de sa gorge et souleva ses épaules. Elisha ne pouvait supporter de le voir ainsi. Un bras autour des épaules de son père, il porta son regard vers la forêt.

« Papa, murmura-t-il, je vous en prie.

– Elle se demandait si tu avais rencontré une fille. Une jeune fille de Boston, capable de contrebalancer ton sérieux. »

Elisha s'était mis à trembler. Il se faisait l'effet d'une flamme que l'on allait étouffer.

« Je crois que c'était le principal souci de ta mère : que tu trouves une femme comme il faut pour te guider dans la vie. Que tu t'installes avec une bonne épouse au milieu d'une congrégation honnête, et que tu lui donnes un petit-fils. »

Le pasteur posa la main sur la joue de son fils, son regard triste et grave empreint d'amour.

« Il m'arrive de l'entendre, dit Elisha d'une voie enrouée. Parfois, au moment de m'assoupir, je l'entends me parler. Elle m'appelle pour que je rentre dîner, quand je suis au bord du ruisseau. Elle prononce mon nom.

– Oui.

– Alors je me réveille, mais elle n'est plus là.

– Tu tends l'oreille pour saisir le son de sa voix, mais il n'y a plus rien. Et tu pries en vain pour l'entendre de nouveau. »

Elisha attira son père contre lui, et au contact de son corps, quelque chose en lui se brisa. Des larmes glissèrent sur ses joues. Il s'entendait sangloter sans pouvoir s'en empêcher. Ses mains tremblaient, mais il ne pouvait rien y faire. Il caressa les cheveux de son père, le consolant comme un petit enfant.

« Elisha, fit le pasteur, mon fils bien-aimé. Je vais tout te raconter au sujet de ta mère. »

Le révérend Stone dormait lorsque Mr Brush revint au campement, dans l'après-midi. Il surgit des bois en fredonnant un chant de marche, ses cheveux humides plaqués à son front. Il cessa de chantonner en apercevant le pasteur allongé. Elisha l'entraîna à l'écart pour lui rapporter le périple de son père, et Brush, d'abord méfiant, manifesta bientôt une sobre admiration. À mi-voix, il présenta ses condoléances à Elisha. Le garçon le remercia et désigna Ignace Morel. Le *voyageur* observait Mr Brush, assis près d'un feu de camp en bordure de la clairière.

Il était apparu sur les lieux deux heures auparavant. Le révérend Stone l'avait présenté à son fils et celui-ci lui avait serré la main, dissimulant derrière un sourire la violence de son émotion. Plus jeune que ne l'imaginait Elisha, Ignace Morel avait un visage large et épais, qui semblait modelé dans l'argile. Un encombrant paquetage était perché sur son dos, et il portait un deuxième sac en travers de la poitrine. Sans un mot, il avait gagné l'extrémité de la clairière et s'était débarrassé de ses bagages avant de partir chercher du bois. Il ne se trouvait qu'à dix mètres d'Elisha et de son père, mais il n'avait fait aucun cas de leur présence.

Avisant Mr Brush, le *voyageur* s'approcha et le salua de la tête.

« C'est vous qui menez cette expédition.

– Oui, c'est bien moi.

– Susette Morel est ma femme. Elle est avec vous. C'est elle votre guide. »

Mr Brush jeta un bref regard à Elisha.

« En effet, madame Morel a été notre guide. Un autre membre de cette expédition l'a engagée à Sault-Sainte-Marie. Vous dites que vous êtes son mari ?

– Dites-moi où je peux la trouver. Elle est ici avec vous.

– Monsieur Morel. » Mr Brush marqua une pause. « Monsieur Morel, il est arrivé un grand malheur. Votre femme a disparu du campement il y a environ six jours – elle est partie pêcher près d'une cascade voisine, et elle n'est jamais revenue. Nous l'avons cherchée partout, mais nous n'avons rien trouvé de plus qu'un morceau de son vêtement. Nous pensons qu'un accident est survenu pendant qu'elle pêchait, et que les chutes l'ont emportée. Je suis profondément navré. »

Avec un demi-sourire, Ignace Morel promena son regard entre Brush et Elisha.

« Non, je ne vous crois pas.

– Je suis sincèrement désolé. Moi non plus je n'ai pas voulu y croire, au début, mais à présent je suis convaincu. Nous avons découvert un lambeau de sa robe près des chutes, comme si le courant l'avait entraînée. J'ai dans l'idée qu'elle a été blessée, et qu'elle n'a pas réussi à rentrer au campement.

– Monsieur Morel, intervint Elisha, je vous prie d'accepter toutes mes condoléances. Je suis vraiment navré. »

Mr Brush lui posa une main sur l'épaule, mais le *voyageur* s'écarta avec brusquerie.

« Je ne vous crois pas. Dites-moi où elle est.

– C'est impossible, répondit Mr Brush.

– Dites-moi où elle est !

– Monsieur Morel ! » Brush se pencha en avant, la mâchoire fermement contractée. « Vous devez vous conduire comme un homme. Face à ce malheur vous devez montrer que vous êtes un homme. Votre femme a disparu, et elle a probablement trouvé la mort. S'il vous plaît, veuillez accepter nos condoléances. »

Ignace Morel recula avec un sourire.

« Je ne vous crois pas. Je ne vous crois ni l'un ni l'autre. »

Il partit en courant vers le bout de la clairière, s'empara d'un fusil et s'enfonça dans les bois.

Peu après minuit, le nuage chatoyant d'une aurore polaire apparut dans le ciel. Elisha resta assis à contempler la lumière qui se diffusait dans le ciel étoilé. Il n'avait pas réussi à s'endormir, et le spectacle de cette aurore le distrayait agréablement de la confusion de ses pensées. Une auréole d'un violet poudreux s'épanouissait au contour du nuage.

Près d'Elisha, le pasteur assoupi faisait entendre un râle ténu. Il semblait reposé et serein, comme s'il n'avait fait qu'un court voyage au lieu de couvrir un millier de miles. Elisha s'étonnait de constater qu'encore à présent, son père demeurait une énigme à ses yeux. Les années passées sous le même toit n'avaient guère importé, pas plus que les repas pris en commun ou les prières récitées en chœur. La chose qui les avait vraiment unis n'était autre que l'amour, une force profonde et troublante.

Il se leva pour arpenter le périmètre du campement, submergé par l'angoisse. Son père était gravement malade. Il fallait qu'il le conduise à La Sault pour que le médecin du fort lui fasse une saignée. Ensuite il l'emmènerait par vapeur à Detroit, consulter un praticien plus qualifié, et il lui prendrait une chambre claire et aérée dans une pension. Elisha se voyait lui apporter du thé dans une tasse en faïence fêlée, lissant le drap blanc sur ses jambes décharnées. Il ne parvenait pas à croire à une idée aussi étrange.

Il s'approcha des tentes de Brush et de Tiffin. Un mètre à peine séparait les deux hommes endormis, leur portière relevée pour laisser entrer l'air nocturne. Elisha leur toucha l'épaule, et leur expliqua lorsqu'ils s'éveillèrent en sursaut :

« Je suis vraiment désolé de vous déranger, mais il faut que je vous parle. »

Mr Brush se dressa sur son séant avec une expiration sifflante, tandis que Tiffin restait allongé, le regard fixé au ciel illuminé.

« C'est mon père, poursuivit Elisha. Il ne va pas bien. Je dois le raccompagner immédiatement à La Sault. »

Tiffin émit un murmure de contentement.

« Dans la mythologie romaine, Aurore était la déesse de l'aube. Le savais-tu, mon garçon ? Certains ignorants prennent à tort ces lueurs pour une manifestation divine – ils s'imaginent que les habitants des cieux descendent parmi eux. D'autres voient dans ces lumières les spectres de guerriers trépassés, combattant dans le ciel pour l'éternité. Sornettes, évidemment. Selon toute vraisemblance, c'est le clair de lune qui suscite ces couleurs, renvoyant vers le firmament la réverbération des glaciers des régions polaires.

– Je vous parle sérieusement. Je m'en irai au lever du jour. Je vous prie de m'excuser de quitter l'expédition avant son terme.

– Tu dois rester, répliqua Mr Brush. Pour ton père, il n'y a pas de meilleur fortifiant que le repos. Tu le sais certainement.

– Pour une fois il dit la vérité, renchérit le professeur Tiffin. Tout le monde s'accorde à reconnaître que pour les cas de consomption, le repos et un air pur et frais restent les plus sûrs remèdes.

– Mon père a besoin de l'assistance d'un docteur. Et il prétend pouvoir trouver à La Sault un médicament capable de le soulager. Ici, ni vous ni moi ne pouvons l'aider. Il faut que je l'emmène à La Sault recevoir des soins et un traitement. »

Le professeur Tiffin se redressa avec effort, sa chemise de nuit se gonflant comme un drapeau malpropre.

« J'ai étudié dans le détail ce type d'affection. Écoute-moi, Elisha ! Le mal de ton père peut être atténué grâce à une infusion d'écorce de pin, de sarracénie pourpre et de racine de tilleul. Ne t'en va pas ! Je me charge de te concocter un remède, et dès que ton père sera remis, nous le transporterons confortablement à La Sault. »

Elisha hocha la tête pour masquer son impatience.

« Nous marcherons tout doucement jusqu'au canoë. Je ramerai sur le lac, et il pourra se reposer pendant la traversée. Mais il est hors de question que je le laisse souffrir ici. Je ne peux pas faire une chose pareille.

– Tu comptes voyager seul avec ton père ? Ou prendre Morel avec vous ? »

Elisha hésita un instant.

« L'aide du *voyageur* me sera nécessaire, naturellement.

– Je t'interdis de partir, décréta brusquement Tiffin. Si tu t'en vas, qui se portera témoin de ma découverte ? Si tu pars, tu ne prendras aucune part à la gloire de l'expédition !

– Mr Brush peut toujours témoigner. C'est lui qui profitera de la gloire.

– Qui fera la cuisine, qui s'occupera du campement ? Et qui portera les provisions ? » Le professeur Tiffin pointa le doigt vers Mr Brush. « Je refuse de préparer à manger pour cet individu, et de transporter ses affaires.

– J'accepte volontiers que vous veniez avec moi. Je le pense sincèrement. Je serai heureux que vous renonciez à cette mascarade et que vous rentriez avec moi à La Sault.

– Tu dois patienter encore quatre jours, insista Tiffin, le temps que mes fouilles soient terminées. Je suis si près du but ! Il faut... »

Mr Brush empoigna Elisha par le bras et l'attira vers lui.

« Mon petit, tu m'as donné ta parole à Detroit, et je l'ai acceptée comme un engagement de ta part. Si tu t'en vas, nous ne serons pas en mesure de porter suffisamment de matériel et de ravitaillement. Ce qui nous obligera à écourter cette foutue expédition. C'est tout à fait inconcevable. »

Elisha se libéra de sa prise, la gorge nouée par un sanglot rageur.

« Votre tablette est un faux ! cria-t-il au professeur Tiffin. Vous l'avez gravée à Detroit avant de l'emporter ici, et ensuite vous avez fait semblant de l'exhumer ! Et vous, fit-il à l'intention de Mr Brush, vos comptes rendus ne sont qu'une suite de mensonges. Vous déclarez sans valeur les terres les plus riches, à seule fin d'acquérir vous-même ces lots ! Écoutez-moi bien, tous les deux : demain matin je ferai un ballot avec des vivres et des ustensiles de cuisine, et vous me verserez la totalité de ma solde pour mon travail de l'été. En échange, je me retirerai de cette expédition, et ce sera comme si je n'avais jamais mis le pied sur ce territoire. Jamais plus je ne prononcerai vos noms. »

Le révérend Stone remua dans son sommeil, et les deux hommes se figèrent. Puis Tiffin argumenta calmement :

« Nous allons discuter de la situation. Je gage que nous saurons parvenir à un accord avantageux pour les deux parties. Tu pourrais par exemple signer le rapport décrivant la découverte de la tablette. Quant à Mr Brush...

– Écoute-moi, coupa Brush, d'une voix froide et coupante comme une lame. Tu es perturbé par l'état de ton père – c'est pour cela que j'ai fermé les yeux sur tes propos diffamatoires. Cela dit, madame Morel s'est évaporée je ne sais où. Je présume que toi, tu sais où elle se trouve. Cette femme et toi vous êtes promis de vous rejoindre dans les semaines à venir.

– Non, vous vous trompez.

– Le veuf éploré de madame Morel est couché à dix mètres d'ici. Je parie qu'il prendrait un vif intérêt au détail des fonctions de son épouse au cours de l'expédition. Je faisais là allusion à son rôle de putain à trois sous. »

Elisha fut saisi d'un tremblement, près de perdre le contrôle de lui-même. Pour se dominer, il se força à fixer les bottes de Mr Brush, à côté de son sac de couchage. Encore aujourd'hui leur cuir noir était ciré et lustré, même si la boue recouvrait le talon.

« Vos menaces ne m'impressionnent pas, déclara le garçon.

– Eh bien tu as tort.

– C'est comme ça, et je me moque bien de ce que vous ferez ! Je ne veux plus entendre parler de vous, ni de cette expédition ! Tout ce que je comptais apprendre cet été, c'était à devenir un scientifique ! »

Un silence prolongé tomba entre eux, puis Mr Brush eut un petit rire désabusé.

« Et dire que je t'ai choisi parce que je te prenais pour un jeune idiot timoré. Bien, je présume que c'est moi l'imbécile. » Brush sourit à Elisha, et pendant un instant sa déception parut authentique. « Je n'aurais jamais dû t'engager à Detroit, mon garçon. Tu portais une veste crasseuse.

– Je n'ai jamais été votre "garçon", et je m'en vais à l'aube. »

Le révérend Stone ne dormait pas, écoutant, les yeux clos, le soupir du vent dans les pins, envahi par une onde de plaisir qui circulait en lui comme une liqueur. À chaque inspiration, des effluves balsamiques entraient dans ses narines. Pour la première fois depuis des jours, aucune douleur ne tourmentait ses membres. Près de lui, Elisha s'agita dans son sommeil en marmottant une litanie satisfaite :

« Oui, bien, bien. Oui. »

Le révérend Stone fut tenté de le réveiller, mais il n'en fit rien.

Son fils fut debout aux premières lueurs de l'aube et entreprit de défaire son paquetage. Le pasteur s'assit pour boire à la gourde. L'eau avait un goût de résine. Elisha lui dit, remarquant qu'il ne dormait plus :

« Père, mettez votre pantalon et vos bottes, nous partons pour La Sault.

– Je ne veux surtout pas te détourner de ton ouvrage. D'ici peu je m'en irai avec monsieur Morel, dans un jour ou deux, sans doute. Nous prendrons le même itinéraire qu'à l'aller.

– J'ai averti Mr Brush et le professeur Tiffin. Nous prendrons la route dès ce matin – si vous vous sentez assez bien pour voyager, évidemment.

– Je vais bien », confirma le révérend Stone, surpris lui-même par cette déclaration. « Cela faisait des jours, ou même des semaines, que je ne m'étais pas senti aussi bien.

– Bon. Dans ce cas nous partons d'ici une heure. »

Le ton d'Elisha était sans appel. Le pasteur le regarda mettre de côté du riz, de la farine et de la poitrine de porc, ainsi que du sel, des allumettes, de la poudre et des munitions. Il se procura ensuite une poêle, une hachette et une lime, et fourra le tout dans son paquetage. Brush et Tiffin, debout à l'entrée de leurs tentes, observaient la scène d'un œil glacial. Le révérend Stone les salua d'un sourire auquel ils ne répondirent pas.

Quand il en eut terminé avec son propre bagage, Elisha équipa de la même façon celui de son père, puis il soupesa le ballot en grognant sous l'effort. Il le délesta aussitôt d'un sac de plomb qu'il transféra dans ses affaires, avant de serrer les courroies en cuir.

« Et tes compagnons ? s'enquit le pasteur. Tu ne souhaites pas prendre congé ?

– Ils ne le méritent pas. »

Le révérend Stone attendait que son fils se justifie de son insolence.

« Allons, Elisha ! Tu leurs dois bien quelques mots d'adieu.

– Tout ce qu'ils méritent, c'est d'être ensemble. Vous pouvez me faire confiance, Père. »

Il aida le pasteur à se lever, souleva son paquetage pour le placer sur son dos et ajusta la bride. Le révérend Stone expira péniblement, rétablissant son aplomb sous ce pesant fardeau. Elisha l'observa avec attention.

« Est-ce qu'on peut continuer ? »

Le pasteur opina en se balançant d'un pied sur l'autre, concentré sur sa respiration. C'était tout juste s'il pouvait supporter ce poids sur son dos.

« Nous serons bientôt en sécurité », lui assura Elisha.

Il fit signe au *voyageur* qui les attendait et se mit en route vers l'ouest. Ignace Morel chargea son paquetage et lui emboîta le pas.

Avant de partir, le révérend Stone considéra le campement : deux tentes qui s'affaissaient devant un feu éteint, une bouilloire renversée sur un carré de terre, une chemise en flanelle usée qui ondoyait au vent, accrochée à une branche. Tiffin et Brush, les bras croisés sur la poitrine, sans chapeau ni chaussures, ressemblaient à deux miliciens éreintés. Le pasteur ne put déchiffrer l'expression de leur visage : de la tristesse teintée de ressentiment, un amer au revoir. *Nous serons bientôt en sécurité,* lui avait dit Elisha. Je suis arrivé au milieu de quelque chose, songea le révérend Stone.

Il leva la main pour saluer les deux hommes puis s'enfonça dans la forêt à la suite de son fils.

2

Pendant trois longues journées moites, ils remontèrent la piste indienne. Le matin leur apportait des nuées de mouches, et la soirée une faible brise qui ne les soulageait guère. Elisha et le révérend Stone, se laissant guider par Morel, s'efforçaient de suivre le rythme de sa marche et l'appelaient quand il disparaissait à leur vue. Le garçon surveillait continuellement l'état de son père. Quand ils s'arrêtaient pour reprendre des forces, le pasteur ne tardait pas à s'endormir, ses yeux papillotant sous les paupières baissées. Lorsque Elisha le réveillait, il se levait sans protester et se remettait en route. Il semblait immergé dans une profonde concentration.

Le soir, Morel faisait cuire du gibier et du riz assaisonnés de poivre. Elisha se surprit à l'observer. Avant de le connaître, il se figurait le *voyageur* comme un individu laid et revêche, à la peau marbrée par l'alcool, la langue saillant sur des lèvres humides et vulgaires. C'était un homme tout différent qu'il venait de découvrir : solide et vigoureux, une peau lisse et bronzée, des traits harmonieux. Quand il parlait, sa voix était comme un écho de celle de Susette, quoique plus basse et plus riche. Il n'avait quasiment rien dit depuis le moment du départ.

Au quatrième jour de leur périple, ils entrèrent dans une région marécageuse plantée de clèthre à flèche rose et de rhododendrons, au sol encombré de branches mortes. Une odeur de décomposition planait dans l'atmosphère. Des nuages de papillons bleu mélissa tournoyaient autour d'eux. Ils établirent le camp au milieu des érables, et après le dîner, Morel tira de son paquetage un étui en toile qui contenait un violon et son archet.

Un frisson glacé parcourut Elisha. Ignace Morel passa le pouce sur l'archet et accorda l'instrument tout en pinçant les cordes. Le révérend Stone, s'éveillant d'un somme, étouffa un accès de toux. Le violon calé contre l'épaule, le *voyageur* leva l'archet et attaqua un quadrille rapide, tapant du pied en mesure.

« C'est remarquable, non ? fit le pasteur. Certes, il n'a reçu aucune formation, mais il joue comme un Paganini des forêts. À croire qu'il a donné son âme en échange.

– Son épouse Susette m'a parlé de sa musique. Elle, elle ne l'admirait pas du tout.

– Il a composé une chanson en son honneur, qui s'appelle *La Belle Susette.* On a peine à croire que cela ne l'ait pas flattée, la pauvre femme. »

Elisha ne répliqua pas. Le *voyageur* paraissait mener une conversation avec son instrument, se rembrunissant dans les graves, retrouvant le sourire dans les arpèges aigus. La sueur faisait briller sa nuque. La mélodie descendit vers une tonalité plus basse, puis elle sembla se poser, entraînée par deux phrases que submergea enfin une envolée de notes, et reprit son essor dans une tonalité plus haute. Puis Morel se raidit, et le morceau s'acheva dans un final confus. Il leva de nouveau son archet.

« Et maintenant, annonça le révérend Stone, voici *La Belle Susette.* Un peu larmoyant, bien sûr, mais tout à fait charmant à sa manière. »

La gorge d'Elisha se serra tandis qu'il regardait jouer Morel. Il imaginait le *voyageur* dans une cabane exiguë au sol en terre battue, penché sur son violon tandis que Susette reposait, immobile, sur une paillasse. Il voyait ensuite le visage livide de l'homme se rapprocher de celui de la jeune femme. La peur faisait briller les yeux de Susette. Elisha voulut repousser cette image, mais elle persista comme un sinistre tableau vivant.

Le morceau cessa dans un brusque grincement. Morel avait écarté son archet, et il rangeait son instrument en marmonnant.

« Elle a parlé de votre musique, lui dit Elisha. Votre femme. Elle a évoqué les chansons que vous jouiez pour elle, votre habileté au violon.

– Elle n'a jamais aimé ma musique, admit Morel en remettant soigneusement l'archet dans l'étui. Elle restait assise sans rien dire. Ou bien elle me demandait d'arrêter.

– Je n'ai jamais prétendu qu'elle l'aimait. J'ai simplement dit qu'elle en parlait. »

Le *voyageur* s'immobilisa, les mains sur l'étui.

« Dites-moi, poursuivit Elisha, si elle n'appréciait pas votre musique, pourquoi insistiez-vous pour jouer ?

– Voilà une question bien impertinente, observa doucement le révérend Stone. Tu devrais t'excuser auprès de monsieur Morel. »

Elisha posa la main sur le bras de son père.

« Et la chanson que vous avez composée pour elle, *La Belle Susette*, cherchiez-vous à lui faire plaisir ? Ou aviez-vous une autre raison ?

– Elisha ! siffla le révérend Stone. »

Morel s'avança vers le garçon, les traits altérés par la rage et la confusion. Il semblait se demander quelle réaction convenait le mieux à pareille situation.

« Vous ne comprenez rien. J'ai composé la chanson pour lui faire plaisir, bien entendu.

– C'est bizarre, d'inventer une chanson tout exprès pour quelqu'un qui a votre musique en horreur. Il y a de la cruauté là-dedans. On pourrait faire ça quand on a envie de blesser quelqu'un.

– Jouer un morceau n'est jamais cruel.

– Votre femme soutenait que si. »

Une ombre passa sur Morel. Il recula d'un pas, ses yeux pareils à deux pierres noires.

« Je jouais seulement quand elle le méritait.

– Comme tout homme qui se respecte.

– Cessez cette discussion, tous les deux, commanda le révérend Stone en se remettant debout. L'épouse de monsieur Morel a disparu. Ce qu'il a fait de son vivant n'a aucune importance. Nous pleurons son absence, mais nous devons aussi nous réjouir de la vie nouvelle qu'elle a trouvée auprès du Christ.

– Vous croyez qu'elle est en enfer ! lança Morel.

– Pas du tout !

– Vous croyez qu'elle est en enfer avec tous les autres catholiques !

– Monsieur Morel ! » Une pointe de contrariété perçait dans la voix du pasteur. « Je sais quel aspect le monde a pour vous, désormais. Il est privé de ses couleurs. Vos yeux, vos oreilles, votre langue n'enregistrent plus aucune sensation. C'est à peine si vous arrivez à respirer. Et cependant, le Seigneur a dit que celui qui croyait en Lui conserverait la vie au-delà de la mort. Et que celui qui vivait en ayant foi en Lui ne connaîtrait jamais la mort. Elle ne mourra jamais, mon ami. Il *faut* que vous me fassiez confiance. Elle ne mourra pas. »

Ignace Morel s'écarta vivement pour ne plus qu'il le touche.

« Ne priez pas pour moi. Je ne veux pas de vos prières.

– Mon ami... »

D'un geste brusque, Morel tira le violon de l'étui et modula les premiers accords alanguis de *La Belle Susette*. Elisha fit mine de s'élancer vers lui, mais son père le retint. Le *voyageur* serrait très fort les paupières, comme s'il affrontait un vent mordant. Il répéta sur un tempo plus rapide les premières mesures, et le jeu se fit de plus en plus vif tandis que la mélodie prenait un rythme frénétique. Ses doigts tambourinaient sur le manche de l'instrument, et il semblait vouloir concentrer sa chanson en une seule phrase, un pur vocable musical. Morel repoussa une mèche qui tombait sur son visage. Alors qu'il se courbait sur son violon, une des cordes cassa en vibrant. Le *voyageur* jura et lança l'archet au loin, parmi les arbres. Le pasteur sursauta. La baguette se posa au sol avec un léger bruissement.

Ignace Morel laissa tomber son instrument, le souffle court, et fit un signe de tête à Elisha.

« Plus jamais je ne jouerai sa chanson. »

Le pasteur rêva d'une chute. Dans son rêve, il s'abîmait dans une substance verte et fluide, qui n'était ni air ni eau. Sa veste ondoyait autour de lui, son pantalon se plaquait à ses jambes. On était dimanche : il portait un costume de confection noir et une chemise empesée, des bottines noires bien cirées. Il avait l'impression de sombrer depuis un temps infini, et se disait qu'il n'atteindrait peut-être jamais le fond. Des herbes flottantes le frôlaient au passage. Il voulait parler, mais aucun son ne passait ses lèvres. Une expérience étrangement agréable, finalement.

La sensation s'effaça tandis qu'il émergeait du sommeil. L'angoisse le saisit aussitôt. Il avait mal dans les épaules, et ses poumons lui semblaient aussi plats et aussi inutiles qu'un soufflet crevé. Il aurait aimé se rendormir, mais une dure lumière blanche lui emplissait l'esprit. Inspirant profondément, il se souleva sur un coude.

Seigneur, pria-t-il, protège-moi. Une écharpe de fumée plana au-dessus de lui, puis Elisha l'appela :

« Père ! Vous êtes réveillé ? »

Il fut terrifié par le ton plein d'espoir de son fils. Il ne voulait pas décevoir Elisha, rien ne comptait davantage pour lui.

Il se redressa avec peine et prit une tasse de thé. La sueur l'inondait, un dépôt de fer pesait sur sa langue. Le révérend Stone ferma les yeux, appuyé contre un pin, vaguement conscient du mouvement qui l'entourait. Quand il rouvrit les yeux, son fils était agenouillé au-dessus de lui, près d'un brancard composé de perches de bouleau, de racines d'épicéa et de la tenue de rechange d'Elisha. Sans protester, le pasteur s'allongea dessus, et ses deux compagnons le soulevèrent pour se mettre en route.

Ils progressaient avec lenteur parmi les taches floues des branchages, du soleil et de brillants pans de ciel, le pasteur cramponné à la litière qui brimbalait et cahotait. Ils firent une pause pour déjeuner. Ignace Morel, assis à l'écart, les observait tout en mangeant. Le révérend Stone eut envie de lui parler, mais cette seule idée épuisa toutes ses forces. Il accepta un biscuit qu'il mastiqua lentement.

« Nous ne sommes plus qu'à deux heures de marche de la rivière, lui apprit Elisha. Il faut ramer pendant deux jours pour rejoindre le village chippewa, et là-bas nous pourrons embaucher des rameurs et rallier rapidement La Sault. On vous trouvera un médecin et des médicaments. Et aussi un lit confortable. »

Curieusement, le ton serein d'Elisha raviva l'anxiété du révérend Stone. Il réussit tout de même à lui sourire.

En réalité, ils n'atteignirent la rivière que le lendemain midi. C'était un chenal caillouteux au flot rapide, si étroit qu'on aurait presque pu le franchir d'un bond. Un peu plus loin en aval, deux canoës était retournés sur la rive herbeuse. Le pasteur attendit que les autres aient chargé le bateau du *voyageur*, puis il se laissa déposer au milieu de l'embarcation. Elisha s'installa ensuite à la proue tandis que Morel se perchait sur le banc de nage et empoignait sa rame. L'esquif s'élança avec une brève secousse.

Vers l'aval, la rivière s'élargissait et coulait plus lentement. Des souffles de vent frais montaient de l'onde et faisaient osciller les branches d'érable. Le pasteur fut frappé par la beauté de la scène : le ciel couleur de bleuet, l'étendue des eaux miroitantes, le vent qui soupirait comme un orgue à travers les érables. Il sentit la douleur le transpercer et cessa de bouger jusqu'à ce qu'elle se calme. Il se sentait coupable de souffrir au milieu d'une telle beauté.

« Nous y sommes presque. Reposez-vous, Père. C'est bientôt fini, je vous assure. »

La femelle d'un canard huppé, venue du bord de l'eau, se dirigea vers le bateau. Elle veut protéger sa couvée, se dit le révérend Stone. Le soleil se glissa derrière un nuage, et à cet instant Elisha se retourna, son front tanné plissé par l'inquiétude. Ses traits se contractèrent, puis il esquissa un sourire nerveux. L'oiseau cancanait bruyamment.

Ce moment... songea le révérend Stone, puis ses pensées s'effilochèrent, cédant la place à une bouffée d'émotions si intense que les larmes lui montèrent aux yeux. Il n'aurait su définir s'il éprouvait bonheur ou chagrin. Peu lui importait, dans le fond. Il récita une prière d'action de grâces et cligna les paupières pour ne pas pleurer.

Comme Elisha, placé à la proue, ne voyait pas son père, il guetta le rythme de son souffle subtil. Des images des semaines passées surgirent dans son esprit : Susette jetant dans la baie de Tahquamenon une carotte de tabac fumante ; le professeur Tiffin déclamant la diatribe d'Obéron, les joues enflammées par le whisky et la joie ; Mr Brush qui lui criait ses mesures, penché sur sa boussole solaire. Il oublia provisoirement le but de l'expédition, et puis la mémoire lui revint : le bois, le fer et l'unité des races. D'un seul coup, tout cela paraissait insignifiant.

Après une courte halte pour se restaurer, ils entrèrent sur une partie de la rivière plus large et bordée de sycomores, aux eaux ridées par un vif courant. Ils ramaient depuis une heure lorsque Ignace Morel déclara :

« C'est moi qui devais être le guide de cette expédition. Mr Tiffin m'avait embauché à Detroit. Ce n'était pas prévu qu'elle vous accompagne. »

Le ton de Morel trahissait une amertume contenue. D'abord tenté de l'ignorer, Elisha finit par répliquer :

« Vous étiez absent au jour convenu pour le départ. Le professeur Tiffin vous a cherché partout dans Sault-Sainte-Marie, et vous êtes resté introuvable.

– Je suis rentré deux jours après, vous auriez dû attendre ! Au lieu de ça, vous avez obligé ma femme à vous servir de guide. Vous savez où elle est allée ?

– Monsieur Morel, fit le révérend Stone. Il ne faut pas poser des questions pareilles. Il n'existe pas de réponse.

– Elle s'est noyée, c'est ça ? C'est ce qu'ils racontent. Pourtant elle nage comme un poisson. Elle n'a pas pu se noyer.

– Personne ne peut affirmer avec certitude ce qui s'est produit, vu qu'aucun de nous n'était là, dit Elisha. C'était un terrible accident, voilà tout. Je suis navré. »

Morel releva sa rame, et l'esquif dévia légèrement de sa course.

« Pourquoi est-ce que vous avez cette drôle de voix quand vous parlez de ma femme ? Ça veut dire que vous êtes triste, que vous l'avez très bien connue ? C'est pour ça que vous êtes au courant, pour *La Belle Susette* ?

– Il ne faut pas poser de telles questions, répéta le révérend Stone. Monsieur Morel, je vous demande de mettre un terme à cette discussion. Même en vous connaissant, je vous trouve un comportement étrange. »

Elisha se retourna pour faire face au *voyageur* : il se penchait sur le banc de nage, comme si la puissance de ses paroles l'attirait en avant. Le garçon se fit violence pour ne pas fuir son regard.

« Je voulais simplement vous exprimer ma sympathie en ce moment de peine, il n'y a rien d'autre à comprendre. Votre épouse était une femme estimable.

– Une femme estimable.

– Prions ensemble, proposa le pasteur. Prions ensemble, monsieur Morel, pour l'âme de votre épouse bien-aimée. Nous allons prier pour que son âme trouve le repos. »

Morel donna un vigoureux coup de rame qui fit embarder le canoë.

« Votre père me déteste parce que je suis catholique. Il croit qu'il montera au ciel et que moi j'irai brûler en enfer. Mais il a tort. C'est vous deux qui brûlerez en enfer. Et pendant ce temps je jouerai du violon dans les cieux.

– Aucun de nous ne jouera du violon, rétorqua sèchement le révérend Stone. Et aucun de nous ne brûlera en enfer.

– Mis à part l'adultère. L'adultère est promis au feu de l'enfer. » Morel semblait possédé par une fureur qu'il ne bridait qu'à grand-peine. « Bientôt vous brûlerez en enfer à côté de ma femme, la belle Susette*.

– Monsieur Morel ! C'est plus que je n'en peux tolérer !

– Posez donc la question à votre fils.

– Monsieur Morel !

– Posez-lui la question, je vous dis ! »

Le *voyageur* ayant cessé de ramer, le bateau dériva vers le milieu de la rivière, à vingt mètres de la berge la plus proche. Morel enfonça sa casquette sur son front couvert de sueur. Ses doigts se promenaient contre le fond du canoë, effleurant la crosse du fusil.

« Écoutez-moi, maintenant. » Elisha fit un effort pour maîtriser sa voix. « Votre femme m'a raconté qu'elle comptait se rendre à la cascade, pour que les eaux l'emportent. Je l'ai suppliée de ne pas le faire, mais elle ne m'a pas écouté. Elle s'est laissée tomber dans la chute d'eau, et elle a disparu. Votre femme a disparu. »

Une lueur d'incertitude passa dans le regard furieux de Morel.

« Vous êtes un menteur.

– Je l'ai suppliée de renoncer, mais ça n'a servi à rien. Dans sa tête, elle était déjà partie. Elle disait qu'elle ne supportait pas l'idée de retrouver La Sault. De vous retrouver, vous.

– Vous mentez ! » Morel s'empara du fusil chargé. Il y manquait l'amorce, mais Elisha savait que l'opération ne prendrait qu'une seconde. Même ainsi, la crosse pouvait frapper comme un redoutable gourdin.

« Elle est partie parce que vous l'avez renvoyée ! C'est Mr Brush qui me l'a dit. Vous avez couché avec elle, et ensuite vous l'avez chassée.

– Taisez-vous, je vous prie, intervint le révérend Stone. Je vous en conjure, l'un comme l'autre.

– Elle est partie parce que vous l'avez tuée », dit Elisha.

Morel tira une cartouche de son sac et inclina le fusil pour l'enfoncer à l'intérieur.

« Arrêtez ! » hurla le pasteur tandis qu'Elisha s'allongeait sur le flanc le long du plat-bord.

Le bateau s'anima d'un dangereux balancement, et ils furent projetés par-dessus bord.

Le choc glacial aveugla Elisha. Comme il ouvrait la bouche pour crier, l'eau lui emplit les poumons et il se mit à battre furieusement des bras. Quelque chose de lourd le heurta à l'épaule avant de sombrer dans l'eau trouble. Elisha s'élança vers une lueur moirée. Les flots semblaient aussi épais qu'un sirop, et il craignit un instant d'être englouti. Il réussit toutefois à remonter à la surface, haletant. Devant lui son père fouettait l'eau, les yeux révulsés par une terreur animale. Se cramponnant à la figure de son fils, le révérend Stone l'entraîna vers le fond. Affolé, Elisha s'arracha à l'étreinte de son père et, remontant à la surface, il passa un bras autour de son épaule. Une toux violente jaillit des lèvres du pasteur. Elisha le sentait frêle et léger sous sa poigne, comme s'il tenait une sacoche remplie de brindilles. Un peu plus loin, le bateau chaviré tourbillonnait dans le courant, et Morel essayait de se rattraper à la proue. Pantelant, il sortit la tête hors de l'eau et s'agrippa au canoë qui flottait vers la berge la plus éloignée.

Elisha se dirigea vers le rivage le plus proche, maintenant au-dessus des flots la tête de son père. Le révérend Stone lui plantait les ongles dans le bras. Un paquetage se déplaçait à la surface, transporté par une poche d'air isolée. Elisha s'aperçut alors qu'il s'agissait du sien : ustensiles de cuisine, chemise de rechange, rations de nourriture, tente et carnet de notes. Lorsqu'il tenta de le saisir, le ballot ne fit que s'éloigner un peu plus. Un instant le garçon eut envie de le suivre, puis son regard se porta vers le rivage.

« Vous êtes damnés de Dieu !* » leur cria Morel.

Il se trouvait à une cinquantaine de mètres en aval, cramponné à l'esquif renversé.

« Vous êtes morts, vous êtes damnés de Dieu !* »

Les bottes d'Elisha pesaient comme des pierres. Quand il s'arrêta pour reprendre haleine, le pasteur se mit à agiter les bras, soulevant des gerbes d'eau qui l'aveuglèrent.

« S'il vous plaît, ne résistez pas, lui dit Elisha. Essayez de battre des jambes. »

Le révérend Stone cessa de bouger, à bout de souffle. Elisha prit de l'élan pour se rapprocher de la berge. Une dizaine de mètres seulement l'en séparaient, mais ses efforts restèrent vains. À bout de forces, il commença à couler, la bouche au ras des flots, une douleur cuisante dans les épaules. Submergé par les eaux, Elisha racla un rocher du bout de l'orteil, et ce contact provoqua en lui un infini soulagement. Il remonta en suffoquant, tâtant du pied le lit caillouteux, et finit par trouver une assise pour s'arc-bouter contre le courant. De l'eau jusqu'aux cuisses, il gravit une pente tapissée d'herbes aquatiques et se laissa choir à genoux, serrant son père contre lui.

« Seigneur », murmura le révérend Stone.

Elisha rampa sur la rive et s'effondra dans l'herbe. L'eau qu'il avait avalée rejaillit brusquement de sa bouche et s'écoula dans la rivière.

Un merle se percha sur un roseau et l'observa, la tête penchée de côté.

« Père ? » appela Elisha.

Une plainte lui répondit, et il se mit à patauger dans les hauts-fonds. La lumière du soleil pailletait la surface. S'abritant les yeux de la main, Elisha scrutait la rivière, à la recherche du paquetage : ustensiles de cuisine, vivres, tente, hameçons, couteau, fusil et munitions – autant de choses indispensables à leur survie. Cent mètres plus bas, Ignace Morel se tenait sur la rive opposée, le canoë remonté à mi-pente de la berge. Une rame s'était empêtrée dans les herbes, un peu plus loin.

« Sales chiens !* » hurla le *voyageur*, dont le ton frôlait l'hystérie. J'ai failli me tuer !

– Il faut conclure une trêve ! lui répondit Elisha. La paix, vous comprenez ? Nous allons gagner ensemble le village chippewa ! Ils nous donneront de quoi manger !

– Le fusil est perdu ! La nourriture aussi ! Sales chiens*, vous êtes comme morts !

– Nous devons voyager ensemble ! » Elisha s'efforçait désespérément de rester calme. « Si on reste ensemble, on ne mettra qu'une journée pour arriver. Mais si vous partez seul, il vous en faudra trois !

– Propose-lui de l'argent, suggéra le révérend Stone. C'est le seul langage qu'il connaisse.

– Je vous paierai vingt dollars quand nous serons rentrés à La Sault. Ou même cinquante ! Venez tout de suite nous chercher ! »

Morel releva la rame, mit le bateau à flot et sauta à bord. Délesté de son chargement, l'esquif dansait et se soulevait sur les eaux. Le *voyageur* manœuvra pour épouser le courant.

« Monsieur Morel, reprit le pasteur d'une voix faible mais claire. Vous ne pouvez pas nous abandonner, vous n'avez pas le droit de faire une chose pareille. Je vous en prie, monsieur Morel. Je connais votre cœur.

– Vous avez pris ma femme, cria Morel, et moi je vous prends le canoë. C'est équitable, non ? »

Elisha entra dans la rivière et continua d'avancer jusqu'à ce que l'eau lui monte à la poitrine.

« Vous devez nous aider ! Nous n'avons plus rien ! Nous allons mourir ici ! »

Ignace Morel tenait la rame mouillée en travers de sa poitrine, le canoë descendant doucement vers l'aval. Elisha le regarda s'évanouir dans la clarté éblouissante.

« Monsieur Morel ! appela-t-il de nouveau. Vous devez nous aider ! »

Il entendit un bruit d'eau ruisselante qui ressemblait au mouvement d'une rame. Le son se répéta, de plus en plus lointain.

Le soleil se voila bientôt d'un nuage, et quand il reparut, il n'éclairait plus qu'une rivière déserte, bordée de sycomores.

3

Débarrassé de sa veste, de sa chemise et de son pantalon humides, il s'était assis en sous-vêtements sur la berge baignée de soleil, tâchant d'oublier la faim. Il se concentra sur sa respiration. S'il fermait les yeux, il se trouvait plongé dans des souvenirs étrangement plaisants : la pêche aux huîtres en été, dans le ruisseau du presbytère ; une promenade au bord de la Connecticut River, à bord d'un coupé qu'on leur avait prêté ; la rumeur des rires et des conversations, le bruit monotone de l'eau qui s'égoutte. Le chant du merle.

Lorsqu'il s'éveilla, son fils se tenait debout devant lui. Elisha, muni d'une gaffe de fortune, avait sondé le fond de la rivière, espérant repêcher leurs paquets. Cependant il n'avait rencontré que vase et cailloux, et, ici ou là, l'éclair vif d'une truite. Il s'agenouilla près de son père, les cheveux trempés. Avec ses boucles, sa peau hâlée et les muscles de ses épaules soulignés par la chemise mouillée, le pasteur trouva qu'il ressemblait à une statue grecque. C'était son expérience du vaste monde qui avait fait de lui ce qu'il était. Il en éprouva une immense fierté.

« Le fusil et les rations sont perdus, lui expliqua Elisha. Ainsi que le matériel de pêche et les ustensiles de cuisine. Il me reste malgré tout un canif et une boîte d'allumettes qui finiront par sécher, et si nous avons faim, nous pourrons toujours manger des porcs-épics, des grenouilles et de la mousse. Ce ne sera pas compliqué.

– Ne te tracasse pas pour moi. Je ne suis vraiment pas affamé. »

Le mensonge fit tiquer Elisha.

« Il y a un village chippewa un peu plus loin en aval. On va aller chercher de quoi manger là-bas. À pied, on y sera en un jour ou deux, pas plus. On embauchera des rameurs indiens qui nous ramèneront à La Sault. On sera en ville en un rien de temps.

– Monsieur Morel attendra notre arrivée.

– Je suis sûr que non. Il ne gagnerait rien à nous chercher encore des noises.

– Bon débarras, alors. Je lui dois dix dollars. » Le révérend Stone se força à sourire. « Monsieur Morel a engagé deux rameurs au village chippewa. L'un des garçons d'appelait Small Throat, et il m'a fait penser à Byron Wills. Tu te souviens de lui ?

– Il nous faut partir sans tarder. Allons-y, Père, s'il vous plaît. »

Le ton d'Elisha réduisit le pasteur au silence. Il se leva, soupirant pour masquer son malaise, puis enfila sa chemise et son pantalon humides. Sans un mot, il suivit son fils le long de la berge.

Ils cheminaient au bord de l'eau sous un ciel clair, passant à travers des colonnes de lumière aveuglante. Les libellules dispersées sur les herbes étaient comme des fragments de verre coloré. Malgré la douceur de l'air, le révérend Stone ne cessait de frissonner. Elisha l'encourageait à continuer, lui signalant les branches basses et les débris de roche, lui annonçant leur prochaine halte. Il s'adressait à lui avec gentillesse et fermeté, tel un fermier guidant vers l'écurie un cheval malade.

Tout en marchant, le pasteur se prit à se demander ce qu'Ellen dirait à leur fils, si elle était encore en vie. Il aurait donné n'importe quoi pour qu'elle lui dise une phrase, une seule. Ce n'était pas une chose impossible, pour ceux qui demeuraient aux aguets à la frontière du monde spirituel. Adele Crawley, cette jeune fille extraordinaire, avec ses bougies et son teint de cendre... Il allait conduire Elisha auprès d'elle, dès qu'ils seraient de retour à Detroit. Il l'emmènerait sur Sixth Street, au milieu des Irlandais et des nègres, et le garçon entendrait la voix de sa mère. Cette pensée l'emplit de contentement.

Ils marchèrent tout l'après-midi et, le crépuscule venu, ils bivouaquèrent à hauteur d'un coude de la rivière. Le pasteur, rongé par la faim, alluma le feu pendant qu'Elisha partait en quête de nourriture. Finalement, le garçon ne rapporta que quelques poignées de mousse. Quand ils les eurent mangées, Elisha disposa deux litières de branches de pin sous un orme feuillu. Le révérend Stone en profita pour l'observer : la ligne de la mâchoire, les cheveux ondulés – il tenait cela de sa mère, comme les yeux bleus, la courbe du menton, la vivacité des gestes. Dans chacun de ses mouvements, Ellen était présente.

Pourtant il y avait aussi de lui chez son fils. Quand il parlait, par exemple, le pasteur entendait sa propre voix en filigrane, sa fermeté se superposant aux mots trébuchants. C'était lui-même des années en arrière, avant que des dizaines de sermons, de bénédictions et de prières n'aient policé sa diction. Elisha était bien le fils de son père. Comment aurait-il pu en être autrement ?

« Je repensais à notre balade le long de la Connecticut River, à bord de ce coupé qu'on avait emprunté. Il me semble que c'était Edward Fell qui nous l'avait prêté. Tu étais tout jeune, à l'époque. Ta mère t'avait autorisé à remplir le panier de pique-nique, et tu prenais cette responsabilité très au sérieux. Tu te souviens de ce jour-là ? C'était l'automne, un bel après-midi. Ta mère chantait : *Ma maison, mon heureuse maison au flanc de la colline.*

– *Ma maison, mon doux et cher refuge.* Oui, c'était une de ses préférées.

– Tu t'en souviens encore ! J'en étais venu à douter que ce jour avait existé pour de bon. Je croyais l'avoir rêvé.

– J'avais emporté trois bocaux de framboises en conserve, un pour chacun, et aussi du fromage et des pommes. Il n'y avait ni viande ni pain. Nous avons mangé ensemble le fromage et les framboises, et maman ne cessait de rire. » Elisha

fit un sourire. « J'avais envie de conduire les chevaux sur le chemin du retour, je vous ai supplié de me céder les rênes.
– Et j'ai accepté ?
– Je ne me rappelle pas. »
Le révérend Stone sourit à son fils. Il n'avait pas voulu satisfaire la requête d'Elisha, évidemment, et l'enfant avait pleuré longtemps, apaisé seulement par une chanson d'Ellen. Il ne l'avait sûrement pas oublié.
« Je voulais simplement te protéger, expliqua le pasteur. Je pensais que tu n'étais pas encore prêt.
– Je sais bien, Père. Dormons un petit peu. »
Le révérend Stone laissa son fils l'aider à s'étendre sur un des lits de branchages. À peine assoupi, il fut réveillé par une tiède bruine sur son visage. Il lui fallut quelques instants pour comprendre qu'il ne dormait plus, et que la pluie s'était mise à tomber. Il se sentait si faible qu'il n'avait même pas la force de tousser.

Le lendemain, il se releva péniblement et suivit son fils dans l'humidité du petit matin, titubant à travers la forêt comme un homme pris de boisson. Au milieu de la matinée, Elisha tua une vieille grouse poussive et alluma un feu. Ils laissèrent la viande rôtir un peu, puis se jetèrent dessus comme des sauvages. Le révérend Stone constata avec surprise qu'il n'avait pas vraiment d'appétit, et se contenta de regarder manger son fils. Ils se remirent en route après un moment de repos, et bientôt le pasteur dut s'appuyer à une branche de bouleau. La forêt sombra aussitôt dans les ténèbres. Clignant les yeux, il reprit conscience et aperçut son fils à une trentaine de mètres devant lui, qui se retournait pour scruter le sous-bois marécageux.

« Nous sommes presque arrivés au village ! » Elisha s'empressa de rejoindre son père et prit sa main dans la sienne. « Là-bas on trouvera à manger, et des canoës pour nous ramener à La Sault ! Père, je vous en prie.
– Je suis désolé, mais j'ai besoin de me reposer.
– S'il vous plaît ! supplia Elisha en s'agenouillant, puis il serra les lèvres, le souffle coupé. Allongez-vous ici, Père. Couchez-vous et ne bougez plus. »

Le révérend Stone se laissa tomber à terre. Sa douleur était comme un serpent à l'intérieur de son corps, dont les contorsions effleuraient ses poumons, son estomac, ses boyaux. Il noua ses doigts sur sa poitrine, mais ses mains tremblaient toujours. La peur commença à le gagner. Les mains calées sous les aisselles, il baissa les paupières.

Il s'éveilla mouillé de rosée et tourmenté par des frissons de fièvre, étendu près d'un feu éteint, parmi de fines branches. Le foyer noirci contenait les restes de ce qui devait être un porc-épic. Elisha fit avaler à son père quelques bouchées de chair fumante, avant de lui désigner d'un geste un travois rudimentaire, fait de perches de bouleaux ficelées de racines.

« Tu ne peux pas me transporter là-dessus. Le terrain est trop inégal. »

Elisha l'attrapa sous les bras et le fit coucher sur le traîneau. Le pasteur hoqueta tandis que le serpent se débattait à l'intérieur de lui. Avec précaution, il s'allongea sur les minces traverses. Elisha se mit en route, ahanant sous l'effort, les perches du travois labourant le doux tapis de la forêt.

Le révérend Stone, comprenant que son corps l'avait trahi, se sentit horrifié par la soudaineté de l'événement. Quatre semaines plus tôt il était encore à Detroit, sous l'aspect de l'aimable planteur de tabac buvant un cidre sur Franklin Street, dans un saloon de charretiers. C'était son père qui lui inspirait cette image, il le savait bien. Quelque chose dans ce souvenir semblait lui dérober ses forces. Elisha lança un juron lorsque le travois buta contre une racine.

Lui qui avait fait un si long voyage pour retrouver son fils, il lui avait finalement bien peu parlé. Le pasteur médita cette pensée, désemparé. Il devait des excuses à Elisha. Il l'avait écarté de sa mère souffrante, accaparant tout l'amour d'Ellen comme un avare serrant sa dernière pièce. Et puis le garçon avait disparu, et le révérend Stone avait maudit sa mémoire. Encore aujourd'hui, il ne pouvait lui pardonner. Le pasteur songea qu'il avait passé sa vie à traquer chez les autres les fautes vénielles, ennuyé par leurs pénibles confessions, se demandant ce qui les empêchait d'apprécier la belle énigme de l'existence. Bien sûr, leurs vies étaient plus rudes qu'il ne pouvait l'imaginer. Son propre monde était aussi limité, aussi artificiel qu'une huile miniature. Il avait tant de choses à se faire pardonner.

Il se dit aussi qu'il devait discuter de la foi avec Elisha. Son esprit scientifique lui permettrait d'appréhender la logique inexorable du salut. Edson se trompait certainement : le scepticisme freinait peut-être l'acceptation de l'amour divin, mais l'union finale n'en était sans doute que plus complète. Le cœur tumultueux trouvait enfin la paix. Et tant pis s'il embrassait une autre foi que celle de son père, car au Jour du Jugement ils seraient tous réunis dans une vallée onduleuse. Il lui appartenait d'empêcher Elisha de renoncer, de fermer son cœur parce que la révélation tardait à venir. De le convaincre que la foi était en même temps un ouragan et une douce brise caressant les herbes.

Le garçon avait sûrement besoin de ses conseils. Elisha devait savoir qu'il prierait pour que Dieu le guide, et que les signes apparaîtraient sous de multiples formes : un tremblement de ses lèvres, les imprécations d'un homme en colère, ou le cri d'une carouge, par un dimanche matin pluvieux. Il serait pareil au cerf assoiffé cherchant le ruisseau, il aspirerait au plaisir et à la compagnie de ses semblables, et suivrait la pente de ses désirs. Il s'éveillerait à minuit dans la solitude, en proie au désespoir, assailli de murmures, et devrait rassembler ses forces pour continuer sa route vers un rivage invisible. Et il lui dirait que ce rivage existait, toujours et partout.

Sa main descendit le long du travois pour trouver celle de son fils. Il lui étreignit le poignet, et le garçon s'arrêta de marcher.

Le révérend Stone avait cru qu'il serait terrassé par la toux, mais c'était simplement la fièvre qui était en train de l'emporter, tour à tour frissons et sueurs, les muscles douloureux et contractés, la gorge sèche comme du papier. L'épuisement supprimait la pesanteur. Dès qu'il baissait les paupières, il lui semblait flotter entre les pins, mais la sensation se dissipait sitôt qu'il ouvrait les yeux. Dormir, voilà ce dont j'ai besoin, songeait-il. Une bonne nuit de sommeil, rien de plus.

La matinée était déjà avancée, et il reposait sur un matelas de branchages, les jambes réchauffées par un petit feu. Elisha lui bassinait le front avec un linge humide, et il s'aperçut avec un sursaut d'effroi que son fils avait envers lui les gestes dont il usait autrefois avec Ellen, au temps de sa maladie. Il n'y manquait plus que la pile de revues littéraires auprès du lit, Corletta qui chantonnait en sourdine à l'office, et les murs décatis du temple encadrés par la croisée. Le révérend Stone se vit monter les marches de granit et tirer la grande porte pour pénétrer dans la fraîcheur aux relents de moisissure, dans le silence profond et ombreux. Toute sa vie paraissait contenue dans ce temple, et désormais il n'était plus qu'un souvenir.

Il ne voulait pas mourir, et pourtant la mort lui inspirait une curiosité pleine d'effroi, à la manière d'un difficile voyage. Ses doigts se posèrent sur sa bible, dont le contact le rasséréna. Soulevé par un regain de vigueur, le pasteur tenta de s'asseoir, mais son fils lui chuchota à l'oreille ; il voulut parler, mais sa voix semblait venir du fond des eaux. Le pasteur se laissa retomber à terre. Il fut pris alors d'une quinte de toux, et quand elle fut calmée, Elisha lui essuya le coin de la bouche. Le révérend Stone éprouva un élan de pitié, comme pour un étranger. C'est sur moi-même que je m'apitoie, se dit-il, avant de corriger : non, pas sur moi, seulement sur mon corps.

Il se fit la réflexion qu'il avait perdu son père à l'âge de vingt-neuf ans. Il était déjà adulte, en ce temps-là, mais c'était seulement plus tard qu'il avait commencé à se sentir un homme, comme si la présence de son père l'avait maintenu enfant. Il chercha en vain dans sa mémoire un souvenir heureux, ne revoyant de lui qu'une silhouette en bordure d'un champ de tabac, noyée par une ombre étirée à la fin d'une journée de labeur. Il avait eu de l'amour pour cet homme, mais point d'affection. Étrangement, ces deux sentiments n'avaient jamais coïncidé. Il se demandait si Elisha ressentait la même chose envers lui.

La toux le reprit, accompagnée d'un accès de terreur. Il se rendait compte que son fils le touchait, il percevait sa voix sans distinguer ses mots. Il entendit même s'élever sa propre voix, tout en doutant de ce qu'il disait. Le serpent se tordit à l'intérieur de lui et lui enserra la mâchoire, aspirant l'air de ses poumons. Il aurait donné n'importe quoi pour un seul de ses cachets. La douleur s'accentua, quelque chose bougea en lui. Quand la sensation s'atténua, il avait un goût amer sur la langue, et le monde avait pris les tons pâles d'un ciel voilé de fumée.

C'est donc cela, pensa-t-il.

Le souffle lui manquait, et chaque inspiration l'entraînait plus avant dans les profondeurs d'un liquide visqueux. Il commença une prière d'action de grâces, mais ses pensées se désagrégèrent. Où se trouvait-il, à présent ? Elisha se penchait sur lui, et son haleine avait une odeur de thé refroidi ; l'instant d'après son fils lui souriait au travers de la laîche, près du ruisseau qui coulait derrière le presbytère. Le révérend Stone n'avait jamais compris pourquoi ce cours d'eau exerçait sur lui une telle fascination. Cela venait sans doute de son atmosphère de paix, de solitude familière. La version enfantine d'un temple désert. Le pasteur fut ensuite transporté au séminaire, par un froid matin d'octobre, dans une salle où une voix grave récitait les Écritures : « *Je vous laisse la paix ; je vous donne ma paix... Que votre cœur ne se trouble point, et ne craigne point.* » Un sourire apparut sur son visage. Nuées d'orage d'un pourpre vineux dispersées au-dessus des collines, à l'est de Newell. Dans le miroir, le visage alangui d'Ellen qui brossait sa chevelure cuivrée. Les mains de son père, les yeux larmoyants de Prudence Martin, le boniment d'un vendeur de journaux sur Woodward Avenue. Le crâne rose d'Edson à travers les cheveux blonds et clairsemés.

Un merle jeta un cri.

Quelque chose de doux et de tiède pesait sur son front. Ses pensées s'en allèrent à la dérive, et il se crut au milieu d'une grande pièce vide. Était-il éveillé, ou plongé dans le sommeil ? Le révérend Stone se mit à prier, et sentit avec surprise qu'il s'élevait vers une sérénité aérienne. Il était à la fois détaché du monde et présent en son cœur, son souffle épousait le rythme d'une marée, son cœur battait comme des pas sur la terre. Cette sensation curieuse se parait aussi d'une incroyable familiarité. Il se revit jeune garçon, en train de contempler le coucher du soleil sur le champ de tabac de son père, la lumière mielleuse posant son glacis sur les larges feuilles fripées, transfigurant le paysage ordinaire en vision de l'Éden. Il s'était demandé, stupéfait, comment une telle beauté pouvait exister. Tout était si beau, si gorgé de lumière.

Il acheva sa tâche à la tombée du jour, alors que le silence des bois cédait la place au jasement des oiseaux dans la pénombre des hauteurs, merles, grives et fauvettes. La chemise d'Elisha était trempée de sueur, ses mains calleuses couvertes de terre et écorchées jusqu'au sang. Il coupa des bandes de tissu dans sa chemise et s'en pansa les mains, puis il entra dans les eaux froides de la rivière. Ses épaules lui faisaient mal, et son esprit ressemblait à une ardoise noire. Il finit par regagner la clairière et par ôter ses vêtements mouillés. Trouvant une pierre de la taille d'un chou, il la plaça à la tête de la sépulture, puis il en ajouta une deuxième. Son corps semblait se mouvoir indépendamment de sa volonté. Il faisait nuit noire lorsqu'il se coucha près de son père et ferma les yeux.

Cependant le sommeil le fuyait. Il gisait dans les limbes de l'épuisement, écoutant le silence des bois. Il comprit enfin ce qui manquait : le chuchotement de l'eau sur le sable, et avec lui la notion du temps qui s'écoulait, scandé par le ressac. Ici tout n'était que silence, comme un fluide épais entre les arbres. Il avait l'impression d'être descendu sous la surface du lac.

Est-ce que c'était suffisant ? se demanda le garçon. Est-ce que ça suffira ?

Des animaux nocturnes se déplaçaient dans les broussailles, et il eut la certitude qu'ils encerclaient le campement. Elisha savait qu'il aurait dû allumer un feu, mais il ne trouvait pas la force de bouger. À l'intérieur de lui, une voix chantante lui répétait : Tu dois faire du feu, le feu éloignera les bêtes et chassera les ténèbres.

« Tais-toi, commanda Elisha à voix haute. Je ne t'ai rien demandé. »

La voix marmotta sourdement.

Au premier frémissement de l'aube, Elisha fut debout près de la tombe de son père, parmi les buissons de framboisiers aux fleurs blanches, les gazouillements d'oiseaux s'épanchant des arbres comme un chœur du dimanche à l'église. Il récita le psaume 23 et un verset de l'Évangile de Jean, et dit le Notre Père avant de déposer une dernière pierre sur la tombe. La cérémonie était simple, mais il ne trouva rien qui convînt davantage. Au bord de la rivière il sortit son canif et tailla des encoches dans l'écorce de trois ormes : une pour son père, une pour sa mère et la troisième pour lui-même. Il savait que ces marques resteraient visibles pendant des années depuis la rivière. Sur la rive opposée, un majestueux héron bleu le considérait avec une solennelle indifférence. Sa présence emplit Elisha de gratitude, car il voyait en elle une espèce de bénédiction. Il retourna sur le campement et s'allongea près de la tombe, la joue contre le froid de la pierre.

Il avait déçu cet homme par ses larcins et par la faiblesse de sa foi, par sa fuite nocturne sans un mot d'au revoir. Et pour finir, il avait échoué à lui rendre la santé. Toute sa vie, comprenait-il maintenant, il s'était acharné à ne pas le décevoir, et cette lutte l'avait épuisé, même s'il s'agissait peut-être d'une forme d'amour. Le garçon s'autorisa un léger espoir.

Au bout d'un moment il partit à pas lents vers l'aval, comme en état de transe. Ignorant sa mauvaise conscience, il poursuivit sans se retourner. Lorsqu'il eut parcouru trois cents mètres, il s'assit contre un vieux tronc de pruche, en pleurs, et ses pensées s'égarèrent aussitôt parmi des images vivaces mais absurdes. Tu dois en toute chose honorer ton père et ta mère, lui dit la voix. Elisha la chassa de son esprit.

Est-ce que c'était suffisant ? se demanda-t-il de nouveau. Est-ce que ça suffira ?

Il chercha le sommeil, blotti contre l'arbre. Réveillé par un bruissement tout proche, il dégaina son canif et cessa de bouger. La forêt s'étirait tout autour de lui comme un drap vert, aussi infini que la surface d'un lac. Un roseau trembla, et un gros porc-épic émergea en se dandinant, s'approcha d'un grand hêtre et grimpa le long du tronc. Se levant d'un bond, Elisha se fraya un chemin au milieu des broussailles. Il voulut poignarder l'animal, mais le couteau s'enfonça dans le bois tandis que son poing glissait sur la lame. Il réussit à dégager son arme, et comme le porc-épic s'enfuyait le long d'une branche, il la lança vers lui. La lame se planta en vibrant juste à côté de la proie. L'animal la renifla un instant avant de s'éloigner.

Elisha éclata alors d'un grand rire déchaîné que la peur étouffa aussitôt. Il aurait bien aimé monter à l'arbre, si l'écorce glissante ne l'avait pas empêché de trouver une prise. Avec une pierre plate, il pratiqua deux entailles pour poser ses pieds, mais ses bottes dérapaient toujours. Il étreignit le tronc massif, à bout de souffle. La panique se diffusait comme un poison dans ses veines. Je vais marcher plein nord vers les rives du lac, se dit-il, contourner les méandres de la rivière et gagner ainsi une journée de voyage. Une fois au bord du lac, il comptait partir à l'ouest vers le village chippewa, se nourrissant en chemin d'oisillons et d'œufs de mouettes, et arrêter le premier canoë qui passerait. À mesure qu'il se persuadait de la validité de son plan, sa respiration devint plus tranquille. Au-dessus de lui, le porc-épic filait dans la ramure du hêtre.

À peine Elisha s'était-il mis en route qu'il avait déjà du mal à s'orienter. Où qu'il portât son regard, la forêt possédait le même aspect uniforme. Une brume grise voilait le soleil. Il chemina au hasard tout l'après-midi, et tomba enfin sur un cours d'eau limoneux frangé de bouleaux. La mousse enveloppait leurs troncs blancs comme des écharpes d'émeraude. Le soulagement lui arracha un plainte : la mousse était toujours plus abondante sur le côté de l'arbre exposé au nord. Il pouvait donc se fonder sur son épaisseur pour déterminer la direction du lac. Après avoir mangé une poignée de mousse, il bâtit un grand feu et se pelotonna à côté, redoutant la venue de l'obscurité.

Un feu éloignera les bêtes, chantonnait la voix, il chassera les ténèbres.

Dès l'aurore il arrosa le foyer et s'en alla vers le nord, si faible qu'il tenait à peine sur ses jambes. N'était-il pas plutôt en route vers le sud ? Detroit se trouvait au sud. Il pourrait marcher jusque-là et prendre à main gauche vers Newell. Cette idée grotesque le fit pouffer de rire. Tout le pays n'était qu'une immense forêt sans limites, et on pouvait surgir dans n'importe quelle ville, à n'importe quel moment de l'Histoire. Elisha tituba et s'effondra sur un lit de fougères odorantes. Il fit un effort pour se relever, puis se laissa retomber sur le dos. N'y avait-il pas moyen de refaire cette promenade en cabriolet, sur les bords de la Connecticut River ? Cette fois, il penserait peut-être à emporter du pain. Et qui sait si son père ne lui permettrait pas de mener l'attelage ?

Un cri d'enfant retentit au loin, exprimant la colère ou la douleur. Elisha ferma les yeux. Le bruit se répéta, et il eut l'impression fugitive d'entendre sa propre voix de petit garçon. Il réalisa alors que c'était l'appel d'une mouette. Il se remit debout tandis que l'oiseau poussait un cri strident et agressif. Il s'élança en courant, esquivant les sveltes bouleaux. Il descendit au creux d'une vallée peu profonde, et lorsqu'il remonta le versant, il aperçut au travers du rideau des arbres un mince liseré indigo. Un cri lui échappa.

Le lac Supérieur s'étendait à ses pieds comme un rouleau de soie bleue déployé vers l'horizon. Des nuages floconneux glissaient au-dessus d'une vaste plage claire. Elisha dévala la pente d'une dune, un vol de pluviers kildir s'égaillant devant lui, et se mit à scruter le rivage caillouteux, décrivant lentement plusieurs cercles, jusqu'à ce qu'il découvre un nid creusé dans le sable. Il déroba les œufs mouchetés et ramassa quelques bâtons de bois flotté pour allumer un minuscule foyer. Elisha se mit à pleurer pendant que les œufs cuisaient. Du bout de son couteau, il brisa les coquilles et aspira le jaune visqueux. Allongé sur le sable brûlant, il se délecta de ces sensations tout en observant les rives du lac. On dirait un fermier, se dit-il, qui attend au bord de la route le buggy qui l'emmènera en ville. Un souffle de vent froid lui passa sur la nuque.

Le sentiment d'une présence à ses côtés le tira du sommeil. Il tourna la tête, et découvrit à deux mètres de lui un oiseau au plumage beige. Son apparence le rapprochait du pluvier kildir, bien qu'il fût plus petit et plus clair, avec de courtes pattes orange et des yeux noirs. L'oiseau pencha la tête de côté, les plumes ébouriffées par le vent.

Elisha douta un instant d'être toujours en vie. Cet oiseau n'était pas du tout un kildir : il avait le long bec d'un bécasseau, et sa gorge ne portait quasiment pas de collier. Il se leva doucement. L'oiseau sautilla vers lui puis s'arrêta, les yeux brillants et mobiles. Il lança un cri qui ressemblait aux tintements d'une cloche de verre. Elisha se jeta en avant pour l'emprisonner entre ses mains. L'oiseau agita ses ailes captives, et il lui rompit le cou d'une brève torsion.

Les ailes tressautèrent avant de retomber mollement. Tandis qu'Elisha examinait leurs extrémités, ainsi que le bec et les pattes articulées et écailleuses, une palpitation lui monta à la gorge. Cet oiseau n'était ni un kildir, ni un pluvier neigeux, ni un pluvier siffleur. Elisha se mit à rire tout fort. Ce n'était pas non plus un pluvier gris ni une bécasse, ni même une mouette. Il n'appartenait à aucune espèce qu'il eût déjà rencontrée.

Quelque chose de nouveau en ce monde, pensa-t-il, émerveillé. Il n'avait ni crayon ni cahier, pas même du rhum pour conserver l'oiseau. Pourtant il n'éprouvait aucune déception. Elisha utilisa ses dernières allumettes pour faire du feu, puis il alla chercher un bâton de bois vert. Il pluma l'animal et le mit à rôtir. *Charadrius stonus,* se dit-il. Voilà ton nom. Son estomac se contracta alors que les flammes léchaient la peau plissée. Mr Brush avait raison, reconnut Elisha. La vie est bel et bien une entreprise pratique.

Quand il eut mangé il chemina vers l'est au bord du lac, transi malgré le soleil, la chaleur faisant comme un masque sur son visage. Il dormit un moment à l'abri d'un bouquet de roseaux des sables, puis il reprit sa route sous un vent plus violent, face au ciel qui paraissait reculer devant lui. Il était sûr d'atteindre bientôt le village chippewa. Après avoir marché longtemps il s'assit lourdement dans le sable, la tête contre ses genoux.

C'est alors qu'une voix d'homme lui parvint, un cri qui semblait se propager à travers une vallée déserte. Elisha releva la tête. La clameur devint une mélodie qui montait et descendait comme une douce vague.

Elisha gagna en titubant le bord de l'eau. À la surface du lac, un canoë glissait vers l'est. Les rameurs s'accompagnaient d'une chanson en mauvais français. Il s'enfonça jusqu'aux cuisses dans l'eau glacée. Il y en avait quatre à bord du bateau, deux à la proue et deux à la poupe. Un homme coiffé d'un chapeau de paille était assis au milieu, auprès d'une femme au bonnet blanc. Elisha ne bougea plus, attendant que le bateau ne soit plus qu'à cent mètres pour agiter la main.

« Hé ! Arrêtez-vous ! S'il vous plaît, j'ai besoin de secours ! »

La chanson se tut et le bateau s'immobilisa. C'était un canoë à la proue ornée d'un calumet peint en vert, chargé de paquets emballés dans de la toile cirée. Un Blanc au visage brûlé par le soleil se cramponnait au plat-bord, bouche bée. Sa compagne était allongée sur un divan de fortune fait de toile de jute rembourrée, un livre dans une main, son ombrelle dans l'autre. Des géographes ou des prospecteurs, supposa Elisha, bien qu'ils n'en aient absolument pas l'air. L'idée lui vint alors qu'il pouvait s'agir de touristes, et il en fut un instant troublé. Des touristes faisant une grande excursion depuis La Sault.

« Vous voulez bien m'aider, s'il vous plaît ? »

L'homme se pencha en plissant les yeux, faisant rouler légèrement l'embarcation. Comme il lui chuchotait à l'oreille, la femme posa son livre sur ses genoux, s'avisant pour la première fois de la présence du garçon. Une main sur la bouche, elle émit un petit piaillement ravi.

Elle me prend pour un indigène, se dit Elisha. Mes vêtements, mon aspect malpropre. À moins qu'elle se demande ce que je peux bien être.

« Je suis américain, un scientifique ! Aidez-moi, je vous prie ! »

L'homme de barre stabilisa le bateau pendant que l'on s'entretenait à bord. Le Blanc se munit d'un petit télescope qu'il braqua sur Elisha.

« Je suis américain ! Je suis chrétien ! Il faut que vous m'aidiez ! Je vous en prie ! »

Le bateau vira vers la rive et la chanson s'éleva de nouveau. *Le premier jour de mai, je donnerai à m'aime...* La femme sortit un mouchoir brodé qu'elle agita gaîment, puis l'un des *voyageurs* sauta dans les hauts-fonds pour mener le canoë vers la berge.

« Mon pauvre ami, s'exclama le monsieur blanc, qu'a-t-il bien pu vous arriver ? »

Elisha s'affaissa dans l'eau à genoux, les yeux clos. Ils avaient compris qu'il était américain. Il était américain, et il était sauvé.

Épilogue

Le studio se trouvait dans un bâtiment en bois miteux d'Atwater Street, entre un barbier et une confiserie. Le matin, Elisha montait l'escalier étroit qui conduisait à l'atelier dans des parfums de sucre bouilli, et tirait les lourdes tentures qui cachaient un espace exigu et peu éclairé. Une demi-douzaine de grandes caisses en bois s'empilaient près d'un bureau encombré de matériel de photographie, et une table peinte en noir occupait le centre de la pièce. Sur le plateau, une grue du Canada était installée parmi des touffes de laîche. Elisha prit un broc ébréché pour arroser les feuilles, détachant les plus sèches. Il tirait une fierté particulière de cette composition : il avait ramassé lui-même la laîche sur les berges de la Detroit River, et avait disposé l'oiseau à partir d'un souvenir de l'été précédent. Sa patte gauche était levée, et il penchait la tête de côté, comme pour tendre l'oreille à l'appel de sa partenaire.

Il posa le pied de l'appareil, puis alla chercher une plaque qu'il enduisit de rouge de jaoailler. Quand il l'eut frottée assez longtemps pour voir apparaître nettement son reflet assombri, il l'inséra dans un plateau et la plaça dans une boîte à iode avant de la saupoudrer de cristaux. Une odeur âcre d'iodure s'en échappa bientôt. Alors qu'il transférait le plateau dans le boîtier carré de l'appareil, un bruit de pas résonna dans l'escalier.

Edward Featherstone fit son entrée en sifflotant allègrement, et se figea sur place dès qu'il vit Elisha penché sur la chambre photographique.

« Je ne voudrais surtout pas t'importuner. Qu'est-ce que c'est ? Un héron ?

– Une grue du Canada.

– Ah, oui, évidemment ! »

Elisha régla le temps de pose et, écartant les rideaux en velours noir qui masquaient les fenêtres, il jaugea la qualité de la lumière naturelle et fit un rapide calcul. Découvrant l'objectif de l'appareil, il éleva le cache pour signaler à Featherstone qu'il ne devait pas le déranger. Quand il eut compté jusqu'à soixante, il remit le cache sur l'objectif et retira la plaque du boîtier.

« Ça va donner une image du tonnerre, je le sens. »

Elisha fronça les sourcils.

« Les pattes... elles sont trop strictement alignées. Celle de derrière est en partie dissimulée par l'autre.

– Eh bien, moi je la trouve spectaculaire, insista Featherstone avant de moduler un trille aigu. Trente images sur un fond de velours marron, quinze dollars la série. À moins qu'on ne réduise le format, pour pouvoir baisser le prix à douze dollars. Si l'on multiplie par mille abonnements, voire mille deux cents... » Il frappa dans ses mains. « Et si on allait boire quelque chose ? Pourquoi pas un bon café bien noir chez Naglee ?

– Allez-y sans moi. Il faut que je fasse une autre prise de vue.

– Comme tu voudras », convint Featherstone après une hésitation.

Il emporta une pile de plaques développées et inclina son chapeau en sortant. Le bruit de ses pas décrut dans l'escalier, et bientôt la porte de la rue se referma en claquant doucement. Elisha se concentra sur sa composition, puis il déplaça l'appareil d'une dizaine de centimètres sur la gauche pour prendre un nouveau cliché. Ensuite il le décala encore un peu et fit un troisième essai. Après avoir tiré les rideaux, il s'attaqua au développement, exposant les plaques aux vapeurs de mercure jusqu'à ce que la silhouette de la grue se dessine sur la surface polie. Il fixa alors l'image avec de l'hyposulfate de sodium, auquel il ajouta du chlorure d'or. La grue était malheureusement trop sombre, le temps d'exposition avait été trop court. La plaque finit accrochée au mur, rejoignant un collage d'oiseaux mort-nés. Elisha était en train de sensibiliser une autre plaque lorsque la cloche de St. Anne sonna midi.

Il était revenu à Detroit depuis Mackinac au mois d'août et avait pris un logement sur Beaubien Street. Là, il avait passé plusieurs jours à écrire à Corletta et à Charles Edson, ainsi qu'à divers parents habitant Worcester, Lowell, Norwich et New London. À la nuit tombée il s'en allait vagabonder par les larges rues de Detroit et croisait des familles irlandaises qui bavardaient bruyamment sur les porches, des putains qui sifflaient depuis les fenêtres des étages. Des jeunes Italiens qui se disputaient en jouant aux boules sur Military Square. Des pochards qui titubaient en chantant à la porte des salles de bal illuminées. On sentait dans l'air une fraîcheur précoce qui s'immisçait parfois dans sa poitrine et lui touchait le cœur, et pendant quelques instants le désespoir l'accablait. Pourtant le froid finissait par se dissiper. La ville était trop tumultueuse, trop animée pour lui permettre de s'installer.

En cette année 1844, Detroit était l'image même de l'optimisme. Les journaux du matin rapportaient les dernières innovations : une nouvelle ligne de chemin de fer desservant Utica, un nouveau château d'eau qui remplaçait le vieux réservoir de Randolph Street. Les plans d'un lycée sur Woodward Avenue, où les cours seraient assurés par des professeurs de l'université d'Ann Arbor. L'ouverture d'un asile de nécessiteux sur Griswold Street, qui prendrait en charge les indigents de la ville. Il ne faisait pas bon vieillir à Detroit, songeait Elisha, mais c'était l'endroit idéal pour apprendre un métier ou trouver une épouse. Et pour l'heure, cela lui suffisait amplement.

Un après-midi de septembre, il était tombé sur l'annonce d'une vente aux enchères de spécimens animaux et minéraux venus d'Amérique, d'Europe et d'Asie, organisée par la

Société des Jeunes Gens. Elisha brossa son chapeau et cira ses bottes dans l'idée de faire une surprise à Alpheus Lenz. En arrivant sur les lieux, il découvrit que la collection mise en vente appartenait à Lenz en personne. Il avait succombé un mois plus tôt à une maladie de la vésicule, et ses spécimens, sa bibliothèque, ses porcelaines danoises et son argenterie italienne reviendraient au plus offrant. Elisha proposa une première enchère à trente dollars, et vit grimper le prix à toute allure, jusqu'à soixante-dix dollars, puis quatre-vingt-dix. Il assista à la suite de la vente dans un silence morose.

Deux jours plus tard, il s'arrêtait à la porte d'une pension élégante sur Howard Street. Edward Featherstone vint l'accueillir et l'introduisit dans une pièce tapissée de sciure et encombrée de caisses en bois, où deux longues tables supportaient tout un fatras de bocaux de produits chimiques. Featherstone se présenta comme un homme d'affaires de Toledo, venu à Detroit avec un projet en tête : tirer des daguerréotypes de spécimens animaux, et les vendre à des abonnés comme l'album d'histoire naturelle le plus précis que l'on ait jamais publié. Malgré l'enthousiasme de Featherstone, on décelait dans sa voix une note de désespoir. Elisha soupçonna qu'il était incapable de distinguer un papillon d'une phalène.

« J'ai travaillé pour Alpheus Lenz, lui expliqua le garçon. C'est moi qui ai catalogué ces spécimens et inscrit les noms sur les étiquettes. »

Featherstone l'embaucha avant même de lui demander son nom.

Ce fut ainsi qu'Elisha apprit tout seul à préparer les plaques couvertes d'une couche d'argent, à choisir le temps d'exposition selon que le temps était nuageux ou brumeux, à maintenir les plaques dans des vapeurs de mercure jusqu'à ce les images se précisent, pareilles à des souvenirs doucement convoqués par la mémoire. Il s'aperçut non sans étonnement qu'il aimait la complexité de l'opération, les interactions de la lumière et de la durée, telles les variables d'une équation dont la solution juste correspondait à la reproduction fidèle de l'aspect d'un spécimen. Pourtant ce n'étaient pas de simples copies : ces images avaient quelque chose d'éthéré et de spectral, comme si la plaque de verre avait réussi à saisir l'âme du spécimen.

Elisha prit son chapeau et descendit sur Atwater Street. Octobre tirait à sa fin, mais un vent tiède agitait le drapeau de l'hôtel Chippewa. La rue résonnait d'un vacarme de conversations, car la douceur du temps mettait d'humeur joyeuse les habitants de Detroit. Il flâna jusqu'au marché Berthelet, acheta un épi de maïs grillé et le *City Examiner*. *Un monde sans fin !* clamait le gros titre. Le jour du jugement annoncé par les Millerites avait été dépassé. L'article dépeignait un épisode survenu à Albany la semaine précédente : le révérend William Miller et dix mille de ses fidèles s'étaient rassemblés dans un champ de haricots en jachère afin d'accueillir le Seigneur sur terre. Toutefois ils ne furent gratifiés que d'un orage, assorti des doléances stupéfaites de ceux qui avaient vendu tous leurs biens matériels. Les larmes sont le tribut de l'inconscience, conclut Elisha, avant de se rendre compte que c'était une maxime de son père. Cette idée lui fit plaisir. Il consulta l'éditorial du rédacteur en chef.

FOLIE DE NOS FRÈRES DU SUD

C'est chose rare dans les annales du débat civilisé qu'une idée aussi grotesque que répandue puisse être écartée d'un seul coup d'un seul. Est-il possible que des individus dotés d'un jugement sain doutent encore que tous les hommes sur cette terre sont comme des frères, nés au sein d'une race humaine unie ? Les dernières hésitations sur le sujet ont été balayées par la découverte de la Pierre de Tiffin (ou Stèle de Tiffin, comme l'appellent certains), qui apporte la preuve irréfutable du lien entre l'Antiquité et l'actuelle race des Peaux-Rouges.

Les conséquences formidables et incontestables de cette découverte influeront sur la regrettable institution de l'esclavage, qui règne sur nos États du Sud. Comment serait-il possible, nous demandons-nous, que des hommes chrétiens s'obstinent à imposer la servitude à des hommes, des femmes et des enfants noirs, tout en sachant qu'ils sont nés égaux à eux ? En effet, si les

Peaux-Rouges sont bien les frères des Blancs, les Noirs ne sont-ils pas tout autant leur famille ?

Nos frères du Sud devraient sans protester suivre l'exemple du Parlement britannique, et voter immédiatement une totale émancipation. Il est particulièrement drôle qu'il nous faille aujourd'hui inviter nos compatriotes à s'inspirer d'une nation que nous avons âprement combattue il n'y pas si longtemps, au nom de la liberté et des droits naturels.

Elisha jeta le journal dans le caniveau. Depuis quelque temps, il se surprenait à guetter dans la presse des nouvelles du pari de Mr Brush et du professeur Tiffin : ils devaient soumettre leurs résultats à la société cultivée de Detroit, et celui dont les travaux recueilleraient le moins de suffrages publierait dans le *City Examiner* une lettre d'excuses pour avoir gaspillé les fonds publics. Les mois avaient passé sans qu'Elisha découvre la moindre déclaration de ce genre, et il supposait que les deux hommes avaient oublié leur affrontement, ou qu'ils l'avaient réglé entre eux. À moins qu'ils n'aient admis qu'ils sortaient perdants tous les deux.

Il retourna à l'atelier et fit une douzaine de prises de la grue, allongeant le temps d'exposition à mesure que la lumière baissait. Il sentait bien que sa concentration flanchait. Après avoir travaillé un moment sans entrain, il protégea l'oiseau avec un chiffon, sensibilisa une plaque et la glissa dans le boîtier. Le pied de l'appareil hissé sur son épaule, il redescendit dans la rue.

Le crépuscule approchait, et un air frais succédait à la douceur de la journée. Un cortège bruyant de charrettes vides s'en allait vers le nord, vers les limites de la ville. Elisha se dirigeait vers la rivière, saluant de la tête les messieurs qui s'arrêtaient pour l'observer. À présent, son appareil était connu de la plupart des gens de Detroit, mais il en restait encore pour s'immobiliser sur son passage et lui emboîter le pas. Une femme, en particulier, était apparue à deux reprises pendant qu'il installait le pied. Elle portait un bonnet et une étole jaunes, sa chevelure auburn sobrement tressée. La prochaine fois, décida Elisha, je demanderai à faire son portrait.

Elle n'était pas belle, mais il réglerait l'objectif de manière à révéler la beauté de la courbe de sa joue, de son regard pénétrant et fragile. Car à travers la lentille la beauté était visible partout, dans un spécimen, dans l'apparence d'une jeune fille commune ou dans le panorama d'une ville endormie. Elisha voyait là une manifestation surprenante de la grâce.

Au bord de la jetée, il monta son appareil sous le regard d'un groupe de badauds. La femme se trouvait parmi eux. Les cheveux tirés en arrière, elle était toujours vêtue de son étole et de son bonnet jaunes, son visage pâle semé de petites cicatrices. Elle ne devait guère avoir plus de vingt ans, mais il y avait dans son regard la gravité d'une femme plus mûre. Tout en fixant le boîtier au support, Elisha la dévisagea, et quand il eut fini, il redressa son canotier et lissa discrètement son plastron. Lorsqu'il s'approcha d'elle, elle lui adressa un sourire placide.

« Je savais que ce devait être vous. »

Elisha lui sourit, sur la défensive.

« Vous faites erreur, mademoiselle. Je ne pense pas que nous nous connaissions.

– Vous êtes Elisha Stone, le fils du révérend William Edward Stone. Je connais vos traits. Vous avez le même front que votre papa, le même pli soucieux. Le menton, aussi. Vous êtes son portrait craché. »

Elisha la regarda avec attention, muet d'étonnement.

« Votre père et moi, on a voyagé ensemble entre Buffalo et Detroit. Il a assisté à une de mes séances. Ensuite il m'a unie à mon époux, le vingt-cinq juin dernier, à quelques pâtés de maisons de l'endroit où nous sommes. Je m'appelle Adele Crawley, ajouta-t-elle en s'inclinant. Je suis très heureuse de vous rencontrer.

– Mon Dieu... »

La jeune femme avait de grands yeux verts, cernés d'un réseau de fines ridules qui lui prêtaient un air de lassitude. Sa peau était d'une blancheur presque diaphane.

Elle était chargée d'un paquet entouré de papier, d'où semblait suinter un peu de sang. Elisha comprit qu'elle venait de la boucherie.

« Pardonnez-moi de vous avoir surpris de la sorte – on dirait qu'un serpent vous a piqué. Il y a un petit moment que je suis à votre recherche. Je pensais que vous risquiez de venir à Detroit.

– C'est mon père qui vous l'a dit ? »

La jeune femme secoua la tête.

« J'ai l'intuition de ce genre de choses. »

Le trouble d'Elisha avait cédé la place à la joie mélancolique de découvrir une trace de l'équipée de son père.

« Je présume qu'il vous a expliqué le motif de son déplacement. Qu'il vous a parlé de ma mère, de mon départ de Newell. Il m'apportait un message. »

Adele Crawley pencha la tête de côté, pleine de compassion.

« Votre papa a fait un immense périple pour vous retrouver. Il vous aimait beaucoup, et votre mère également. Il continue de vous aimer. »

Elisha opina, réalisant qu'il aurait eu des dizaines de questions à soumettre à Adele : son père était-il souffrant au moment de leur rencontre, ou son mal s'était-il développé avec le temps ? Avait-il évoqué son épouse, sa congrégation et Newell ? Paraissait-il alarmé par l'effervescence de Detroit ? Avait-il l'air heureux ?

Au lieu de cela, il lui demanda seulement dans quelles circonstances ils s'étaient croisés. Elle lui parla de la gare de Buffalo, de l'hôtel où ils l'avaient déposé à minuit, et de leur rencontre suivante à bord du vapeur, le lendemain. Elle raconta ensuite la séance de Sixth Street, la cérémonie du mariage au saloon d'Anders Lund. Son sourire s'épanouit tandis qu'elle dépeignait la tapisserie cramoisie et les parquets teintés, l'Italien qui jouait de l'orgue de Barbarie, avec son odeur d'ail et sa jolie musique. La cravate jaune pâle de son mari et sa robe à elle, de la même couleur, qui avait appartenu à sa mère. La table décorée de branchages de pin, leur autel improvisé. Le rouge lui monta aux joues quand elle décrivit la douceur du ton du révérend Stone, lorsqu'il leur avait commandé d'aller ensemble par le vaste monde.

« C'est ce que nous avons fait, déclara-t-elle en conclusion. Et ce que nous ferons toujours. »

Un silence s'étira entre eux, puis Adele avança d'un demi-pas et lui toucha le poignet.

« Vous aimeriez communiquer avec lui ?

– Qu'est-ce que ça signifie ?

– Je peux m'entretenir avec les défunts. J'entends leur voix, dans ma tête. C'est un don. »

Elisha soutint longuement son regard, jusqu'à ce qu'il soit convaincu qu'elle parlait sérieusement. Un élan d'affection intense le poussait vers la jeune femme. Elle avait offert de l'aide à son père, il en avait la certitude. D'une manière qu'il ignorait, elle l'avait secouru. Il avait peine à imaginer son père côtoyer un médium spirite, mais les faits étaient là. Encore une chose qu'il découvrait à son sujet. La cloche de St. Anne retentit au loin, accompagnée aussitôt par un carillon plus proche.

« Non, je pense que je ne viendrai pas. Il me semble que je n'en ai pas besoin. »

Adele Crawley parut soulagée par sa décision.

« Vous avez raison. Ce n'est pas la peine. »

Elisha garda les yeux dans les siens encore un moment, puis il lui sourit en portant la main à son chapeau et revint à son appareil. Quand il se retourna elle avait disparu sur Woodward Avenue.

Elisha resta assis au bout de la jetée pendant que la lumière déclinait dans un dégradé de jaunes. Les curieux s'attardèrent un peu avant de s'éloigner, dépités de le voir immobile. Lorsqu'il fut seul, il balança les jambes au-dessus de l'eau, contemplant la fine écume grise qui clapotait et se brisait contre les piles.

Un débardeur qui poussait une brouette de détritus descendit une passerelle en sifflotant et vida son chargement sur le quai, monceau de glace rougie de sang, d'entrailles de poissons et de légumes pourris. Caché sous son pan de tissu, Elisha régla le temps de pose, enchanté par ce spectacle chaotique : les empilements de caisses, de barils et de ballots, la forêt de mâts dans le port, la traînée d'immondices qui tachait les planches usées. Un moment viendrait, il le savait, où une lumière rasante et orangée embraserait la scène, et où la suie, la fange et la crasse se fondraient dans un éclat chatoyant et doré qui ne ressemblait à rien d'autre dans la nature, unique et singulier.

Il demeura sous le carré de tissu, la main posée sur le cache de l'objectif. Il allait attendre la venue de cet instant.

« Terres d'Amérique »

Collection dirigée par Francis Geffard

DAGOBERTO GILB
Le Dernier Domicile connu de Mickey Acuña, roman
La Magie dans le sang, nouvelles

LEE GOWAN
Jusqu'au bout du ciel, roman

PAM HOUSTON
J'ai toujours eu un faible pour les cow-boys, nouvelles
Une valse pour le chat, roman

RICHARD HUGO
La Mort et la Belle Vie, roman
Si tu meurs à Milltown

MATTHEW IRIBARNE
Astronautes, nouvelles

THOM JONES
Le Pugiliste au repos, nouvelles
Coup de froid, nouvelles

THOMAS KING
Medicine River, roman
Monroe Swimmer est de retour, roman
L'Herbe verte, l'eau vive, roman

WILLIAM KITTREDGE
La Porte du ciel, récit
Cette histoire n'est pas la vôtre, nouvelles

KARLA KUBAN
Haute Plaine, roman

CRAIG LESLEY
Saison de chasse, roman
La Constellation du Pêcheur, roman
L'Enfant des tempêtes, roman

BRIAN LEUNG
Les Hommes perdus, roman

Composition Nord Compo
Impression : Imprimerie Floch, février 2009
Éditions Albin Michel
22, rue Huyghens, 75014 Paris
www.albin-michel.fr
ISBN : 978-2-226-19087-1
ISSN : 1272-1085
N° d'édition : 25686 – N° d'impression : 73171
Dépôt légal : mars 2009
Imprimé en France